모정(慕情)

이기윤

보내고 남은 게 부끄럽다
나 무엇을 더 찾고 있나
아내를 사랑했다
아내도 사랑했다
나는 그것을 본다
나는 그것을 본다

한순간에 멈춘 심장
내 눈물은 혼란스럽다
당신이 살고
내가 죽은 건 아닐까
더 묻지 않는다
더 묻지 않는다

우릴 가를 운명은 없다
사랑을 덮을 어둠은 없다
너 죽을 수 있다
나도 죽을 수 있다
사랑은 죽지 않는다
사랑은 죽지 않는다

18년 6월 12일 04시 03분, 유명(幽冥)을 달리한 아내를 그리워하며 저자가 지은 시 (배경은 2001년 여름에 방문했던 미국 캘리포니아 중부 요세미티 국립공원에서 반들반들한 돔양의 바위 빙퇴석(氷堆石, moraines)을 멀리 두고 찍은 사진이다.

반취 이기윤의 세 번째 소설집

축령산 연가

여기
세 번째 소설집에 실린 이야기는
사실을 바탕에 깔고는 있지만
꾸밈이 많은 소설입니다.

하지만 혹간
"아니야. 이것은 내 이야기 그대로야!"
하는 분이 계신다면
이 책을 그분에게 바칩니다.

— 저자 —

반취 이기윤의 세 번째 소설집

목차

인장의 빛 ············ 7
오해 ················· 35
연말 수난 ············ 60
보신탕집에 핀 꽃 ······ 84
변신 ················· 102
창세기 골프 ·········· 129
축령산 연가 ·········· 160

서평 / 축령산 연가의 감각적 레토릭 / 이수화 ············ 298

에필로그 / 세 번째 소설집에 붙여 / 저자 ············ 301

단편

인장의 빛

부산 기장에 있는 타원요(他元窯)에서 보자고 하여 내려갔다. 타원요는 토암(土岩)이라는 도예인이 백자와 분청사기 식의 도자기를 생산하는데 그 예술성을 높이 인정받는 장인이다.

3, 4년에 한 번씩 신작 발표 겸 전시회를 열었는데 그럴 때면 나에게 도록을 만들어 달라고 부탁하곤 했다. 이번에도 같은 부탁으로 간 것이다.

첫 전시 때는 16쪽 정도의 카탈로그로 시작했는데 2회 때는 60쪽이었고 3회째인 이번 전시엔 120쪽의 도록을 만들어 달라고 하니 나로선 궁해진 마당에 제법 돈이 되는 일이 생긴 셈이었다. 그래서 만사 제치고 아침 첫 비행기로 내려가 맑은 기분에 도록을 어떻게 만들 것인가 기본 구상을 의논했다.

토암을 만나 일차적 이야기를 마치고 나니 열한 시였다. 토암은 시계를 보더니, 오늘 중요한 어른과 점심 약속이 있어 죄송하다며, 집에서 잘 대접할 거니 잡숫고 계시라 하고 외출했다.

서울 사람을 내려오라 한 뒤 혼자 점심 먹으라고 하며 나가버리는 것은 예의가 아니지만 나는 상관하지 않았다. 두 살 위인 토암과의 교유(交遊)는 십여 년 되는 동안 막역해졌고, 그 가족까지 모두 친해진 터였다. 토암의 부인을 형수라고 불렀고 부인 역시 나를 시동생 대하듯 했다.

내가 보기에 토암은 노력하는 도예인이었고 처세에 진실성이 있어 많은 사람의 아낌을 받았다. 나 역시 가진 재능과 인맥으로 그를 도왔다.

전시회 도록을 만들면 예총회장이나 국립박물관장, 문예진흥원장 등등 문화예술계 최고위급 저명인사의 추천사나 격려사를 받도록 주선해서 실었고 토암의 인물평은 내가 직접 써 주었다. 내가 만드는 월간지에 그를 특집 화보로 꾸며 소개하기도 했다.

토암의 외출로 혼자가 된 나는 거실에서 나와 마당을 거닐다가 뒤채를 흘끔거렸다. 오래전부터 토암의 집 허술한 뒤채에 이수백이란 친구가 세 들어 살고 있기 때문이었다. 그런데 인기척이 없었다. 가서 보니 빈방이었다. 형수에게 물었다. 수백 씨 이사 갔어요? 했더니 형수가 입을 씰룩이며 말한다. 수백 씨 팔자가 폈어요. 요 앞에 땅을 이백 평이나 사고 집도 짓고 가마도 짓고 난리가 났어요… 저기 보이는 집이에요. 형수는 턱으로 새로 지은 집 하나를 가리킨다. 어허, 그래요? 잘됐네요. 가서 만나봐야겠네.

입을 씰룩이는 모습이 자기 집에서 세를 살 때는 고분고분했는데 이젠 그렇지 않은 모양이다. 그러거나 말거나 나는 그의 집을 찾아가 수백을 만났다. 친구처럼 대하지만 객지 벗 5년에 근거한 표현이요 네 살 아래인 만큼 호형호제하며 지내는 사이라는 게 더 정확할 것이다. 나는 친구라 하지만 그는 나를 꼭 선생님이라고 호칭했다. 타원요를 드나들면서 알게 된 사이인데 올 때마다 마치 자기 손님인 양 반가워해서 남다른 정을 느끼게 하는 인물이었.

수백은 사람은 착하고 성실했지만 덩치가 크고 우직한 데다 영업 능력이 부족해 몹시 가난하게 살고 있었다. 도자기를 만들려면 가마가 있어야 하는데, 가마 가질 능력이 없어 토암의 집 뒤채에 살며, 토암의 가마를 빌려 쓰는 대신 장작을 나르고 패는 일 따위 허드렛일을 도와주었었다.
그렇게 가난하던 친구가 3년여 만에 보니 형수 말대로 아주 넉넉하고 의젓해진 것이다. 척 보기에도 흠. 심이 폈구나, 느낌이 들 정도여서 내 일처럼 반가운 일이었지만 한편에서는 궁금하기도 했다.

의젓해진 수백이 마루에 앉아 있었다.
 어어, 선생님!
 나를 보더니 뛰어나오며 반가워하는 것은 예전과 같았다. 내 손을 잡은 수백은 거침없이 자랑했다.
 선생님, 지 형편이 나아졌심더.
 하더니 다짜고짜 마침 잘됐네요. 점심때도 됐으니 괜찮은 곳에 가서 점심부터 드시지요. 한다. 집에서 먹지 어딜 가. 하고 내가 말했지만, 그는 바닷가인 일광에 가서 먹자고 자동차를 꺼냈다. 허허 자가용도 있네. 나는 수백이 자랑을 하려는 걸로 여기고 그의 마음을 받아들이기로 했다. 불과 3년 전만 떠올려도 연결이 잘 안 되는 달라진 모습이어서 신기하다는 생각도 들었다.
 일광의 한 횟집에 마주 앉자 나는 더 참지 못하고 먼저 물었다. 어떻게 된 거요? 후원자가 생긴 거요, 바이어를 잡은 거요? 아니면 로또복권에 당첨이라도?
 수백은 헤헤헤 웃었다. 다 맞습니다. 후원자도 생겼고 바이어도 생겼고 복권에 당첨도 됐습니다. 하며 또 헤헤헤 웃었다. 정말이요? 그렇다면 그건 행운이 아니라 하늘이 내려준 복일 거요. 워낙 성실하게 살지 않았소. 아이고 선생님, 그건 과분한 칭찬이십니다. 제가 뭐 그렇게 성실했다고…

 가난하지만 남 탓하지 않고 사는 그가 먹고살기 위해 만드는 도자기는 일반적으로 이야기하는 청자 백자나 분청사기 같은 것이 아니라 관광지 민속공예 점에서 파는 관상용 우리 탈이었다. 전통 민속 탈의 재료는 나무나 종이지만 그는 도자기로 모조품을 만들어 전국 주요 관광지 민예품 상점을 통해 판매했다.
 생산하는 탈의 종류는 다양했다. 고성오광대 놀이에 등장하는 할미나 시골 영감, 말뚝이. 또 수영야류에 등장하는 제대각시나 종가 도령. 그리고 하회별신 굿탈놀이에 등장하는 양반탈 선비탈 각시탈 등 대중적인 사랑을 받는 서민적인 탈들이어서 눈에 띄면 한두 개 사다 집안 빈 곳에 걸어두고 싶은 것들이기도 했다.

차와 도자기를 전문으로 다루는 유일한 다도 전문지, 월간 다담(茶談)을 발행하고 있던 나는 전국 각지의 도요지를 순차적으로 소개하던 중 기장의 타원요를 알게 되면서, 더불어 타원요 뒤채에 사는 그도 알았다. 그가 만들어 파는 도자기 탈이 재미있어 화보 판에 그의 제품과 이야기를 실어 세상에 알리기도 했다. 그렇게 보도가 나가자 반응이 일어 전국 각지에서 주문이 제법 왔고 도움이 컸다고 했었다. 그 일을 계기로 그는 내게 각별하게 대하는 터였다.

굴전과 함께 소주가 먼저 상에 놓이자 우리는 서로 잔을 채워주고 건배한 뒤 술을 마시기 시작했다. 조금 있으니 싱싱한 도미회가 큰 접시에 담겨 나왔다.
아니 이건 도미회 아니요? 비쌀 텐데.
헤헤헤. 이 정도는 선생님 대접할 수 있게 됐습니다. 염려 마시고 잡수세요.
접대하는 가짐이 내가 짐작하는 것보다 훨씬 넉넉해서 마음 씀씀이도 느긋해진 것 같았다.
타원요에서 나온 지 얼마나 됐소?
벌써 나왔습니다. 땅 사고 집짓기 시작할 때 이미 나왔죠. 집을 먼저 짓고 나서 소원하던 가마도 만들었습니다.
참 잘됐네요. 그런데 궁금하네. 어떻게 그렇게 단시간에 달라질 수 있었는지.
나는 의아한 생각이 앞서 축하하는 말도 잊을 정도였다. 속으로는 은근히, 내가 잡지에 소개해준 것이 계기가 되어 주문이 쇄도했고, 그래서 다소간 형편이 나아진 것 아닐까 하는 생각을 했는데 마주 대하고 보니 그런 차원이 아니었다.
그래, 어떤 복권에 당첨이 됐소? 로또? 하고 묻자 그는 한참을 더 웃고 나서 말했다.

복권이 아니고 예. 이야기가 있어 예.
수백은 말을 시작했다.

혹시 다우 선생이라고 아십니까?

다우 선생? 몰라요.

아, 아직 모르시는 군요. 타원요 뒷길로 오 분쯤 가면 작은 고개 너머에 다우(多雨) 선생이 사십니다. 참 금추선생님 아시잖아요. 그분 동생이기에 아시는가 여쭌 겁니다.

내가 아는 금추 선생은 우리나라 민속화의 거두다. 그분 전시회 때도 직접 부탁하여 도록을 만들어 드렸으니 잘 아는 처지이다. 그분의 동생이 여기 살고 있다니?... 그러나 그런 관계는 지금 상관이 없다.

다우 선생은 전각(篆刻) 하시는 분인데 기인(奇人) 중에 기인이시라 예. 뉘기를 도와야겠다는 생각이 들면 날짜를 받아 목욕재계한 뒤 도장을 파주십니다. 그걸 인감으로 쓰면 그 사람 팔자가 고쳐지는 겁니다. 운명이 바뀌는 거지요. 지도 그분 덕을 본 겁니다.

나는 픽 웃었다.

에이, 무슨 만화 같은 소리를… 도장에 무슨 그런 영험한 힘이 있어요? 한둘 사례가 있다 해도 우연의 일치겠지.

아입니다. 실제로 운명을 바꾸는 도장을 그분이 만듭니더. 지는 믿게 됐습니더.

그래요? 어디 이야기나 들어봅시다.

나는 믿음은 안 가지만 흥미를 느꼈다.

다우 선생은 가끔 그릇이 필요할 때 제게 오셨지 예. 유명세를 치르는 도예인이 주변에 서넛 있는 거 아시지요? 다우 선생은 그 사람들 그릇을 싫어 했어예. 욕심이 가득 묻어있는 손으로 물레를 돌리고 구운 그릇은 싫다는 거였죠. 아시다시피 저는 가난하고, 또 가마도 빌려 쓰는 처지였기에 도자기 탈 만드는 것도 미안한 처지였잖습니꺼. 그러니 제가 쓸 그릇이 필요할 때 몇 개 대충 물레질해 가볍게 굽는 정도였는데 다우 선생은 늘 그런 제 그릇을 원했습니다. 욕심이라는 때가 묻지 않은 순수한 그릇이라면서 말입니더. 오실 때마다 아낌없이 드리긴 했지 예. 저야 또 구워 쓰면 되니까. 붓 통도 만들어 드리고 칼 통도 특별히 만들어 드리고 물 항아리도 선물했십니더.... 그렇게 오가던 하루 불쑥 제게 도장을 주시는 겁니더. 착하고 성실한 사람이 잘살아야지. 하면서 예. 아니 저 도장 있는데요. 무신 도장입니꺼. 하니까, 이거 그릇값으로 주는 거네. 내일부터는 이걸 인감으로 사용하게. 그러면 3년 안에 200평 정도의 땅이 생기고 사오십 평 주택도 하나 갖게 될 거네. 아마 원하던 가마도 가질 수 있을 걸. 하시며 주고 가신 깁니더.

처음 도장을 받았을 때는 믿지 않았습니더. 다우 선생님 자체가 몹시 가난해 보였거든요. 하지만 선생님도 아시다시피 지가 을마나 가난했십니꺼. 복권에 기대는 기분으로 면사무소 가서 인감을 바꿨지요. 그리고는 곧 잊어버리고 살았어 예. 주문이 밀려 점점 바빠졌는데 지는 그게 도장 덕분이라는 생각은 추호도 하지 않았습니더. 선생님이 잡지에 소개해주고 또 지가 부지런히 전국 팔도 돌아다니며 샘플을 뿌렸기에 그 결과가 나타나는 거라고 여겼습니더. 그러던 중 은인을 만났습니더. 국내 1위 민예품 최 회장을 만난 겁니더.
 호오, 국내 1위라면 부산 경주 등에 직영점포를 가지고 있는 신라민예 최 여사요?
 하고 내가 아는 체하자 그는 손뼉을 쳤다.
 맞십니더. 선생님도 아시는 군요.
 에이그, 내가 아는 게 당연하지. 민예품점도 우리 잡지 범주에 들어가니까.
 그렇군요. 그 신라민예 최 여사, 아니 최 회장님을 만난 겁니더. 그냥 만난 것이 아니라 부산백화점에서 불량배들에게 잘못 걸려 봉변당할 위기에서 마침 제가 옆에 있다가 구해드렸어요. 지는 그때는 그 부인이 최 회장인 줄 전혀 몰랐습니더.
 그랬어요? 거기도 도자기 탈 거래하면 좋았을 곳인데.
 물론이죠. 하지만 거래를 못 트고 있었어 예. 어쨌든 이튿날 사례를 하겠다고 저를 불렀을 때 알았습니더. 신라민예 본점으로 오라 했거든요 봉투를 주시는데 안 받았습니다. 불량배들 시비에 휘말려 위기에 처한 부인을 위해 나서는 건 당연한 일 아닙니까? 당연한 일 했는데 무슨 사례입니까, 경찰에서 모범 시민 표창장이나 준다면 모를까요. 하고 사양했십니다.

그래서 끝내 사양했다고? 허허… 통이 큰 여걸이라 사례비가 적지 않았을 텐데.

그러나 수백은 진심으로 그런 봉투는 받고 싶지 않았던 듯 뒷머리를 만지며, 하지만 이상하지 않습니까? 그런 일로 돈을 받는다는 게… 했다.

그럼 표창장은 받았겠네. 최 여사 힘이면 경찰청장에게 사연을 알리고 표창장 하나 주라고 했을 것 같은데.

하하하, 족집게시네! 예. 맞십니다. 수백은 맞십니더 를 연발했다. 일주일쯤 뒤에 표창장을 받았습니다.

하하하. 당시를 회상하는 듯 수백의 모습이 그렇게 천진할 수가 없었다.

그래서, 그 뒷이야기는 없소?

있죠. 거래가 시작됐지요. 도자기 탈을 매달 삼백만 원어치씩 납품하라고 하셨지 예.

오호 대단히 큰 손이 되어주셨군.

서울올림픽이 열린 1988년의 일이다. 한 달에 삼백만 원씩 고정이라면 일단은 심이 펼만한 주문이다. 도자기는 원가가 별로 들지 않는다. 80% 이상 남는 작업이다. 청자 백자도 그렇고 도자기 탈도 마찬가지다. 나는 알았다는 듯 고개를 끄떡였다.

이제 조금 감이 오네. 그럼, 매달 삼백만 원씩 납품하고 기존의 다른 주문도 있었을 테고, 그렇게 3년 지내다 보니 이렇게 형편이 나아진 거요?

아니죠. 지금 제 재산이 얼만데요. 억이 넘습니다. 그거 가지고 삼 년 만에 억을 모을 수 있나요. 뒷이야기가 또 있죠.

그는 부자가 된 이야기를 마저 했다.

수백의 도자기 탈은, 가게에 넘길 때 한 개 팔백 원이었다. 가게에서는 그걸 관광지 민예품 상점에 넘겨 이천오백 원에 판매했다. 삼천 원 받는 곳도 있었다. 재료비야 얼마 안 되지만 괴나리봇짐에 짊어지고 전국을 다녔는데 교통비며 때론 숙박비도 들고 하므로 그것까지 치면 원가가 많이 드는 행상이었다. 그걸 매달 사천 개씩 고정으로 신라민예에 조달하게 되었으니 여간 신나는 일이 아니었다. 팔백 원씩 치면 3,750개가 맞지만 수백은 4천 개씩 만들어 보냈다. 그래도 통장에 돈은 쌓여갔다. 사업이 커지는 재미에 1년을 정신없이 보낸 뒤 옛날 생각이 나서 추억의 괴나리봇짐을 메고 직접 거래하던 관광지 매점들을 돌아보았다. 그랬더니 이게 웬일. 관광기념품을 파는 곳치고 그의 탈이 없는 곳이 없었다. 가격도 이천 원, 이천오백 원은 볼 수 없고 삼천 원이었다. 손님인 척하고 물어보니 잘 팔린다고 했다.

역시 신라민예가 장사를 잘하는구나. 하고 감탄하는 중에 문득 영악한 생각이 들었다. 삼천 원에 판다면 천이백 원 이상에 들어올 것이다. 신라 민예도 이문이 있어야 하니까. 하지만 나에게 팔백 원 주면서 중간도매 대가로 사백 원 이상 남긴다는 건 폭리 같았다. 직영점은 상관없지만 신라 민예에서 물건을 받는 집들은 내가 직접 납품하면 어떨까? 천 원에 대줘도 서로 좋은 일 되는 거 아닐까?

생각이 여기 미치자 몇몇 상점 주인에게 생산자임을 밝히고 직접 납품을 시도해보았다. 그러자 들려온 답은 짐작과는 전혀 다른 것이었다. 그들도 팔백 원에 받고 있었다. 그런데 최근에 팔백 원으로 올린 거지 지난 1년간은 홍보 차원이라며 육백 원에 받았다는 것이다. 대신 판매 가격 3천 원은 철저히 지키기로 단단히 약속했다는 것이다. 그걸 어기면 물건을 철수했다고 했다. 덕분에 홍보도 되고 시장 질서가 잡혀 이제는 제법 팔린다는 것이었다.

전국을 순례하고자 했던 수백은 중도에 그만두고 돌아왔다. 오자마자 최 회장을 찾아가 그 앞에 무릎 꿇고 엉엉 소리 내어 울며 잠시 못난 생각했던 일을 사실대로 고하고 용서를 빌었다. 눈물로 자신을 질책하다 아예 최 회장 앞에 엎어져 울었다. 최 회장은 진실로 참회하는 수백을 한동안 지그시 바라만 볼 뿐 그대로 울게 두었다.

나는 수백이 한 얘기를 정리해 보았다. 팔백 원에 받아서 육백 원에 전국에 뿌렸다. 대신 판매가는 삼천 원 고정이고. 처음 1년 그렇게 홍보하고 판매 기반이 마련되니 팔백 원으로 올렸다. 기가 막히는 이야기였다. 앞으로 어떻게 할지는 모르겠지만 그건 진실로 수백을 도와준 거 아닌가?
 나는 감탄했다. 히야. 그 이야기는 소설 감인데.
 내가 말하자 그도 맞장구쳤다. 아니 매달렸다.
 맞지 예. 소설 감이지 예. 순전히 저를 도와준 깁니다. 그걸 모르고 나는 잔꾀를 굴리려 했으니 천벌을 받아도 쌀 놈이 된 기죠. 지가 진실로 참회하는 소설 하나 써 주이소.
 그래서… 나는 더 이야기하게 했다. 다음 얘기를 마저 들어 봅시다. 뒤에 어떻게 됐습니까?
 지가 아예 최 회장님 사람이 된 깁니다. 비서 겸 보디가드 겸 포터(porter) 겸… 그림자 같은 사람이 된 거죠. 최 회장님을 어머니로 모시게 됐습니다. 하하하, 그랬군요. 대단한 인연이 되었네요. 그럼 결국 최 회장님이 듬뿍 도와주신 거군요.
 나는 고개를 끄떡이며 크게 웃었다. 참 재미난 이야기네요. 축하합니다. 참 잘됐네요.

열두 시에 만나 두 시간을 수백과 함께 있었다. 굴전도 도미회도 거의 빈 접시가 되었고 소주도 세 병을 마셨다. 식당 종업원이 매운탕 드릴까요? 한다. 수백은 매운탕과 함께 밥도 달라고 했다. 회를 뜨고 난 뼈다귀로 끓인 매운탕이다. 소주도 한 병 더 달라고 했다. 소주를 더? 벌써 세 병이나 마셨는데?…

낮술이 좀 과하지 않을까? 수백 씨 오후 일정 없소?
지는 없습니다. 선생님은 요?
나도 토암과 대충 얘기 끝냈으니 이런 정도는 괜찮아요.
둘 다 주량은 넉넉하다. 둘이서 세 병 정도로는 술 마신 티도 안 나는 정도다.
괜찮으면 한두 병 더 드십시다. 아직 이야기가 남았습니다.
아니 이제 끝난 거 아닌가? 아직도 더 있다고?
기럼요 이제부터가 본론일깁니다.
매운탕과 함께 밥과 술이 나왔다. 술을 더 시켜서인지 종업원은 밑반찬을 새로 깔아 주었다.
지가 도장 이야기로 시작하지 않았습니꺼?
참 그랬지요.
그러니까 도장 이야기로 돌아가 끝내야지 예. 아무튼 최 회장님을 열심히 도왔고, 그 대가로 월급이며 보너스를 듬뿍 받아 땅도 200평 사고 집도 짓고, 꿈에 그리던 제 가마도 만들었습니다. 기런데 어느 날 돈이 필요해서 은행에 가려는데 도장이 없어진 깁니다. 늘 두던 곳에 잘 두었는데 아무리 찾아도 안 보이는기라요. 아내하고 둘이 도장 찾는다고 한나절 집안 구석구석을 다 뒤졌는데 끝내 못 찾았지 예. 할 수 없이 다우(多雨) 선생을 찾아갔십니다. 가서 죄송하게도 전에 주신 도장을 잃어버렸습니다. 하고 머리를 조아렸십니다. 놀라운 일은 다우 선생이 지를 기다리고 있었다는 사실입니다. 빙긋 웃으며 하시는 말씀이
어제 올 줄 알고 기다렸는데 이제 왔군. 하시는 겁니다.
어제요? 하고 지가 반문하니, 그래. 어제로 수명이 다하는 도장이었거든. 하시는 거 아닙니까.
지는 입을 벌린 채 말을 잃었습니다. 기렇습니까?…
다우 선생은 말씀하셨지예.
내가 삼 년 전 자네에게 도장을 주면서 했던 말 기억 하는가? 어때? 땅도 생기고 주택도 생겼지? 보니까 가마도 지었던데. 후후후. 그래. 그 도장은

그것으로 수명이 다해서 사라진 거야. 여기 새 도장 만들어 놓았으니 가져가 사용하게. 하시는 거였습니다.

할 말을 잃고 다우 선생을 올려보던 지는 정신이 들자 얼른 일어나 연거푸 큰절을 올렸습니다. 잘못했습니다. 하면서 한 번, 이 무지한 놈을 용서해 주십시오. 하면서 또 한 번, 고맙습니다. 하고 또 한 번, 평생 잊지 않고 은인으로 모시겠습니다. 하고 또 한 번… 그리고 그런 분을 만난 지 팔자가 감격스러워 또 펑펑 울었습니다. 돌이켜볼수록 다우 선생이 주신 도장을 인감으로 바꾼 뒤 일이 술술 풀렸던 것인데 지는 그때까지 최소한의 도장 값도 주지 않았던 깁니다.

아니 처음에 도장은 그릇값 대신이라 하지 않았오?

다우 선생이 그렇게 말씀하시긴 했지만 에휴, 말씀이 그런 거지요. 제가 드린 그릇을 돈으로 치면 몇 푼이나 된다고요.

다우 선생이 새로 주신 도장을 받아 인감 신고를 새로 하고 은행 거래도 바로 잡았습니다. 생각난 김에 돈을 좀 찾아서 봉투에 넣어 다우 선생께 드리면서 이번 도장은 수명이 얼마나 되고 행운은 무엇이 담겼습니꺼 하고 물으니 다우 선생이 웃더군요. 자네 이젠, 절실한 거에서 벗어나지 않았는가? 이젠 보통 도장이야. 잃어버리지 않는 한 자네 수명과 같이할 거네. 특별한 행운은 없고 그냥 지금까지 이룬 것을 조금씩 일궈주면서 지켜주는 역할은 할 거야. 도장의 역할은 그렇게 재산을 지켜주는 게 최고야. 그러면 되는 거 아닌가?

기러믄요. 지는 이제는 욕심 없습니다. 고맙습니더 선생님. 앞으로는 문안 자주 드리고 잘 모시겠습니다. 지난 무례는 용서하십시오. 지는 그렇게 말씀드린 뒤 다시 큰절 올리고 나왔습니다.

그런 얘기가 더 있었군요. 나는 빙긋 웃으며 술잔을 비웠다. 참 재미난 얘기를 들었소이다. 요즘 시대에 그런 영험(靈驗)한 도장이 있을 수 있다는 게 신기하네…

어떻십니까. 선생님 잡지에 그런 분을 소개하면 안 됩니꺼?
잡지에? 내 느낌에 그런 분이라면 취재에 쉬 응할 것 같지도 않은데… 하하하. 그런데 사실을 예기하면 나 이번에 잡지를 치웠어요.
아 참. 그러셨다지요. 지도 얘기 들었습니다. 잡지사를 넘겼다면서요. 애 많이 쓰셨는데…
적자가 누적되니 감당할 수가 없네요. 나 역시 영업 능력이 부족하니 할 수 없지 뭐. 원래 잡지는 광고 출신이 해야 성공한다는 말이 있어요, 편집 출신이 하면 백전백패라고 하지요. 나도 그런 짝이었어요. …잡지사 판돈으로 뒷정리가 안 돼서 집도 팔았어요.
하는 데 핑, 취기가 오른다. 평소 같으면 이런 정도의 술에 끄떡없는데 오늘은 취기가 돈다. 마음이 허전한 탓일까?… 한 병 더 시킨 술병이 비어갈 즈음에 그랬다. 객지에서의 술이기에 그럴까도 싶었다.
하하하, 이제 그만해야겠군. 약간 취하는 거 같네…
내가 몸을 추스르며 말하자 수백은 오히려 반긴다.
기럼 잘 됐심더, 여기 마무리하고 지 집에 가서 차 한잔하시죠. 집 구경도 할 겸. 집사람도 무척 반가워할 겁니다.
집사람이 왜요?
집사람은 선생님이 우리 아무것도 없을 때 잡지에 잘 소개해 준 걸 을마나 고마워하는지 모릅니다. 집사람은 우리 형편 나아진 시발점이 선생님으로부터 시작됐다는 기죠.
하하하. 그거 듣기 괜찮은 말이네요. 그러나 뭐 이젠 그것도 옛날얘기가 되겠지. 잡지사를 떠났으니…
나의 푸념 섞인 소리에 수백의 얼굴빛이 동정으로 변하는 것 같았다. 나는 얼른 손을 저으며 말했다. 괜찮아요. 걱정해주진 말아요. 나야 뭐 새로 시작하면 되니까.
하긴 선생님이야 배운 것도 많고 능력도 있으시고 아는 분도 워낙 많으시니…
그래요. 내일은 내일의 해가 뜨겠죠. 우울한 얘기는 잊어버리고 말 난 김에 갑시다. 가서 집 구경도 하고 차도 마시고.

우리는 일어나서 식당을 나왔다.

수백의 집에 가니 아까는 안 보이던 부인이 훤해진 얼굴로 반가워한다. 집은 산 게 아니라 지은 것이다. 꿈을 실현하느라 애쓴 구석이 많이 보였다. 수백은 가마도 자랑했다. 장작을 때는 가마였다. 나는 고개를 갸웃했다. 탈 같은 건 번거롭게 장작 땔 필요 없을 텐데. 가스 가마로 충분하지 않나?

그러자 수백은 히히히 하고 웃는다.

탈이야 그렇죠. 그러나 언제까지 도자기 탈만 하겠습니꺼. 지도 앞으로 백자 청자 분청 항아리를 만들 작정입니다.

그러시구먼. 그럼 당연히 전통 가마가 있어야지. 내 생각이 짧았군.

나는 공연히 그를 무시한 것 같아 얼른 수정했다.

부인이 대청마루에 차 자리를 폈다. 차를 내서 마시는데 부인이 다가와 남편에게 속삭이는데 내게도 들린다.

여보, 선생님도 도장 하나 받으시도록 당신이 주선하면 안 될까요?

수백은 이마를 탁, 쳤다. 아하. 그렇지. 내가 왜 그 생각은 못 했지. 바보같이…

수백은 바로 나에게 말했다.

선생님도 도장 하나 받아 갖고 가이소. 아까 얘기한 다우 선생님 도장은 재운을 좌우합니다. 선생님도 좋은 분이니 부탁하면 들어주실 깁니다.

이야기를 들으니 까다롭게 사람을 가리는 분 같은데 나를 어찌 알고 도장을 주겠오? 난 괜찮아요.

지가 적극 말씀드리겠십니다. 그분 도장은 재운을 좌우한다 안캅니꺼. 선생님도 보면 만날 남 좋은 일이나 하고 스스로는 일어나지 몬하지 않십니꺼.

수백은 그러면서 말 나온 김에 다우 선생님 댁에 함께 가자고 조른다.

같이 그분에게 가십시다. 아무나 돈 내민다고 파주는 분은 사실 아닙니다. 그러니 직접 가야 합니다. 다우 선생님이 선생님 보시면 틀림없이 도장 하나 새겨 주실깁니다.

글쎄 난 안 간다니까요. 이야기는 잘 들었지만 나는 그런 거 믿지 않아요. 수백 씨 잘 된 게 어찌 도장 덕분이겠오. 수백 씨가 열심히 산 결과지.

그러지 말고 일어나세요. 지금 같이 갑시더.

나는 수차 사양했지만 수백은 끝내 나를 끌고 다우 선생 집에 갔다.

뜻밖에도 다우 선생은 나를 알고 있었다. 민속화가인 형님 금추 선생 도록을 만들었다는 것도 알고, 또 내가 만들던 잡지의 애독자임은 물론 내가 쓴 소설도 읽었다고 하니 이리저리 얽힌 인연의 한 갈래에 다우 선생과 내가 있는 셈이었다. 다우 선생은 전각에 일가견을 갖고 있지만, 은둔형이어서 내가 몰랐던 것뿐이었다.

그러시군요. 반갑네요. 제가 견문이 적어서 다우 선생님을 몰라뵈었습니다. 나는 송구하다는 자세를 취했다.

서로를 알고 나니 자리가 편해졌다. 다우 선생은 문갑에서 차 봉지를 꺼내 수백에게 주면서 말했다. 어제 마침 하동 친구가 유차(孺茶)를 보내왔어요. 귀한 손님이 오실 걸 알았나 봅니다.

수백이 차를 달이는데 향기가 장난이 아니다. 아이고, 아주 귀한 차를 선물 받으셨군요. 향기가 코를 찌릅니다. 명색이 차 전문지 발행인이라 그것이 얼마나 귀한 차인지 나는 금세 알 수 있었다.

자연에 묻혀 조용히 살아도 소통할 사람은 다 소통이 되게 마련이지요. 하는데 서가 위에 보이차도 보인다. 보이차도 좋아하십니까? 내가 묻자 다우 선생은 반긴다.

나는 보이차가 좋더라고요. 오늘은 차 선생이 오셔서 녹차를 냅니다만 평소의 나는 보이차를 더 즐깁니다.

그러시군요. 그러시면 제게 품질 좋은 보이차가 있는데 나눠드려야겠군요.

그러자 다우 선생은 손사래를 쳤다.

아니요. 내 차 식량은 넉넉합니다. 나중에는 몰라도 지금은 아닙니다.

그때였다. 나중에는 몰라도 현재는 사양한다는 다우 선생의 말이 묘한 여운을 남긴다고 느껴졌다.

한창 인사를 나누는 데 수백이 첫물차를 나누면서 본론을 꺼내 버렸다. 다우 선생님. 여기 선생님께도 도장 하나 주시면 안 될까요? 좋은 잡지 만들면서 우리 것 찾기, 우리 문화 되살리기에 헌신하시다가 집도 날리고 재정난에 처하셨다는데요.

그 소리에 내 얼굴은 붉어지고 앉은 자세도 어색해졌다. 다우 선생은 차분했다.

그래요?… 하더니 사주와 한자 이름 등 몇 가지를 나에게 묻고 손마디를 짚으며 운세를 살폈다.

흠. 그러시군요. 요즘 어려운 때가 맞네요. 알았어요. 언제 서울로 돌아가죠? 선선히 말하는데 기분에 만들어 줄 것 같았다.

타원요에 일이 있어 내려온 겁니다. 오늘은 여기서 자고 내일 갈까 합니다만 바쁜 일은 없습니다. 이젠 백수라 시간에 쫓길 일이 없으니까요…

내겐 은근히 도장을 준다면 받고 싶은 욕심이 피어났다. 내심 기다리라면 기다릴 생각이었다. 다우 선생은 고개를 끄떡이며 말했다. 그럼 내일 열 시쯤 나에게 들렀다가 가세요. 내가 도장을 하나 선물하지요. 도장을 드리면 인감으로 쓰세요. 그러면 6개월 안에 집문서 2개가 생길 겁니다.

말과 태도에 자신감이 넘친다. 그러나 조용조용 말하기에 나 역시 — 흥분되는 가운데서 — 목소리를 낮춰 반문했다.

6개월 안에 집문서가 하나도 아니고 두 개요? 아니 잡지사 하다 망해서 있던 집도 팔아 빚을 청산하는 중인데요?

나는 도저히 믿기지 않았다.

허허허, 아직 절실하지 않으신 모양이군요.

그건 아니죠. 아주 절실한 처지이긴 합니다. 하지만 이러다 할 근거가 있어야 하는 거 아닌가요? 직장이 있거나, 사업이 있거나… 하다못해 복권 당첨도 그걸 사서 갖고 있어야 하는 거 아닌가요? 준비된 자에게 기회가 왔을 때

잡는 게 행운인 걸로 아는데요,
 재능이 있지 않습니까? 직장이 생기겠지요. 열심히 사는 사람에게 신은 반드시 영묘한 반응을 보이니까 믿으세요. 인장은 인간의 약속과 신뢰를 나타내는 상징물이에요. 선생의 인격과 신분, 인생관을 모두 담아 드릴 겁니다. 내일 열 시쯤 오세요.
 다우 선생은 계속 미소를 보이면서 차를 마셨다.
 그럼, 얼마…를 준비해야 하죠?
 나는 당연히 도장값을 드려야 하는 일이기에 물었다. 다우 선생은 웃었다.
 아니 형편이 어렵다면서… 신경 쓰지 마세요. 우리가 만난 건 처음이지만 한 다리 건너 잘 아는 사이 아닙니까? 나중에 잘 되면 그때 봅시다. 잘 됐다 싶을 때 좋은 보이차나 보내 주이소.
 어허. 어찌 이런 경우가 있는가?… 나는 어리둥절했다.

 이튿날 도장을 받았다. 서울 올라오는 기차에서 수백과 다우 선생을 번갈아 떠올리며 도장을 꺼내 보고 또 꺼내 보았다. 도장의 재질은 상아(象牙)인데 볼수록 귀티가 나고 위엄이 느껴졌다. 무게도 묵직했다.
 기왕 받았고 행운이 올 거다. 하니 인감을 바꾸자 해서 서울에 닿자마자 먼저 혜화동사무소에 들려 새 도장으로 인감을 바꿨다. 보름 뒤면 비워줘야 하는 집이지만 아직 사는 집이 혜화동에 있었다.
 이사 갈 집은 아직 구하지 못한 때였다. 잡지사 판 돈, 집 판 돈을 합한 데서 갚아야 할 돈을 빼면 손에 남는 것이 고작 삼천만 원으로 서울에서 전세 구하기도 어려운 액수였다. 아내와 딸이 둘인 우리 가정엔 나 외에 돈을 가진 사람도, 버는 사람도 없었다. 아내는 전업주부요, 큰딸은 혜화초등학교 2학년, 작은딸은 혜화유치원에 다니고 있었다.

 잡지사는 인사동 통인가게 앞에 있었는데 팔고 나서 관훈미술관 골목에 있는 4층 빌딩의 3층을 임대해 새 사업을 모색하는 중이었다. 혼자 지내기

알맞은 작은 방이지만 글도 쓰고 이번처럼 카탈로그나 도록, 혹은 자서전 따위 남의 서적을 쓰고 만들어 주는 기획 사무실로는 부족하지 않았다.

혼자가 된 만큼 모든 일이며 연락을 직접 해야 했다. 그러나 뭘 어떻게 하든지 우선은 집 문제를 해결한 뒤 새 사업에 매진할 생각이었다. 한두 달은 타원요 도록 만들어 주는 것으로 최소한의 월 생활비를 충당할 수 있었다. 그런데 보름 남았는데 도대체 어디로 이사를 해야 하나?…

동사무소에서 개인(改印) 신고를 마치고 나오니 오후 5시였다. 9월이라 아직 해가 있지만 인사동 사무실에 가기는 어정쩡했다. 시간이 생긴 김에 혜화동에도 싼 집이 있겠지 싶은 생각이 들어 로터리에 있는 부동산중개소에 알아보니 월세는 가능했다. 차가 들어가지 못하는 좁은 골목길로 한참 올라간 곳에 있는 낡은 집은 전세도 가능하다고 했다. 바로 이사할 수 있게 비어 있는 집도 있었다. 그러나 실물을 보면 이사하고 싶은 생각이 안 드는 집이었다. 좀 더 찾아보자 하고 다른 부동산에도 들렸다.

그렇게 서너 곳 부동산을 돌아 나오는데 거리에서 평소 존경하는 조병화 시인을 만났다. 인사를 드렸다. 조 시인은 과거 대학교수였지만 현재는 한국문인협회 이사장이어서 이사장님 안녕하세요. 하고 인사드렸다. 나는 그분을 알지만, 그분은 나를 모를 거라는 생각에서 반응을 기대하지 않았다. 그런데 뜻밖이었다.

어 이거 누군가. 홍성유 꼬붕 이기윤 씨 아닌가? 하고 불러 세우더니 손을 잡아주며 차 한잔하고 가라 하신다. 훌륭하신 분이 나를 기억해 준다는 사실에 감읍(感泣)해서 나는 조 이사장 뒤를 따라갔다.

혜화동로터리에 주유소가 있는데, 그 주유소를 부채꼴로 감싸고 있는 것이 조병화 이사장의 집이요 건물이었다. 주택으로 사용하는 공간이 가운데 있고 왼쪽은 부인이 경영하는 산부인과 의원이요, 오른쪽 2층은 조 이사장이 경영하는 세계시인협회 사무실이었다.

조 이사장은 나를 세계시인협회 사무실로 데려갔다. 성춘복 시인이 사무국장인데 퇴근을 했는지 자리에 없었다.
어때. 홍성유 선생은 잘 지내시나? 조 이사장은 홍 선생 안부부터 물었다.
예. 특별한 변화는 없으십니다.
홍성유 선생은 한국문인협회 소설분과 회장이니 각별한 사이이다. 문단에 이름을 올린 지 몇 해 안 되는 후배 소설가인 나는 그때 이미 홍성유 선생의 그림자로 소문이 나 있었다. 조 이사장은 커피를 손수 끓여 주었다. 무슨 말씀을 하시려나 궁금했지만 먼저 물을 수는 없었다.
자네 일전에 내게 시집 하나 보냈지?
예...
시집은 보냈다. 그런데 이사장이라 특별히 보낸 건 아니었다. 소설을 출간하거나 시집을 내면 문단의 친한 사람은 물론 존경하는 선배 문인, 또 평론가들에게 의례로 보내는 것이었다. 나의 경우 그 숫자가 300명 정도 되었다.
잘 썼더군. 좋은 시집을 냈기에 내가 시 분과에 자네 이름 올려놨네. 나는 아이코, 했다. 소설분과에 이름이 올려져 있는데 왜 또 시 분과에… 이중으로 문인협회에 등록할 필요는 없는 일인데… 하지만 표현은 못 했다.
고맙습니다.
앞으로 시 분과에서도 활동하게, 자네가 일을 잘한다며? 홍성유하고 다도 잡지도 만들었지?
예. 홍 선생님을 모시고 있었습니다. 근데 잡지를 이번에 그만두었습니다. 적자가 너무 심해서.
그래? 음… 그랬군. 하긴 잡지를 발행한다는 게 힘든 일이야.
예, 뼈저리게 체험했습니다.
그건 그렇고… 자네 요 근처에 살지?
예, 요 위에 살았습니다만… 이제 이사를 해야지요.
왜?
잡지사 그만둔 게 망했기 때문입니다. 집 팔아서 빚 청산해야 할 처지가 돼서…

나는 돌리는 거 없이 말해버렸다. 조 이사장이 그런 걸 좋아하기 때문이었다.

그래? 음… 그랬군. 잡지사가 그래… 내 주변에도 잡지사 하다가 집 날린 사람 많아.

다시 시작해야죠.

그럼, 집을 팔면 청산은 다 되나? 집을 팔고도 모자라는 건 아냐?

나는 갸우뚱했다. 왜 이렇게 꼬치꼬치 물으실까. 잘 알지도 못하는 처지에. 그러나 대답은 공손하게 했다.

어디 변두리에 가서 전세 살만큼은 남았습니다.

그렇다면 다행이군. 그럼… 아, 마침 잘됐구먼. 갈 데 없으면 당분간 우리 집에서 살게나. 방 두 칸이 비어 있거든.

네에? 나는 내 귀를 의심했다. 그런 제안은 꿈에도 생각지 못했기 때문이다. 점잖게 사양했다.

위치 좋은 혜화동로터리 변에 있는 이사장님 댁에 방 두 칸 얻을 만한 돈은 안 될 것 같은데요.

나는 값을 묻기도 전에 움츠렸다.

돈 필요 없네. 공과금이나 내면서 살아.

조병화 이사장은 분명하게 말했다. 나에겐 귀가 번쩍 열리는 제안이었다. 그런데 어떻게 이런 일이…

정말입니까? 정말 그렇게 해도 되겠습니까?

내가 빈말하겠나. 잡지사 하다가 집 날린 사람 심정 나만큼 아는 사람 없네.

그렇게 해서 며칠 후 나는 조병화 이사장 댁으로 이사했다. 보증금 같은 건 없으니 빚 청산하고 남은 돈 삼천만 원은 일단 은행에 맡겼다. 어떻게든 그 돈을 종자로 우리 가족 살 집을 만들어야 한다는 게 내 생각이었다.

조 이사장은 이삼 년 지나면 형편이 풀리지 않겠느냐고 했다. 그건 이삼 년 살아도 좋다는 말씀과 같았다. 이삼 년 살 집이 안정되니 마음이 다소 편해졌다.

(12년 후쯤 조 이사장이 대한민국 예술원 회장이 되고, 홍성유 선생이 예술원 문학분과회장이 되었을 때 나를 「대한민국 예술원 회원의 문학과 인생」 발간사업 책임 편집위원으로 공식 위촉했는데 그때 조병화 선생이 말했다. 은연중 나를 당신의 일꾼으로 키우려는 속셈이 있어서 그랬던 거라고. 그러나 그런 속마음을 드러내기 전에 한국문인협회에 쿠데타(?)가 일어나 조 이사장이 물러나는 바람에 그 계획은 뒤로 미루어졌다. 그런 가운데 나는 나대로 새로 살 집이 생겨 5개월 만에 이사를 했다.)

타원요가 원하는 도록을 만들어 주는데 이십여 일을 소비했다. 도록이 잘 만들어졌다고 모두 좋아했고 롯데호텔에서의 도예전은 성황리에 마무리되었다. 그 일을 하는 사이 틈틈이 부동산 분양 광고를 보았는데 평창동 빌라가 눈에 띄었다. 가진 건 없지만 언젠가는 평창동에서 살고 싶은 게 사실 내 희망이었다.

그런데 평창동에는 건축허가가 나지 않았었다. 고층빌딩도 안 되고 아파트나 빌라 등 다세대 주택도 허가되지 않았다. 청와대를 품고 있는 산 너머인 탓이었다.

그 규제가 노태우 정권이 들어선 이후 풀렸다. 귀빈 예식장 뒤에 짓고 있는 (거의 다 지어진) 금강빌라가 있었는데 26평 분양가가 8천만 원이었다. 5천5백만 원에 전세를 준다고 하니 2천5백만 원이면 잡아놓을 수 있었다. 부동산중개인들은 몇 년 지나면 두 배나 세 배 오를 것이 분명하다고 했다. 아내와 두 딸을 데리고 모델하우스를 가 보았다. 아내도 좋아했다. 어린 딸들은 아빠, 이제 우리 이 집으로 이사 와? 언제 이사 와? 하며 이방 저 방 뛰어다녔다.

그 모습에 취한 나는 에라, 모르겠다 하고 분양계약을 해버렸다. 전세 줄 작정으로, 세금 포함해서 삼천만 원이면 집문서는 내 것이 될 수 있었다. 한 달 후 준공 검사를 마친 뒤 전세도 나갔고, 집문서는 내 손에 들어왔다.

집이 정리된 후 인사동 사무실에 나가 이 사람 저 사람 만나면서 새로운 일을 모색했다. 쉽게 잡히는 일이 없었다. 그러던 하루 인천에 있는 K 종합병원에서 전화가 왔다. 운영실장 목소리 임을 확인한 나는 뜨끔, 해서 얼른 응대하지 못했다. 잡지사를 넘긴 후 한 번도 인사를 가지 않은 것이다.
운영실장은 재력가이자 십 년 전부터 우리 차 마시기 운동을 주도해온 차문화계(茶文化界) 어른으로 내가 월간 다담(茶談)을 경영할 때 가장 큰 후원자였다. 자금도 제법 갖다 썼기에 잡지사에 문제가 생겼으면 당연히 가서 브리핑도 하고 인사를 드렸어야 하는 데 실패했다는 죄인 의식에 사로잡혀 말도 못하고 차일피일하면서 가지도 못한 것이었다.

나는 심호흡을 한 뒤 전화를 받았다. 불호령이 떨어진다.
자네 잡지 그만두고 요즘 뭐하면서 지내는가?
나는 또 한 번 심호흡하고 답했다.
아직요, 앞으로 뭘 할까 고민하면서 지냅니다.
아니 뭘 할까 고민하긴. 자네 지난번에 왔다 가면서 잡지사 그만두면 우리 병원 와서 일한다고 하지 않았는가?
……?
그러긴 했다. 기자들 월급 줄 돈이 없어 도와달라고 갔을 때 그랬다. 물론 광고를 달라는 것이다. 처음 몇 번은 우리나라 전통문화를 살리기 위해 힘든 잡지 한다고 격려하며 선선히 주었었다. 그러나 그것이 거듭되자 일 년에 두 번만 주겠다고 했다. 그런데 내가 더 자주 갔다. 인쇄비가 부족해도 갔고, 월급 줄 돈이 모자라도 가서 도와달라고 했다.
그러자 운영실장은 경계하기 시작했고, 급기야 더는 못 도와주네. 내가 효과 보려고 광고 주는 줄 아는가. 자네 도와주는 건데 이렇게 자꾸 오면 더는 못 도와주네. 하고 대화의 문을 닫으려 했다.
다급해진 나는 한 번만 더 도와달라고 했다. 그러자 운영실장은 그냥은 못 주네. 빌려줄 수는 있는데 계속 적자라면서 언제 어떻게 갚을 텐가. 하는 소리도 나왔다. 그때 내가 한 말이 그거였다. 제가 잡지를 더 못하게 되면 병원에 와서 일해 드릴게요. 했었다. 내게 능력이 있는 것은 운영실장도 진작 인정하고 있었다.

수화기 저편의 운영실장 목소리는 단호했다.
내일 오전에 내려와서 이사장 만나게! 우리 병원 이제 커져서 홍보가 필요해진 거 자네도 알지? 그러니까 와서 맡아줘야겠어. 운영실장은 명령조로 말하고 전화를 끊었다.
이사장과 운영실장은 자매 사이다. 운영실장이 언니다. 병원은 사실상 두 분이 경영한다. 내게 호령하는 걸 봐선 두 분 사이에 이미 합의가 된 것이다.
능력을 떠나 병원은 내게 생소했다. 대학병원급 종합병원 생활을 내가 잘 할 수 있을까? 나는 밤새 고민했다. 스스로를 진단하기에 월급쟁이 체질이 아니기 때문이었다. 더구나 병원 하면 의사 약사 간호사들 세상인데, 거기 이방인이 되어 자존심 상하게 하수인 노릇이나 하게 되는 거 아닐까 하는 우려도 일었다. 하지만 이미 생활에 쫓기는 몸이 되었고 다른 방책도 없으니 한번 부딪쳐 보기로 했다.

K 종합병원 홍보과장으로 사령장을 받았다. 바로 출근을 시작했다. K 종합병원은 하루가 다르게 성장하고 있는 병원이었다. 개인병원 20년 만에 200병상의 의료법인으로 출범한 것이 1979년의 일인데 7년 후 구월동으로 옮기면서 1,000병상으로 성장했고, 내가 초대 홍보실장으로 간 직후 2,000병상으로 늘었으며 첨단 장비와 시스템이 대학병원급이었다. 하지만 너무 급성장 하는 바람에 관리 부문은 허술한 데가 많았다. 운영실장은 병원의 관리 후생을 총지휘했고 이사장은 진료 수준 향상과 의료진 확보에 주력했는데 이를 위해서는 병원 이미지 제고가 시급히 뒷받침되어야 했다.
잡지사 후원으로 신세를 진 게 많은 나는 가진 재능을 유감없이 발휘하며 부지런히 일했다. 먼저 원내 방송실을 활성화했다. 문학적 향취가 듬뿍 담긴 짧은 문장으로 아침 출근길 상쾌한 인사를 내보내는 것으로 분위기 쇄신을 시도했다. 병원 전 직원을 단합시킬 수 있는 원가를 작사하고 곡을 만들고 노래 잘하는 간호사를 뽑아 녹음한 뒤 일과의 시작과 끝에 방송했다. 그러면서 살펴보니 원내에 설치된 TV 모니터가 4백 대나 되었다. 그것을 방송실에서 조종하게 만들고 이런저런 캠페인 프로를 홈비디오로 제작해서 방송했다. 예약을 생활화합시다. 라든가 정기 검진으로 건강할 때 건강을 지킵시다. 등등의 캠페인을 지속해서 펼쳤다. 금연본부장이 되어 운동을 펴는 한편에서 단편 드라마(?) 같은 기록물도 만들어 방송했다. 죽어가는 사람이 응급실에 실려 왔다가 회복되어 나갈 때 본인은 물론 가족이 기뻐하는 모습들을 인터뷰까지 해서 비디오테이프에 담아 방송했다.

홍보물 제작을 위해서는 먼저 병원 이미지 통합을 위한 CI(corporate identity) 작업을 하고 나서 병원 내의 모든 표지판을 통일했다. 그리고 첨단 의료장비들에 대한 팸플릿, 리플렛 등 홍보물도 하나하나 고급스럽게 제작했다. 하루가 다르게 변화하는 걸 피부로 느끼게 되니 이사장, 운영실장은 물론 병원 간부들이 이구동성 우리 병원에 물건이 왔다며 좋아했다. 병원의 모습이 새로워지니 홍보과장 발령 두 달 만에 나는 짐짓 병원 내에서 유력인사가 되었다.

그렇게 열심히 일하고 있었는데 어느 날 뜻하지 않은 일이 벌어졌다. 석 달쯤 되었을 때의 일인데 예고도 없이 노조가 만들어지더니 스트라이크를 일으킨 것이다.

1987년 6월의 민주화 항쟁 이후 우리 사회의 민주노조 운동은 크고 작은 투쟁을 통해 자신의 전술과 이념과 조직을 발전시키고 있었다. 정치적 노동운동이 현장의 조직 운동을 지도 지원하면서 민족 민주 노선은 급속히 강화되어 갔다. 그들은 오직 투쟁으로 자신의 목적을 추구했다. 파업이나 분해 해체 등으로 사측을 위협하는 게 일상이었다.

외부의 영향을 받지 않고 자기 발로 서려는 양질의 민주노조가 없지는 않았으나 정치적 노조 운동 단체들이 그냥 두지 않았다. 87년-95년 사이의 시기는 오로지 투쟁을 통한 노동조합운동이 보편화했던 시대였기 때문이다.

어제까지 평온했던 병원인데 이튿날 아침 출근하니 머리에 띠를 두른 노조원들이 1층 로비를 점령, 농성을 시작했다. 철저히 비밀리에 진행한 탓에 노조원들 외에는 누구도 예상하지 못한 사태였다. 농성장 앞에 나선 사람들은 언제 직원이 되었는지, 어느 부서에서 일하는지 정체를 알 수 없는 사람들도 있었다. 병원 간부들이 알지 못하는 사람들인데 어찌 된 일인지 인천시는 그들을 직원으로 인정하고 노조설립을 허가해 주었다.
물론 낯익은 사람도 있었다. 간호조무사가 많았고 식당에서 일하는 일용직 주부, 세탁소, 미화부 직원 등 하급직 일부가 그 대열에 섞여 있었다. 그중 조금 친하다 싶은 얼굴이 있어 너 왜 거기 있니, 하고 보통 때의 말투로 물었는데 돌아온 것은 소름이 끼칠 만큼 차가운 눈빛이었다. 내가 알던 생글생글 잘 웃고 공손한 사람이 아니었다. 전혀 다른 사람으로 바뀌어 있었다.

기획실장실에서 긴급 비상 회의가 오전 오후 연달아 열렸다. 노조가 로비를 점령하고 있어 진료 접수를 할 수 없으니 보통 비상한 일이 아니었다. 사측에 있는 전 직원이 나서서 각자가 만만한 노조원 한 명씩을 담당, 끌어내어 설득으로 돌려세우자는 안이 나와서 시도했으나 실패였다. 주동자로 여겨지는 인물들을 물리적 힘으로 끌어내자는 소리도 나왔다. 불법노조의 불법시위라고 경찰에 고발했지만, 시에서 인정한 만큼 경찰도 당장 조처하지 못했다.
노조의 투쟁은 하루를 더할 때마다 목소리가 강해졌고, 내거는 구호도 자극적으로 되어갔다. 참가자도 늘어났다. 입원환자들 사이에선 동요하는 현상도 나타났다. 어떻게든 방법을 찾아 시급히 노조 사태를 진정시켜야만 하는 데 방법은 찾아지지 않고 있었다.

나흘째 되는 날 나는 품의서 하나를 들고 이사장에게 갔다. 나흘 만에 이사장 얼굴은 반쪽이 되어있었다. 마침 운영실장도 함께 있었다.

하나 품의 드릴 게 있어서 왔습니다. 하니 듣지도 않고 지금 판국에 무슨 일을 하려느냐 하며 노조 문제부터 해결할 방안을 찾으라고 했다.

나는 서류를 내밀었다. 바로 그 안입니다. 병원 특보를 만들고자 합니다. - 신문 호외 같은 특보를 수시로 만들어 병원 전체에 뿌리겠습니다. 우리 병원 노조가 어떤 사람들에 의해 만들어졌고 외부 세력이 어떻게 개입되어 있는지를 낱낱이 취재해서 밝히겠습니다. 그러면 설득이 될 겁니다.

그럼 만들어서 갖고 오게. 그때 결재할게! 이사장은 대수롭지 않게 여겼다. 나는 강경하게 건의했다. 아닙니다. 지금 상황으로 봐서 그렇게 느긋하게 만들 특보가 아닙니다. 시시각각 변화는 상황을 빠르게 수집하고 분석해서 배포해야 합니다. 저에게 전권을 주십사는 품의입니다. 일일이 계통 밟아 검토하고 결재받아 인쇄해서 배포할 일이 아닙니다. 신문 호외 만들 듯 재빨리 만들어 뿌려야 합니다. 저를 믿고 맡겨 주십시오. 제게 전권을 주십시오.

옆에 있던 운영실장이 나섰다. 한 번 맡겨보지. 어때 이사장은? 난 맡겼봤으면 좋겠는데.

그러자 이사장도 동의했다. 좋아, 한번 해 보게! 하면서 품의서에 사인을 했다.

나는 얼른 내 방으로 돌아와 가용 인력을 소집했다. 기안 서류에 있는 대로 홍보실 직원 외에 기획실에서 두 명, 총무과에서 한 명, 원무과에서 두 명, 관리과에서 한 명을 지원받았다. 모두 인천 토박이이고 병원 밥을 오래 먹은 근원적 직원들이었다. 그들에게 정보를 가져오는 임무를 주었다. 그리고 작업에 착수했다. 병원 보는 타블로이드판으로 만들었는데 이틀에 한 번씩 만들었다. 수집된 정보량에 따라 때론 4면, 때론 8면, 때론 12면으로 발행했다.

문제를 일으킨 병원 노조의 주축은 종합건강진단자를 모으는 영업사원들이었다. 병원 소속의 직원이 아니라 용역을 준 일인데, 사업 성격상 병원 건물 내에 사무실도 허락됐고 영업사원 모두 병원 명함을 갖고 다녔다. 그들은 명함을 증표로 노조를 세운 뒤 투쟁을 통해 정직원이 되고자 했던 것이고, 병원 조직 내의 소외계층을 꼬드겨 대우 개선을 외치도록 했던 것이었다. 외부에서 정치 노조가 어떻게 방향을 제시하고 시도했는지도 낱낱이 밝혔다.

병원 특보 3호에 이어 4호가 뿌려질 때 분위기가 돌아서는 것을 감지할 수 있었다. 그리고 7호를 만들어 배포했을 때 그렇게 극렬했던 노조가 내부에서 와해하기 시작하더니 9호에서 더 만들 필요가 없게 되었다. 더 밝힐 것이 없어서가 아니라 노조가 저절로 해체되었기 때문이었다.

노조 때문에 긴장하고 어수선했던 기간은 모두 40일쯤이었다. 해체된 후 그 흔적을 말끔히 없애는데 일주일쯤 더 걸렸다. 이윽고 병원은 예전의 분위기로 돌아갔고, 나도 다시 홍보업무에 집중했다.

며칠이 지났을까? 운영실장실에서 호출이 와서 갔다. 운영실장은 어느 때보다 온화한 얼굴로 말했다.

자네 수고했네. 이사장이 이번 일을 보면서 펜이 총칼보다 무섭다는 말을 실감했다고 했네.

헤헤헤. 송구합니다. 이만하기 다행이었습니다.

나는 겸손하게 말했다.

그래서 자네에게 포상을 내릴까 하는데...

아이고. 그런 말씀 거두세요. 당연히 할 일을 한 겁니다. 과거에 신세 진 게 얼만데요. 조금도 개의치 마십시오.

나는 펄쩍 뛰었다. 그러나 운영실장은 이미 마음먹었다. 역시 이사장과 합의된 내용일 것이었다.

생각이 나서 묻는데, 자네 지금 사는 형편은 어떤가? 지난번에 잡지사 청산할 때 집까지 팔았다고 안 그랬나?

예... 그랬습니다. 그런데 다행히 지금은... 한국문인협회 이사장이신 조병화 시인님이 고맙게도 방 두 칸을 내주셔서 거기 살고 있습니다.

혜화동이 그런 집인가?

예. 원래 저의 집도 그 이웃에 있었고요, 조병화 이사장님 댁도 혜화동 로터리입니다.

전세야 월세야?

그것도 저것도 아닙니다. 저도 영문을 모릅니다만 그냥 형편 나아질 때까지 살라고 내주셔서... 공과금만 내며 살고 있습니다.

이사장이 자네에게 아파트를 하나 줄까 하는데, 주면 인천에 내려와서 살겠는가?

네에? 나는 놀라서 말을 더듬었다. 왜 제게 아파트를?

자네가 마음에 들었나 보지. 어때 그럴 텐가?

생각하고 말고 없이 내 입에서 대답이 튀어 나갔다.

아 주신다면야 감사하면서 내려와 살지요. 혜화동에서 인천 남동구 구월동 출퇴근하기가 얼마나 힘든데요.

그럼 그렇게 하게. 아파트 하나 줄게.

그냥 살기만 하는 거죠?

나는 당연히 그럴 거라고 여기고 물었다. 그 말에 운영실장은 웃었다.

아파트를 하나 준다니까. 등기까지 넘겨줄 거야. 그러니까 다른 생각 말고 병원 일 열심히 해. 알았지?

정말입니까?

나는 흔연해서 넙죽 머리가 바닥에 닿을 만큼 인사를 했다.

병원 소유의 아파트가 여러 채 있기는 했다. 사택이 없는 대신 유능한 전문의를 데려오려면 제공할 아파트가 있어야 했다. 그러나 살게 하는 것이지 등기까지 넘겨주는 일은 없었다. 최고 간부들 사이에 말이 돌자 등기까지 넘겨주는 것은 내가 최초라며 축하도 하고 시샘하는 소리도 들렸다.

조병화 이사장 댁을 나와 인천으로 이사했다. 아이들 학교도 모두 인천으로 옮겨 인천시민이 되었다. 운영실장은 세금까지 다 내주고 등기를 넘겨주었다. 등기부 등본을 넘겨받은 날 달력을 보았다. 다우 선생에게서 도장을 받은 지 6개월 되는 날이었다.

전세를 주었건 어쨌건, 평창동 빌라 집문서와 인천의 아파트 집문서 두 개가 내 손에 쥐어진 것이다. 도장에 얹힌 이야기를 무시하진 않았지만 믿지도 않았는데 이런 신화가 이루어지다니…

나는 주머니에서 예의 인감도장을 꺼내 보았다. 인장이 은은하게 빛을 뿌리는 것 같았다.

일주일 후 월차휴가를 내어 부산행 기차를 탔다. 들고 있는 가방에는 다우 선생이 평소 좋아한다는 30년 묵은 보이차가 들어있었다.…⊙

단편

오해

1

한밤에 믿을 수 없는 일이 벌어졌다. 감기 증세를 보이던 아내가 한밤중에 갑자기 호흡곤란을 일으켜 119 구조대의 도움으로 강북삼성병원 응급실에 도착한 지 두 시간 만에 숨을 멈춘 것이다. 사망진단서에 적힌 사인은 폐부종. 응급처치 중에 심정지가 와서 심폐소생술로 다시 살리고, 다시 살리고 했는데 세 번째 심정지에서는 회생이 되지 않았다.

저녁 여덟 시 무렵만 해도 TV 앞에 나란히 앉아 오순도순 희망을 이야기했다. 십여 년 전, 나에게 국민연금이 나오기 시작하자 아내가 자기도 따로 국민연금 같은 게 있으면 좋겠다고 해서 나이와 상관없이 십 년 만기 연금을 불입해 왔는데 아내 나이 69세에 이르러, 드디어 120개월(만 10년) 납입을 마친 것이다.

"연금공단에서 연금 받을 통장 지정해 달라고 연락 왔어. 다음 달부터 당신에게도 연금이 나오는 거지."

아내는 빙긋 웃을 뿐 말이 없다.

"연금 받고 싶다고 했잖아. 이제 나오게 된 게 좋지 않아? 나라가 망하지 않는 한 죽을 때까지 매달 40여만 원 나오게 됐는데…"

"아유 좋지요. 고마워요."

고맙기는 하지만 까짓거, 크게 기뻐할 일은 아니라는 표정이다.

"그거 가지고 뭘 할 거야?"

나는 평생, 아내의 것이라고 영역이 그어진 돈은 많으나 적으나 건드린 적이 없다.

"석 달 모아서 여행 가고, 또 석 달 모아서 여행가고, 그럴 거예요."

아내의 말투가 어린아이 투정 부리는 것과 같다.

"이 사람 말하는 거 봐. 그럼 그동안 돈이 없어서 못 갔나? 여행은 혼자 다닐 거야?"

"그래요. 혼자 갈 거예요."

그 말에 씨가 있음을 나는 안다. 하지만 토를 달진 않았다.

"어이구. 그럼 이제 실컷 다니시겠군. 어쨌든 축하해요."

나는 더 묻지 않고 컴퓨터 문서 작업을 했다. 아내는 옆에서 TV 뉴스를 본다. 실제로 그렇게 혼자 간다고 해도 뭐라 할 나는 아니다. 우울증으로 삶에 흥미를 잃은 아내가 예전 모습을 회복하는 데 도움이 된다면 무엇이든 들어주고 도와주는 자세로 지난 10년을 살았기 때문이다.

2

결혼생활 40년 중 초기 5년과 뒤의 10년을 제외한 중간 25년 동안 나는 아내를 혼자 놔두다시피 했다. 아이들 교육을 포함해 가정의 일은 아내에게 일임하고 나는 바깥일에만 몰두했다. 바깥일이 바쁠 때 나에게 집은 그야말로 잠만 자는 곳이었다.

한 달에 열흘은 지방이나 해외에서 지냈고, 서울에 있다 해도 집에서 하루 한 끼도 안 먹을 때가 많았다. 밤이면 매일 술에 취해서 늦게 들어갔고, 건강을 관리한다며 새벽 6시면 수영장이 있는 헬스클럽을 찾았다. 아내와의 섹스도 점점 드물어져 한 달에 한 번도 하지 않고 넘기는 달이 많았다.

아내와 나 사이의 무대화 무관심은 점차 일상화되었다. 어쩌다 한나절을 같이 있어도 말이 없는 게 하나도 이상하지 않은 부부가 되었다. 집에 있을 때면 나는 컴퓨터 앞에 앉아 글을 쓰는 등 일을 하거나 TV를 보았다. 그럴 때면 아내는 쉬지 않고 이것저것 집안일을 챙겼다.

서른에 결혼하여 처음 사오 년 정도 오순도순 지냈을까, 육십이 되기까지 그렇게 지냈다. 서로에게 관심 없는 듯 지내는 게 오래되니 이야기를 하려고 해도 할 이야기가 없다.

육십이 되어 바깥일에 쉼표를 찍고 집에 있는 시간이 많아지면서 아내를 보니 내 기억에 메모리 된 예전의 아내가 아니었다. 말도 없고 표정도 없고 도무지 사는 것에 흥미를 잃어버린 사람이었다.

어느 하루 동부인해서 참석한 동창 아들 결혼식장에서 만난 정신과 전문의인 친구는 첫눈에 그런 아내를 심각한 수준의 우울증 환자로 확진(?)했다.

우울증을 무서운 병이라고 알고 있던 나는 겁을 먹고 이튿날 그 친구에게 전화해 저녁에 만났다.

"내 아내가 정말 우울증 같니?"

"야야, 우울증에 대해서는 내가 권위자야. 확실해."

"고혈압, 당뇨에 고지혈증 같은 게 약간씩 있어서 정기적으로 병원에 다니고 약을 먹긴 하지만 나이에 비하면 건강한 편인데… 아직 크게 병원 신세를 진 일도 없었고… 하긴 말이 없고 잘 웃지 않고 표정 없는 게 일상화된 지는 오래됐어."

"그게 오래됐으면 우울증도 그만큼 뿌리를 내린 거야. 우울증이 뭔지 아니? 일종의 고독 병이야. 삶에 흥미를 잃어버리는 게 핵심이고."

우린 술을 마시며 이야기했다.

"나 양심적으로 말해서 아내가 우울증에 걸릴 만큼 고생시키지 않았거든. 내 형편이 아무리 어려워도 기본에서 돈 걱정하며 살게 만든 적 없고."

"소설가답지 않네. 우울증은 그런 것과는 상관없어. 네가 여기저기 쓴 지구촌 대기행이니 세계문화여행이니 해외골프장 탐방이니 더러 읽어봤는데 전부 혼자 돌아다닌 거지? 아내와 같이 다닌 거 없지?"

"그건 일로 가는 거니까 같이 갈 수 없지. 대신 아내는 따로 여행하게 했어. 중국 동남아는 물론 호주 뉴질랜드… 캐나다 미국 본토 하와이 일본은 함께 갔고."

"함께 간 거는 드물지? 혼자 다닌 월등 많고?"

"난 혼자 다닌 일을 거의 없어. 따로 가는 건 내가 여행을 준비하고 함께 갈 사람을 모아서 가는 거야. 기획도 하고 진행도 맡기 때문에 나는 공짜로 가는 경우가 대부분이야. 참가자들도 모두 혼자 가는 데 진행을 한다는 놈이, 또 공짜로 가는 놈이 어떻게 마누라를 데리고 가니?"

"그건 네 사정이지. 아내가 그걸 이해하니?"

"가끔 불평했지만… 이해해야지."

나는 자신 없는 말로 중얼거리듯 말하다가 곧 확실하게 얘기해 주었다.

"처음엔 이해를 못 했어. 아니 안 하는 거 같았어. 하도 투정해서 하와이 문학 행사에 갈 때 한 번은 에라 모르겠다 하고 데리고 갔더니 좋아하더라. 그러나 아니나 다를까, 뒤에 욕을 삼태기로 먹었어. 소설가들이 좀 예민하냐. 진행하는 놈이 저만 아내를 데리고 갔다고. 결국 그 소리가 아내 귀에도 들어갔지. 그 뒤로는 따라가겠다는 말 안 하더라."

"그런 게 다 우울증을 유발하는 원인인 거야, 내가 확신으로 말하는데 네 아낸 중증이라서 조만간 무슨 일이 벌어질지도 몰라. 극단적인 선택을 할지도 모른다고."

"극단적이라면?…"

"이혼서류를 내밀든가 자살하든가…"

친구는 아무렇지도 않게 말했다.

"그런 정도라고 보니? 그럴 만큼 성격이 모진 사람이 아닌데도?"

나는 일편 무슨 말도 안 되는 소리야, 했지만 우울증이라는 소리에는 약해졌다.

"그럼 내가 어떻게 해야겠니? 흔히 하는 대로 약물치료나 정신과 치료… 그런 거를 해?"

"당연히 그래야지. 그러나 친구니까 하는 얘긴데, 약물이나 병원 치료보다 효과적인 것은 네가 같이 있어 주고 어디를 가도 같이 가주는 거야. 네 생활을 아예 희생하는 거지. 우선 그렇게 해 봐. 그런 게 치유 효과가 빨라."

"그럴까?… 좋다. 그럼 그렇게 치유에 나선다고 하자. 얼마나 걸릴까?"
"오래 걸려. 너 하기 나름이지만 쉽지 않을 거야, 5년?… 10년이 걸릴 수도 있어."

"야아, 10년 후면 칠 학년이 되는데? 인생도 끝나는 거 아냐?"

"그래도 해야지. 요즘 100세 시대니까 삼십 년 행복을 위해 십 년 정도 희생은 가볍지. 네 아내 내가 알기로 신혼 때는 상당히 명랑했잖아. 아내가 그렇게 망가진 것에 대해 그 정도는 속죄해야 해. 이제껏 너 혼자 즐겼으니 남은 인생을 아예 아내를 위해서 살아도 되지 않겠니?"

"내가 인마 그렇게까지 큰 죄인은 아냐. 암튼 속죄하는 의미로 남은 인생을 아예 아내를 위해서 살아라?… 허허. 너 참 멋있어졌다. 그런 충고도 할 줄 알고."

"정신과 의사 오래 하면 그렇게 돼."

3

아내를 위해 선택할 수 있는 일이 무엇일까. 환갑이 되어 샐러리맨 생활은 마침표를 찍었으니 선택은 자유였다. 나는 내심 출판사를 차려 내 글들을 직접 출판하는 일을 하면서 뒤로 밀어두었던 창작을 하고 싶었다.

그러면서 이제껏 참여했던 몇 개의 문인단체, 여행인 클럽, 골프칼럼니스트협회, 다도(茶道)협회 등의 활동을 유지한다면 노년의 삶에 부족함이 없을 것으로 여겨졌다. 그러나 그렇게 하자면 여전히 바쁜 삶을 살아야 하므로 친구의 충고대로 아내 곁에서 우울증 치료를 돕는 속죄(?)의 삶을 살기는 어려웠다. 활동이 넓고 또 다양했기에 관계한 단체도 많고, 만나는 사람도 많았기 때문이다. 궁리를 거듭하면서 지난날을 돌아보았다.

우린 비교적 문제없는 가정이라고 여기며 나는 살아왔다. 남자는 벌고, 여자는 집에서 아이들 키우며 살림하는 전래적 역할 분담에 충실한 부부였다. 여자는 위성(衛星)이요 남자는 행성(行星)이라는 게 나의 사상이었다. 여자는 가정의 중심이 되는 위성이요 남자는 여자 주변을 돌면서, 여자가 중심을 잘 지킬 수 있도록 필요한 조건을 충족시켜주는 것이 남녀의 역할이요 인간의 본분이라고 여겼다.

서른에 결혼했는데 결혼 초엔 자신감이 약했었다. 순하고 착한 아내는 가정을 튼튼하게 지켜줄 것이란 믿음을 주었는데, 그러나 나의 능력에 대해서는 자신감이 약했었다.

부모로부터 한 푼도 물려받은 것이 없어 신혼생활도 단칸 월세방에서 시작했다. 나만 그런 게 아니라 아내의 처지도 같았다. 그런 만큼 우리는 남보다 두 배 세 배 열심히 살아야 한다고 마음을 다지긴 했다. 결혼 전과는 비교도 안 되게 노력하며 직장생활을 열심히 하고 사회활동도 게을리하지 않았다. 물론 가정에도 충실했다. 그러나 워낙 바탕이 없어 자신감을 못 가졌다.

노력한 결과 결혼 2년 후 첫 딸이 태어날 때는 방 둘에 거실이 있는 전셋집으로 옮길 수 있었고, 아울러 내 집 마련의 꿈도 '십 년 정도면 가능하지 않을까?…' 할 정도로 키워갈 수 있었다. 그러나 5년이 지나 딸이 둘이 되었을 때 보니 그 꿈은 10년 후로 밀려나 버렸다. 부동산값이 오르기 때문이었다.

어떤 주말, 집에 있으면서 내 집 마련 계산을 해 보다가 마음이 허탈해지자 나는 아내에게 미안하다고 했다. 능력이 부족해서 내 집 하나 마련이 요원함을 실토하고 부족한 능력을 탄식했다. 그때 아내는 참으로 묘한 말을 해주었다.

"미안해하지 않아도 돼요. 난 우리 사는 게 중산층은 된다고 생각해요."

나는 입을 벌린 채 한참 아내를 보았다. 이 사람이 세상을 몰라도 한참 모르네, 우리 사는 꼴이 무슨 중산층이야… 하면서.

그런데 아내의 그 한마디가 그날 이후 묘한 여운으로 뇌리에 계속 메아리치며 나를 흔들었다. 성격으로 보면 나는 결코 그 정도에서 자족할 사람이 아니었다.

내가 그렇다면 아내도 그럴 것이었다. 그렇다면 그 말의 뜻은 역설적으로 나를 질책하는 것인가?…

아내의 그 말은 내 인생에 사건이었다. 그 사건은 나를 매서운 채찍으로 후려치는 것과 같은 충격으로 각인되었다.

1983년, 결혼 5년 차인 서른다섯 때 그 사건이 있었다. 당시 나는 <월간 다원(茶苑)>이라는 국내 최초의 다도(茶道) 전문지 편집장이었.

12·12 사태로 실권을 장악한 전두환 세력이 권력 장악에 필수적인 언론 통제를 위해 신문 방송 등을 통폐합하고 저항적이거나 비판적인 언론인을 해직하던 때 <월간 다원>은 오히려 정책의 비호를 받으며 탄생했다.

'86 서울 아시안게임'과 '88 서울올림픽' 유치가 확정된 덕분이었다. 내막적으로는 조선일보 일본 특파원을 지낸 허문도의 자문이 작용했다. 전두환이 실권을 잡자 일본에 있던 허문도는 제 발로 한국까지 날아와 전두환을 접촉하며 자문을 해주었는데, 그 자문이 도움이 된다고 판단한 전두환이 1980년 4월 중정부장 서리를 겸직하면서 허문도를 비서실장으로 임명, 군 출신인 허삼수, 허화평과 더불어 속칭 '쓰리 허' 시대를 열게 되었고, 5·18 광주 사건 이후엔 국가보위비상대책위원회 문화공보위원으로 임명하였는데, 그 허문도가 일본 특파원으로 있는 동안 일본의 다도를 흥미롭게 보았고 그 뿌리가 한국에도 있음을 알게 된 뒤 아시안게임이나 올림픽 같은 세계적인 국제 대회에서 정책적으로 한국을 홍보할 대표적 생활문화의 하나로 다도가 선정되도록 힘쓴 것이었다.

잡지사 구성 멤버도 만만치 않았다. 희곡작가 김봉호 선생이 발행인이었고, 소설가 홍성유 선생이 내 위의 주간(主幹)이었고 (홍성유 선생을 만난 것이 여기서였는데 이후 2002년 타계하실 때까지 거의 함께 지냈다) 미륭 그룹의 박동선 회장이 실질적인 후원자였고, 국회의원이자 문예진흥원장이던 송지영 선생이 문화부의 허문도 차관과 함께 후견인이었다. 게다가 유한부인들 사이에 다소 사치스러운 다도가 전국적으로 열풍처럼 번지면서 다회(茶會)의 수가 기하급수로 늘어나고 있었다.

동에 번쩍 서에 번쩍 전국을 돌아다니며 발을 넓히고 내실을 다질 절호의 기회가 아닐 수 없었다. 나는 아내에게 양해를 구했다.

"일생에 세 번 기회가 온다는 데 그중 하나가 지금 나에게 온 거 같아. 당분간 집안일은 당신이 전담해 줘. 나는 바깥일에 몰두할게."

아내는 선선히 알았어요, 했다. 멋쩍어서 덧붙여본 제안도 있었다.

"아 여보, 그러지 말고, 내가 다도 잡지 만드니까 당신은 난이나 꽃꽂이 쪽 모임에 나가 활동하면 어떨까? 내가 도울 수 있는데,"

아내는 피식 웃었다.

"딸 둘 키우면서 그렇게 나댈 시간이 어디 있어요."

아내는 사회적 인기보다 가정적으로 오순도순 사는 걸 더 원하는 타입으로 보이긴 했다.

4

열심히 동분서주하며 살았다. 월간지를 중심으로 펼친 우리 차 마시기 운동은 점차 우리 것, 우리 전통문화 찾기 운동의 중심이 되어갔고, 차를 중심으로 꽃꽂이 단체, 도자기 세계의 예인들, 국악 단체, 민속화나 민화, 고미술의 전문가나 학자 평론가들, 한복의 명인들, 한학자들, 우리 전통음식의 달인들 등 온통 한국적인 색채를 모두 수용하면서 달이 다르고, 해가 다르게 발전하는 분위기를 더해갔다.

그렇게 일에 몰두하다 보니 점점 더 집은 잠만 자는 곳이 되어버렸다. 한 달에 열흘은 지방이나 해외에서 지냈고, 서울에 있어도 집에서 밥을 안 먹는 날이 많았다.

그러나, 그렇게 열정을 쏟았건만 차 잡지는 오래가지 못했다. 든든한 후견인이었던 박동선 씨가 코리아게이트에 휘말려 헤어나지 못한 게 가장 큰 원인이었다. 박동선 씨 없이 광고 영업으로 홀로서기 경영을 한다고 해 보았으나 역부족이었다. 편집국장을 하다가 4년 만에 발행인이 되어 내가 직접 경영에 나섰는데 서울올림픽이 열릴 무렵 결국 두 손을 들어야 했다.

환갑이 되기까지 크게 세 번 직장을 옮겼다. 차 잡지에서 물러난 뒤 의료법인 길 의료재단(후일 가천의대 부속 길병원) 초대 홍보실장으로 자리를 옮겨 5년여 근무한 것이 두 번째요, 이후 사단법인 한국소설가협회 사무국장으로 10년을 근무했다.

내가 재직하던 당시 길 의료재단은 한편에선 가천문화재단을, 다른 한편에선 가천의과대학을 설립하는 등 눈부시게 성장하던 때였는데, 초대라는 단서를 붙였듯 방송을 포함한 홍보의 틀을 새로 만드느라 정신없이 바쁘게 지냈고, 소설가협회 사무국장 시절은, 마침 그 시기가 미국 등 주요 우방 국가들에 한국인의 이민이 시작된 지 100주년이 되는 시기여서 이를 문학적으로 조명하고자 LA는 물론 시카고 밴쿠버 하와이 등 미주와 호주 시드니, 중동 몽골 등 역사성 있는 도시를 돌며 현지 교포 문인들과 함께 <이민 100주년 기념 세미나> 따위를 하느라 그야말로 지구촌을 누비며 지냈다. 그런 행사의 기획과 진행이 모두 나의 일이었다.

그뿐이 아니었다. 직장에 상관없이 1990년대의 10년은 문필가로서 인생의 전성기나 맞은 듯, 여기저기서 원고청탁서가 쏟아져 들어와 코피를 쏟으며 원고를 써 보내야 했다. 주요 연재물만 나열해도 KBS에 매일 나가는 <드라마가 있는 캠페인>을 3년간 썼고, 또 일간지인 제일경제신문에 소설도 3년을 연재했고, 주간 포스코 신문에 <지구촌 대기행>도 18개월이나 계속했다. 골프 칼럼 <반취 필드 산책>이나 <골프 코스의 문학적 산책>도 골프 월간지에 1990년 시작하여 8년을 연재했다. 그 외 전경련, 한국은행, 신호등, 안국화재(삼성) 보험회사 등 각종 사보, 기관지 등에서 청탁받은 콩트, 문화 기행 등도 백여

편에 이르고, 자유기업원에서는 기업소설의 기획 진행을 전적으로 나에게 맡겨 1년에 한 권씩 두 권을 출판했다. 대한민국 예술원으로부터 <예술원 회원의 문학과 인생>을 만드는데 단독 책임 편집위원으로 위촉되어 1년을 보낸 것도 이때였다. 이 시기에 KBS는 캠페인 외에도, 일일연속극도 쓰고 다큐멘터리도 10여 편 썼다. 그 모든 일을 직장생활을 하면서 해냈다. 그 일들을 어떻게 다 해냈는지 지금 생각하면 아찔한데 어쨌든, 그때 그 원고들을 다 감당하면서 지냈다.

열심히 산 덕분인가, 1999년 12월 31일이 지나 2000년 ─ 즉 21세기의 새날이 맞을 때쯤 나는 꽤 유명 인사가 된 기분이었다. 한국통신문화재단이 내 홈페이지를 거창하게 만들어 주었고, 덕분인지 네이버 따위 포털사이트에 이름 석 자만 치면 메인으로 사진과 함께 프로필이 뜨는 명사(?)가 되었다. 조선일보 등 각 언론사가 운영하는 인물정보 등에도 일찌감치 이름을 올렸다. 열심히 산 덕분에 인천을 벗어나 서울 마포 대흥동에 32평짜리 아파트도 마련했으니 단칸 셋방에서 시작한 글쟁이로서 이만하면 성공 아닌가 싶었다.
 아내와 두 딸에게는 다소 낯선 사람이 되어버렸지만, 나는 그걸 미안하게 여기거나 심각하게 받아들이지 않았다. 아내가 전업주부로 가정을 꾸려가는 데, 적어도 경제적으로는 부족함이 없게끔 했다는 자부에서였다. 크게 축적한 재산은 없지만 빚지고 살지 않았고 의식주에 불편함 없었고 아이들에겐 학비 부담 없이 대학, 대학원까지 공부하게 해주었으니 내 할 도리는 어느 정도 하지 않았느냐 하는 자부가 있었다.

5

 아내가 우울증이라는 이야기를 들은 이후, 나는 진실로 과거를 반성하고 아내를 회복시키는 데 전력을 다하기로 했다. 같이 밥 먹고, 마트에도 같이 가고 하니 한동안은 갑자기 달라진 나를 거북해하는 것도 같았다. 그러나 이내 내 곁에서 떠나지 않으려고 했다. 하지만 얼굴이 밝아지거나 삶에 생기가 살아나는 것 같지는 않았다.

공원을 함께 산책하는 따위는 불가능했다. 걷는 걸 싫어하는 정도가 아니라 아예 움직이는 걸 싫어했기 때문이다. 건강에 이상이 있어서 그런가 하고 동네병원에 함께 가 의사의 소견도 들어보았는데 특별히 나타나는 것이 없었다. 약간 비만하긴 했으나 육십 전후 주부의 보통 몸매지 뚱뚱하다 할 정도는 아니었다.

24시간 붙어 지내면서 일거수일투족을 유심히 보니 언제부터인지 모르지만 먹는 것은 스스로 철저히 통제하는 게 느껴졌다. 외식은 예외지만 집에 있을 때는 저녁을 먹지 않았다. 커피는 오전에 딱 한 잔만 마셨다. 그림처럼 앉아 TV를 보는 시간이 많았다. 얼굴에 표정을 살리려면 대화를 해야 하는데 말하는 건 여전히 싫어했다. 내가 말하면 듣기만 했다. 무관심할 때는 몰랐는데 관심을 가지니 이상한 게 한둘이 아니었다. 이윽고 나는 그 모든 것이 — 친구의 진단대로 — 우울증 때문이라고 확신하게 되었다.

친구의 충언대로 늘 함께 있으면서 돌보는 것이 최선의 치료라고 믿으며 꾸준히 노력하니 조금씩 반응하는 게 느껴지긴 했다. 지인이든 친척이든 결혼식에 가자는 건 싫다 소리를 안 했다. 결혼식에 가는 걸 외식하는 시간으로 여겼다. 매주 토요일 오전에는 함께 영화를 보기 시작했다. 영화 선택은 그 주의 인기 순위 1위 영화로 정했고 예약은 막내딸이 해주었다.

한편에선 고민을 거듭했다. 마냥 놀면서 지낼 수 있는 형편이 아니었기 때문이다. 24시간 아내 옆에 있어 주면서 소설도 쓰고 최소한의 생활비도 벌 수 있는 방법을 찾아야 했다. 동시에 다양한 사회(친목)단체 활동에서 오해 없이 물러나 있을 합리적 명분도 있어야 했고, 그러면서 무엇보다 심심하지 않아야 했다.

숙고 끝에 선택한 것이 '식당을 해 보자.'는 것이었다. 식당을 하면 그 모든 것이 다 커버 될 것 같았다. 수소문하니 동네에 인수할만한 식당도 마침 있었다.
  아내에게 의논했다. 반대할 것이 뻔했지만 의논하지 않고 할 수는 없는 일이었다. 당신 우울증 때문에 선택하는 거야, 라는 말을 할 수는 없었다. 예상대로 아내는 한마디로 자기는 식당 못한다고 펄펄 뛰었다. 나는 달랬다.
  "걱정하지 마. 사람 써서 할 거니까. 당신은 카운터 관리만 해. 그것도 싫으면 그냥 집에 있어. 가게에 있고 싶으면 가게에 있고 집에 있고 싶으면 집에 있어. 동네에서 하는 거니까 괜찮잖아. 내가 다 할게."
  그렇게까지 설득하니 아내는 더 반대하지 않았다. 아내는 말했다.
  "식당이 얼마나 힘든데 경험도 없으면서 한다고 해요."
  "해 보진 않았어도 맛집 취재 다니면서 누구보다 많이 듣고 봤으니까 금세 익숙해지겠지."
  당신 우울증 때문에 옆에 있어 주려고 식당 하려는 거야, 소리는 끝내 하지 않았다. 자신의 병을 자각하지 못하는 환자에게는 우울증의 우 자도 비치지 않는 게 좋다고 들었기 때문이었다.

6

  식당을 하면 여러 가지, 안고 있는 문제가 일거에 해결될 것이라는 예상은 적중했다. 정말 식당은 내 형편에 있어 완벽한 도피처가 되어주었다. 상호는 내 아호를 따서 〈반취 동산〉이라고 했다.
  문인단체는 물론 한국 여행인 클럽, 헬스클럽, 골프칼럼니스트 모임 등 어떤 단체에도 나가지 않았는데 구차한 변명이 필요 없었다. 먹고살기 위해 식당을 차려 꼼짝 못 하는 신세가 되었다고 하니 모두 양해해 주었다. 꼭 나의 존재를 필요로 하는 모임은 고맙게도 〈반취 동산〉에 와서 회의하니 일거양득이 되었다.
  주방장(요리사) 하나와 홀 서빙 하나, 이렇게 두 명을 고용하고 시작했다. 소설가가 하는 식당이라는 게 알려지자 별스럽게 여기고 찾아오는 사람들이 생겨났다. 그러나 규모는 작고 인건비는 높았다. 두 사람 인건비 주고 나면 남는 게 없었다. 나와 아내의 인건비까지 계산에 넣자고 보면 계산기를 두드릴 것도 없이 적자였다.

어쨌거나 목적은 다른 데 있는 만큼, 돈이 벌리지는 않아도 유지만 되면 되었다. 나는 매주 토요일 오전이면 어김없이 아내와 함께 영화를 보았고, 세상일에서 물러나 오직 가게 안에서 장사하며 아내하고만 지냈다.

신기하게도 나의 장사는 남에게 고생하는 것처럼 보이지 않는 모양이었다. 나부터 생계를 위해서가 아니라 취미생활인 양 여기고 식당의 모든 일을 즐겁게 소화하였기 때문인지 모른다. 매일 손님들로 활기가 넘쳐났는데 상당 수준 품격있는 인사들의 사랑방으로 성격이 굳어져 갔다.

가게에 온 손님은 우선 나를 찾아 '선생님 저 왔습니다.'하고 인사한 뒤 '사모님 어디 계시죠?' 하고 아내를 찾아 인사한 뒤 자리에 앉는 게 단골손님들의 의례가 되다시피 했다.

처음엔 잔뜩 겁먹고 자기는 절대 상관 안 한다고 움츠렸던 아내였는데 그런 것을 보고 느끼는 사이 차츰 누그러지는 모습을 보였고 슬금슬금 가게에 있는 시간이 많아지더니 1년 정도 지났을 때 아내가 뜻밖의 제안을 했다.

"남는 것도 없는 장사를 왜 계속해요?"

"그래도 적자는 아니잖아. 난 이대로가 좋은데, 당신하고 같이 있으니까."

"에이…"

아내는 순간적으로 닭살 돋는 듯한 표정을 보이더니

"이런 정도에서 굳이 할 거라면 사람들 내보내고 둘이 해요."

했다. 나는 이제라도 그만두자는 소리를 할 줄 알았는데 정반대의 제안을 하는 것이다.

"당신 그거 제정신으로 하는 소리야."

반신반의했지만, 어쨌든 내심은 아내의 제안이 반가웠다. 나도 그렇게 하고 싶었다.

"그럼 당신이 서빙을 해. 내가 주방장 할게."
"음식 잘할 수 있어요?"
"해내야지. 다른 방도 없잖아."
"그래요. 그렇게 하기로 해요. 예약이 많으면 서빙 도우미 쓰고."
나는 신이 나서 곧 고용인들을 정리하고 시스템을 부부식당 구조로 바꿨다. 고용인 비위 맞출 일도 없어졌고 인건비 걱정도 없어지니 마음이 한결 편하고 즐거웠다. 장사가 되니 안 되니 해도 이런 구조라면 지낼만했다. 아내가 힘들어하지 않게 되도록 내가 주방과 홀을 왔다 갔다 하며 많이 움직였고, 예약인원이 조금 많다 싶은 날은 아내의 요청대로 파출부를 불러 서빙을 돕도록 했다.

말을 잘 안 하고 표정 없는 건 여전했는데, 그러나 혹간 파출부가 마음에 들면 이야기를 잘했다. 그런 파출부를 만나면 길게는 한 달, 혹은 두 달 일을 계속하게 했다. 그런저런 노력 덕분인가 내 느낌에 아내의 증상이 조금씩 나아져 가는 듯했다. 나와 둘이 있을 때만은 조금씩 이야기를 하기 시작했다.

지인이나 단골손님이 오면 거의 나를 불러 한잔 같이하자 하는 게 반취동산의 특징이었다. 그렇게 마주 앉으면 아내 이야기를 하는 경우가 많았다.

"사모님은 어디 아픈 분 같아요. 내가 드나든 지 삼 년쯤 됐는데 웃는 모습을 한 번도 못 봤어요."

한둘이 아니었다. 말을 꺼내면 모두 의아해했다. 가장 흔한 인사인 어서 오세요, 안녕히 가세요, 조차 아내 입에서 나오는 것을 들은 사람이 드문 정도였다.

7

이제야 겨우 아내가 우울증에서 벗어나는구나 하는 확연한 느낌은 식당 영업 9년 차에서 감지됐다. 표정도 눈에 띄게 밝아졌다. 움직이거나 걷는 거는 여전히 싫어했지만 둘이 있을 때 웃기도 하고 말도 조금 많아져 가끔은 옛날 명랑했던 신혼 시절을 떠올리게도 했다. 하지만 여전히 걷지는 않으려고 해서 어디 아프거나 이상한데 없는 거야? 하고 내가 물으면 아내는 언제나 괜찮다고 했다.

지인이나 손님 중에 집에 우환이 있어 힘들다고 하소연하는 이야기를 들을 때면 아내는 나에게 한마디 했다.
"당신은 내가 건강해서 병원에 다니지 않는 것에 대해 고맙다고 해야 해요."
병원비 때문에 가세가 기울고 빚에 허덕이는 가정이 얼마나 많은 줄 아느냐는 말이었다. 그럴 때면 나는 앉아 있다가도 얼른 일어나 머리까지 조아리는 제스처를 보이며 '건강하셔서 고맙습니다.' 해주었다.
그러면 아내는 기분이 좋은 듯 웃었다.

우울증 이외에, 나는 실제로 아내가 건강하다고 생각했다.
걷기 싫어하고 과식 조심하고 말 안 하고 웃지도 않는 아내를 내가 건강하다고 믿은 특별한 이유는 70이 다 되도록 치과 질환이 전연 없기 때문이었다. 육십 대로 접어들면서 당뇨와 고혈압이 약간 있어 한 달에 한 번 동네병원에 가 검사하고 약을 타다 먹는 건 있었다. 그러나 말 그대로 약간의 증세였다.
병원을 다녀오면 '의사가 뭐래?'하고 꼭 물었다.
"괜찮대요."
할 때가 많았고 당뇨가 좀 높아졌는데 걱정할 정도는 아니래요. 하는 때도 있었다. 병원에 다니는 건 동네병원과 안과뿐이었다. 다른 건 몰라도 치과 질환이 없다는 게 내가 가진 상식에서는 건강을 신뢰할 수 있는 증거였다.

아내를 감싸고 있던 우울한 기운이 점차 사라짐을 느끼면서 나는 십 년만 채워보자. 십 년 지성이면 아내가 옛 모습을 회복하겠지, 하고 비로소 시간을 정해보았다. 계속 이렇게 살면 아내가 나을 때쯤 거꾸로 내게 우울증이 생길 것도 같았기 때문이었다. 그러니까 십 년만 채우고, 아내가 좋아지면 식당을 그만두자는 생각이기도 했다.

아내하고만 오순도순 지내다 보니 세상살이에서는 사실 현저히 멀어졌다. 차츰차츰 멀어지던 것이 아예 잊히는 것 같았다. 지인들의 발길이 뜸해지는 것은 물론, 전화도 없어졌다. 오직 손님으로서 식당을 찾는 사람들만 남았다.

내 인생이 이렇게 저무는가? 하는 회의가 일 때면 하루라도 빨리 식당 그만두고 여기저기 다시 참여하고 돌아다니고도 싶어졌다. 보고 싶은 사람들이 자꾸 생각났다.

"우리 이제 식당 그만할까?"

하고 바람을 잡아본 일이 있었다. 아내의 답은 그때도 뜻밖이었다.

"그럼 우리 뭘 해요?"

십 년 식당 운영이 사람을 바꿔놓은 것이다. 나도 대답할 말을 잃었다.

하루는 '이봐요.' 하고 아내가 나를 부르는 데 목소리에 힘이 넘쳤다.

"지연이가 전화했는데 임신을 했대요."

기다리던 소식이었다. 일본에 건너가 동경에서 사는 큰딸이 지난해 결혼하더니 임신을 한 것이다.

"오 그래? 아빠가 축하한다고 해."

"직접 해요."

아내가 톡 쏘듯, 그러나 애교를 담아서 외쳤다. 그 소리를 듣는 순간 내 눈에 눈물이 핑 돌았다. 그래, 저게 아내의 본래 목소리였어…

8

큰딸이 딸을 낳았다. 출산일에 즈음하여 아내가 일본 동경으로 건너갔다. 큰딸이나 아내는 내가 같이 갔으면 했지만 아무리 생각해도 딸이 아기를 낳는데 친정아버지가 가서 도와줄 일이 생각나지 않았다. 국내라면 모를까 일본 동경까지 가서 갓 태어난 손녀 얼굴 잠시 보고 난 후 나머지 시간은 무엇을 하며 어찌 보낼 것인가. 아내와 같이 가면 적어도 일주일 이상 있어 주어야 할 텐데…

하지만 아내 혼자 보내는 것도 염려되어 대신 작은 딸을 함께 보냈다. 밝은 표정으로 가는 아내를 보고 나는 행복을 느꼈다. 그래, 이제 아내 돌아오면 식당을 정리해도 되겠다. 하는 희망도 품었다.

동경에 간 아내는 갓 태어난 손자와 함께 있는 사진을 수도 없이 카톡으로 보내왔다. 동영상도 보내왔다. 세상은 정말 좋아졌다. 전화뿐 아니라 화상통화를 아무리 자주, 오래 해도 다 무료였다.

작은딸은 직장이 있어 일주일 있다 귀국했고 아내는 보름 만에 돌아왔는데 일본 독감을 안고 왔다. 이틀이 지나도 아내의 기침은 가라앉지 않았다.

"일주일 전에 감기에 걸렸어요. 승연이도 걸렸었는데…"

나는 작은딸에게 전화했다.

"너 감기 걸렸었다며? 어떻게 됐니?"

하니 저는 돌아와서 이틀 만에 나았어요. 왜요? 하고 되묻는다.

"엄마가 기침을 심하게 해서 전화해 봤어."

그러자 딸은 금세 낳으실 거예요. 보통 감긴데요 뭘. 한다. 그러나 사흘째도 기침을 계속했다.

"왜 자꾸 기침을 해? 당장 병원에 가 봐. 가서 주사를 한 대 놔달라고 그래."

나는 내몰다시피 병원에 보냈다. 늘 다니는 동네병원이었다. 병원에 가서 주사도 맞고 약도 타온 아내는 별거 아니래요 했다.

병원을 다녀오고 나서 기침을 덜 하는 것 같더니 이튿날이 되니 기침이 멎었다. 기침이 멎은 아내의 얼굴은 유난히 평온해 보였다. 왠지 평소와 달리 기뻤다.

"이제 감기가 갔군. 진작 병원에 가라고 할걸"

"그런 거 같아요."

목소리도 밝았다. 점심에 축하의 의미로 아내가 좋아하는 한우 꽃등심을 사다 구워 먹으며 고맙다, 고 했다.

뭐요? 하고 아내가 명랑하게 묻자 나는 그동안의 심정을 털어놨다.

"당신… 십 년 전에 정신과 의사라는 친구 만났던 거 기억해?"

"김 철인가 하는 친구요? 예."

"그때 그 친구가 당신 우울증이 심각한 수준이라고 했었어. 그래서 걱정하며 지켜봤는데 이제 다 나은 거 같아서 고맙다는 거지."

"에이… 내가 무슨 우울증이에요."

아내는 픽 웃으며 말도 안 되는 소리라고 일축했다. 우울증은 본인은 자각하지 못한다고 했던가?

"나는 그 친구 진단이 맞았던 거 같은데."

"아이고, 아녜요. 내가 무슨 우울증이에요."

아내가 하도 아니라고 하니 나는 이야기를 더 진행할 수 없었다.

"아무튼 그런 얘기가 있었어…"

나는 얼버무리고 말았다.

저녁에 26명 단체 회식 손님이 있었다. 9시가 되도 가지 않자, 평소와 마찬가지로 아내에게 먼저 올라가 자라고 했다. 1층은 식당 2층은 살림집인 게 우리 <반취 동산>이어서 시간이 늦으면 아내 먼저 올라가 쉬라 하고 내가 남아 정리를 하는 게 보통이었다. 2, 30명 정도의 손님 회식은 혼자 요리하고 서빙도 할 수 있는 능력이 나에게는 있었다. 물론 손님들이 불편을 느끼지 않도록 하면서이다.

9

열 시 반쯤 1층 정리를 끝내고 침실이 있는 2층으로 올라가니 잠을 자고 있어야 할 아내가 침대에 쪼그리고 앉아 바튼 기침을 또 하고 있었다. 얼굴이 많이 충혈되어 있었다.

"아니 왜 또 기침을 해."

나는 놀라며 다가가 등을 토닥거려주었다.

"몰라요. 갑자기 기침이 다시 나오더니 멈추질 않아요."

"어떻게 해줄까. 계속 등 두드려 줘?"

"예… 콜록 콜록… 좀 두들겨 줘요. 콜록, 에이 씨, 왜 이러지? 콜록콜록. 나 물 좀 줘요."

얼른 물을 주니 벌컥벌컥 마셨다. 그래도 기침은 멈추지 않았다. 심했다. 얼굴을 만져보니 식은땀도 만져졌고 뜨거웠다. 더럭 겁이 났다.

"왜 이래 이 밤중에… 병원에 갈까?"

"몰라요. 에이. 콜록, 좀 있으면 낫겠죠, 콜록콜록."

하던 아내는 순간 돌변하더니 호흡곤란 증상까지 보였다.

"헉 헉, 나 왜 이러죠?!"

"아니 여보 정말 왜 이래. 안 되겠네. 119 불러야겠네."

"그래요. 헉, 안 되겠네요. 콜록, 119 좀 불러봐요."

나는 얼른 119에 전화했다. 새벽 1시였다.

경찰서도 소방서도 다 인근에 있으니 10분도 안 되어 119 구조대가 왔다. 아내를 부축해서 집에서 나와 차에 태웠다. 구급대원은 아내를 구급차 침대에 눕히더니 산소마스크를 씌웠다. 내가 옆에 탔다.

"산소마스크를 꼭 씌워야 합니까?"

"호흡곤란이 있으신 거 같은데요."

구급대원은 당연하다는 투였다. 그들은 물었다.

"아는 병원 있으세요? 가시고 싶은 병원?"

"특별히 다니는 병원 없어요. 삼성 강북병원이 가까이에 있으니 그리 갑시다."

"알았습니다. 그럼 그곳으로 가죠."

강북삼성병원 응급실까지는 구급차로 10분 거리였다. 도착한 시간이 자정을 넘긴 1시 30분이었다.

구급차에서 미리 신호를 보낸 듯 도착하니 응급실 진료팀 대여섯 명이 기다렸다는 듯 달려 나와 아내를 에워싸고 응급실로 옮기더니 한 명은 산소마스크를, 한 명은 검사를 위한 혈액 채취를, 한 명을 수액을 연결, 한 명은 혈압과 맥박을 재는 등 각각이 재빠른 손놀림으로 나름의 검사 임무를 수행했다. 나로선 접근은커녕 아내를 볼 수도 없었다.

삼십여 분 분주하게 환자 상태를 검사하며 체크하더니 두 시쯤 의사가 보호자를 찾았다. 내가 나서니 환자의 폐에 물이 찼다며 수술이 급하다고 보호자 동의 서명을 요청했다. 군말이나 질문, 설명이 있을 수 없는 긴박한 상황이었다. 그들은 무조건 서명하라고 들이댔고 나는 서명을 할 수밖에 없었다. 수술 준비는 곧 이뤄진 것 같았다.

그런데 의사가 칼을 대려는 순간 이상한 일이 벌어졌다. 아내의 심장이 멎은 것이다. 의료팀은 심폐소생기를 갖다 대기 전에 나에게 아내의 심정지 사실을 알렸다.

"심정지라뇨?"

"심장이 멎었다는 말입니다."

"무슨 소립니까? 세 시간 전만 해도 건강하던 아낸데요."

나는 아내 곁으로 가려고 했다. 의사는 나를 제지했다.

"가만히 계세요. 비키세요. 급합니다."

나와 얘기하는 것보다 심폐소생기를 대는 게 급하다고 했다. 나는 뭐가 어떻게 돌아가는지, 상황을 이해할 수도 받아들일 수 없었다. 몇 시간 전까지만 해도 건강하던 아내의 심장이 이렇게 갑자기 멎다니… 나는 혼이 나간 사람이 되어 허둥지둥 작은딸에게 전화했다. 전화하는데 울음이 터져 나왔다.

"아빠 이 시간에 왜요? 왜 우세요? 무슨 일 있어요?"

딸의 목소리가 들리니 울음이 더 커지고 말이 흔들렸다.

"승연아. 이게 대체 무슨 일이냐. 엄마 심장이 갑자기 멎었대. 엄마가 죽는 거 같아… 여기 강북삼성병원이야…"
"뭐라고요? 엄마가 죽어요?"
"그래. 기침을 심하게 하다가 호흡곤란이 와서 119타고 왔는데 방금 엄마 심장이 멎었대다. 지금 심폐소생기 대고 있어."
"무슨 소리예요. 아빠. 왜요. 엄마가 죽다니요."
딸의 목소리도 금세 울음으로 변했다.
"아빠, 당장 달려갈게요."
딸은 전화를 끊었다.

심폐소생기 덕분에 아내의 심장이 살아났다. 모니터를 확인한 의사는 잠시 후 다시 수술 자세를 취했다. 그런데 다시 칼을 대려고 하는 순간, 또 심장이 멎었다. 2차 심정지가 온 것이다.
의사는 자기도 모르겠다고 고개를 저으며 다시 심폐소생기를 갖다 댔다. 1차 때보다 어렵게 다시 심장이 살아났다.

딸과 사위가 도착했다. 달려오면서 울었는지 딸의 눈은 퉁퉁 부어있었다.
"아빠… 어떻게 된 일이에요?"
"가만있어 봐라. 지금 2차 심정지 상태에서 겨우 살아났어… 곧 수술할 거야. 나도 몰라. 폐에 물이 찼대. 그것부터 빼내야 한대."
두 번이나 칼을 대려다 실패한 의사는 잠시 환자의 심장이 안정되기를 기다린 뒤 이윽고 다시 수술하고자 칼을 대고 가늠했다.
순간 세 번째로 또 심정지가 왔다. 의사는 알 수 없는 일이라며, 장갑을 벗고 물러나면서 조수에게 심폐소생기를 다시 대도록 했다. 그러나 그것으로 끝이었다. 아무리 충격을 주어도, 반복하고 또 반복해도 세 번째 멎은 아내 심장은 다시 뛰지 않았다.
시계를 보고 난 의사는 응급팀과 내 앞에서 사망을 선고했다. 나와 딸의 통곡이 응급실을 채웠다.

10

아내의 갑작스러운 죽음이 도저히 이해되지 않는 나는 강북삼성병원 응급센터의 의무기록을 복사해서 장례를 치르는 사이사이 훑어보았다. 의학적 초기 평가기록은 간단했다.

…01:30 환자 내원 당시 SBP(혈압) 측정되지 않고 desturation(포화도 저하) 보여 intubation(기관 내 삽관) 시행하였고 02:07 arrast(심정지) 발생하였고 02:07~02·15분. 03:10~03:15분, 03:27~04:03분까지 CPR(심폐소생) 시행하였고 환자 ROSC(다시 박동) 되지 않고 04:03 사망 선언함. 이렇게 되어 있었다. 영상의학 검사결과는 폐부종. EKG(심전도) 검사를 보면 심박동은 정상의 두 배, 산소포화도는 반대로 정상의 40%였다.

짧은 시간에 무슨 검사를 그렇게 많이 했는지 심전도 그래프 뒤로는 일반혈액검사 특수화학검사 일반미생물검사 뇨검경검사 응급검사실혈액검사 응급검사실화학/면역검사 흉부영상 그리고 기타혈액검사 결과표가 붙어 있었다.
새벽 1시 반에 도착하여 02시 7분 일차 심정지가 올때까지의 37분간 그 많은 검사를 했다는 것이다. 앞에 열거한 검사 외에 또 무슨 주사를 그리 많이 놓고 요란한 처치를 했는지, 진료비 내역서에 A4로 4페이지나 나열되어 있었고 청구액도 4백만 원이나 되었다. 잘은 모르지만 과처치로 보였다. 119구급차에 실려 온 응급환자니까 저희 마음대로 요리(?)해도 되는 식이었다.
의료사고? 라는 단어가 뇌리를 맴돌았다. 그러나 따지고 싶지는 않았다. 다만, 내가 납득할 수 있는 사망 원인만은 알고 싶었다. 3일 장을 치르는 동안 시간이 흐르고 다소 진정이 되면서는 함부로 119 구급차를 부를 일도 아니구나 하는 생각도 자꾸 들었다.

옛날에 근무했던 대학병원 진료부장이 조문을 왔다. 근무 당시 나를 형님이라 부르며 따르던 의사였다. 예를 마친 후 식당에 앉았을 때 마침 잘 됐다고 의무기록을 보여주며 설명을 구했다. 기록을 본 진료부장은 잔잔한 목소리로 쉽게 설명해 주었다.

"69세에 가셨으니 요즘으로 말하면 일찍 가신 거라 서운하시겠죠. 하지만 기록을 보니 고통 없이 깨끗하게 가신 게 오히려 다행으로 여겨지네요. 만약 응급실에서 살아남았다면 곧바로 혈액투석을 하며 요양원으로 옮겨져 고통스러운 삶을 연명하셔야 하는 상황이었네요. 무엇보다 신장 기능이 완전 바닥이라서…
기록으로 볼 때 본인은 물론이고 가족을 위해서도 잘 가셨습니다. 상심이 크시겠지만 그렇게 편하게 생각하세요."
"그래요?"
나는 이건 또 무슨 황당한 위로의 소린가 싶었다.
"그런데 무슨 소리요. 신장 기능이 바닥이라니. 아내는 아프다 소리를 한 적이 없는데?"
"기능이 망가져서 생명을 위협하기 직전까지 자각증상을 보이지 않는 질환이 한둘이 아니죠. 대표적으로 널리 알려진 게 췌장이죠. 아시잖아요. 이상이 발견되는 순간 시한부 인생이 되지 않습니까. 질병은 크게 두 종류에요. 하나는 전염병이라든가 바이러스성 질환 같은 감염성 질병인데 그건 검사하면 금세 알아요. 환자의 상태나 통증도 뚜렷하고요. 하지만 비감염성 ― 즉 자연 질병은 그 어떤 것도 말기가 되기까지 증상이 없어요. 발병 원인도 하나 같이 알 수 없고요. 신장도 마찬가지로 침묵의 장기입니다. 여기 보세요. 숫자들은 거짓말을 안 합니다. 여기 프로 포닌 BNP 수치가 정상의 무려 20배입니다. 죽음을 부른 호흡곤란의 원인은 폐입니다. 폐가 완전히 젖어있으니 사망의 직접 원인은 폐부종입니다. 그러나 그 이전에 위기임을 알리는 축적된 신호들이 있네요. 여기 크레아티닌 수치가 위험하게 높은 걸 보면 콩팥 기능이 바닥이었어요. 헤모글로빈은 심하게 감소했고 혈액요소질소 수치는 또 높습니다. 이런 부적합이 뭉치고 쌓여 폐에 영향을 준 것이니 추적해서 볼 때는 신장의 고장이 사인입니다. 적어도 십 년 이상 서서히 망가진 걸로 보입니다."

"그래요?… 허허. 그럼 하나 더 물어봅시다. 의무기록에 우울증은 나타나지 않소? 난 아내가 우울증을 앓고 있는 걸로만 알았거든."

나는 의술에 농락당하는 기분이 되었다.

"그랬군요. 정밀검사를 안 받으면 그렇게 오해할 수도 있을 겁니다. 우울증이나 신장병이나 징후가 비슷하니까요. 삶에 의욕이 없어지고, 움직이는 거 싫어지고, 먹는 거 조절하지 않으면 불편하고… 증세가 같아요."

"맞아요, 그렇긴 했어요. 그랬지만… 에이, 그래도 이건 아니야. 그럴 리가 없어…"

도무지 정리되지 않는 상황이어서 나는 잠시 횡설수설하다 말했다.

"친구 중에 정신과 전문의가 있어요. 그놈이 하도 우울증이 확실하다고 하기에 그런 줄로만 알고 십 년을 옆에서 지냈는데… 가만있어 봐, 그럼 최근 들어 우울증이 사라진 듯 얼굴이 밝아졌는데 그건 어떻게 이해해야 하지?"

"글쎄요. 그랬다면 신장질환의 회광반조(回光返照) 정도로 생각해야 하지 않을까요? 임종 직전에 잠시 온전한 상태로 돌아오는 것과 같은…"

진료부장은 자기 말이 맞을 거라고 했다.

"전등도 정전되기 전에 반짝 밝아지잖아요."

그러면서 거듭 잘 가신 거니 그걸로 위안 삼으라고 했다. 그는 우울증이 있으셨는진 모르는데 그건 사망과 상관없다고 했다.

그렇다면 이게 뭔가. 그렇다면 정녕 지난 10년 세월을 오해 속에서 보냈단 말인가.

비탄에 젖은 나를 위로하듯 진료부장은 미소를 섞어 한마디 더 했다.

"부처 눈에는 부처만 보인다는 말 아시죠? 사모님 같은 경우 정신과 의사 눈에는 모두 우울증으로 보이고 신장전문의 눈에는 모두 신장질환자로 보이는 법이랍니다. 바르게 알려면 정밀검사를 받아야지요."

"그래요?… 허허허. 정말 그렇단 말이지. 현대 의학에도 무학대사가 살아있는 거네."

 진료부장이 돌아간 뒤, 시차를 두고 10년 전 우울증 운운한 정신과 전문의 철이도 왔다. 아가리를 한 방 갈겨주고 싶은 심정이었다. 불끈 주먹이 쥐어지기까지 했으나 참았다. 조문을 마친 철이와도 식당에서 마주 앉았다.

 "아내의 문제는 우울증이 아니라 신장이었다네…"
 "신장이었어?… 정말?"
 "너는 왜 그렇게 진단도 안 하고 우울증이 확실하다고 했니? 정밀검사를 받아 보라고 했으면 좋았을걸."
 내 목소리엔 원망이 담겼다.
 "그건 네가 알아서 했어야지."
 "신장질환이나 우울증이나 증세가 꼭 같다고 하더라."
 "그건 그래. 나도 알지… 그렇다면 네 잘못이지. 네가 정밀검사를 받게 해야 했던 거야."
 "그래?"
 "그럼 내 말만을 곧이곧대로 믿은 거냐?"
 "난 그랬지. 네가 하도 확신에 차서 말하는 바람에."
 "에이, 내가 진단하지도 않고 한 말을 그대로 믿다니… 나는 이상이 있다는 걸 느낌으로 짚어준 것뿐이야. 네가 정밀검사를 받도록 주선했어야 하는 거야."
 친구는 자꾸 자기를 원망하는 나를 나무랐다.
 "그래. 내 잘못이지. 정밀검사를 받았어야 하는걸…"
 정밀검사라는 네 글자가 계속 머리를 맴돌며 탄식을 자아냈다.
 친구는 미안해하며 말했다.
 "내 의도는… 사실은 아내 혼자 집에 놔두고 너만 재미있게 사는 것 같으니까… 이제 환갑쯤 되어서는 아내 옆에 있으면서 잘해주라고… 그런 의도가 더 많았던 소리였어."
 "그런 자상한 배려가 담긴 소리였니? 허허허…"
 허허거렸지만 속에선 통곡이 나오는 소리였다.

"야, 진짜 우울증이었다면 너에게만 맡겼겠냐? 어떻게든 내가 나섰지. 정밀검사도 적극적으로 권하고, 또 너도 나를 몇 번은 찾아왔어야 하는 거 아니냐? 한 번도 그 일로 찾아온 적 없잖아."

"허허허… 그랬구나. 내 잘못이었어."

내게선 차츰 헛웃음 밖에 나오지 않았다. 나는 꾹 참고 말했다.

"사실 난 네 말을 믿고 오해 속에서 10년을 보냈어. 정확하게는 10년이 좀 넘었지."

친구는 잠시 생각하다 말했다.

"어쨌거나 현실을 받아들여야지. 오해가 있었으면 미안하다. 막말로 내가 사망 원인을 제공한 건 아니잖니. 생각을 바꿔봐라. 말년에 10년 남편에게 헌신적인 봉사를 받고 가셨으면 됐지 뭐. 누구나 가는 길 아니냐. 물론 좀 더 사시다 가시면 좋았겠지만… 그렇게 생각하자. 우리도 이제 70줄이야, 어느 날 누가 먼저 슬그머니 사라질지 모르는 때가 된 거야. 너무 서운해하지 마."

정리되지 않는 일을 친구가 정리해 주었다.

"그래. 그렇게 생각해야겠지."

"너도 많이 속죄한 상태에서 보내드렸으니 한편에선 다행스럽지 않니? 그건 인마, 내 도움이야."

"뭐야?"

친구의 그 말에 헛웃음이 이번에는 겉으로 튀어나왔다.

친구와 마주 남은 술을 비우면서 차츰 현실을 받아들이기로 했다.

장례를 치르는 내내 마음이 말할 수 없이 아리고 허탈했다. 왜 정밀검사 생각을 못 했을까, 그 흔한 초음파 검사라도 같이 가서 해봤으면 이렇게 한이 되지 않을 텐데… 오해 속에서 유명을 달리한 것일지도 모르는 아내에게 미안한 마음은 죽는 날까지 지워지지 않을 것 같다.⊙

단편

연말 수난

12월 31일.

해 뜰 무렵에 일어나 아파트 단지 내 숲길을 산책하면서 한 해를 돌아본다. 해가 뜨고 지는 것은 어제나 오늘이나 다름없고, 내일이라고 달라질 게 없을 것 같은데 해가 바뀌고 한 살 나이를 먹는다는 것이 묘한 느낌을 준다. 연말인데 그리 춥지는 않다.

앙상한 나뭇가지에 미처 떨어지지 못한 낙엽이 아직도 달려있다. 걷는 사이 해가 오르면서 응달진 곳에 빛이 드니 찬 서리와 햇볕이 결전을 벌이는 것 같다. 서리가 사라지지 않으려고 몸부림치는 모양이 앙상하게 줄어든 몸으로 요양원에 누워 있는 회생 불가능한 외삼촌을 연상케 한다. 장래의 내 모습처럼 느껴지는 건 나도 모르게 마음이 늙어가는 탓일까?

여느 날 같으면 헬스클럽에 갈 시간이다. 보통 6시 반에 집에서 나와 헬스클럽에서 한 시간 정도 운동한 뒤 8시 정도에 출근하는 것이 나의 일상이다. 오늘은 예외로 가지 않았다. 한 해의 마지막 날인 것이다.

예전에는 세월이 흘러간다고 했다. 세월은 흘러가는 것이 아니라 맴돈다는 것을 철이 든 뒤에 깨달았다. 맴도는 세월 사이로 인생이 흘러가는 것이다. 시간을 설정해 놓은 것은 인간이 필요해서 정한 이정표와 같은 것 아닐까? 세월은 결코 나이를 먹지 않는다.

한 해를 돌아본다는 소리처럼 싱거운 말이 또 없다. 나의 경우 연말이 되면 머릿속이 아예 하얘진다. 쉼 없이 닥치는 문제들에 정신없이 나름대로 답을 찾아 처리하면서 순식간에 일 년을 보내고, 끝 날이 되어 쉼표를 찍으면서 돌아보면, 많은 일을 해낸 것 같은데 특별히 남길 만큼 이루었다거나 회상할 이야기가 없다. 그냥 그때그때 문제를 풀어 넘기고 견디며 산 것뿐이다. 산다는 게 뭐 그런 거지 하며 체념하기로 하다 보면 연말연시만큼은 에라 모르겠다 하고 가족과 더불어 쉬고 싶어진다.

단순하게 병원 홍보 일만 하면서 지내면 그런대로 주말에 쉬기도 하겠는데, 작가 생활을 함께하자니 여유가 없다. 올해는 유난히 외부에서의 원고 청탁이 많아 주말은 물론 평일 퇴근 후에도 내 시간을 가질 수 없었다. 나를 챙길 수 없는 지경이니 가족을 챙길 여유는 더더욱 없다. 주말 나들이는커녕 가족 외식 한 번 변변히 못 하고 연말을 맞았다.

공휴일을 맞아 집에 있는 날도 써야 할 글이 있어 책상 앞에만 붙어 지내니 어쩌다 일밖에 모르는 아빠가 되어버렸나 하는 자책도 들었다. 스스로 선택한 삶이건만 나로서 어쩔 수가 없게 된 것이다.

그러다 보니 아내와도 아이들과도 나눌 대화거리가 없어졌다. 그저 날씨 이야기처럼 흘러버리는 학교 성적 이야기, 새로 나온 게임기를 사달라는 식의 필요한 돈 이야기 따위뿐… 특히 올해는 유난히 더 바빴기에, 마음의 공허함이 심했다. 가족에게 미안한 생각이 여느 해와 달리 찡하게 든다. 숙고 끝에 2박 3일 가족여행을 가기로 했다.

"수안보 2박 3일, 어때?"

하고 아내에게 제안하니 여간 반색하는 것이 아니다.

"정말요? 좋아요. 다시 한번 가 보고 싶었는데."

10년 전쯤인가, 병원으로 직장을 옮기기 전 월간지를 만들 때 온천특집을 꾸민 일이 있었다. 당시는 편집국장이었는데 잡지사 형편이 넉넉지 않아 특집은 내가 직접 취재해서 꾸미곤 했다. 그때 가족을 동반해서 전국의 온천을 순례했었다.

 추억을 떠올리면 그때 재미있는 일이 있었다. 짧은 일정에 전국을 돌려고 하다 보니 나는 현장 관계자 인터뷰하고 사진 찍고 자료를 모으는 등 취재하기에 바빠 온천에 들어갈 시간이 전혀 없었는데, 아내와 어린 딸들은 가는 곳마다 온천을 즐겼다. 서울을 출발, 온양온천부터 시작해서 유성온천, 수안보온천, 부곡하와이, 마금산온천, 부산 동래온천, 울진 덕구온천, 백암온천, 그리고 동해 해변 도로를 달려 설악 온천에서 취재를 마쳤었다.

 그때 아내는 수안보의 물이 가장 좋았다고 했다. 부곡온천은 발견에서 개발까지의 이야기가 가장 재미있는 곳이었고 백암은 물이 가장 뜨거워서 좋았다고 했다. 다시 가 보고 싶은 곳 하나만 말해 보라고 했더니 역시 수안보를 꼽아 그대로 잡지에 썼던 기억이 있다.

 "좋아, 새해는 수안보 여행으로 시작하자."
 "산토끼 요리도 먹을 거죠?"
 "그럼. 물론이지. 수안보의 명물인데."

 나는 그동안 — 한 해가 아니라 지난 몇 년 동안 — 가족에게 불성실했던 죄(?)를 스스로 인정하고 용서받고자 연말연시를 수안보온천에서 지내기로 한 것이다.

 오후 3시에 출발하기로 하였다. 수안보에서도 제일 물이 좋다는 원천호텔에 예약했다. 10년 전 취재 갔던 사실을 밝히니 사장은 반갑다며 예약이 꽉 차 없다던 방을 만들어 주었다. 길만 막히지 않으면 승용차로 2시간 반 걸리는 곳이니 다섯 시 반쯤 도착해서 여장을 풀고 온천욕을 한 뒤 7시쯤 저녁을 먹으면 좋을 것으로 여겨졌다. 수안보에서만 먹을 수 있는 산토끼고기 요리도 예약했다. 첫날은 그렇게 온천에다 가족외식을 느긋하게 즐기고 푹 쉰 뒤 이튿날은 조령 관문을 산책하기로 했다.

 사적 147호인 조령 관문은 고려 태조가 경주를 순행하기 위해 고사갈이성(高

思葛(伊城)을 지날 때, 성주(城主) 흥달이 세 아들을 차례로 보내어 귀순하였다는 전설이 서려 있는 곳으로 영남 지방과 서울 간의 관문이며 또한 군사적 요새지이다. 백두대간의 조령산과 마패봉 사이를 넘는 이 고개는 옛 문헌에는 초점(草岾)으로, 신증동국여지승람에는 조령(鳥嶺)이라고 기록되어 있는데 그 어원은 풀(억새)이 우거진 고개, 새도 날아서 넘기 힘든 고개라는 데서 유래되었다는 것이 정설인데 이설에는 하늘재(麻骨嶺)와 이우리재 사이에 있어 새(사이)재 혹은 새(新)로 된 고개라서 새(新)재라고 하였다는 이야기도 있다. 삼국시대 때는 이보다 동쪽의 계립령이 중요한 교통로였는데, 고려 초부터 이곳을 중요한 교통로로 이용하면서 조령(鳥嶺)이라만 이름했다.

또 이곳은 선조 25년(1592) 임진왜란 때는 왜장 고니시 유키나가가, 경주에서 북상해오는 카토 기요마사의 군사와 이곳에서 합류했을 정도로 군사적으로도 중요한 지점이었다.

당시 조정에서는 이곳에서 왜군을 막을 것으로 생각했지만 신립 장군이 때가 늦었다고 판단하고 충주로 후퇴하였다가 대패하였다. 그 후 충주에서 일어난 의병장 신충원이 오늘날의 제 2관문에 성을 쌓고 교통을 차단하며 왜병을 기습하였다.

이곳의 군사적 중요성이 재확인되자 군사시설을 서둘러 숙종 34년(1708) 세 개의 관문을 완성하고 제1 관문을 주흘관(主屹關), 제2 관문을 조동문(鳥東門) 혹은 조곡관(鳥谷關), 제3 관문을 조령관(鳥嶺關)이라 이름 붙였다.

이후 영남과 한양을 잇는 가장 중요한 길목이 되었다. 영남의 선비들이나 장사치들은 나룻배를 타고 낙동강을 거슬러 올라와 새재를 넘어 남한강에서 배를 타고 한양으로 갔다. 고개 하나만 넘으면 한양까지 뱃길로 편하게 갈 수 있으니 그만큼 유명세를 떨치게 되었다. 문경(聞慶)이란 지명도 이 길을 따라 영남의 무수한 선비들이 과거급제를 꿈꾸며 서울로 갔고, 경사(과거에 급제했다는)를 제일 먼저 듣는 곳이라 해서 붙여졌다고 하는 곳이다.

근세에 와서 추풍령을 터널로 관통한 경부고속도로가 새재를 피해 이우릿재

신작로로 연결되면서 옛날 영남대로의 관문이었던 명성은 잊히는 듯했다. 그러나 1960년대 문경새재는 도로포장을 하지 말고 있는 그대로 두자는 목소리가 높아지면서 고전의 지위를 찾았다.

주막터가 복원되고, 원님이나 관리들이 묵어가던 동화원 터가 복원되고, 조령 1, 2, 3관문이 복원되면서 예전의 모습을 회복한 것이다. 무엇보다 차량의 통행을 막고 걸어서만 넘게 만들었으니 옛사람들이 넘나들던 고개의 모습을 그대로 답사할 수 있게 된 것이다.

법정 휴일은 하루였지만 1월 1일이 토요일이어서 3일을 쉴 수 있기에 31일 오후에 떠나 두 밤을 보내고 2일 돌아오는 2박 3일의 여행을 계획할 수 있었다.

11시에 종무식을 한 뒤 부서 직원들과 간단히 점심을 먹고 오후 1시쯤 집에 왔다. 짐을 챙기면서 이번 연말연시만큼은 일을 깨끗이 잊어버리고 오직 가족만을 생각하며 함께 보내자고 마음을 다졌다.

아내의 표정이 드물게 밝다. 모처럼 연말 여행을 가자고 하니 마음이 들뜨는 모양이다. 평소에는 안 하던 화장까지 하며 좋아하는 것을 보니 나도 좋았다.

중학교에 다니는 큰딸 지연이는 영어학원에 갔고 초등학교 5학년인 작은 딸 승연이는 집에서 게임을 하고 있었다. 닌텐도의 마리오 게임이다. 작은딸의 두 손이 전광석화처럼 움직이며 게임을 진행한다. 잠시도 한눈팔 여유가 없어 보이니 옆에서 말을 걸 수가 없다. 한 게임 끝나기를 기다려 나는 승연이에게 물었다.

"온천에 간다니까 좋으니?"

"온천요?"

"너 어렸을 때 한 번 갔던 곳이야. 가 보면 기억이 날 거야."

너무 어릴 때 데리고 가서 기억을 못 하는 것 같다. 하지만 큰딸은 생생히 기억할 것이다.

"승연인 두 살 때니까 모르겠죠. 지연이는 얼마나 좋아하는지 몰라요."

아내가 대신 대답한다. 승연이는 다시 게임을 시작할 태세다. 나는 승연이에게 할 말을 찾아내고 싶었다. 막내딸과 있는 것도 모처럼이기 때문이다.
"승연이 오늘은 피아노학원 안 갔니?"
"피아노학원은 오늘부터 쉰대요."
승연이가 아닌 아내가 대답한다. 승연이 목소리가 듣고 싶은 나는 다시 승연이에게 묻는다.
"승연아, 아직 시간 있으니까, 게임은 다음에 하고 피아노 좀 쳐 볼래? 실력이 얼마나 늘었나, 아빠가 한 번 들어보자."
그제야 승연이가 게임기를 놓고 아빠를 본다. 큰딸은 피아노가 적성에 안 맞는 듯 3년쯤 배우다가 그만두었다. 그런데 승연이는 피아노가 좋은지 계속 다니고 있다.
"승연이 이제 체르니로 넘어갔어요."
여전히 아내가 끼어든다.
"그래? 아빠를 위해 한 번 쳐 보렴. 잘 치면 특별 선물도 줄게."
"어떤 선물 요?"
선물 소리는 싫지 않은 것 같다. 그제야 아빠를 보고 말한다. 나는 반가워서 얼른 말했다.
"네가 원하는 거."
"액티비전의 둠 하나 사 주실 수 있어요?"
나는 그게 뭔지 몰라 아내를 보며 도움을 청한다. 아내가 말한다.
"새로 나온 게임인데 007 레전드 같은 거래요."
"총싸움하고 죽이고 파괴하고 전쟁하는 거?"
"게임이 다 그렇죠, 뭐."
역시 아내의 답이다. 나는 잠시 고개를 갸우뚱했다. 딸이니 좀 여성스러운 게임을 하면 좋을 텐데… 그러나 이내 세태를 인정하고 마음을 돌렸다. 모처럼 연말 기분을 즐기는 데 쓸데없는 훈계는 필요 없겠지.
"좋아. 피아노를 잘 치면 사 주지."

그 정도면 무조건 사 주는 거라는 걸 아내도 알고 딸도 안다. 기분이 좋아진 승연이가 슬그머니 피아노 앞에 앉아 엄마에게 묻는다.

"뭘 쳐?"

내가 말한다.

"네가 좋아하는 곡을 쳐. 자신 있는 거. 바이엘도 괜찮아."

"그럼 바이엘 마지막 곡 쳐라. 105번. 그거 잘 치잖아."

아내가 정해준다.

승연이는 반듯하게 자세를 고쳐 앉더니 피아노를 치기 시작했다. 건반 위에서 승연이의 손가락이 춤을 춘다. 피아노의 피 자도 모르는 나에게는 그게 그렇게 신기하고 낭만적으로 보인다. 연주가 의외로 부드럽다.

연주가 끝나자 나는 한 곡 더 신청했고 승연이는 칭찬 소리에 신이 났는지 세 곡을 쳤다.

두 시가 넘었다.

"지연인 언제 오나?"

"두 시까지 오라고 했는데요."

"지금 두 시 넘었어."

호랑이 제 말 하면 온다고 했던가. 그 말이 끝나기 무섭게 벨이 울리고 지연이가 왔다.

"왜 늦었니?"

별로 늦지도 않았는데 아내는 그렇게 물었다.

"12월 31일이 생일인 아이가 있는데 빵집에서 한턱낸다고 해서… 잠깐 앉았다 왔어요."

"누구? 세빈이?"

"응. 세빈이?"

아내는 딸들의 친구까지 다 안다.

"그랬구나. 잘했다."

"내가 그랬지." 지연이가 키들거리며 말한다. 딸들은 엄마만을 보며 이야기한다. 아빠와 마주 보며 이야기하는 게 어색한 모양이다.

"무늬만 아빠가 이번 연말은 무슨 바람이 불었는지 여행을 가자고 했다고…. 그랬더니 부러워하데."

"……?"

나는 큰딸을 보았다.

"너 그게 무슨 소리니. 무늬만 아빠라니."

"아빠가 무늬만 아빠죠. 아녜요?"

지연이는 엄마와 나를 번갈아 보며 태연하게 대꾸한다. 나는 할 말을 잃는다. 아내가 설명한다.

"요즘은 빨라서 지연이가 벌써 사춘기가 된 거 같아요. 자기 친구들이 아빠와 어디 리조트 다녀와 자랑이라도 할 때면 우울해진대요. 무늬만 아빠를 가진 애들 클럽도 있대요."

나에겐 기분이 나빠지는 얘기다.

"이봐. 아직 어린 애들이 뭘 알아서 그런 말을 해… 설혹 애들이 그런다 해도 당신이 바로잡아줘야지."

"내 얘기가 아닌데 왜 나보고 그래요. 애들이 하는 소리를 어떻게 엄마가 강제해요?… 사실이 그렇지 않아요? 일 년 열두 달 중에 애들하고 보내는 시간이 얼마나 있어요? 반성하고 바로잡아야 할 사람은 당신 아니에요?"

아내는 웃음을 섞어 나무라는 투로 말했다. 모처럼이든 어쨌든 가족여행을 예약한 상태이기에 겨우 섞이는 웃음 같다. 어쩌면 비웃음일 수도 있다. 기분이 나빠도 할 말이 없다. 사실은 사실이기 때문이다.

할 말이 없네… 나는 말을 잃고 나를 돌아보는데 아내가 또 말한다.

"당신 애들하고 어디 간단하게 민속촌이라도 가 본 적 있어요?"

"……"

"미안한 마음도 없어요?"

아내는 말이 나온 김에 어떤 사과나 약조라도 받아 낼 기세다.

"미안한 마음이야 있지. 하지만 당신이 알다시피 시간을 낼 수 있는 형편이 안 되잖아."

"골프 갈 시간은 있고 애들하고 놀아줄 시간은 없죠?"

"골프도 비즈니스야. 안 갈 수 없는 모임에만 가는 거라고 알았어. 이제 그만해…"

더 얘기해봤자 손해만 날 상황이다. 나는 말을 끊고 '이제 슬슬 출발할까?' 하고 가방을 챙기는데 따르릉 전화가 왔다.

"무슨 전화야?"

이런 때 오는 전화는 별로 반갑지 않은데…

왠지 예감이 안 좋아 받을까 말까 하다가 수화기를 들었다.

경남 하동에서 도자기 만드는 배 사장이다. 도자기 만들면 다기도 만들기에 차 잡지 만들 때 만나 호형호제하며 지낸 사람이다. 나이는 나보다 세 살 아래이다.

"반취 형님 안녕하세요. 새해 복 많이 받으세요."

인사하는 투가 묵직하다.

"아이고, 이 누구신가. 배 선생도 복 많이 받으시오."

병원에 오기 전, 잡지를 만들 때는 자주 만났지만, 잡지사를 넘기고 병원에 다니는 동안에는 연락이 없었는데, 오랜만에 12월 31일 오후 전화를 한 것이다.

"소문에 듣자니 이천에 흙 공장을 인수했다며? 흙 장사가 잘돼?"

나는 들은 게 있어서 근황을 물었다. 일 년 전에 경기도 이천에 있는 태토(도자기 만드는 흙) 공장을 인수했다는 소문을 들은 것이다.

"그런대로요."

"다행이군. 요즘 같은 불황에 그런대로면 됐지."

"반취 형님은 어떻게… 병원 일이 재미있으세요?"

"월급쟁이 생활이 그렇지 뭐. 병원이라고 별 덴가."

"……"

흔한 안부지만 물음이 있어 답을 했는데 공간이 생긴다. 무슨 일이 있는 듯하다. 아니나 다를까.

"그건 그렇고요…"

하고 여운을 남기는데 뭔가 긴히 할 말이 있다.

"왜 말을 더듬어. 서울에라도 왔어?"

나는 그가 서울에 올라왔으니 마지막 날 저물기 전에, 시간이 되면 차라도 나누자는 인사 전화이기를 바랬다. 그런데 머뭇거리는 게 심상치 않다. 오히려 내가 답답해서 채근한다.

"왜, 무슨 일이 있어? 오늘 같은 날…"

"좀 도와주시면 좋겠는데… 위급한 환자가 생겼어요. 엎드려 사정하는데 사람 하나 살려주이소, 꼭 좀 부탁합시다. 지금 이천 병원에 있는데 하도 위급해서 앰브런스가 있어야 한대요."

이게 무슨 소린가. 나는 아이코, 싶었다.

"누가 그렇게 위급한데?…"

예감이 좋지 않더라니. 괜히 받았다는 후회가 스친다. 의사는 아니지만, 병원에 있다 보니 주말이나 연휴에 위급하거나 중대한 환자를 부탁하는 전화를 가끔 받는다. 그런 상황을 도와주려면 내가 나서서 여기저기 부탁해야 하는 곤란한 입장이 될 때가 많았다.

"환자가 누군데?"

"말씀하시는 이천에 흙 공장을 관리하는 여직원이에요. 아랫배가 아파서 동네병원에 갔는데 큰일 났다고 하네요, 빨리 큰 병원에 가지 않으면 죽을 수도 있대요. 반취 형이 좀 살려 주셔야겠어요. 부탁합니다."

"아니 이 사람… 어떻게 아픈 건데? 아는 대로 자세히 말해봐."

"나도 갑자기 연락을 받은 거라 자세한 건 몰라요. 이천 공장은 그 직원에게 맡겨놓고 나는 잘 안가거든요. 내가 들은 얘기는 오늘 아침에 갑자기 죽을 것처럼 배가 아파서 동네병원에 갔더니 큰일 났다고 빨리 대학병원급 큰 병원에 가라는 거예요."

"그럼 병명이 있을 거 아냐? 병명이 뭐래? 배 사장은 지금 어디 있고!"

"지는 하동이지요. 내가 움직일 수 있으면 움직이는 데 연말이라 교통편도 없고, 어쩔 수가 없어요. 아는 병원도 전연 없고요… 아무튼 위급해서 앰블런스가 필요하답니다. 우리 여직원 좀 살려주세요. 내 은혜 잊지 않을게요."

난감한 전화였다. 전화를 안 받았으면 모르는데 받고서야 모른 척 할 수가 없다. 나는 어쩔 줄 몰라 툴툴거렸다.

"에이, 오늘 같은 날 이런 전화를 하면 어떻게… 난 가족들과 여행 가기로 한 약속도 있는데… 아니 흙 공장 공장장이 무슨 여직원이야. 그리고 이천사는 사람이면 거기 가족도 있고 공장 일하는 사람들도 있을 거 아냐?"

"그 여직원은 부산 여자예요. 이천 공장에서 혼자 지냈어요. 일하는 사람들도 연말이라고 어제 다들 집에 갔대요. 그러고 나서 혼자 있는데 갑자기 오늘 아침에 통증이 시작됐다는 거예요. 간신히 병원에 가서 쓰러졌는데 당장 큰 병원으로 가야 한다는 거예요… 하여간 자세한 얘기는 나중에 하고 우선은 시간이 없대요. 사람 하나 살려 주이소. 진정으로 부탁합니다."

"아니 참 이 사람… 어디가 어떻게 아픈지라도 알아야 조치를 해도 할 거 아냐."

"내 짐작인데 임신한 게 잘못 유산이 된 것 같아요. 정말 나도 잘 몰라요. 위급한 상태라는 것밖에…"

"그건 또 무슨 소리야. 혼자 산다면서 무슨 임신이야?"

"글쎄 나도 잘 모른다니까요. 우선 사람부터 살려놓고 보입시다. 내일 아침 일찍 서둘러 올라갈게요. 부탁합니다. 제발…"

"허허 참. 이런 일을 나보고 어쩌라고… 지금 보내줄 수 있는 앰브런스가 병원에 있는지도 모르겠고, 오늘 같은 날 괜찮은 의사도 없을 텐데… 아무튼 앰브런스는 알아볼게."

배 사장은 거듭 간곡히 부탁하면서 환자가 있는 이천의 산부인과 병원 위치를 알려주었다.

"무슨 일이에요? 또 병원에 가 봐야 해요?"

아내가 묻는다. 전화하는 사이에 출발하자고 한 세 시가 넘었다. 두 딸도 떠날 채비를 마치고 기다린다.

"하동에서 도자기 굽는 배 사장인데."

"예, 저도 알아요."

"위급한 환자가 생겼다고 도와달라고 애걸복걸하네. 참 나… 앰브런스 보내 줄 수 있느냐고 하는데… 모르겠다 할 처지도 아니고…. 조금 있어 봐. 병원에 알아봐야지. 잠시면 되겠지. 그것만 알아보고 나서 출발하자고."

나는 병원 응급실에 전화했다. 목소리가 낯익은 수간호사가 전화를 받는다.

"아, 우 선생이시네. 나 홍보과장이에요. 어째 오늘 근무세요?"

우 선생도 나를 알아본다.

"안녕하세요. 홍보과장님? 잠깐 계세요. 실장님 아직 퇴근 안 하셨어요."

응급실장이 있다는 이야기다. 응급실장과 유난히 친하게 지내는 사이인 걸 알기에 얼른 실장을 바꿔주려는 것이다. 그런데 실장도 수간호사도 퇴근을 못 하고 있다는 것이 무슨 일이 있는 듯하다.

"아니 이 시간에 실장님도 계시다니?… 무슨 일 생겼어요?"

"경인고속도로에서 교통사고가 크게 났네요. 지금은 괜찮아요. 어느 정도 정리가 됐어요. 잠깐 기다리세요."

우혜숙 수간호사는 그러면서 응급실장을 바꿔주었다.

"안녕하시오. 아직 퇴근 못 하셨네."

"예, 이제 슬슬 퇴근해야죠. 웬일이세요?"

응급실장은 이제야 일에서 풀려난 느낌을 풍긴다.

"아… 아는 사람이 급한 환자가 있다고 해서 전화했어요."

나는 하동의 배 선생에게 들은 그대로 전하며 몹시 급한 모양인데 앰브런스를 보낼 수 있느냐고 물었다.

"마침 대기 중인 앰브런스는 한 대 있어요. 이천까지 왕복 한 시간이면 될 거예요… 어떻게 할까요, 보낼까요?"

응급실장은 선선히 말했다. 병원은 근본적으로 환자에 대한 욕심이 있다.

또 응급실장은 대개 병원 충성파로 임명한다. 그런 데다 그는 내가 병원 이사장의 특별한 신임을 받고 있다고 알고 있기에 더 선선한 것이다. 일반 자동차야 오늘 같은 날 트래픽을 계산하면 왕복에 서너 시간 이상 잡아야 하는 길이지만 앰브런스는 긴급차량이어서 한 시간이면 족하다는 것이다.

"그럼 부탁합시다. 위급하다니 살려놓고 봐야죠."
"보호자도 거기 있겠죠?"
"당연히 있겠지, 뭐."
나는 무심하게 대답했다.
"알았습니다. 위치를 알려주세요."
나는 안도했다. 환자가 있는 위치와 전화번호를 가르쳐준 뒤 나는 아내와 애들을 보며 말했다.
"됐다. 이제 출발하자."

이것저것 챙기느라 삼십 분 정도 지체하다 세 시 사십 분쯤 출발했다. 가는 길에 아내가 묻는다.
"누구래요? 위급하다는 게?"
모처럼의 여행길이라 마음은 즐겁다.
"배 사장… 그 친구가 일 년 전쯤 이천에 있는 태토 공장… 태토는 도자기 굽는 흙 입자야. 점토, 고령토, 장석, 규석, 납석 따위를 혼합해서 곱게 빻고 또 물에 걸러내어 만드는데 청자토, 백자토, 분청토, 옹기토 다 있지. 그런 흙 공장을 인수했대. 그 공장을 맡아 관리하는 여직원이 있는데 오늘 아침에 쓰러졌대. 동네병원에 갔더니 위급하다고 큰 병원에 가야 한다고 해서 도움을 청하는 거야."
거기까지는 자세히 말했는데 그 뒤가 어쩐지 이상해서 나는 말꼬리를 흐렸다.
"여직원이 어디가 그렇게 갑자기 아프대요? 공장에 다른 사람은 없었나요?"
"거기도 다른 직원들은 어제 다들 집에 갔다는 거지. 공장장인 여직원 혼자 남아 정리하고 오늘 집에 가려고 했는데 아침에 쓰러졌다는 거야."

임신이니 유산이니 하는 얘기는 왠지 어색한 느낌이 들어 얼버무렸다.
"그 이상은 몰라. 갑자기 피를 토하고 쓰러졌다나. 동네 산부인과에 기어서 갔더니 위급하다고 큰 병원으로 빨리 가라고 해서 연락했대."
"왜 산부인과를 가요?"
나는 아차, 싶었다. 하지만 시치미 떼고 모르쇠로 일관했다.
"모르지 뭐. 여자니까 그랬겠지. 근처에 산부인과밖에 없었나 보지."
아내는 고개를 갸웃한다.

늦게 출발한 탓일까. 고속도로가 온통 주차장 같다. 체증이 장난이 아니다. 출발하고 한 시간이 지났는데 경부고속도로 톨게이트에도 이르지 못했다. 차라리 기다렸다가 밤에 가는 게 나을 것 같다는 생각이 들 정도였다. 아내가 화제를 돌린다.
"지연이가 전교 1등이에요. 아빠가 큰 상 주셔야 해요."
"오, 그래? 그럼 큰 상을 줘야지. 무엇이 갖고 싶니?"
큰딸은 말을 할까 말까 하는 것 같다.
"갖고 싶은 거 있으면 말해."
"……"
"전교 1등 답게 말해. 시계? 태블릿? 고급 만년필? 노트북도 괜찮아."
"말해도 돼요?"
"말해. 아빠가 사 준다잖아."
언니가 머뭇거리는 걸 보다 못한 동생이 옆에서 말해 준다.
"언니는 콘솔 갖고 싶어 해요."
"콘솔? 그게 뭔데? 아빠는 모르는 건데?"
그제야 지연이가 말한다.
"그것도 게임기예요. 콘솔은 비디오 게임을 플레이하는 전자기기예요. 플레이스테이션 같은 거."
"오, 너도 게임기 사달라는 거구나. 너는 좀 곤란한데. 이제 3학년 되잖아.

공부해야지."

지연이 얼굴이 그럼 그렇지, 로 변한다.

"말하라고 해 놓고…"

아빠 얼굴이 무안하다. 한참을 변명하고 달래다가 노트북을 하나 사 주기로 하니까 풀어진다. 아빠가 말했다.

"그런데 전교 일 등이면 과학고등학교 갈 수 없을까? 아빤 지연이가 과학고에 갔으면 좋겠는데."

"과고요? 시험을 볼 수는 있을 거예요."

"그게 무슨 소리냐?"

"원서를 써 달라면 학교에서 그건 써 줄 거라고요."

자신만만하게 말한다. 큰딸은 그렇게 늘 자신만만한 게 좋다.

"원서 써 주면 시험 보면 되지. 뭐가 문제냐?"

"붙을 자신이 없어요. 제가 수학이 안 돼요. 모자라는 수학을 메꾸려면 학원에 다녀야 하는데…"

돈이 없는 건지 엄마가 안 보내는 건지 다니고 싶은 학원에 못 다닌다는 거다. 나는 아이들 교육에 관한 일체를 아내에게 일임했으므로 몰랐던 이야기다.

"학원비가 얼마나 있어야 하는데?"

"한 달에 한 40만 원?…"

그래? 하며 나는 아내를 본다.

"지연이 학원 보낼 여유가 없나?"

"없죠. 지금 수학까지 학원에 보낼 여유는 없어요."

아예 월급통장을 아내에게 주고 한 푼도 안 갖다 쓰는 게 나다. 나는 원고료 수입으로 용돈이 충분하기 때문이다. 어쨌든 아내가 없다면 없는 거다. 나는 더 그 얘기를 끌고 가지 않는다. 지연이가 묻는다.

"아빠는 내가 왜 과고를 갔으면 좋겠다는 거예요?"

"응, 그건 말이다." 나는 말해 준다. "과학이 기초가 되면 의사도 될 수 있고 약사도 될 수 있고…, 장래를 수월하게 선택할 수 있는 게 많기 때문이야."

"그러면요. 아빠." 모처럼 아빠와 차를 타고 가며 이야기하는 걸 딸들도 차츰 좋아하는 것 같다. 덕분에 갖고 싶던 노트북도 챙기지 않았든가…

"아빠가 원하는 대로 제가 과학고등학교 가는 걸 목표로 해 볼게요. 한 달에 40만 원씩 아빠가 일 년만 도와주세요. 그러실 수 있어요?"

중2짜리가 제법 의젓하게 나온다. 나는 그것이 너무나 대견해 웃음 띤 얼굴로 바라보며 잠시 생각하다 고개를 끄떡였다.

"좋다. 약속하마. 아빠가 따로 수학 학원비를 지원할 테니까 대신 과학고에 꼭 가야 한다."

"알았어요."

"너 아빠가 골프를 얼마나 좋아하는지 알지? 골프를 반으로 줄이고 너를 지원할게, 그러니까 꼭 가야 하는 거야."

"열심히 해 볼게요."

큰딸이 좋아하며 고개를 주억거린다.

트래픽은 여전해 차가 가다 서기를 반복하고 있다. 시속 10km 속력도 안 되는 것 같다. 그래도 가면서 그런저런 대화를 나누는데 네 시 반쯤 휴대폰이 울렸다,

차는 아직도 톨게이트에 이르지 못했다. 보니 응급실장이다. 나는 휴대폰을 들었다.

"예. 접니다. 환자 싣고 왔어요?"

내가 물었다.

"네. 왔어요. 산부인과 환자라서 산부인과 응급실로 급히 보냈어요. 상태가 아주 안 좋네요. 아주 위급해요. 그런데 보호자가 없어요. 급히 오셔야겠는데."

보호자가 없으면 안 된다고 나보고 오라고 한다. 뜨악하다.

"아니 내가 가서 뭘 해요? 친구가 부탁해서 그런 건데 나는 모르는 여자예요. 그리고 나 가족들 데리고 수안보 가는 중이에요. 그냥 응급처치하시면 되지 않나요?"

"상황이 그렇지 않아요. 목숨이 경각(頃刻)이라서 수술을 준비하는데 보호자가 없어요. 보호자 동의가 있어야 하는 거는 아시죠? 보호자 없으면 안 돼요. 어디쯤인지 모르지만 차 돌리세요. 빨리 오셔야 해요."

응급실장 목소리는 명령이다.

보호자가 없다고? 나는 가슴이 철렁했다. 수술하려면 보호자 동의 서명이 있어야 하는 건 안다. 환자만 딸랑 왔다면 안 된다. 이게 대체 무슨 일이람. 보통 난감한 일이 아니었다.

"어디가 어떤 데요?"

"엑타픽 프레그넌시에요. 나팔관이 터져 출혈이 심합니다."

"엑타픽 프레그넌시가 뭐예요?"

나는 의학 전문용어를 잘 모르기에 물었다.

"자궁 외 임신이요. 태아가 자궁 외에서 너무 크게 자라서 나팔관이 터졌어요. 정말 생명이 위험합니다."

"뭐요?. 허허 참… 알았어요. 그 정도라면 내가 급히 보호자를 수배해볼게요."

나는 일단 응급실장과의 전화를 끊고 하동에 전화를 걸었다. 배 사장이 연결됐다.

"배 사장, 어찌 된 거야. 택시라도 타고 달려와야 하겠는데. 지금 환자가 도착했는데 바로 수술 들어가지 않으면 죽는대!"

"어디가 잘 못 됐대요? 이천 병원에서는 유산 같다던데."

"보통 유산이 아냐. 그보다 훨씬 심각하다고! 자궁 외 임신인데 태아가 커서 나팔관이 터졌대."

"아이고야. 왜 그런 걸 어떻게 참고 있었지?"

"그런 게 예고가 있는 게 아니야. 나팔관이 터져서 비로소 알게 되는 거지."

"그럼 빨리 수술하라 하이소. 지금 12월 31일 저녁에 내가 여기서 어떻게 가겠오. 택시를 대절해서 간다고 해도 내일 새벽이나 도착할 텐데."

"사람을 살리려면 억만금을 주고라도 와야지. 바로 수술 들어가야 한다는데 어떻게 하나. 보호자 사인 없이는 의사들이 절대 수술 못 해요. 보호자 동의 서명이 있어야 하는 거야."

"반취 형님이 대신 좀 해 주소. 정말 내가 그 은혜 갚을게. 엎드려 부탁합니다."

"나 못해. 지금 식구 데리고 모처럼 수안보에 가고 있어. 이미 집을 나왔다고. 아니 그보다 내가 보호자 역할을 어떻게 해. 죽으면 어떻게 하라고."

"또순이 같은 여자예요. 설마 죽기야 하겠오. 좀 살려 주이소. 정히 살리려고 하다가 죽으면 또 할 수 없지요... 이 시간에 어떻게 합니까… 그게 최선이지."

목소리를 떠는 것이 우는 것 같았다.

"배 선생, 지금 울고 있소?"

차츰 흐느끼는 소리가 분명해졌다.

"……"

"이 봐 배 선생. 임신이 잘못된 거라는데. 그럼 남자가 있을 거 아냐. 남편이든, 애인이든…"

"내가 알기로는… 그 친구… 그런 사람 없어요… 흑흑"

"없어? 그럼… 어떻게 임신해…" 하는데 전광처럼 의혹이 스친다. "그럼… 당신 짓이야?"

설마 싶은 질문이었다. 하동에 배 선생 가족이 있음을 익히 알고 있기 때문이다. 그는 시인했다.

"맞아요. 제가 죄인입니다,… 흑흑… 어쨌든 지금 우짭니꺼. 집에서 알면 큰일 나는 건 당연하고… 아무튼 이야기는 나중에 하고 급하니까 보호자 서명 좀 해주소 살려주이소, 내일 일찍 차례만 지내고 최대한 빨리 올라가서 다 갚을게요."

"허허. 이 사람. 부탁할 걸 부탁해야지. 나 지금 모처럼 가족여행을 떠났다니까… 수안보로 가는 중이라고…"

하고 있는데 병원에서는 병원대로 계속 전화가 왔다. 응급실장이 퇴근도 못 하고 전화하는 것이다.

"어떻게 해요. 환자가 죽어가요."

아아, 이를 어쩌나. 방법이 없다. 나는 할 수 없이 아내에게 양해를 구했다.

"그 환자가 생명이 위태롭다네. 수술을 급히 해야 하는 데 보호자 서명이 있어야 한 대. 병원 수칙이 다 그렇지 뭐. 가서 보호자 서명만 해주고 다시 출발합시다. 병원 밥 먹는 놈이 사람을 죽게 할 수는 없잖아."

"나도 다 들었어요."

옆에서 통화를 들었으니 아내도 어쩔 수 없게 된 내용을 인지한 것 같다. 아내가 마지못한 듯 고개를 끄떡인다.

"교통체증이 하도 심해서 지금 가나 두세 시간 뒤에 가나 마찬가지일 거야."

아직 서울 권역을 벗어나지 못한 상태였으므로 나는 간신히 아내와 애들을 설득하고, 차를 돌려 병원 근처에 있는 만수동 내 아파트로 왔다. 생명이 위중하다는 상황을 공개함으로써 가족을 이해시킨 셈이 되었다. 되돌아오는 길은 별로 막히지 않았다. 가족을 집에 내려주고 나는 얼른 병원으로 달려갔다.

어느덧 날은 어두워졌다, 산부인과 병동은 잘 드나들지 않아서 홍보과장이라 해도 낯선 곳이다. 병원에서 큰 행사가 있을 때 내가 사회를 보거나 진행을 하니까 산부인과 의사나 간호사가 나를 알아볼 수는 있어도 내가 안다거나 친한 사람은 없었다.

응급실에 들어가니 분위기가 무겁다. 기다렸다는 듯 간호사가 재빨리 다가온다.

"이제야 오셨네요. 환자가 너무 위험한 상태고 홍보과장님 환자라고 하니까 최 박사님이 일부러 나와 주셨어요."

그런 와중에도 간호사가 생색을 낸다. 이런 날은 통상 레지던트 2년 차 정도가 당직을 서면서 해결하는데 상황이 그렇지 않아 전문의가 특별히 나왔다는 것이다. 그 최 박사가 설명한다.

"응급실장한테 상황을 얘기했는데 들으셨죠?"

"나팔관이 터졌다고요?"

"예. 급히 수술 들어가야 하니까 서명해 주세요."

예. 하고 나는 할 수 없이 서명했다. 더는 버틸 방법이 없었다.

"개복을 하는 겁니까? 제왕절개처럼?"
"복강경 수술을 할 겁니다. 수술이 잘 되면 별 흔적이 안 남는 방법입니다."
"예. 복강경 수술은 저도 알죠. 그럼 그렇게 위험한 상태는 아니군요?"
"아니죠. 이 환자의 경우 위험하긴 해요. 잘 될 확률이 60%밖에 안 됩니다."
나는 더 말하고 싶지 않았다.
"기왕 이렇게 된 거, 잘 부탁드립니다. 수술하는 데 얼마나 걸릴까요?"
"글쎄요. 상황에 따라 다르지만 한 시간 정도면 끝날 겁니다."
최 박사는, 말은 위급하다고 했지만, 여유를 부리는 게 보인다. 그렇게 촉각을 다투는 ― 더구나 생명이 위중한 ― 상황은 아닌 것 같다. 내가 서류에 서명한 걸 확인하고서야 최 박사는 수술실로 들어갔다. 간호사도 따라 들어가니 로비에 아무도 없다. 나는 왜 그래야 하는지도 모르면서 수술실 앞 로비에서 기다렸다. 한쪽에 정수기가 있어 물을 한 컵 따라 마시고 접수실 로비 의자에 앉았다. 연말… 그것도 12월 31일 밤, 수안보로 가족여행을 가다가 중도에 돌아와서 이 무슨 수난인가. 생각할수록 배 사장이 괘씸한 생각이 들었다.

휴대폰 벨이 울린다. 아내의 전화다
"언제 와요? 오늘 못 가요?"
아내는 모처럼의 연말 여행이 부도나는 것 아닌가 지레 의심하는 것 같다.
"아냐. 곧 갈게. 지금 막 수술 들어갔는데 한 시간 안에 끝난다니까… 기왕 이렇게 된 거 보호자 서명한 책임도 있으니까 나오는 것 보고 갈게."
"위험하대요?"
"응. 보호자가 늦게 왔다고 나에게 막 뭐라고 하네. 이게 무슨 수난인지."
나는 그렇게 말했다. 아내에게 그렇게 말해야 할 것 같았다.

마음이 바쁘지만 참고 수술이 끝나기를 기다렸다. 수술실에서 의사와 간호사가 나오면 상황을 물어보고 난 뒤 집에 달려가 다시 수안보로 떠날 생각이었다.
기다리는 시간은 참 더디 간다. 나는 이런 시간이 아깝고 미칠 것처럼 지루하다. 독서대에서 읽을 만한 잡지를 가져왔다. 권두칼럼에 톨스토이 어록을 인용한 칼럼이 눈에 들어온다.

…최상의 행복은 '1년의 끝에 가서 연초의 자기보다 조금이라도 향상되고 좋아졌다는 것을 느끼는 것이다…

특별한 것 없는 문구가 이런 날은 가슴에 와닿는다. 나의 경우 나아진 것이 있는가? 스스로 평가할 것이 없다. 남길 수 있는 스토리만 좀 더 쌓였을 뿐…

칼럼은 이어진다. …성공을 향한 길에 정해진 출발 시간은 없다. 이전에 당신이 어떤 길을 걸었는지는 상관없다. 삶의 여행이 경이로운 이유는 성공을 위해 우리가 어디론가 끊임없이 향하고 있다는 데 있다. 아직 성공의 중간역에도 이르지 못했다면 지금 서 있는 자리에서 또 출발하면 된다. 그렇게 가고 또 가면 언젠가는… 연말은 연시로 가는 과정이다. 내일이 되면 빨간 벼슬을 자랑하는 붉은 닭이 청아한 노래로 새로운 출발을 알리는, 또 하나의 시작이자 조금은 진전된 시발점이기를 바라는 마음이 간절해지는 시간을 맞는다.…

수술은 한 시간 조금 넘게 걸렸다. 수술복 차림으로 나온 의사는 말했다.
"휴- 정말 다행입니다. 수술은 잘 됐습니다."
나는 속으로 그런 판에 박힌 뻔한 말, 직원인 나에게는 안 해도 되는데… 하고 생각하면서도 맞장구를 쳐준다.
"다행이군요. 수고하셨습니다."
"이틀 정도는 병원에 누워 있는 게 좋을 것 같군요."
생명이 위험하네, 어쩌네 하던 말들은 간 곳이 없다. 1, 2일 휴무이고 연휴가 이어지니 월요일에 퇴원하라는 얘기 정도로 들린다. 나는 듣는 둥 마는 둥 했고 의사는 인사를 마친 뒤 사라졌다.

조금 있으니 환자가 실려 있는 침대가 나온다. 회복실로 옮겨지는 것이다. 비로소 환자의 얼굴을 본다. 생전 처음 보는 여자인데 생긴 것은 고와 보인다. 간호사가 나를 보더니, 이쪽으로 오세요, 한다. 나는 손을 저었다.
"수술 잘 됐다니까 됐네요. 나는 인제 그만 집에 가야죠. 수고하세요."
그랬더니 간호사가 펄쩍 뛴다.

"아니 보호자가 어딜 가신다고 그래요. 이쪽으로 오세요."
간호사도 거의 명령조로 말한다.
"……?"
또 뜨악하다. 화가 치민다.
"이 봐요. 친구가 부탁해서 여기까지 온 겁니다. 나는 보호자가 아녜요. 저 여자 모르는 사람이라고요. 수술도 잘 됐다니까 이제 가야죠."
간호사는 침대를 밀고 회복실로 들어가려다 멈추고 나를 본다. 새내기라서 내가 홍보과장이라는 것도 모르는 어린 간호사 같다.
"어쨌든 보호자라고 서명을 하셨잖아요. 그럼 방금 수술이 끝난 이 환자를 누가 병구완해요. 아직 마취도 깨지 않은 상태예요. 누가 있어야 할 거 아녜요."
할 말이 없다. 싸울 처지도 아니다. 듣고 보니 상식적으로는 그래야 한다. 모르는 간호사에게 내가 이 병원 홍보과장이라고 밝히는 것도 창피하다. 어떻든 수술 직후는 필수적으로 간병인이 있어야 한다. 12월 31일 밤에 갑자기 간병인을 구할 방법도 없다.
회복실에서 2시간 정도 안정을 취한 뒤 마취가 깨고 혈압이 정상으로 돌아오면 입원실로 옮겨질 것이다. 이때쯤은 진통과 수술로 인한 피로가 한꺼번에 밀려오기 때문에 수액과 항생제를 맞으며 깊은 잠을 자는 것이 좋지만, 통증이 심해 견디기 힘들 땐 간병인이 있어 도와주어야 한다. 가스가 나오기 전에는 물도 마실 수 없으므로 갈증을 느낄 때 젖은 수건으로 입술을 살짝살짝 적셔 주기도 해야 한다.
혹시라도 출혈이 있을지 모르니 예방을 위해 모래주머니를 배 위에 올려두는 일도 생길 수 있다. 이것도 보호자가 할 일이다. 혈압도 수시로 체크해야 한다. 수술 전에 삽입했던 소변 줄도 그대로 있을 것이니 깨끗한 패드를 자주 갈아주어야 한다.
어쨌든 밤새도록, 아니 적어도 내일 가스가 나오기 전까지는 돌봐 줄 간병인이 있어야 한다. 간호사는 간병은 하지 않는다. 밤새도록 내일까지… 밤새도록 내일까지! 아아, 대체 이 일을 어떻게 해야 한담.

간호사가 명령하듯 말한다.

"어서 따라 들어오세요."

굳어버린 나는 비실비실 회복실로 끌려 들어갔다.

회복실 한 공간에 침대를 고정한 뒤 수액을 조절하고 항생제를 주사한 간호사는 말했다.

"일시적인 저혈압 현상으로 환자에게 어지럼증이 올 수 있어요. 간병 잘하셔야 해요."

"내가 언제까지 있어야 하죠?"

"최소한 가스가 나올 때까지는 반드시 계셔야죠?"

"그게 언제죠?"

"이르면 내일 밤, 보통은 3일째에 가스가 나와요."

"그때까지 내가 옆에 있어야 한다고요?"

"그럼요. 보호자가 마땅히 그래야죠. 내일 수술 부위 가제를 제거하고 소변 줄도 제거할 거예요. 그리고 나면 소변보는 것도 한두 번 정도는 도와주셔야죠."

갈수록 태산이다. 절망도 보통 절망이 아니다.

그러고 있는데 환자가 고통스러운 듯 몸을 비틀며 신음을 한다. 얼른 다가가 손을 잡아주니 환자가 내 손을 더 힘 있게 움킨다. 마취에서 아직 깨어나지 않은 것 같은데 더듬더듬 말을 한다.

"고맙… 습니다. 살려… 주셔… 서. 고…맙…습니다.…"

고통 때문인지 잡은 손에 더욱 힘을 준다. 마저 도와달라는 듯… 사유가 뭐든 애처롭고 안타깝다. 고맙습니다. 미안합니다. 마취 중임에도 계속 더듬거리는 것이 의식이 작용하는 신호가 역력하다.

간호사가 얼른 진통제를 가져와 주사하자 곧 잠잠해진다.

휴대폰이 울린다. 아내다. 답을 준비하지 못한 상태에서 전화를 받는다.

"안 가요? 애들이 안 가냐고 보채는데."

"……"

"여보"

"……"
"여보…"
"응. 곤란하게 됐어… 오늘 못 가겠네. 사람을 살려야지."
"수술이 잘 안 됐어요?"
"그런 거 같아… 내가 팔자에 없는 보호자가 돼서…"
"집에는 와요?"
상황을 짐작한 아내가 체념한다.
"암튼 여기 일 끝나는 대로 갈게. 수안보는 내일 가야겠어…"
나는 휴대폰을 접었다. 더 할 말이 없었다. 연말에 이 무슨 수난이란 말인가.

결국 나는 12월 31일 밤 집에 들어가지 못했고, 이튿날 정오가 넘어 하동의 배 사장이 올라온 뒤에야 역할을 인계하고 병원에서 풀려났다. 아니, 병원에서 풀려난 것이 아니라 그녀에게서 풀려난 것이라고 해야 맞을까?
"미안합니다. 정말."
고개를 숙인 배 사장은 나를 바로 보지도 못했다.
내겐 화를 낼 힘도 없었다.
"할 수 없지 뭐. 어제 일은 지나간 것이고, 앞으로나 그 여자에게 잘해주시게. 살려는 놨으니까."
"그래야지요."

1991년의 일이었다. 그런 일을 겪은 후 연말이 되면 그녀가 생각난다. 어디서든 건강하게 잘 살고 있기를 바라면서.

단편

보신탕집에 핀 꽃

보신탕집에 꽃이 피었다. 보는 이에 따라 아름답기도 하고 탐스럽기도 하다. 드나드는 사람마다 이야— 하고 달라진 모습에 탄성을 지른다. 주인 여자를 두고 하는 소리다. 그 꽃은 골프로부터 시작되었다.

"이야, 이 과장. 얼굴 많이 탔네. 휴가를 일본에서 보냈다며?"
약국장이 어깨를 툭 치며 반가움을 표한다. 종합병원 1층. 결재서류를 들고 원장실을 향하던 중 로비에서 약국장을 만나니 나도 반갑다. 한 병원에 근무하면서 유난히 친한 사이인 만큼 매일 만나 어울리는데 여름휴가로 일주일 만에 본 것이다.
"일본에서의 작대기 질 맛은 어떤가, 그 맛 좀 보고 왔지."
나는 은근히 자랑했다.
"소설가가 골프채를 잡더니 활동이 눈부시네. 골프채 잡자마자 잡지에 골프 칼럼 연재를 시작하더니 1년도 안 돼 일본까지 진출?… 후후후. 골프계 명사가 다 됐네."
약국장은 다소 부러운 표정으로 말했다. 약국장은 골프라면 사족을 못 쓰는 광이었다. 그러나 그는 아들이 넷이나 되는 대가족의 가장으로 여유가 없어 자주 나갈 수 없었다.
"약국장 덕분이지 뭐."
나는 인사로 고마움을 표했다. 그건 진심이었다. 그가 나를 골프에 입문시켰고 또한 골프를 가르쳐 준 사부이기 때문이다.
"저녁에 약속 없어? 시간 있으면 보신탕 살게."
보신탕이란 구탕(狗湯)을 일컫는 말이다. 병원 뒤에 십주구리 한 여주인이 경영하는 보신탕집이 있는데 그 방면의 요리는 제법이라고 소문이 나 있었다
"좋지. 그러고 보니 올해는 삼복을 건너뛸 뻔했네."
"그럼 잘됐네. 저녁 6시?"
"좋아. 이 실장도 부를게."
이 실장은 응급실장이다. 우린 저녁에 보신탕집에서 만나기로 하고 서로의 업무 처리에 몰두했다.

저널리스트 겸 소설가인 내가 종합병원 홍보과장으로 온 건 1년 전이었다. 다도(茶道) 관련 월간지를 발행하다 경영난에 부딪혀 운영권을 넘기고 백수가 되었는데, 그 월간지를 발행할 때 알게 된 인연으로 특채된 경우였다.
"병원 홍보는 의료법적으로 금지 아닌가요?"
"직접 홍보는 그렇지만 넓은 의미에서 마케팅은 있어야지. 병원 마케팅을 기술적으로 해보라는 거야. 우리 병원은 이제 제2의 시작을 하고 있어. 당신이 역량을 발휘해주길 기대해."
병원 운영실장의 말이었다.
그건 이해가 되었다. 그리고 나는 직장이 급했다. 월간지 경영권을 넘겼지만, 적자로 인해 쌓인 빚은 남아 있었다. 원장은 선급금을 주어 그 빚을 갚도록 도와주겠다고 했다. 나로선 더없이 고마운 제안이었다. 그래서 최소한 5년은 근무하는 조건으로 병원에 내 자리를 만들어 앉았다.

근무를 시작하면서 지인들에게 '병원에 있다'라고 인사하니 연락을 받은 사람마다 되묻고 다시 확인했다.
"어디가 아파서 병원에 갔어? 중병이야?"
그게 아니고 병원 홍보를 맡아서… 라고 답하면 병원이 무슨 홍보야? 병원에

홍보과가 언제부터 있었어? 하고 질문이 이어지는 통에 일일이 설명하기도 귀찮아져 조용히 지내기로 했다.

사실 글 쓰는 사람에게 병원 생활은 낯설었다. 병원 CIP 작업을 약식으로 진행하면서 업무를 파악하고 원내 방송 체계를 통합적으로 구축하며 색깔을 일원화하는 데 소요된 일 년 정도가 지나니 원장의 신뢰와 기대는 높아졌지만 내 생각은 그 반대로 그만두고 싶어졌다. 문학 하는 사람 체질에는 안 맞는 곳이라는 게 너무도 선명하게 다가왔다.

밖에서 생각할 때 병원은 환자들 — 다시 말해 의료소비자를 위한, 의료소비자에 의한, 의료소비자의 — 세계일 것 같았는데 실제에 있어서는 연금술사들의 기술경쟁 무대 같은 곳이었다. 주 세력인 의료진 측면에서 보면 간호사는 도우미, 직원은 보조자요, 환자는 - 인간이라기보다 - 일의 대상이었.

인간의 존엄성이니 생명 존중이니 하는 소리는 수사(修辭)일 뿐, 실제에서는 아무리 눈을 크게 뜨고 찾아보아도 사례를 찾아보기 힘들었다.

분위기를 알고 나니 나로서는 더 머물고 싶은 마음이 없어졌다. 그러나 최소한 5년은 근무해야 하는 사전 조건이 있어서 여간 난감한 처지가 된 게 아니었다. 처음 와서 1년 넘게 열정을 가지고 일했지만, 차츰 열정이 식더니 얼마 안 가 애정도 줄어드는 것이었다. 그래서 갈등하던 때에 약국장을 알게 되었는데 취향이 비슷하고 술 좋아하는 것도 마찬가지고 의기도 통하는 친구였다. 나이도 한 살 차이로 비슷한 데다 특히 그에게 문학적 소양이 넘쳐 소설 읽기를 즐기는 것이 더 친해지게 된 동기였다.

그럴 뿐만 아니라 그 역시 여차하면 약국을 개설해 독립할 마음이어서 언제 쫓겨나도 좋다 식의 '오뉴월 개털'을 자처하기 시작했는데, 둘이 하도 요란하게 친하니 샘이 나 못 견디겠다며 범털에 속하는 응급실장이 끼어들었고, 이어 기획실장까지 합류하면서 '개털' 그룹을 만들게도 되었다.

어느 일요일 원무과에 근무하는 직원 결혼식이 있어 예식장에 갔다가 약국장과 응급실장을 만났다. 물론 병원 동료들이 객석을 메우다시피 했다. 피로연 석상에서 식사를 마치고 나왔을 때 둘은 약속이나 한 듯 나를 골프연습장으로 데려갔다. 나는 처음 가보는 곳이었다.

약국장은 그곳에 보관되어있는 자기 클럽을 꺼내오더니 내게 7번 아이언을 주며 쳐보라고 했다. 나는 이까짓 거, 하며 골프채를 휘둘렀다.

가만히 놓여 있는 공을 치는 건데 의외로 잘 안 되었다. 열 번 휘두르니 여섯 번은 헛치고 두 번은 볼 머리를 때리고 두 번은 뒤땅을 쳤다. 띄우기는커녕 똑바로 보내지지도 않았다.

요것 봐라, 하는 오기가 피어나 다시 열 개를 쳤는데 마찬가지였다. 나는 그 자리에서 100개의 볼을 쳤다. 70개를 넘기면서부터 조금씩 공이 맞기 시작했다. 그러다 한 번 공이 시원하게 포물선을 그리며 날아가니 김 국장과 이 실장은 한목소리로 "이야, 홍보과장 골프 타고났네. 조금만 연습하면 우릴 잡아먹겠는데"하고 서로 마주 보며 놀렸다. 그들은 둘이 나서서 골프연습장 3개월 이용료를 내주며 부지런히 연습해서 함께 골프 하자고 나를 끌어들였다. 덕분에 나는 골프를 시작하게 되었다.

그날 이전에는 골프에 관심도 두지 않고 지냈었다. 그런데 마침 하루 두 갑씩 태우던 담배를 병원에 근무하면서 끊은 이후 몸이 불어 고민하던 때였다. 비만도가 140을 넘으니까 일상의 움직임에서도 발목과 무릎 따위에 부담이 오는 것 같아 어느 하루 술좌석에서 걱정이라는 말을 했더니, 둘이 의논하여 나를 골프에 입문시킨 것이다.

둘은 이구동성으로 골프를 예찬했다. 골프 하면 배도 들어가고 체중도 준다고 했다.

글쎄 과연 그럴까? 그날 이전의 상식으로는 골프가 운동이 된다는 게 믿어지지 않았다. 돈 많고 시간 있어 걱정 없는 사람들이 한가하게 잔디 위를 산책하며 공 가지고 노는 게 무슨 운동이 될까? 기껏 운동이 된다고 해야 걷는 효과 정도겠지. 18홀이 직선 길이로 보통 7km 정도라니까 만보기로 환산하면 1만2천보 정도 걷는 효과는 있겠지. 나는 그렇게밖에 생각하지 않았다.

어쨌든 둘이 등록해준 연습장에 나가 클럽을 휘두르며 골프 연습을 했다. 개인지도는 약국장이 틈틈이 해주었다. 볼은 좀처럼 날지 않았다. 처음 며칠은 '허허 고것 제법인데'를 반복했는데, 그것이 '어라, 요것 봐라'로 변하면서 오기가 발동한 것은 골프채를 잡은 지 보름 정도 지난 때였다.

차츰 골프가 만만찮은 운동이라는 사실이 체감되고, 아울러 자기와의 싸움이라고 판단되자 몰두하게 되었다. 골프는 할수록 더 어렵게 여겨지는 운동이었다. 척추를 축으로 하여 온몸을 꽈배기처럼 우측으로 비틀었다가 좌측으로 휘감을 때 움직이는 근육들은 골프를 하기 이전에는 사용하지 않던 부분이어서 묘한 신체적 쾌감이 느껴졌다. 잠자고 있던 한쪽 세포가 살아나는 것 같았다.

쾌감은 이윽고 통증을 몰고 왔다. 온몸이 일찍이 경험하지 못한 변화의 진통을 시작한 것이다. 몸살이라고나 할까. 반듯이 누운 상태에서 모로 돌아눕지도 못할 만큼 전신이 경직되고 쑤시고 저리고 열이 났다. 갈비인가 늑골에 손상이 간 것 같았다. 그러나 신기한 것은 그렇게 전신이 아프건만 연습장에 나가 볼을 한 상자 정도 치면 눈 녹듯 풀리는 것이었다.

그런 고통과 아픔을 견디며 사오 개월 계속하니 차츰 골프로 인한 신체변화의 진통이 가라앉고 공도 뜨기 시작했다. 체중은 3kg 정도 줄어든 데 불과하지만 배는 현저하게 들어갔고 기분도 상쾌해졌다. 나는 내게 새로운 세계를 알게 해준 약국장과 응급실장에게 감사하며 더욱 연습에 몰두했다.

반년이 지나 약국장과 응급실장을 모시고 소위 머리를 얹으러 갔다. 1월 하순으로 우리가 간 곳은 의정부에 있는 로열 CC였다. 날짜를 받아놨을 때의 그 설렘은 어릴 때 소풍날을 손꼽아 기다리던 심정 그대로였다. 그런데 그날이 하루 앞으로 다가왔을 때 안타깝게도 눈이 내려 엷게나마 천지를 하얗게 덮었다. 눈이 와서 어떻게 하냐고 걱정이 되어 전화로 물었더니 약국장 왈, 골프 약속은 본인 사망 외에는 절대로 지켜야 하는 거다. 눈이 왔어도 가야 한다기에 그대로 나갔다. 예정된 시간에 나가니 우리 앞 팀, 또 그 앞 팀이 이미 플레이 하는 것이 보였다.

첫 홀 티그라운드에 섰을 때의 감격은 신세계에 첫발을 디딘 것 같았다. 야, 정말 좋구나! 감탄사가 절로 나올 만큼 잘 다듬어진 골프 코스의 자연은 사방 어디를 보아도 한 폭의 그림처럼 신선하게 다가왔다. 까짓 눈이 조금 쌓였으면 어떠냐. 하고 우리는 빨간색 초록색 등 형광 볼로 플레이했다.

페어웨이의 눈은 대충 걷어냈지만 양 러프는 눈이 제법 많이 쌓인 곳도 있었는데, 그런 곳에 공이 처박히면 나는 찾을 수 없었다. 그러나 약국장은 귀신처럼 그런 공도 잘 찾아냈다.

연습장에서는 제법 공이 떠서 똑바로 나갔고, 그래서 어느 정도 기본기가 되지 않았나 싶었는데 필드에 나오니 영 아니었다. 치는 공마다 이리 휘어 기슭에 걸리고 저리 숲으로 사라지는 통에 볼을 찾아 허둥대다 보니 네 시간이 후딱 갔고, 18홀이 끝나버렸다. 나는 그렇게 첫 라운드를 눈 덮인 코스에서 허둥대며 경험했다.

넷 중 가장 돋보이는 약국장은 무척이나 골프를 사랑하는 것 같았다. 그는 날씨를 탓하지 않고 한 타 한 타에 신중했다. 성의 없이 클럽을 휘두르는 건 깨끗한 자연에 더러운 돈을 함부로 뿌리는 것과 같다고 했다. 그의 드라이브는 시원함을 넘어 통쾌했다. 머리 얹은 날 인상에 남은 것은 그의 멋지고 통쾌하고 일편 신중한 플레이뿐이었다.

그렇게 골프를 시작했다. 처음에는 한 달에 두 번 정도 나갔는데 봄이 되면서 그 회수가 늘어났다. 그러다 보니 당장 주머니가 빈곤해졌다. 예산에 없던 항목에 뭉텅이 돈이 나가니 월급쟁이 가계에 대뜸 부담이 왔다. 부킹도 문제였다. 회원권 없이 주말 부킹은 어림도 없었다. 평일에 골프를 하려면 업무상 외출하는 것처럼 거짓말을 하고 나가야 했는데 아무리 애정 없는 직장이라지만 도덕적으로 문제가 많았다. 그러나 대개는 그렇게, 요령껏들 골프를 하고 있으므로 나도 거짓말하며 몇 달 쫓아다녀 보았다. 돈도 들고 시간도 뺏기고 거짓말이 늘어갔지만 그만큼 골프는 재미있었다.

부킹 되는대로 이 골프장 저 골프장을 라운드 했다. 어디를 가나 골프장은 골프 하기 이전에는 접하지 못했던 살아있는 그림들이었고, 그 안에서의 사람들은 자연과 아름답게 어울리는 것으로 보였다. 사진을 찍는 것도 부끄러운 짓 같았다. 인간은 사진 속에서 더 멋있어질 수 있을지 모르지만, 자연에는 사진 따위가 범접할 수 없는 천연의 위엄이 있었다.

나는 점점 골프가 인간에게 주는 강한 메시지에 심취되어 갔다. 그것은 가슴 벅찬 환희이기도 했다. 골프 하며 느끼는 즐거움은 사람마다 다를 것이지만 신선한 공기를 마시며, 잘 다듬어진 푸른 초원에서의 플레이에 매료되는 것은 같을 것이다. 동반자와의 친목은 특별히 에티켓에 문제가 없는 한 단시간에 놀랍도록 단단하게 다져질 수 있는 스포츠이며, 개인의 스트레스 해소에도 더없이 좋은 선택으로 보였다. 날씨나 계절에 구애 없는 전천 후 운동이며 남녀노소 모두 즐길 수 있다는 점도 골프를 돋보이게 했다.

그러나 진정 즐기려면 자기 분수를 알고 무리하지 않는 게 첫째 아닐까? 1년 반쯤 지났을 때 되돌아보니 아무래도 내 형편에 아직은 아니라는 생각이 들었다.

우선 가족에게 미안했다. 나는 골프를 하기 위해 다른 지출을 줄였다고 하지만 가족은 콩나물값 천원을 아끼는데 골프 친다고 뭉텅이 돈 쓰는 게 미안했다. 직장에서도 그랬다. 아무리 개털 그룹을 자처하고 지낸다지만 평일에 거짓말하고 골프 치러 가는 것도 한두 번이지, 계속하는 것은 도덕적으로 문제가 컸다.

갈등 끝에 병원을 그만둘 때까지는 골프를 접기로 했다. 그러나 골프를 접으니 그것도 담배를 끊을 때처럼 금단 현상이 왔다.

접어두었던 골프채를 다시 잡은 것은 월간 모던골프 발행인을 만난 덕분이었다. 1991년의 상황에서 골프 잡지들은 미국이나 일본의 골프 잡지 내용을 번역해서 게재하는 것이 고작이었다. 우리 골프의 현실을 생생하게 취재 보도하는 일은 거의 없었다.

선배 중에 KBS 선임 PD가 있어 만나는 자리에서 월간 모던골프의 김호기 사장을 소개받았다. 골프를 시작한 뒤 그 골프 잡지를 보아왔기에 반가웠다. 그와 커피를 나누면서 나는 말했다.

"이제 우리 골프 인구도 꽤 늘었다고 생각되는데 골프 잡지는 왜 내용을 번역에만 의존하는 거죠? 제 생각엔 생생한 현장 취재가 실리면 좋을 것 같던데요."

김호기 사장은 웃으며 말했다.

"아직 쓸 사람이 없어요. 간판급 필자로 최영정 씨나 김태운 씨 등이 있을 뿐인데 제도권 언론에 몸담은 분들이어서 글을 받기도 힘들뿐더러 받아봤자 그분들 역시 외국 글 인용이 대부분이에요."

"사장님이 한 번 시도해 보시죠? 골프 코스의 문학적 산책 같은 걸 해보면 재미있을 것 같은데…"

나는 생각나는 대로 그렇게 말했다. 그러자 김 사장은 눈을 빛냈다.

"지금 뭐라고 그랬죠? 골프 코스의 문학적 산책 요?"

"예."

"그걸 누가 쓸 수 있죠? 이 선생이 쓸 수 있습니까?"

"하명 하시면 제가 해보죠?"

"골프에 대한 글을 써 보셨나요?"

"아뇨, 아직은… 그러나 배운 게 글쓰기에요, 직업이 작가니까 할 수 있을 겁니다."

"그래요? 골프 글은 골프 세계의 용어나 특성을 좀 아셔야 하는데…"

"이렇게 이해하시면 됩니다. 골프에 대해 아직 글 쓰는 사람이 드물다고 하셔서 드리는 말씀인데, 시장이 발전하고 있으니 누군가는 앞서 시도를 해야 하겠죠. 마음에 드는 필자가 자연적으로 나타나길 기다린다면 오래 걸릴 겁니다.

저도 잡지를 경영해봐서 아는데, 골프 잡지 같은 거 하시면서 필요한 글을 만드는 데는 두 가지 길이 있죠. 골프 하는 사람에게 글을 가르쳐서 쓰게 하느냐. 아니면 글 쓰는 사람에게 골프를 가르쳐서 쓰게 하느냐 두 가지예요. 사장님은 어느 쪽이라고 생각하세요."

"거참 듣고 보니 이해는 가는데…"

김 사장은 반신반의하며 망설이더니 결심을 말했다.

"도전 의사가 있으면 해봅시다. 주제가 마음에 드네요. 내가 기자들 시켜 취재를 위한 부킹도 해드리고, 소정의 원고료도 드리리다. 우선 6개월만 하는 것으로 하지요."

그는 '골프 코스의 문학적 산책'이라는 제안을 매우 흥미 있어 했다. 그러면서 그는 오래된 명문골프장부터 취재를 시작하자고 했다. 그래서 서울CC, 한양CC, 안양 CC 등으로 순서까지 정해주었다.

골프 칼럼을 쓰기로 한 것이다. 마다할 내가 아니었다. 그러나 생소하다면 생소한 분야에 대한 글을, 그것도 현장을 취재하여 쓰려고 하니 여간 부담되는 게 아니었다.

나는 부랴부랴 교보문고에 가서 그때까지 나와 있는 골프에 관한 책을 십여 권 모조리 사다 읽고 또 읽었다. 그리고 마스터스 대회 등 PGA 메이저대회 비디오도 구할 수 있는 데까지 구해 밤을 새워가며 반복해서 보았다. 그렇게 20여 일 집중해서 골프에 관한 공부랄까 연구를 하고 나니 골프의 세계가 이해되었고 용어를 체득했고 글을 어떻게 써야 하는가? 방향도 잡을 수 있었다.

이윽고 한양CC부터 취재를 나갔다. 취재니만큼 홀별 공략법이나 홀에 얽힌 이야기, 그리고 골프장 건설이나 경영의 배경 등 이야기를 들려줄 수 있는 간부와 함께 라운드했다. 간부는 대표일 수도 있고 전무나 상무이사일 수도 있고 헤드 프로일 수도 있었다. 열심히 묻고 듣고 메모하며 18홀을 돌았고, 사나흘 씨름하며 원고를 작성해 사진과 함께 넘기기 시작했다.

자그마치 6페이지 분량씩을 써서 넘겼다. 4회째 연재가 나갔을 때 김 사장은 점심을 하자며 나를 고급 레스토랑에 초대하더니 그 연재를 6개월이 아니라 오래 했으면 좋겠다고 말했다. 독자 반응이 아주 좋다는 거였다.

"고맙습니다. 독자 반응이 상당히 좋네요. 여기저기 골프장에서 자기네도 취재해달라는 요청도 오네요. 놀라운 반응입니다. 기왕 시작한 거 전국에 있는 골프장 다 도십시다. 5년이 걸리든 10년이 걸리든."

나는 그렇게 해서 잠시 접었던 골프를 다시 시작하였다. 취재를 위한 라운드이니 돈을 받을 리 없었다. 둘이 치는 게 심심하다 하여 내가 동반자를 둘 데려가기도 하였다. 그때 나는 한편에서 한국여행인클럽(Korea Traveller Club)을 창립하여 막 시작된 해외 자유여행 문화를 일깨우는 사회적 봉사에도 열심이었는데, 한국 여행인 클럽의 멤버는 각 분야에서 제일이라 할만한 사람들이었다. 대한항공의 사장, 아시아나 항공의 부사장, 여행업계의 여성 히어로 낸시와 실비아, 패션쇼를 통해 한복을 세계에 알리고 있는 이리자, 한국 음식을 세계에 알리는 한정혜, 만화로 유명한 신동우, 고우영, 여성 인기 탤런트 김미숙, 아나운서 황인용, 김찬삼 다음으로 여행기를 많이 쓴 전규태 교수, 미8군에서 여행 개발과 알선을 하던 안원환, 무용가 이청자, 여행용 가방 업계의 일인자 JK, 공인회계사 금실, 무용가 이청자, 그리고 그 모든 멤버를 아우르며 KTC의 여행문화 계도활동 홍보를 담당한 KBS 김현 PD 등등, 쟁쟁한 인사 30여 명이었는데 자주 만나기도 했고 사이가 엄청 좋았었다.

그 유명 인사들을 취재에 동반하니 골프 업계에 좋게 소문이 퍼져 취재 협조를 점점 잘했다. 기사를 잘 써주면 고맙다고 골프장 측에서 또 한 번 초청해 주었다. 그러다 보니 한 달에 서너 차례 골프를 하는 데 돈이 하나도 안 들었다. 골프장 경영자들을 많이 알게 되니 주말 골프도 곧잘 즐기게 되었다. 골프 잡지에 연재하면서 꿈같은 골프를 즐긴 것이다.

다만 한 가지는 극복해야 했다. 골프를 어느 정도 쳐야 제대로 대접을 받을 수 있는 것이었다. 아무리 취재라 하고, 또 작가라 하지만 골프는 골프이기에

이산 저산 헤매며 100타 이상을 쳐대면, 저런 실력으로 무슨 좋은 글이 나오겠냐 의심들을 했다. 이런 의심을 불식시키기 위해 나는 정말 피나는 연습을 했다. 매일 새벽 6시면 연습장에 나가 하루 10박스 — 천 개의 볼을 날렸다. 3개월 정도 그렇게 연습하니 비로소 공이 통제되었고 장타도 보여줄 수 있게 되었다. 그렇게 탄탄한 싱글 골퍼가 되니 골프장 취재 때 헤드 프로와 동반을 해도 밀릴 게 없었다. 나는 돈도 안 들고 골프장업계 유수한 인물들과 친분을 쌓아가며 더욱 환상 같은 골프를 즐기게 되었다.

그러던 때에 김영삼 대통령의 문민정부가 들어서더니 골프 금지령 아닌 골프 금지령이 내렸다. 대통령이 '나는 임기 동안 골프를 안 하겠다.'라는 선언을 한 것이었다.

대통령의 뜻은 골프를 잘 못 치는 사람이 대통령이라고 나다니면 골프 사회에 민폐가 클 테니 임기 동안 안 하겠다는 것이었다. 그런데 알아서 기는 참모들은 엉뚱하게 확대해석했다. '대통령님이 골프 안 하니까 모든 공직자가 해서는 안 된다.'가 되어 버린 것이다.

직격탄을 맞은 것은 골프장이었다. 자료는 없지만, 우리나라 상황에서 골프장을 자주 찾는 사람은 고위 공직자, 회사 임원을 포함한 사업자, 고위급 샐러리맨, 다음이 개인사업자 순이며, 목적은 운동보다는 비즈니스가 더 강했다. 개인사업자는 중소기업인만 있는 게 아니라 변호사, 회계사, 평론가, 화가, 음악가, 배우, 저술가 등 다양했다. 물론 일부 운동 부족이 되기 쉬운 그룹에는 골프가 적당한 스포츠로 평가되는 일도 있기는 했다.

골프 금지령이 내리자 골프장은 갖가지 아이디어로 공직자 골프를 보호하려고 애썼다. 내장객의 이름을 가명으로 한다든가 승용차 번호판을 가려준다든가 직원용 주차장 깊숙이 세워 감찰을 피하도록 했지만 역부족이었다.

골프를 하는 사람은 골프를 해야만 사는데 정부의 배려가 없었다. 이윽고 살랑살랑 해외골프투어 바람이 불기 시작했다.

두 가지가 해외 골프를 부채질했다. 하나는 가장 가까운 이웃이자 골프 천국인 일본이 1992년을 기점으로 부동산 거품이 붕괴하면서 성장률이 0%로 추락한 것이었다. 더불어 일본의 경제 호황을 이끌었던 전자 기업들이 줄줄이 몰락, 총체적 위기 상황으로 접어들었다. 골프장은 부동산의 노른자위였다. 우리의 열 배도 더 되는 2천 5백 개소나 되는 골프장이 줄줄이 도산하거나 경영난에 허덕이지 않을 수 없었다.

반면 우리나라는 그때 해외여행 자유화가 시작된 지 몇 해 안 되는 때여서 항공 노선이 기하급수로 늘어나 있었다. 일본 구주만 해도 후쿠오카 외에 오이타, 나가사키 등 중소도시까지 정기 노선이 생겨났는데 일본 경제에 불황 폭풍이 불자 승객이 없어 적자운항을 하는 것이었다.

한국에 골프 금지령이 확산되자 일본의 골프장들은 50-70%를 할인한 가격으로 관광 겸 골프 여행을 유혹했고, 승객이 없어 절절매는 정기 항공 역시 반값 이하의 할인 가격으로 여행사에 제공하며 해외골프투어를 부추겼다.

그러다 보니 한국에서 눈치 보며 두 번 라운드 할 비용이면 비행기 타고 일본 가서 두 번 라운드하고 오는 비용이 더 싸게 먹히는 기현상이 되었다.

국내골프장 나가는 게 두려운 공직자들은 순식간에 대거 해외투어로 전환했다. 그러자 알아서 기는 참모들은 골프채 들고 나가는 사람들을 체크했다. 그러니까 해외골프장들은 유명 브랜드 클럽을 다 준비해놓고 염가에 대여하면서 구두만 들고 오세요, 했다. 그래서 구두만 들고 나가니 약이 오른 알아서 기는 참모들은 여행 가방 속의 골프화까지 체크하는 해프닝을 벌렸다.

그 해프닝이 언론에 가십거리가 되자 해외골프장들은 한술 더 떴다. 그냥 평상복으로 오세요, 구두는 물론 골프웨어까지 유명 상표 제품으로 다 대여해드리겠습니다.… 감시와 통제가 상술을 당할 수 없었다.

해외골프투어 사업은 이런 식으로 단계를 거치며 단기간에 여행업계에 황금알을 낳는 베스트 상품이 되어버렸다. 여러 여행사가 우후죽순 이 사업에 뛰어들면서 중국 필리핀 태국 등으로 확대되어갔다. 시절이 이러했던 만큼 나에게 해외골프투어 개척 섭외 요청이 들어왔고, 마침 여름이라 휴가를 이용하여 오이타 BFR 골프장과 나가사키 오무라 골프장을 다녀온 것이었다.

퇴근 시간이 되자 우린 병원 뒤에 있는 보신탕집에 모여앉았다. 삼복이 막 지난 때여서 그런지 한가했다. 우리는 수육을 시켜 가운데 놓고 소주를 마셨다.
"일본 다녀오셨다고요? 이번에는 어느 유명인사와?":
이 실장이 물었다. 그는 세 살 아래였기에 늘 경어를 썼다. 나도 경어를 썼다. 비록 나이가 많아도 병원 사회에서는 의사의 신분이 주류이기 때문이었다. 이 실장은 늘 내가 같이 다니는 사람을 궁금해했다.
"일간지 기자 두 명하고 신동우 화백하고 갔었지요."
신동우 화백은 어린아이들도 아는 유명한 만화가였다.
"참 재미있게 사시네."
그는 부러운 듯 말했다.
"어디, 규슈에 간다고 했었지?" 약국장이 물었다.
"응. 오이타라고, 온천으로 유명한 벳푸 아래에 있는데, 거기 BFR이라는 골프장을 작년에 오픈했어. 스페인의 골프 영웅 세베 바에스트로가, 자신의 경험과 이상을 실현해 보이겠다며 자존심을 담아 설계했다고 해서 가봤지. 섬세하게 잘 만들어놨더군."
약국장은 워낙 골프매니아라 골프 이야기만 나오면 빠져들었다.
"어떻게 섬세한데?"
"시야가 탁 트인 것은 반도에 바다를 배경으로 만들어져 그렇겠지만 그린을 포함한 페어웨이 전체에 잔디를 부드러운 물결처럼 만들었더라고. 마치 잔디의 바다에 기분 좋은 바람이 일어 잔잔하게 밀려오는 파도를 보여주는 것과 같았어. 그린으로부터 100m 전방쯤에서 파도가 시작되어 일정한 리듬으로 이어지다 그린에 이르러서 사그라지는 모양인 거지. 골프장 선전 문구를 보면 그게 세베 특유의 섬세한 손길이래."

"기가 막히는군. 어떻게 생겼는지 감이 오는 것 같네. 거기만 갔었어?"

"아니 나가사키도 들렸어. 나가사키를 보니 일본에 영업 중인 골프장이 2천 5백 개나 된다는 게 실감이 되던데. 인구 45만 정도의 나가사키시를 둘러싸고 21개의 골프장이 영업 중이었으니까? 골프장이 도시를 둘러싼 그린벨트야."

"정규 홀이 그렇게 많아?" 약국장은 눈을 치떴다.

"18홀짜리만 있는 게 아니라 36홀도 있었지. 다만 회원제가 있고 퍼블릭도 있고, 골프장 등급에 따라 그린피도 천차만별이었어."

"정말 골프 천국이네. 부럽다."

그는 나가사키의 골프장을 상상해보는 것 같았다.

"골프 말고 다른 얘기는 없어요?"

심술이 나는지 이 실장은 화제를 돌리고자 했다. 나는 금세 그 말을 받았다. 혼자 안고 있기 아까운 재미난 이야기가 있기 때문이었다.

"재미난 일이 있었어. 정말 공연한 짓을 해 부끄럽기도 하고 쩔쩔맨 일이 있었지."

"무슨 일이 있었는데?"

약국장도 호기심이 발동하는 표정이었다. 나는 말했다.

"신동우 화백하고 갔었다고 했잖아. 신동우 화백은 일본을 너무나 잘 아는 통이거든, 귀국하기 전날 밤 기자 둘은 저희끼리 가볼 곳이 있다고 찢어졌어. 신 화백과 둘이 남았을 때 내가 부탁했지. 화백님. 일본에 성인용품 백화점이 많다고 들었는데 여기도 있겠지요. 거기 한번 가보고 싶어요. 데려가 주실래요? 했더니, 그럼 바람도 쐴 겸 다운타운에 갑시다. 하며 시원하게 일어서는 거야. 그래서 다운타운 뒷골목에 있는 성인용품 백화점을 찾아갔어. 아담한 2층이었지. 가게에 들어가기 전에 신 화백이 한 가지 다짐을 주데. 여기는 구경만 하는 것은 안 된다는 거야. 무엇을 사든 한 가지 이상 사야 한다는 거지. 알았습니다. 추천해 주세요. 하고 안으로 들어갔지. 한 층의 매장이 20평쯤이랄까? 넓지는 않았는데 그걸 더욱 좁게 보이도록 하는 건 빼곡하게 들어선 진열장과 각종 모형, 그리고 상품들이었어. 신 화백은 마치 가이드인 양 알기 쉽게 설명해 주더라고, 작은 가게지만 백화점이라는 용어가 어울리게 다양한 용품을 진열하고 있었어."

나는 아직 우리나라에는 없는 성인용품 백화점 이야기를 했다.

"일곱 구역으로 나뉘어 있더라고. 1구역은 콘돔이었는데, 내가 알고 있는 — 흔히 호텔이나 여관에 비치된 콘돔 같은 게 아니야. 여자의 사정 중추라 불리는 지스팟을 집중하여 자극하는 지스팟 진동 링이라든가, 튜링, 래빗 링, 파워 스트롱맨 돌기 등 피임도 하면서 쾌감을 높여준다는 용품들이 정말 다양하더군. 낙타 눈썹도 콘돔 전시대에 있었어."

거기까지 얘기했을 때 건강진단센터 소장이 들어오며 '어, 여기들 계시네요.' 하고 인사했다. 그는 우리 보다 예닐곱 살 아래였다.

"이 시간에 혼자 보신탕집에다 웬일이요?"

내가 묻자 그는 '당직이에요. 저녁 먹으러 왔죠.'하고 옆 테이블에 앉았다. 당직이라니 술을 권할 형편도 아니어서 그대로 두고 나는 얘기를 계속했다.

"두 번째 코너는 러브 젤 코너인데..."

"러브 젤? 폐경 된 여자들을 위한 거?":

"그렇지. 부드럽고 점도가 오래가는 것들. 선전 문구를 보니까 마르지 않는 젤… 이런 표현이 많더라고. 젤도 다양하고 많아. 고급, 일반. 특수기능에다 핫젤 쿨젤 등 다양해. 복숭아 향이 있는 것도 있고… 럭셔리 젤, 오메가3… ㅎㅎㅎ."

"좋은 것 구경했네?"

"그게 좋은 구경이야?"

하는데 건진 센터 윤 소장이 밥을 먹다 말고 끼어들어 물었다.

"끼어들어서 죄송한데요, 홍보과장님 혹시 그 젤 하나 사 왔어요?"

"아, 예, 지금 그 얘기 하는 건데… 두 개 사 오긴 했어요. 왜요?"

"알았습니다. 그럼 따로 뵈야겠네요."

윤 소장은 그렇게 말하고 다시 밥을 먹었다.

"아니 윤 소장이 그걸 뭘 하려고?…"

하고 되묻는데 약국장과 응급실장은 나의 다음 이야기가 궁금한 모양이었다. 둘 다 여자를 밝히는 타입이기에 더 그랬다.

"모두 일곱 구역이라며. 또 뭐가 있었어?"

"남성용품, 여성용품, 란제리, 페로몬, 커플… 이런 식이지. 그런데 보면 남자는 남성용품 코너에 오래 머물고, 여자는 별로 들어오지 않지만 와도 여성용품 코너에 머물더라고. 상식적으로는 반대일 것 같은데."

"어떤 여자들이 거길 기웃거릴까?"

"직업여성일 수 있겠지… 아이고, 아무튼 남성용품 코너를 보니까 러브링이라고 여자를 죽여줄 수 있는 별별 링이 다 있어. 파워 업 용, 밤새도록 즐길 수 있는 남성 지연 품도 다양한데, 한편에는 자위용 기구들이 또 휘황찬란해요. 섹스가 목적이라면 여자 따먹으려고 애쓸 필요 없어. 성매매니, 창녀촌이니 다 필요 없겠더라고."

"허허허 그런 정도야?"

"이 과장 말 듣다 보니 나도 가보고 싶어지네."

"여성 코너에는 뭐가 있었어?"

그들은 번갈아 물었다.

"여성 코너는 왠지 쑥스러워서 관심 있게 보질 않았어. 대충 보았지. 보니까 질 단련 용품, 수축 용품, 그리고 청결을 위한 세척용품들이 있더군."

"하하하. 얘기하는 투가 대충 본 게 아니네."

"처음 간 곳이니까 눈여겨보기는 했지. 게다가 가보고 싶어서 간 곳이니까? 아 참 재미있는 코너가 있는데 빠뜨릴 뻔했네. 남자와 여자의 성감대를 알려주는 모형이 있었어. 남자 모형 앞에 놓인 벨을 누르면 나지막한 신음과 함께 성감대에 빨간 불이 들어오는 거지. 남자의 경우는 열 곳 정도 불이 켜지는데 성감대가 음경과 고환에 몰려 있었어. 반면 여자의 신체 앞에 있는 벨을 누르면 민망할 정도의 끈적끈적한 신음과 함께 입, 귀, 목덜미, 겨드랑이, 가슴, 배, 엉덩이,

손, 성기, 허벅지 등 다양한 곳에 불이 들어와. 여자는 남자와 달리 몸 전체에 성감대가 퍼져 있기 때문이겠지. 성감대에 관한 정보를 얻기 위해서인지 아니면 끈적끈적한 신음을 듣기 위해서인지 가게에 들어온 남자의 절반 이상은 여자의 성감대 모형 앞에서 시간을 보내더라고."

"그래 이 과장은 뭘 샀어? 하나 이상 사야 한다며?"

약국장이 그곳의 법칙을 기억해 내며 물었다.

"밧데리로 움직이는 남자 페니스를 샀어. 정말 내 얼굴을 뜨겁게 만드는 물건이었어. 스위치를 넣으면 서서히 온도가 올라가면서 커지고 딱딱해지는데 광장해. 우 삼삼 좌 삼삼 돌아가기도 하고 말이야. 신 화백 말로는 그걸 여자에게 사용하면 백이면 백 다 비명을 지른다는 거야. 왜 그게 사고 싶었는지는 모르겠어. 아마 나의 이상이자 희망인 물건처럼 보였던 것 같아. 내 것이 그렇지 못하니까…"

"후후후. 그랬어? 그래 그걸 지금 가지고 있어?"

"아. 그게 말이야. 사실 재미있는 이야기는 지금부터지. 그거를 샀는데 신 화백이 젤 두 가지를 추천하더라고. 값도 얼마 안 하기에 그것까지 샀지. 그리고 귀국하는데… 김포공항에 내린 순간부터 걱정이 되는 거야. 입국할 때 세관에서 가방을 뒤지다가 이게 나오면 '이게 뭡니까?' 할 거 아냐. 그러면 그거 창피해서 어떻게 해. 그러다 보니 괜히 샀다 싶은데 돈이 아까워서 버릴 수는 없고…"

하하하. 그 심정 알만하네. 하하하

내 이야기를 듣는 주변에 웃음꽃이 피어나기 시작했다. 나는 마저 말했다.

"그래서 김포공항 여구과에 있는 친구에게 연락했더니 웬걸, 요즘 검색이 강화돼서 도와줄 수가 없다는 거야. 할 수 없이 될 대로 되라 하고 싸고 또 싸서 가방 깊숙이 넣어 가지고 왔지. 다행히 검색대는 그거까지 들추지 않고 무사히 통과했어. 그런데 집에 오는 버스를 타니 더 걱정이 커진 거야. 어린 딸 둘이 있어 아빠 책상이고 가방이고 모조리 맘대로 뒤져대는데 이걸 갖다가 어디에 둘 거야. 아내에게 말할 수도 없고."

하하하. 정말 그렇네. 그 심정도 실감이 되네.

약국장과 응급실장은 재미있다고 깔깔대며 놀리기까지 했다.

"그래서 어떻게 했어?"

"어떻게 되긴 뭘. 하여튼 집에 도착하자마자 얼른 그걸 꺼내 애들 손닿지 않고 아내 무관심한 곳에 감췄지. 그러나 지금도 바늘방석이지. 오늘 발각될지도 몰라."

하하하. 그 얘기가 정말 재미있네. 하하하.

우린 그렇게 하며 소주를 일곱 병이나 비웠다. 내 얘기를 다 들으며 저녁을 먹은 윤 소장이 다가왔다.

"이 과장님. 아까 그 젤 말이에요. 저에게 자주 상담 오는 60대 부인이 있는데요. 남편이 일주일에 두 번은 섹스를 요구한대요. 그런데 물이 안 나오니까 아주 고통스럽다는 거죠. 저에게 주시면 그 부인께 드리고 싶은데요."

"그래요? 그럼 드릴 게 알아서 하세요. 어차피 나에겐 필요 없는 거니까."

그렇게 약속하고 모두 일어섰다. 내가 사기로 한 만큼 나가면서 술값 계산을 하는데 과부인 보신탕집 주인이 예쁘게 웃으며 속삭인다. 그녀도 내 얘기를 귀담아들은 것이다.

"과장님. 저기… 그거… 저 주시면 안 돼요? 물건값은 드릴게요."

그 소리를 듣자 나를 포함한 우리 셋은 거의 동시에 십주구리한 과부를 보며 합창을 했다.

"정말, 그러면 되겠네."

나는 시원하게 말했다.

"그래요. 그냥 선물로 줄게요. 뒷얘기나 들려줘요."

이튿날 나는 두 가지 물건을 가져와 러브 젤은 건진 센터 소장에게 주고 예의 페니스는 보신탕집 과부에게 줬다.

일주일이 지났을 때 윤 소장은 봉투를 들고 왔다. 러브 젤을 사용한 부인이 보내온 사례금이라는데 구매 원가의 무려 20배나 되는 돈이었다.

그리고 그날 전화가 왔다. 보신탕집 과부가 고맙다며 한 상 쏘겠다고 우리 셋을 초청했다. 나는 건진 센터장까지 넷이 가겠다고 했다.
그래서 넷이 퇴근하고 보신탕집에 모였는데,
이게 웬일인가. 거기 앉아 우리를 반기는 것은 십주구리한 과부가 아니라 탐스러운 목단 같은 꽃이었다.

단편

서른 살 B의 변신

만 서른 살 때의 5월 어느 날.

나는 문득 장편소설을 써보고 싶은 생각을 떠올렸다.

남들 배운 만치 배웠고 남들처럼 군대도 갔다 왔으면서, 친구들은 모두 유명해지고 부자가 되고 또 출세했는데, 유독 혼자 뒤떨어져 쥐꼬리만 한 월급에 매달려 허덕이며 사는 게 아닌가 돌아보면서, 나도 유명해질 방법이 없을까를 골똘히 생각하다가 그런 생각을 떠올렸다.

나의 글솜씨는 주위 사람들에게 인정을 받고 있었지만, 문학으로 말하면 간단한 수필이나 콩트 정도의 글밖에 써보지 않은 재주로써, 과연 소설 ― 그것도 장편소설을 써낼 수 있을까 하는 의문이 고개를 들었지만, 왠지 발버둥 쳐 보는 셈 잡고 한번 변신을 시도해 보고 싶은 충동이 강하게 일었다.

소설을 써서 순조롭게 발표가 되고 베스트셀러가 되어준다면 나는 하루아침에 유명인사가 되어 신문 방송에 오르내릴 수 있고, 부장판사, 검사가 되었다고 으쓱대는 친구, 일류기업에서 차장이 되었다고 자랑하는 친구, 당상관이 되었다고 목에 힘주는 친구들을 자기 집에 불러 모아, 나도 너희들 못지않게 출세한 사람임을 은근히 암시할 수 있을 것이었다.

책에 대한 인기가 폭발하고 평판이 좋게 나면 영화사에서도 찾아올 것이다.

그러면 나는 한국 영화의 후진성을 열변하고, 나의 작품을 계기로 전환점을 만들고 싶으니 내가 시나리오를 쓰고 감독도 하고 주연도 하겠노라고 나선다. 영화사는 그 뜻을 기꺼이 수락한다. 전통과 권위주의가 만연된 사회일수록 새로운 것에 대한 호기심이 강한 법이어서, 혁신적인 제안으로 받아들여질 수 있고 효과적인 선전의 한 방법일 수도 있기 때문이다.

물론 나는 영화촬영기를 보지도 못했고 연기 수업도 받지 않았기에 영화는 그들이 만들 것이고, 내가 주연을 맡더라도 그들이 시키는 대로만 하면 될 것이다. 어쨌거나 명예는 나의 것일 테니 상관이 없다.

영화도 수준작이 되어 외국에 수출되고, 동시에 소설도 지구촌 여러 나라 언어로 번역되어 전 세계에 퍼질 것이다. 그리하여 「수용소 군도」처럼 세계적인 선풍을 일으키면 하버드나 옥스퍼드에서 강연초청장과 함께 부부 동반 비행기 표를 보내줄 것이고, 세계 각국에서 출판기념 파티에 나의 참석을 희망해 올 것이다. 인세만 받아도 평생 부를 누리며 살 수 있을 뿐만 아니라, 세계 어디를 가나 나를 존경하는 사람들에게 둘러싸일 것이다.

아아, 얼마나 즐거운 일인가.

허구한 날 생활하기에도 급급하여 저축은커녕 집안에 작은 일만 생겨도 이 친구 저 친구 형님 동생 찾아다니며 손 내밀고 사정하던 것은 옛말이요, 모두가 나를 우러러볼 것이다. 그런 때가 되면 성대하게 잔치를 열고 나를 홀대했던 친구들에게 이렇게 말하리라.

"사람 팔자란 알 수 없는 것."이라고.

그래, 소설을 써보자. 적성에도 맞지 않고 비전도 없는 잡지사 생활 따위 걷어치우고 한 삼 년 방구석에 틀어 박혀 지내보자. 퇴직금에다 있는 것 보태고 절약해서 살면 삼 년은 어떻게 버티겠지. 삼 년이면 장편소설 두 편은 써낼 테니 될 나무인지 안 될 나문지 떡잎 모양은 나올 게다. 그래. 더 망설이지 말고 도전해보자. 꿈을 이루려면 장편소설이어야 한다.

3

나는 4년 전에 등단한 소설 쓰는 K 선배가 있으니 만나서 조언을 들어보기로 했다. 전화가 연결되니 K 선배는 어서 오라며 반가워했다. 나는 한걸음에 달려가 비장한 결심을 털어놨다.

K 선배는 벌레 씹은 얼굴을 하며 난색을 보였다.

"다 때려치우고 소설을 쓰겠다고? 이 질서도 기준도 없는 나라에서? 책 안 읽기로 세계에서 으뜸인 이 나라에서? 너 지금 장가도 갔잖아?"

선배는 다짜고짜 무슨 엉뚱한 소리냐고 펄쩍 뛰었다.

"선배도 소설을 택하지 않았나?"

"나야 전공이 문예 창작이니까. 너는 아니잖아?"

"소설 쓰는데 전공이 무슨 상관이야. 글만 잘 쓰면 되는 거지. 선배 말마따나 질서도 없고 기준도 없는 나라에서 전공대로 사는 놈이 몇이나 돼?"

"그래도 그런 게 아니야. 아무리 질서가 없어도 가신성(可信性)이라는 건 있는 거야."

"가신성? 그게 무슨 소리야?"

"전문성을 요구하는 일은 그걸 할 만한 기초를 갖춘 사람이 한다는 거야."

"선배가 그렇게 말한다면 내가 나를 생각할 때 기초는 있어. 기초가 있으니까 잡지사 편집장이지."

"잡지 편집하는 거 하고 소설은 달라. 능력보단 그 방면의 기초를 갖춰야 한다니까."

"에이, 소설에 뭐 그런 게 있어. 재미있게만 쓰면 장땡이지."

"국민이 책을 제대로 읽는 나라에서나 그렇지. 우리 국민은 책을 안 살뿐더러 깊이 있게 읽지도 않아요. 우리 풍토에선 작가가 시대를 대변하는 문화인이 아니라 그저 문학 동호인들이야. 문인이 되어서도 학연 지연 찾으면서 협회나 만들어 이리저리 몰려다니고 집단 활동이나 하는 사람들이지. 적어도 한글 권에서는 그래."

"한글 권이 그렇게 타락했다면 영어로 쓰면 되겠네."

"오 참, 너 영어 잘하지. 근데 너 영어로 소설 쓸 만큼의 실력이 되니? 완전 네이티브 잉글리쉬가 되어야 하는데."

"보완하면 되겠지. 영문학 기초야 탄탄하니까!"

내가 영어로라도 소설을 쓰겠다는 각오를 보이자, 말리고 반대하던 선배의 기세는 누그러졌다. 사실 선배는 나의 문학적 소질은 인정하는 쪽이었다. 그런데다 국어가 안 되면 영어로 쓰겠다는 건 결심을 단단히 했다는 의지의 표현이었다. 선배는 일시 기가 꺾인 듯 말했다.

"하긴, 그런 사례는 있지. 영어로 써서 영어권에서 먼저 화제가 되면 한국에서는 무조건 화제가 되고 흠모의 대상도 되지. 선진국 출판시장의 안목에 맹종하니까 데뷔도 그보다 화려한 데뷔는 없어, 미국이나 영국 등 선진국에서는 출판사에서 책을 냈다면 그것만으로 작가 데뷔를 인정하거든."

"우린 안 그런가?"

"우리도 문인협회 정관에 장편소설이나 소설집을 내면 회원 가입자격이 된다는 조문은 있어. 그러나 자비로 출판하고 작가입네 하는 사람들이 생겨나니까 회원으로 받아줘도 인정은 안 하는 풍토야. 문협회원이라 해도 출신이 그러면 삼류 문인 취급하는 거지."

"하긴 나도 그렇게 취급해. 그런데 그런 사람이 많아지면 문인협회 전체가 이상해지지 않나?"

"이미 많아졌어. 군대로 치면 사관학교 출신보다 갑종 학교 출신, 3사 출신이 많아진 거지. 문학지도 그래. 기존의 사상계다 현대문학에 대항하듯 아예 드러내놓고 등단 장사하는 문학지들이 생겨났다고. 삼류 문인들이 자기 세력 키우기 위해 삼류 문인을 대거 양산했어. 그러다 보니 더욱더 출신이나 학연 지연 따지는 게 심해지고 본류다 아류다 구별하며 다투다 보니 난장판이 되어 질서도 기준도 없어졌다니까. 어찌 보면 우리 문단은 이미 운칠기삼의 세계가 되어버렸어."

"에이, 운칠기삼(運七技三)은 경마나 고스톱에서 쓰는 말이지."

"모르는 소리 하고 있네. 인마. 우리나라 전체가 다 그래!"

"좋아, 사관학교 비유를 들어서 묻는 말인데 우리 경우 문학의 사관학교는 어디야?"

"문학의 사관학교? 음… 어떤 기자는 S 대라고 했지."

"그 삼류 학교?"

"그렇지 않아. 현재 문단을 꽉 잡은 세력이 그들이야. 문학세계에서 일류대도 쪽을 못 써요."

"난 그렇게 생각 안 해, S 대 수준의 애들이 한국 문단을 잡고 흔들어대니까 한국문학 수준이 그 모양 그 수준이지,"

"너 소설가로 변신하겠다면서 그런 소리 함부로 하면 기웃거리는 중에도 몰매 맞는다. 행여 잡지에라도 그런 글은 쓰지 마,"

"알았어. 그럼 선배처럼 신춘문예 출신의 위상은 어디야?"

"신춘문예 출신은 사법고시 행정고시 하듯 문학 고시 출신 대접은 받지. 문학지 등용은 그런 대접 못 받아. 문단에서도 신춘문예를 특별 대접은 해주지만 그럼 뭐해. 세력도 없고 실속도 없는걸. 신문사는 배출만 할 뿐 키워주지 않고…"

"신춘문예 출신 작가라는 선배가 세력 탓하고 실속 얘기하는 게 참 안쓰럽고 슬프네… 그런데 선배, 이해가 잘 안 돼서 그러는데 우리 사회가 질서도 기준도 없다는 말은 구체적으로 뭐야?"

나는 잠시 장난기를 멈추고 진지하게 물었다.

"근원적인 걸 알아야 해. 우리 사회 돌아가는 자체가 베이스가 약하니까 원칙이랄까 정답이 없잖니. 구심점도 없지? 국교(國敎)라도 있니? 세상 모든 종교가 다 들어와 신부 목사 스님 법사 같은 목회자들이 어깨동무하며 지내는 나라야. 기독교의 핵심인 유일신 사상도 모호해지고, 불교는 기독교를 흉내

내 기원(祈願)을 일삼는 종교로 변질하고, 유교는 종교도 아닌 공자학파 정도로 취급당하고. 그렇게 혼탁한 사회가 되면서 사필귀정(事必歸正)도 없어지고 권선징악(勸善懲惡)도 볼 수가 없어졌어… 현실에서 무수히 체험하는 현상이 그 모양이니, 그런 속에서 무슨 정의롭고 감동적인 소설이 나오고, 그런 소설을 읽을 독자가 생겨나고, 후세에 남길 기념비적 문학이 탄생하겠니."

"난 반대로 생각되는데? 그럴수록 좋은 작품이 나와 주지 않을까? 혁신이랄까 저항소설 같은 거라도… 그래서 작가들이 좌파 성향이 되는 거지만."

"이런 녀석… 말귀를 못 알아듣네. 당장 우리 문단(文壇)에 문제가 있다고 알아듣게 얘기해 주니까! 질서도 기준도 없이 학연 지연이나 챙겨 문학상 주니 권위가 없어지지. 그러니 문학상 받았다는 작품에도 관심 두는 사람이 없어지는 거야… 돈키호테 같은 놈이 있어 문단 무시하고 활동하면 기득권 세력이 똘똘 뭉쳐서 철저히 배척하고 외면하고."

"어쨌든 잘 써서 많이 팔리면 되잖아. 작가 세계에 기득권자가 어디 있어? 자기 독자만 많이 만들면 되는 거 아냐?"

"그게 말처럼 쉽지 않아요. 가시덤불 산을 넘고 비바람 치는 들판을 지나 폭풍의 바다를 건널 각오를 해야 한다고."

"후후후. 그렇다면 내겐 그 행로가 더 흥미로울 것 같은데?"

"까불지 마. 그러니까 내 말의 결론은, 소설을 쓰더라도 직장은 가지고 쓰라는 거야. 올인하지 말고. 길게 잡으면 되잖아."

"그게 되나? 선배 말마따나 가시덤불 산을 넘고 비바람 치는 들판을 지나 폭풍의 바다를 건널 각오를 해야 한다면서 직장을 가지고 여기(餘技)로 삼으라고? 시(詩)나 수필은 그렇게 해도 되겠지."

"그건 제대로 아는구나. 소설은 다르지. 매달리지 않으면 못 쓰는 장르니까."

"에이 선배. 저널리스트도 준 작가라고 선진국에서는 작가나 저널리스트나 동격이야. 그런 것 정도는 상식으로 갖고 있으니까. 너무 무시하면 안 되지."

"그런데 너 진짜 영어로 쓸 자신 있니?"

선배는 그것에 더 관심이 있는 듯하다.

"그렇다니까. 영어로 써야 번역이 잘됐네 잘못됐네, 한국어를 외국어로 번역하는 것은 어렵네! 따위 타령하지 않고 당당하게 노벨문학상 바라볼 수 있지 않아?"

선배는 나의 각오를 이제야 느꼈다 싶은 모양이었다. 그러면서 엉뚱한 제안을 한다.

"네 말이 맞기는 맞아. 그럼 네 영어 실력이 어느 정도인지, 우선 내 작품을 영어로 번역해 볼래?"

"에이, 첫 작품은 내 거부터 써야지."

"인마. 번역은 워밍업으로도 아주 괜찮은 작업이야. 최고의 작가가 되는 지름길 코스가 뭔지 알아? 1단계 필사(筆寫), 2단계 번역, 그다음이 창작이야."

"필사가 그리 중요해?"

"그럼. <달과 6펜스>의 작가 서머셋 모음이 고백한 게 있어. 그는 글재주가 없었는데 톨스토이의 <전쟁과 평화>를 반복해서 필사함으로써 소설의 문리(文理)를 터득했다고 했어. 불후의 명저 한 권을 필사하는 건 백 권의 책을 읽는 것보다 더 효과적인 수련이야."

"그건 수긍이 가네. 그럼 번역해도 불후의 명저를 해야지. 선배 작품이 불후의 명저야?"

"이 자식, 진짜 욕 나오려고 그러네. 인마. 그렇게 영어에 자신 있으면 조금 부족하다 싶은 부분 네가 채우면 되잖아."

선배는 무심중에 B의 실력을 인정하는 발언을 섞었다.

어쨌든 각오가 단단하다는 걸 확인한 선배는 세 병째 소주 뚜껑을 열면서는 자세를 바꿔 소설 쓰겠다는 후배를 차근차근 설득했다.

4

"좋다. 소설이 뭔지 가르쳐 주지. 소설에 두 가지 기능이 있어. 인간성을 옹호하거나 탐구하는 거지. 인간성 옹호는 주제를 통해 나타나고 인간성 탐구는 등장인물의 성격 창조를 통해 성취하는 게 보통이야. 전자는 시대와 상황에 따라 달라질 수 있는 성격이라 일정할 수는 없을 거야. 인간 사회에는 언제나 보편적인 인간성을 억압하는 우상인 권위나 권력이 존재해 왔고 지금도 존재하지. 그 인위적인 우상에 대항하여 인간성을 옹호하는 성격의 주제를 설정해야 하는 거고 그것이 곧 저항이나 고발정신으로 나타나는 거야. 다른 한 편의 인간성 탐구는 등장인물의 성격이나 정신, 사상이야. 소설 속에는 반드시 인물이 있고, 인물마다 성격이 있게 되지. 그 성격이 선명해야 해. 성격이 선명하지 않으면 아무리 아름다운 문장과 다채로운 줄거리를 가졌다 해도 소설은 실패해. 그만큼 소설의 기능에 있어 인간성 탐구가 차지하는 비중은 큰 것이야. 그런데 이 두 가지 두드러진 기능을 제대로 살리려면 사회정의가 어느 한 부분이라도 살아있어야 해. 내가 안타깝게 여기는 건 우리 사회에 그런 게 없다는 거야. 질서도 기준도 없다는 말은 그래서 하는 말이야. 구심점 없이 세태에 따라 변화하거나, 달면 삼키고 쓰면 뱉고, 간에 붙었다 쓸개에 붙었다 하는 기회주의자의 천국에서는 이게 어려운 것이야. 온 나라를 들썩이고 온 국민을 분노하게 만드는 사건이 터져도 도대체 시원한 결말이 없지 않니? 사명감이니 책임감이니 하는 것은커녕 최소한의 신의조차 보이질 않아. 모든 게 뒤죽박죽이고 두루뭉술 구렁이 담 넘어가는 식으로 세월만 보내는 가운데 너도나도 제 밥그릇부터 챙겨야 하는 사회라고. 그래서 이런 나라에서 문학을 한다는 건 보통 고행이 아니라고 하는 거야."

"선배는 쓰고 있잖아."

"글쎄 난 소설을 전공했으니까 전공했다는 표시는 내야지. 부모에 대한 인사고 내 주변 사람에게 하는 인사야. 그러나 솔직히 나도 이 짓을 계속해야 할지는 확신이 안 생겨. 한국 문단이 이런 지경인지 모르고 손댄 거야. 4년 전이지. 신춘문예에 당선되니까 반짝 신문에 나고 격려 전화도 오고 그러더라고 원고청탁 같은 것도 좀 올 줄 알았어. 개 코도 없어… 4년 동안 콩트 2개 청탁받았다. 신문사도 마찬가지야. 뽑아만 놨을 뿐 키우는 노력은 전연 없으니까."

"그럼, 수입도 없겠네? 어떻게 살아?"

"수입이 없지만 난 아직 싱글이니까 견디지. 독립운동하는 정신으로 쓰고 있다 할까? 돈이니 경제와는 무관한 활동으로! 하지만 딸린 식구가 있는 넌 그럴 수 없잖아."

"난 아무래도 선배 말이 믿기지 않는데? 무능력을 그런 식으로 변명하는 거 아냐? 공식적으로는 비 문인인 나도 콩트를 열 편은 썼어. 청탁받아서. 대체 한국에 소설가가 몇이나 된다고 그렇게 대접을 못 받아?"

"소설가가 몇이나 되냐고? 야야, 등단하고 나서 소설가들 모임에 나오라고 해서 나가보니 수백 명이더라. 웃기는 건 잘나가는 인기 작가는 그 자리에 없어요. 인사하는 사람이 다 소설간데 작품은커녕 이름도 못 들어본 소설가투성이야. 더 웃기는 건 문인단체의 대표고 간부 대부분도 무명인 ― 문인단체에 들어오지 않으면 알 수 없는 사람들 ― 부류라고. 알고 보니 등단의 길도 얼마나 많은지 아니? 삼류 문학잡지를 통해 대거 등단하고 있어. 문학잡지가 책을 팔아서 먹고사는 게 아니라 등단 장사를 해요. 돈 받고 등단시켜서 문인단체에 가입을 시키는 거야. 문인단체는 입회금이니 연회비 챙겨서 운영비 쓰고… 나중에 선거 때가 되면 다 표가 되는 거야. 그 표를 힘으로 등단 장사한 장사꾼들이 단체장에 당선되고, 간부가 되고 하는 세상이란 말이야."

"그럼 진짜 썩은 거네. 그러니까 뭐야. 결론은 나 보고 그렇게 썩은 문인 사회는 아예 기웃거리지 말라는 거야?"

"현실이 그렇다는 건 알고 덤비라는 거지. 웬만큼 잘 쓰지 않으면 실력으로 빛을 보기도 어렵고. 그러고도 운칠기삼(運七技三)의 문운(文運)이 따라야 한다는 거고. 그러니까 안 벌어도 먹고살 수 있으면 모를까, 소설 써서 쉽게 이름 날리고 돈 벌겠다는 생각이면 꿈 깨라는 얘기고."

"너무하네… 그래도 소설로 팔자 고치는 사람이 계속 나오고는 있지 않아?"

"녀석. 그렇게 말해도 못 알아듣네…. 아니, 너희 잡지사 튼튼하잖아. 좋은 직장 가지고 있는 놈이 뭣한다고 때려치우고 소설을 쓰려고 해? 네 문학성은 내가 인정하긴 해. 문운이 있었다면 아마 벌써 활동을 시작했을걸. 서른이 되도록 가만있었다는 건 네게도 문운이 없다는 거야."

"문운이란 걸 선배는 그렇게나 믿어?"

"운칠기삼이라고 얘기하잖아. 나는 믿게 됐어."

"그럼, 선배는 운이 있는 편인 것 같아?"

"일단은 신춘문예에 당선됐으니까. 옛날로 치면 진사(進士)나 생원(生員)은 된 거지."

"우리나라 최고의 인기 작가가 되겠다는 꿈은 살아있는 거야?"

"지금은 꺾였어. 언제 다시 살아날지 모르지만."

"그럼 지금은 안 써?"

"야. 몇 번을 얘기해야 알아듣겠니? 난 소설을 전공했어. 대학에서 전공했으면 집안이나 주위 눈도 있으니 최소한의 체면이나 모양은 갖춰야지. 체면 갖출 정도로 쓰고 있다고."

"베스트셀러를 창출하겠다는 열정도 없이 쓰고 있다고?"

"얘가 오늘따라 왜 이렇게 내 속을 뒤집어… 노력은 하지. 하지만 문학은 욕심 가지고 되는 게 아니야. 도전정신, 열정, 다 필요하지. 지와 정과 의가 움직이는 마음이라는 드넓은 영토를 일구는 개척자와 같으니까. 소설은 금력 권력 불법 폭력 마약 범죄 따위 갖가지 불균형과 불의에 온통 오염되고 유린당한 영토를 구제하는 작업이야. 최소한의 인간성이나마 옹호될 수 있는 기준을 만들어 이 사회에 심어보려는 노력이지! 지금 네 앞에서 내겐 없어졌다 꺾였다 하지만 내게 아직 그런 소명 의식 정도는 있어."

"거 참… 나야말로 오늘 선배가 무슨 소리 하는지 헷갈리네…"

"정리하자. 네가 지금 소설 쓰겠다는 건 그런 정신이 아니잖아. 일확천금은 아닐지라도… 팔자 고칠 생각하는 거 아냐?"

"선배. 현대인의 모든 활동은 경제 논리로 움직여. 돈 벌기 위해 소설 쓰는 것도 괜찮지 않아? 과정만 다르지, 원하는 건 마찬가지일 수 있어… 선배는 우리 사회를 너무 부정적으로 보는 거 같아. 나는 우리 사회가 그렇게까지

구제 불능 상태라고 보지는 않는데."

"소설 써서 돈 버는 방법이 없는 건 아니지. 아주 쉬운 코스가 있단다. 철판 깔고 포르노 소설 쓰면 돼. 말초신경이나 자극하는… 환상적이고 기상천외한 정사를 계속 그려대는 거야."

"에이, 선배. 지나치다."

"야, 야."

선배는 오냐 좋다, 하면서 더 장황하게 늘어놨다. 취기가 얼굴에 가득했다.

"너나 내 주변에 잘 사는 사람을 우선 보자. 산술적으로 이해가 되게 돈을 버는 사람이 몇이나 되냐. 있는 놈 중에 털면 먼지 안 날 사람이 있는 줄 아니? 내 동창인 P 알지? 너도 알 거야. 서부지원 검사로 있는 친구 말이야. 그 친구 말이 얼마나 재미있는지 몰라. 한국 사람은 법원에서 무죄 판결을 받기 전엔 모두 유죄라는 거야. 법대로는 살기가 힘든 사회라서 그렇다는 말이지. 얼마나 슬픈 거냐. 듣기 따라서는 섬뜩한 거지. 법원에서 유죄 판결을 받기 전엔 누구도 무죄라야 맞는 거 아니니? 슬프지만 그 정도로 뒤집혀 있는 게 우리 사회고 현실이야. 법을 지키면서 하자면 구멍가게 간판 하나도 마음대로 달기 어려워. 그렇게 법이 무시되고 정의가 실종되다 보니 땅 짚고 헤엄치기라는 추리소설조차도 시장이 형성되지 않는 게 우리 사회야. 아침저녁으로 말 바꾸면서도 시침 뚝 떼고 높은 데서 의젓하게 거드름 피는 사람이 얼마나 많으니. 보편화된 질서나 기준조차 무시되고 특수층의 필요에 따라 얼마든지 왜곡되는 사회 아니냐?"

선배는 내가 동의하고 항복할 때까지 말을 멈추지 않을 것 같았다. 사회가 많은 부분에서 썩었다는 것은 나도 여실히 느끼고 있기는 했다. 하지만 선배가 하도 심하게 말하니까 내게 반발심이 이는 것뿐이다. 그렇다 해도 선배는 소설을 써보겠다고 마음먹고 조언을 구하러 온 사람에게 너무 가혹한 말만 해서 끝이 나지 않고 있었다.

"선배. 그럴수록 문학의 역할이 요구되는 거잖아."

"그래, 그렇게 생각할 수도 있지. 네 생각이 그렇게 갸륵하고 십자가라도

질 생각이면 너도 써야지. 뭐. 하겠다는 걸 누가 말리겠니. 모든 역량을 집중하면 되겠지. 나는 네가 기본은 갖췄다는 걸 인정해. 다만 내가 충고하는 건 섣불리 모든 걸 포기하고 소설에 올인했다가 상처받을까 염려돼서 하는 소리야. 인생을 송두리째 걸만한 가치가 있는 시장인가를 좀 더 신중하게 따져보라는 거지. 그리고 판단이 확실히 서기까지는 함부로 직장을 그만두거나 하지 말라는 거고. 너를 아껴서 하는 소리야."

"그건 고맙네."

"우린 중간이란 게 없는 나라에 살고 있어. 흑이 아니면 백인 이원 구조지. 금메달 아니면 모두 패자야. 한참 잘못된 거지. 예술가와 비예술가만 있지, 예술을 애호하고 감상하는 층이 없다는 게 얼마나 슬프니. 음악도 노래를 부르거나 연주하는 사람만 길러냈고 문학도 글 쓰는 사람만 양산했어, 듣고 읽고 감상하는 계층을 길러내지 않았다고. 그러다 보니 어떤 현상이 나타나는지 알아? 입장권 사고 들어와 음악 감상할 사람 없으니까 거리에 나가 연주하고, 돈 주고 책 사볼 사람 없으니까 막 나눠주는 출판이 됐어. 그 돈을 누가 대야 해? 정부가 댈 수밖에 없지. 나라와 민족과 역사에 문화 예술은 있어야 하니까. 그러다 보니 모든 장르가 하나 같이 저희 예술인을 위한 예술로 변질하여 가는 거야. 제 밥그릇 제가 챙겨야 하고… 그러면 그다음 어떤 일이 벌어지겠니? 음악인을 뜯어먹을 수 있는 음악인이 되거나 문학인을 뜯어먹을 수 있는 문학인이 되어야 그 분야에 우뚝한 예술인으로 살아남는 구조가 되어버린 거지. 얼마나 한심하냐. 이 나라 문화 예술이."

"거 참… 듣고 보니 그 말은 맞는 것도 같네."

"미래가 보이질 않아요. 그래서 나는 소설은 쓰겠지만 일체 문학인 모임에는 안 나가기로 작정했어."

"나도 — 아직 시작도 안 했지만 — 그렇게 될 것 같은데."

"이 사회에 하나 더 한심한 게 있어. 너나없이 시작을 끝으로 알고 있는 거야. 대학도 입학이 끝이고, 국회의원도 당선이 끝이고, 문단도 등단만 하면 끝인 줄 알아. 그게 시작이라야 맞지 않니? 임기를 마치고 겸허하게 국민의 평가를 받아야지. 대학에 갔으면 공부를 해서 학점을 이수하고 졸업을 해야지. 등단이란 것도 글 쓸 기회를 열어주는 거지 그게 끝이 아니잖니. 그런데 시작을 곧 끝으로 인식하고 있어. 등단만 하면 대접받으려고 해. 이렇게 이상한 풍토가 지배하는 나라란다. 생각할수록 미래가 보이질 않아. 미래가 보이지 않으면 문학도 없는 거지. 그런 사회에서 네가 소설가로 변신해 보겠다는데 너를 사랑하는 선배로서 펄쩍 뛰지 않을 수 있겠니?"

선배는 미래가 보이지 않는다는 말을 몇 번이고 되풀이했다.

"그러면서도 선배는 글을 쓰고 있다? 재미있네."

"골백번 말해야 하니? 나는 소설이 전공이라고, 이런 줄 모르고 택한 전공이지. 근데 사실…" 선배의 목소리가 변했다. 차분해진 것이다. "사실 다시 사명감이 생기는 중이야. 난 아직 싱글이니까 돈 문제도 급한 거 없고… 독립운동하는 정신으로 쓴다는 게 예사 표현이 아니라는 점만 네가 알아라."

나는 말했다.

"선배 마음 충분히 알 거 같아. 고마워. 선배는 씹어댔지만 내겐 용기를 실어주는 소리였어. 오늘 선배 덕분에 변신이 앞당겨질 것 같아. 딴짓하면서 살아오긴 했지만, 사실을 이야기하면 소설은 내게 벌써 암과 같은 불치의 병으로 들어앉았어. 돈이라든가 출세에 욕심이 있어서만은 아니라고, 서른이 되었어도 아무것도 이룬 게 없는 내 지금 심정은 시한부 생명을 선고받은 거나 같아. 구제받을 곳은 소설밖에 없다는 생각을 많이 하고 있어. 내 혼이 담긴 책이라도 남길 수 있다면 위안이 되겠어. 그래서 모든 걸 팽개치고 소설에 매달리고 싶은 거지. 내게 불안하고 조심스러운 마음이 왜 없겠어. 그런 게 있으니까 결단을 내리지 못하고 병으로 가진 거지. 그런데 그 병이 재미있어. 증상이 일었다가 슬며시 사라지고, 잠잠했다가 다시 증세를 보이곤 하는 것이 해를 거듭할수록 간격이 좁아지고 아픔이 심해지는 거야. 이건 어떻게든 소설을 써야만 나을 수 있는 병일 거야."

"그런 정도면 써야지. 어쩌겠니. 써 봐라."

"하나 묻고 싶은 게 있어. 틈이 날 때마다 메모하듯 끌쩍거린 게 꽤 여러

편 있어. 그런데, 하나 같이 시작이나 전개는 쉽게 되는 데 마무리가 어려워. 끝을 어떻게들 맺는지 감이 안 온다고. 이 문제는 어떻게 풀어야 하는 거야?"

그 말에 선배는 빙긋 웃으며 여유를 보였다.

"그 정도로 소설 병에 걸렸구나. 정말 말려도 소용없겠군. 그렇다면 잘 들어라. 소설은 어디까지나 소설이야. 현실 같은 상상의 세계. 현실에 바탕을 두되 현실이 아닌 거야. 그러니까 현실에서 한발 물러나서 쓸 수 있어야 해. 내가 지금 말장난하는 건 아니다. 명심해야 해. 너 지금 좋은 질문 했는데, 봐라. 네가 소설을 쓴다면 일단은 자전적 소재겠지? 인생에는 너나없이 많은 사건의 경험이 있고 그 사건들을 독립시켜 생각하면 하나 같이 소설의 소재가 돼. 그러나 네가 죽은 게 아니잖니. 네가 살아있는 한 네 체험이란 건 하나 같이 진행형인데 어떻게 끝이 있겠니. 평범한 삶을 살아왔고 또 현재도 진행 중인 상태에서 자전적 이야기는 발상부터가 난제인 거야. 매듭이라도 있으면 좋지. 세계마라톤에서 우승하는 것처럼 누구나 인정할만한 일정 기준 이상의 목적을 성취했거나, 탈북자처럼 이념의 장벽을 넘어 자유를 찾거나, 성직자처럼 의식의 해방을 맞아본 경험이 없다면 자전적 소설에서는 매듭을 얻기가 힘들어. 네 인생에 매듭이 없는데 네 이야기에 어떻게 매듭을 맺을 수 있겠냐."

"머리에 쏙쏙 들어오네."

"이해가 되지? 왜 끝맺음이 안 되는지 답이 나왔지? 현실에서 물러나는 연습은 안 돼 있고... 소설은 쓰고 싶고... 그러다 보니 우리 소설의 고질병 같은 단순 심리묘사나 약한 서사구조, 갈등이나 여운으로 처리하는 모호한 끝맺음들이 나타나는 거야. 소설이 네게 불치의 병이라면 그 병에서 헤어나는 길은 하나야. 네가 소설의 주인공이 되어서는 안 돼. 산 소설을 쓰려면 네가 그 소설에 들어가면 안 된다고 확실하게 밖에 있어야 해. 그러면 돼. 문학에서는 그게 해탈이야. 그러나 그렇게 해탈을 이루려면 팔 걷어붙이고 입문해서 최소한 몇 년 씨름해야 할걸…"

나는 고개를 끄떡였다. 선배의 그 말은 그야말로 금과옥조처럼 가슴에 새겨졌다. 선배를 찾아온 것을 참 잘했다는 생각을 몇 번이고 곱씹었다.

5

　선배를 만난 후 나는 변신과 해탈을 위해 생각보다 많은 시간이 필요하다는 것을 느끼게 됐다. 회사에 사표 던지는 일은 조금 더 신중하게 하기로 했다. 출판시장도 살펴볼 필요가 있지 않을까? 쓰기만 해서 되는 일이 아니지 않은가?
　출판에는 누가 있나, 인연을 찾아보니 제법 많았다. 동기도 있고 선배도 몇 있었다. 그러나 졸업 후 거리를 두고 생활했기에 나의 문학적 재능을 인정해 줄 친구나 선배들은 아니었다.
　어쨌든 퇴근 후면 시간을 내어 이 친구 저 선배 만났고 얘기를 들어보았다. 내가 써보려고 한다고 희망을 피력하기도 했고 3자 입장에서 얘기를 들어보기도 했다. 그들은 출판에 얽힌 전설 같은 일화를 제법 많이 들려주었다. 익히 알려진 책들에도 숨은 이야기, 뒷이야기가 꽤 많았다.

　<율리시스>는 제임스 조이스의 작품이다. 8년에 걸쳐 썼다. 20세기 최고의 소설 중 하나로 꼽히지만 출간 후 10년 정도는 더러운 책이라고 판매가 금지되고 불태워지기도 했다. <갈매기의 꿈> <러브스토리> <밝고 아름다운 것들> <1984년> 같은 소설은 하나 같이 12번 이상 출판사로부터 거절당한 일화를 갖고 있다. 다니엘 데포의 <로빈슨 크루소>도 20개 출판사에서 거절당했는데 그 후 250년 동안 베스트셀러가 되었다. 우리나라에도 그런 예는 얼마든지 있었다. 당장 IMF 때 백만 부 이상 팔린 김정현의 <아버지>도 여기저기서 십여 차례 이상 출판을 거절당한 아픔을 갖고 있다. 김진명의 출세작 <무궁화꽃이 피었습니다> 역시 첫 출판에서는 전연 빛을 보지 못했다.
　오직 한 권의 소설로 백과사전에 이름을 올린 작가도 있었다. 엘리스 벨(에밀리 브론테)은 <폭풍의 언덕>으로, 마가렛 미첼은 <바람과 함께 사라지다>로 그랬다. 엘리스 벨은 살아서 작품이 빛을 보지 못했지만 마가렛 미첼은 출간되자마자 베스트셀러가 되었고 영화도 만들어져 아카데미상을 휩쓸었다.

나는 정했다. 그렇다. 바람과 함께 사라지다와 같은 소설을 쓰면 되는 것이다.

중요한 것은 독자지 비평가나 출판업자가 아니라고 그들은 말해 주었다. 마케팅도 독자를 움직이는 데 초점을 두어야 한다고 했다. 만약 작가가 비평이나 출판계의 부정적인 평가를 듣고 발표를 포기했다면 저 유명한 <수학의 역사>도 <보통 사람들>도 서점에 진열되지 못했을 거라고 했다. 바꿔 말해서 원고만 좋으면 — 글만 잘 쓰면 — 출판은 어떻게든 된다는 답일 수도 있었다.

당장 화제작이 되고 베스트셀러가 되는 것은, 선배 충언대로 문운이 따라야 하는지 몰라도, 출판할 가치를 지닌 원고라면, 언제 어디서든 출판이 되고 평가를 받는다는 말이기도 했다.

영어로 소설을 쓸 생각이라면 영어권이 수호하고 있는 객관적으로 수용할 수 있는 보편적 가치를 외면하면 안 된다는 충고를 해준 선배도 있었다. 영어권의 절대 요소는 기독교 정신이었다. 흔히 동양은 다르다며 고유성을 주장하는데, 그 주장도 보편적 가치에 수용될 수 있는 범위 내의 것이어야 개성으로 인정받지, 수용될 수 없는 울타리 밖의 것이라면 이질적인 것으로 결국 외면당한다는 것이었다.

하루는 공인회계사로 활동하는 동기 L을 만났는데 묘한 이야기를 했다. 이미 나를 아는 사람들 사이에선 내가 소설가로 변신을 시도하고 있다는 것이 화제가 되어버린 뒤의 일이었다.

"네가 요즘 변신을 시도한다는 얘기는 들어서 알고 있는데 내가 한 마디 조언하지. 정신일도하사불성(精神一到何事不成)이란 말 알지? 그게 무슨 말이니?"

"정신을 한 곳에 집중하면 못 이룰 게 없다는 말이지."

"달리 해석할 수도 있어. 정신을 한 곳에 집중하면 아무것도 이룰 게 없어진다는 말도 된다고. 나아가 정신을 한 곳에 집중하면 아무것도 생각하지 않는 사람이 될 수도 있다는 거야."

"무슨 뜻에서 그 말을 하는 거니?"

"너무 집착하는 거 같아서야. 꽂히거나 사로잡히는 거… 세상은 진지함만으로는 안 되는 일이 많다는 걸 알아야 해. 재미도 있어야 하는 거지. 진지함과 재미. 이 둘이 적당히 조화를 이루려면 적어도 집착에서는 한발 물러날 줄 알아야 하지 않을까."

"거참 이상하네. 소문이 왜 그렇게 났지? 난 지금 생각뿐이지 시작도 안 했는데?"

"너 자신을 거울에 비쳐 봐. 예전의 네가 아니야. 꽂혀있는 게 보인다고."

"그래?"

친구와 헤어진 뒤 나는 지하철 화장실에 들어가 거울을 보았다. 아무리 살펴도 내 눈에는 달라진 게 없어 보였다.

'그 참 이상들 하네…'

처음 찾은 선배도 비슷한 말을 했었다. 그렇다면 이미 집착하고 있는 건가? 집착에 빠진 게 일상이 되어버려 거울을 봐도 못 보는 것일까?

그런데, 이미 소설을 쓰기로 한 마당에, 집착하고 있다는 것이 뭐 나쁠까? 무슨 일이든 치열하게 드러내놓고 대드는 게 좋지 않을까. 출판시장도 머리를 싸매고 대드는 사람만이 이름을 유지하고 살아갈 수 있게 길들어 있는 것처럼 보이는데…

6

스스로 암으로 정의한 나의 소설 병은 하루하루 더욱 깊어졌다. 앉으나 서나 집에 있으나 직장에서나 소설 생각뿐이었다.

암과 같은 것이 아니라 진짜 암이었다. 침묵의 장기에서 자라 불치병 상태가 되는 자연 질환처럼 자각 증상이 없을 때는 병인 줄도 몰랐고 아프지도 않았는데, 일단 자각하기 시작하니 이미 중증(重症)이었고 고통이 따랐다. 스스로 처방을 내린 그대로, 소설을 쓰지 않고는 헤어나지 못할 병이라고 믿어졌다.

나는 더욱 마음을 다졌다. 우선은 스토리가 필요했다.

…네 인생에 중간 매듭 없이, 네 자전적 이야기가 소설이 되기는 어려워… 시작이나 전개는 되겠지만 독자를 감동시킬 만한 클라이맥스를 만들어내지도 못 할거고, 끝맺음은 더더욱 어렵겠지…

K 선배의 충고가 귀에 맴돌지만 다른 아이디어가 없었다. 일단은 내 경험 중에서 소재를 찾아야 했다. 쓰다 보면 끝맺음도 얻어지겠지. 어차피 필연을 쫓아가는 거 끝이 없으면 어떤가. 내가 죽어도 세상은 계속 도는 거 아닌가.

나는 차근차근 내 삶을 둘러보기 시작했다.
러브스토리가 어떨까. 사춘기 때의 첫사랑… 나의 경우 사춘기다운 사춘기는 언제였고 그 상대를 누구라 해야 할까.
어린 시절 혼자만 짝사랑한 이야기로는 안 되겠지. 어느 정도 상대성 있게 이야기가 되어야 할 테니까. 축령산 등산길에서 만난 깜 씨 이야기는 어떨까. 친구들과 셋이 갔는데 그쪽도 우연히 여자 셋이 왔어. 전부 교대 1학년생이었지. 여자팀의 카메라가 고장 나는 바람에 내가 찍어주면서 함께 다니게 되었었지. 한나절 만에 저절로 짝은 정해졌어. 내 짝의 피부가 튀기처럼 까무스름한 게 너무 윤이 나고 좋아서 깜 씨라고 별명을 붙였지. 얼굴이 까마니까 웃을 때면 하얀 이가 눈부시게 빛났었지.
수리 바위를 지나 축령산 정상에 올랐다가 그 옆의 서리산 정상에도 갔었지. 철쭉이 피는 무렵 1박 2일 일정이었는데 그 기간에 비가 억수 같이 와서 많은 추억을 갖게 해주었지.
서울에 와서 헤어질 때 약속했어. 우린 비와 인연이 있는 사람들이니 비와 약속을 하자. 아침 8시부터 저녁 5시 사이에 하늘에서 한 방울이라도 비가 오면 그날 저녁 일곱 시에 종로에 있는 갈릴리다방에서 만나기로.
그녀도 마치 동화 속의 주인공이 된 기분이라며 그 약속을 정말 좋아했어.

그런데 매일 비가 오는 바람에 문제가 심각해지고 말았어. 한창 공부도 해야 하는데 그녀와 보내는 시간이 너무 많았던 거야. 또 만나면 커피만 먹나. 나가서 밥도 먹고 술도 먹고 연극 연화도 보고 돈이 드는데 감당할 능력이 안 되었지. 아무것도 없는 주제에 폼 잡고 부잣집 아들 행세하다가 그야말로 인생 부도날 뻔하지 않았나?

그래, 그때 그랬지… 대학 3년 때니까. 1969년이었어. 너무 비가 자주 왔어. 5월에서 9월까지 거의 매일, 조금이라도 비가 내렸으니까… 고민하고 또 고민한 끝에 그녀에게 말했지. 비가 너무 매일 온다. 그래서 우리 너무 자주 만나는 거 같다. 공부할 시간이 부족하지 않니? 하고.
그 말이 폭탄이었어. 그 말을 듣자 그녀의 안색이 변했어. 벌써 내가 싫어진 거니? 하고 나를 보는 데 이걸 어째. 조금 전까지의 귀엽고 사랑스럽던 깜씨가 아니었어. 배신자를 보는 눈초리였지. 그게 끝이었지. 그날 이후로 아무리 비가 와도 그녀는 나타나지 않았어. 옳지. 그 이야기를 잘 꾸미면 소설이 되지 않을까?
그러나 이삼일 생각해 보니 장편으로는 스토리가 짧아 보였고, 첫 작품으로 세상에 던지는 거로는 주제도 약해 보였다. 그런 정도의 러브스토리는 나중에, 소설가로 명성을 얻은 뒤에 단편이나 중편으로 쓰는 게 좋을 것 같았다. 보다 스케일 큰 소재를 찾고 싶었다. 그때 나의 머리에 섬광처럼 지나가는 게 있었다.

아 그래. 군대 이야기가 있지. 군대 이야기는 전역(轉役)이 곧 매듭이니까 끝도 가능하겠구나.
나는 'Found!'하고 소리치며 탁 소리가 나게 무릎을 쳤다. 특히 군인사회는 우리 문학에서 아직 시원하게 만져주지 못한 분야 아닌가. 반공을 국시로 삼고 있어 선동적인 반공 문학은 더러 발표되었지만, 본격적으로 군인사회의 인간적 애환을 다룬 문학은 없어 보였다.
북한 문학을 가지고 폐쇄적이네 이데올로기 문학이네 하지만 우리 문학도 반공을 너무 강조한 나머지 그런 비판에서 벗어날 수 없는 거 아닌가.

그래. 군대 이야기가 좋겠다.

나는 그 생각에 점차 집중했다. 더구나 나는 월남전에 참전하여 삶과 죽음이 한두 발자국 차이라는 것도 느꼈고, 결코 평범하지 않은 군대 생활을 하지 않았던가. 뿐인가? 마치 오늘을 위해서인 양 이루지 못한 러브스토리도 하나 있다. 옳지. 군대 이야기가 아니라, 군대라는 사회를 배경으로 하면서 그녀와의 러브스토리를 펼쳐 보자.

K 선배가 짚어준 대로 인간성을 옹호하는 주제로도 소재가 그만이다. 부풀어 터질 것 같은 젊음이 철조망 속에 웅크리고 앉아 있어야 하는 생활의 연속 속에서, 자기를 구제해 줄 것은 오직 시간의 흐름밖에 없다고 체념한 병사가 맞게 되는 상황 — 즉 시한부 적 비인간이 되는 것이다. 그런 가운데 민주국가 국민으로서의 신성한 의무가 천년만년 직업의 지배를 받아야 하는 현실적 군인사회의 모순을 꼬집어보자.

생각할수록 좋은 발상으로 여겨졌다.

직업이 의무를 마땅히 지배한다는 것은 확실히 모순이다. 군에서 비롯되어 사회에 번졌든, 아니면 그 반대인지 모르지만, 언제부터인가 그러한 모순이 우리 사회엔 만연되어 있다. 납세자가 세무공무원 앞에서 손을 비비고, 환자가 의사 앞에서 굽실거리고, 선생이 학생 앞에서 목에 힘을 주며 교육의 권위를 세우는 따위 모순된 행태는 시정되어야만 한다. 작가가 독자 앞에서 으쓱대는 것도 좋은 그림이 아니라는 것을 이제야 알겠구나.

나는 책상 앞에 앉아 큰 종이를 꺼냈다. 생각만 할 것이 아니라 구성을 해보기로 했다. 소설 구성하는 것을 어골도(魚骨圖)라고 했겠다?

나는 큰 종이에 우선 고기 모양을 그렸다. 아가미에서 꽁지까지 큰 흐름을 정하고 위아래로 뻗을 등골 같은 이야기를 늘어놔 보기로 했다.

7

 그녀를 처음 만난 때부터 이야기를 시작하는 게 좋을 것 같았다. 아무리 실화요 경험담이라지만 소설은 또 소설이기에 어느 정도 꾸밈은 있어야 하겠다. 그녀를 어떻게 만났더라. 밤에 막걸리 먹으러 부대 아래 동네에 내려갔다가 만났지. 그러나 늦은 봄날, 휴가에서 귀대하던 길에 만난 것으로 하자. 자. 시작해 보자.
 어느 날 휴가를 마치고 귀대하는 B와 그녀는 버스… 버스? 이건 기차가 낫겠다. 기차에서 나란히 앉게 된다. 기차는 말을 하게 하는 마력이 있으니까 둘은 얘기를 주고받고 서로 호감을 느낀다. 그러나 사귈 욕심을 보이지는 않는다. 같은 역에서 내리면서 둘은 서로를 다시 본다. 버스도 방향이 같다. 알고 보니 부대에 붙어 있는 마을에 사는 처녀였다.
 "걸어서 십 분도 안 되는 거리네요."
 하고 둘은 마주 보며 웃는다. 둘은 소식을 나누기로 한다.
 그러나 서로 속한 사회가 다르고 중간에 철조망이 있어 편지한다. 이틀이 멀다고 주고받게 된 편지에서 이윽고 사랑이 싹을 보인다. 만나고 싶은 마음이 굴뚝처럼 솟아오르면서 철조망에 대한 원망이 커진다. 원망이 커지는 만큼 세월이 흘러 자유로운 몸이 되어야만 이룰 수 있는 사랑이니 우리 사랑은 시간밖에 해결할 수 없는 것이라고 체념하며 비인간화되어 간다.
 제철소 굴뚝의 연기처럼 솟아나는 사랑이 분출을 못 하니 밑에서 용암으로 변한다. 폭발할 듯 폭발할 듯 뜨거워지면서 한편에서는 정해진 시간을 무시하거나 초월하고 싶은 욕구가 치민다. 사랑의 강한 전파를 받게 된 그녀도 어쩔 줄 모른다. 두 사람의 정신적 방황은 하루가 다르게 심각해진다.

 나의 소속을 부관부에 두고, 새로 전입한 부관 참모를 그녀의 집 사랑에 세 들게 하자. 그러면 상관의 숙소를 드나들면서 그녀와의 밀회를 즐길 수 있는 돌파구가 마련된다. 몇 번 만나지 않아 둘의 뜨거운 사랑은 숲속에서 결합하게 된다. 그때부터 야밤에 철조망을 넘나드는 사랑이 시작되고 군복에 대한 반항과 군제(軍制)에 대한 통렬한 비판이 전개된다.

행복이 오래가면 재미가 없다. 어느 하루, 숲속에서의 밀회가 그녀의 아버지에게 발각된다. 분노한 그녀 아버지는 일그러진 얼굴로 앞뒤 없이 헌병대를 찾아간다. 비행을 고발당한 병사는 영창에 들어간다. 민간 처녀 강간죄와 무단이탈죄가 적용되는데, 그러나 그녀의 진술로 강간은 무죄가 되고 무단이탈죄만으로 복역하게 된다. 전과를 갖게 된 B의 울부짖음을 본 그녀는 아버지를 원망하며 자살한다. 이렇게 되면 사실과는 판이한 줄거리가 되지만 재미난 소설이 될 것 같다. 꾸미는 김에 좀 더 꾸며보자.

실제는 그녀와의 사랑을 반대한 사람이 없었지만, 그녀의 아버지를 딸의 자유나 독립적 인권을 존중하지 않는 봉건적 인물로 만들어 반대하도록 만들자. 실제로는 내가 나쁜 놈이어서 전역하고 그녀를 찾아가지 않아 관계가 끝났지만, 그녀 아버지가 둘을 갈라놓기 위해 갖은 방법을 다함으로써 결국 나는 영창에 가고 그녀는 자살하게 만들자.

그녀의 죽음에 그녀 아버지는 뉘우친다. 아버지는 영창에 갇힌 나를 찾아와 용서를 빈다. 나에게 비는 것이 아니라 죽은 딸에게 비는 것이다. 그때 나는 창살을 부둥켜 잡고 폭포 같은 눈물을 뿌리며 이렇게 말한다.

"아저씨. 아저씨가 딸을 죽인 게 아니라 제가 죽였습니다. 제가 죽인 게 아니라 군대가 죽였습니다. 이 사회, 이 국가가·· 아니 진정한 살인자는 변화를 두려워하는 우리 관념입니다. 으흑흑흑흑…"

8

소설이 이렇게 끝나면 독서계에 온통 난리가 나지 않을까. 관념에 대한 논란이 일고 군 제도에 비판이 만발할 것이다. 좋구나. 기왕 군대를 비판할 것이면 그녀 아버지가 투철한 군인정신을 가진 직업군인이 되는 것이 더 좋겠다. 봉건적인 촌부보다 훨씬 더 권위적인 인물로 만들자. 그래. 그녀 아버지를 장군으로 만들자. 장군의 권위주의에 대항하는 병장의 진보 정신을 핵으로 계급사회의 조직 정신을 대립시키면서 비판해 보자.

그런데 문제가 생긴다. 그녀 아버지가 장군이라면 젊은 그녀가 농촌에서 따로 농사지으며 살 이유가 없다. 사관학교 출신의 젊은 후배 장교들, 멋진 신랑감이 즐비한데 병장과 사랑을 나눌 이유도 없다. 방법이 없을까.

장군을 오빠라 하고 그곳을 고향이라 해보나?…

아버지는 돌아가셨고 늙은 어머니가 고향 떠나 살기를 원치 않는다면 명분은 설 것이다.

그러나 또 문제가 생긴다. 장군의 노모라면 70세는 되어야 한다. 늙은 어머니를 모시고 사는 새파란 딸… 장군과 여동생 차이가 최소한 20년 이상 벌어지는 것은 어떻게 처리해야 하나. 3년 터울로 치면 최소한 8남매 이상 만들어야 하는데. 그래서 맏아들과 막내딸이라 할 정도로 설정해야 하는데… 아, 소설을 구성한다는 것이 정말 쉬운 일이 아니구나. 좌우간 짜는 데까지 어골도(魚骨圖)를 짜 보자.

나는 낙서로 새카매진 종이를 버리고 새 종이를 꺼내 다시 어골도(魚骨圖)를 짜기 시작했다. 그러나 얼마 가지 못해 또 의문에 부딪혔다. 워낙 자세하게 쓰기 좋아하는 나의 문체가 부대 위치며 행정의 모순을 적나라하게 들춰내게 될 텐데, 그러면 국가보안법이 엄연히 존재하는 유난스러운 반공 국가가 발표를 못 하게 영향력을 행사하지 않을까.

소설의 주제가 의무군인의 시한부 적 비인간화를 다루는 것이기에, 당위성을 바탕에 깐다 해도 쓰다 보면 자연스럽게 부정적 비판에 힘이 실리게 될 것이다. 남북이 공존을 모색하고 있다고는 하나 아직 평화협정도 맺지 못한 준 전쟁 상황이고, 따라서 겉으로야 무슨 말을 하든, 가상의 주적(主敵) 개념이 시퍼렇게 살아있는 마당에, 우리 군의 모순을 들추고 까발리는 행위가 묵인될 수 있을까. 개인의 욕망을 위해 그런 소설 쓰기를 강행하는 것이 사회적 개인으로서의 의무감이나 양심에 어긋나는 것은 아닐까.

나는 책상에서 천천히 일어나 다시 소파에 길게 누웠다.

나는 애국자인가. 나의 애국심이 이 나라에 얼마큼 보탬이 되고 있을까. 오랫동안 이 땅에서 다져진 순문학 작품들은 정치와 경제와 종교가 유착하여 형식을 갖추며 발전한 것과는 반대로, 보이지 않는 통제 아래에서 기득권자들의 가치관이나 어지럽히는 비판적 행위 관념으로 고착되었고, 그 관념 위에서 자라난 서민의 민주 이념은 비사회적인 소박한 개인주의를 번식시켜 최소한의 공동체 의식마저 제 밥그릇 스스로 챙기기 따위로 풍토를 바꾸어 놓지 않았던가.

하기야 인간은 궁극적으로는 모두 이기적일 것이다. 집단이든 개인이든, 내세우는 주장이 진보든 보수든 간에 부르짖는 자나 집단의 이기심을 바탕에 깔고 있다. 도덕과 윤리를 들먹이고 박애 봉사라며 정신적 가치를 운운하는 것도 좁혀 들어가다 보면 심연에서 만나지는 것은 열이면 열, 교묘하게 포장된 이기심이다.

인간이 사회적 동물이라는 개념에 충실하여지려면 개인이 없어져야 하는지도 모른다. 플라톤이 『공화국』에서 주장한 대로 일처 일부 따위 핵가족 개념도 없어져야 하는 건지 모른다.

남자와 여자가 집단으로 한 공간에 살면서 식사 때 모두 만나야 하고, 누구도 개인 소유물을 가져서는 안 된다. 함께 성장하고 서로 마음 내키는 대로 사귀어야 한다. 본능이 요구하고 허락하는 대로 자유롭게 상대를 바꿔가며 성관계를 해야 한다. 아내와 아이들, 남편과 어른을 공동으로 가져야 한다. 저 옛날 스파르타처럼 어떤 자식도 누가 자신의 아버지인지 알아서는 안 된다.

아아, 머리가 아파온다. 그러면 대체 관점을 어디에 두어야 하나. 나의 뇌는 혼돈, 그 자체가 되어갔다.

불완전한 나라에 태어나 소설을 쓰겠다고 나서는 것이 잘못일까? 이렇게 제약이 많고 복잡하고 어려운 여건이기에, 야심 차게 출발한 의욕적인 작가들이 국가와 국민의 정서를 대표하지 못하고 좌절해 동호인처럼 단체나 만들어 서로서로 위로하며 지내게 된 것은 아닐까? K 선배의 말이 정녕 그런 것이었던 것 같다.

나는 껌벅거리며 천정을 보았다.

내가 알고 있는 이 나라의 포용력은 얼마큼의 크기일까. 정해진 규모가 있어 그 울타리 윤곽을 볼 수 있다면 보기 좋게 깨부수고 나가 바깥쪽에서 답을 구해보고 싶다. 그러나 울타리도 볼 수 없고 크기도 알 수가 없다. 과거의 경험에서 보건대 점잖게 밖에 나가려 하면 울타리가 고무줄처럼 늘어나곤 했다. 사정에 따라 포용력이란 게 늘어나기도 하는 것인데, 그러나 그 확장된 공간은 어둡고 음산한 기운으로 가득했다.

나는 다시 눈 감고 소파에 누워 팔짱을 꼈다. 잠이 오는 것을 느꼈다. 온갖 상념으로 무겁고 복잡했던 머리가 서서히 가벼워졌다. 이제껏 복잡하게 씨줄과 날줄로 얽혔던 상념들이 한중 한 줄 망각의 잠 속으로 빨려 자취를 감추는 느낌이었다. 마음이 한결 편해졌다. 이런 것이 명상의 공덕이라는 것일까?

대학 동기가 들려준 정신일도하사불성이 생각났다. 우스갯소리로 나누었던 그 말이 머릿속에 가부좌를 틀고 앉아 있었다. 못 이룰 것이 없다 와 아무것도 이룰 것이 없다는 두 가지 해석에서 차이는 무엇일까. 소설을 쓸 수 있을 것도 같고, 소설 쓰는 게 부질없는 짓으로도 보인다.

더 나아가니 산다는 건 무엇인가 의문이 생기고, 열심히 사는 게 무엇일까 궁금해진다. 나에게 충실한 건 또 어떤 모습일까. 고민하면서 살아야 할 것도 같고 이런들 어떠하리 저런들 어떠하리 만수산 드렁칡이 얽혀진들 어떠하리 노래하며 사는 게 나을지 모른다는 생각도 든다.

9

 이렇게 잠들지 말고 정신을 차려 다시 정리해 보기로 했다. 산다는 건 대체 무엇일까.
 쉬운 것은 없다. 마음대로 되는 것도 없다. 그런 가운데 끊임없이 무언가를 이루려고 하는 게 인생이다. 도전하고 노력하다 보면 늙고 쇠한다. 죽음에 직면해서는 체념과 허무에 빠진다. 흙에서 태어나 흙으로 가고 빈손으로 태어나 빈손으로 돌아간다. 무에서 태어나 무로 가는 것이 인생이다. 그거 인제 보니 이상하다. 무는 아무것도 없는 세계 아닌가? 아무것도 없는 시작에서 아무것도 없는 종착지로 가는 과정이 유(有)의 세계라니…

 삶이 궁극적으로 무의 세계라면 과학은 의미가 없다. 일정한 인식 목적과 합리적 방법에 따라 세워진 체계적 학문은 현실이기 때문이다. 과학이 줄 수 있는 답에도 한계는 있다. 달의 신비를 파헤쳤고 우주 시대를 열기나 한 것처럼 춤싹거렸지만, 그러나 우리 몸의 피 한 방울도 아직 만들지 못하고 있다. 인간의 수명을 연장하는 데는 어느 정도 성과를 보였지만 삶의 보람을 느끼지 못하는 요양원의 누워지내는 노인들을 보면서는 모순을 느껴야 하는 것 아닐까.
 아마도 의학이 더 발달하여 사람이 영원히 살게 된다면 어느 시점에선가 아기를 낳는 일이 정지되어야 할 것이다. 그렇다면 그건 또 무슨 맛대가리 없는 과학의 열매일까.

 어쨌든 지금은 아니다. 일껏 지식과 경험을 연마하며 나아가다 나이 들어 어느 시기 한계에 이르면 인생이 허무해지고 모든 걸 관조하게 된다. 이리도 하찮은 것을 이루려고 그렇게 아옹다옹 다투었나 싶어지면 부끄럽고 허탈해진다. 그렇게 해서 가고자 하는 방향이 결국 흙으로 돌아가는 것이요 무(無)의 세계라면 너무 우습지 않은가.

도대체 그게 뭔가.

그건 인생의 출발점과 같다. 소설의 출발점과도 같다. 무에서 출발하여 말과 글을 배우고 윤리 도덕을 익히고 인식의 세계를 넓혀 목표를 세우고 성취를 이루는 것이 결국은 다시 무로 돌아가기 위함이라면 인생이 너무 허망하지 않은가.

그게 사는 재미일까?

인생은 고해(苦海)라는데 아예 그 고해의 강을 건너지 않고, 처음 그 자리에 (양철북의 주인공처럼 성장을 멈추고) 그냥 머물러 있다면 어떻게 될까.

아니, 그렇다면 내 인생, 내 소설은 지금 어디쯤 와 있는가. 이미 목표를 세웠고 과정의 기차에 올랐으니 어쩔 수 없이 정거장이든 목적지이든 성취를 향해 일단은 가야 할까. 결국 무의 세계에 닿을 것을 알면서?

생각이 여기에 미치자 나는 참을 수 없어 깔깔깔 웃고 말았다.

느닷없이 소설을 써서 출세해 보겠다는 생각이 우스웠고, 커피를 끓이고 있는 아내 모습이 우스웠고, 조금 잘났다고, 조금 출세했다고 껄떡대는 친구들이 가소로웠다.

나는 일어서서 딸아이 곁으로 갔다. 태어난 지 석 달밖에 안 되는 딸아이의 잠자는 모습은 고요하고 평화로웠다. 너무나 순수하고 깨끗한 것이 더도 덜도 없는 순수무구(純粹無垢)였다.

나는 중얼거렸다.

'이 아이의 현재가 나의 목표라니…'

인연의 미묘함에 참을 수 없는 웃음이 또 터져 나왔다. 그 웃는 소리에 깨어난 아이가 응애~. 하고 울음을 터뜨렸다. 나는 반가워서 얼른 아기를 품에 안고 말했다.

"그래, 아빠의 웃음에 관심 보이는 걸 보니 너도 이미 무의 세계를 떠났구나. 귀여운 녀석. 왜 인간으로 태어났니?"

나는 계속 울어대는 딸의 볼에 입술을 맞췄다.⊙

성서 패러디 소설

창세기 골프

1. Golf는 아담 작품… Game Of Law Frolic의 머리글자

성서는 비밀과 모순으로 가득 차 있다. 창세기는 지리학적으로 정확히 묘사되는 육지의 창조로 시작된다. 성서의 저자(?)는 광물이 식물보다, 식물이 동물보다 먼저 창조되었다고 적고 있다.

― 하느님이 가라사대 우리의 형상을 따라 우리의 모양대로 우리가 사람을 만들고 ―

창세기 1장 26절이다. 왜 하느님은 자신을 복수로 말씀하셨을까? 왜 하느님은 '내'가 아닌 '우리'를, '나의'가 아닌 '우리의'로 말씀하셨을까? 실제로 유일신이라면 인간에게 단수로 말씀하심이 옳았을 텐데…

다섯째 날에 바다와 하늘의 생물을 만드시고 여섯째 날 오전에는 육축과 기는 것과 땅의 짐승을 종류대로 만드신 후 오후에는 사람을 만드신 모습이 2장 7절에 구체적으로 나타나 있다.

― 흙으로 사람을 지으시고 생기를 그 코에 불어 넣으시니 사람이 생령이 되니라. 여호와 하느님이 동방의 에덴에 동산을 창설하시고 그 지으신 사람을

거기 두시니라 —

2장 18절에서 21절까지에는 하와의 탄생이 기록된다.

— 여호와 하느님이 가라사대 사람의 독처하는 것이 좋지 못하니 내가 그를 위하여 돕는 배필을 지으리라 하시니라… 여호와 하느님이 아담을 깊이 잠들게 하시니 잠들매 그가 그 갈빗대 하나를 취하고 살로 대신 채우시고 여호와 하느님이 아담에게서 취하신 그 갈빗대로 여자를 만드시고 그를 아담에게로 이끌어 오시니 —

여기서도 보면 하느님이 혼자 작업하신 것 같지 않다. 누군가 하느님을 도운 흔적이 역력하다.

어쨌든 6일간에 걸쳐 천지와 만물을 다 창조하신 하느님(God)은 제7일을 맞아서는 안식하면서 그동안의 창조물들을 둘러보며 흡족해하셨다.
창조에 6일이 걸리고 1년을 12달로 만드시는 등 창세기에 12진법을 즐기신 것을 보면 하느님은 육손이였던 것 같다.
그런데 맨 나중에 지으신 사람이 아담이라 남다른 사랑으로 유심히 보고 있으려니 뭔가 부족해 보였다. 갈빗대로 만든 이브와 정을 나누는 모습은 절로 흥분되고 보기 좋았으나 잠시 뜨거웠다가 곧 식어버리곤 하는 게 마음에 걸렸다. 한 번 식으면 다시 뜨거워지기까지 시간이 걸리고, 기다리는 동안 무료해 하는 것이 안쓰러웠다. 하느님은 아담을 위해서 놀이를 하나 만들어 줄 게 없을까 궁리했다.

지켜볼수록 아담이 좋아하는 것은 하와요, 더 자세히 보면 구멍이었다. 구멍만 있으면 손(가락)이든 발(가락)이든 몸(가락)이든 넣어보고 들락거리고 하는 게 눈에 띄었다. 크기에 상관없이 구멍이라면 모두 좋아하는데 특히 좋아하는 사이즈는 몸(가락)이 꼭 끼는 하와의 자궁 크기였다.

 하느님은 '옳지, 그렇다면!' 하고 땅바닥에 꼭 그만한 크기의 구멍을 만들어 놓고 지켜보았다. 숲이나 기슭에 만들어 놓으면 모르고 지낼까 싶어 잔디가 많은 평지를 택했다. 아니나 다를까, 무료한 시간에 아담은 구멍을 가지고 놀기에 바빴다. 막대기로 찔러도 보고 무엇인가 채웠다 비우기도 하더니 이윽고 지름이 자기 몸(가락) 커졌을 때의 사이즈 만한 둥근 돌멩이를 찾아내더니 던져 넣기도 하고 발로 차 넣기도 하고 하다가 이윽고 막대기로 쳐서 넣는 아이디어를 냈다.
'원 녀석도… 구멍에 돌멩이 넣기가 저렇게 재미가 있나? 흠…'

 하느님이 양성이라면 섹스의 즐거움에 둔감하셨을 것이 분명하다. 남성의 가장 예민한 성감대가 시각(視覺)이기에 구멍을 보는 것만으로도 성적 자극을 느끼는 것을 알 리 없었다. 한동안 지켜보던 하느님은 어느 정도 간격을 두고 구멍을 몇 개 더 만들어 주었다. 그리고 에덴동산에 내려가 아담을 만났다.
 "나랑 구멍 넣기 놀이를 할까?"
 "좋아요."
 아담은 뛸 듯이 기뻐하며 하느님과 더불어 구멍 넣기에 열중했다. 하느님은 지팡이를 거꾸로 잡고 휘둘러 돌멩이를 날리고 구멍에 넣었다. 아담도 이내 하느님의 지팡이 같은 작대기를 만들어 사용했다. 돌멩이가 볼이니 코스는 짧았다. 그런데 하느님도 해보니 과연 재미가 있었.

 "정말 재미있군. 그러나 무한정 할 수는 없으니 구멍수를 정해야겠지?"
 하느님은 손가락을 폈다.
 "여섯 개씩 양손이니 12홀로 할까?"
 그러자 아담이 손을 펴 보였다.
 "저는 열 개인데요."

과연 아담을 보니 손가락이 다섯 개씩이었다. 이런 이런, 대체 어디서 착오가 난 것일까. 할 수 없이 하느님은 포도주를 한 병 꺼내 들었다. 아담은 미성년이라 술을 못 하니 혼자 드셨다. 구멍 하나를 만날 때마다 한 잔 마셨다. 하느님이 만들어 놓은 구멍은 모두 14개였는데 술이 남아서 4홀을 중복했다. 포도주는 18번째 구멍에서 바닥이 났다. (세계 최초의 골프 코스라는 세인트앤드루스 올드코스는 초기에 14홀이었다. 그것으로 18홀 운영을 했다.)

"그래. 구멍은 18개가 적당하겠군. 시간 있을 때 4개를 더 만들어야지. 그런데 이 놀이의 이름은 뭐라고 하면 좋을까?"
하느님은 아담을 보았다. 삼라만상의 이름을 모두 아담이 지었기 때문이다. 그런 사실은 창세기 2장 19절에 있다.

— 여호와 하느님이 흙으로 각종 들짐승과 공중의 각종 새를 지으시고 아담이 어떻게 이름을 짓나 보시려고 그것들을 그에게로 이끌어 이르시니 아담이 각 생물을 일컫는 바가 곧 그 이름이라 —

구멍 놀이 요령은 간단했다. 지팡이(작대기) 하나로 티샷도 하고 퍼트도 하여 홀인 하는 2타 공략 게임(game)이었다. 하느님은 창조주인 만큼 더도 덜도 아닌 이븐파 실력이신데 아담은 처음에는 잘하지 못했다. 그러나 욕심 없이 자꾸 하니 곧 기량이 좋아져 곧 하느님처럼 이븐파를 하는 때가 많았다. 파다, 보기다 스코어를 세는 일은 없었다.
창세기엔 0과 1이라는 근본적인 정보밖에 없었다. 지금의 디지털에서처럼 0과 1은 숫자의 개념이 아니었다. '있다 와 없다'라거나 '예스냐 노'냐, 다른 해석으로는 회전 운동과 펌프 역할이었다.

하느님과 아담은 내기는 하지 않았다. 그냥 아름다운 잔디(lawn) 위를 즐겁게 거닐며 구멍에 공 넣기를 즐길 뿐(frolic)이었다. 하느님은 그러면서 자신의 멋진 창조물, 즉 코스와 자연을 즐겼다.

아담은 이를 골프(golf)라고 이름했다. game of lawn frolic의 머릿자를 따서 golf라 한 것이다. 골프만 하면 걱정이나 책임 등 일체를 잊고 즐길 수가 있었다. 심지어 하와도 보고 싶지 않았다.

최초의 골프는 이렇게 창세기 때 에덴동산에서 시작되었다. 클럽 이름은 당연히 에덴 골프클럽. 에덴이 동방에 있었으니 골프의 발상지는 (아직 찾아내 지는 못했지만) 동방이지 스코틀랜드가 아니다. (속지 말자. 세인트앤드루스의 올드코스 옆에 에덴 코스가 만들어진 것은 1912년, 즉 20세기의 일이다)

골프만 하고 오면 아담은 피곤해했다. 그러면 하와는 '어디 가서 또 하나의 여자를 만든 것 아닌가?' 의심되어 열심히 아담의 갈빗대를 세었다. 갈비의 숫자가 그대로인 것을 확인해야만 안심이 되었다.

2 Golf를 하느님의 대항 물로 선택한 것은 염라대왕

에덴 골프클럽은 간단하게 설계된 파 36의 18홀(그중 4홀은 중복) 코스였다. 아담은 매일 하느님과 더불어 에덴 CC에서 골프를 즐겼다. 작대기 하나와 볼 한 개면 족한 골프였다. 퍼팅그린이 바로 다음 홀 티 그라운드여서 홀컵 옆에서 티샷했다. (스코틀랜드에 내려오는 세계 최초의 골프 룰 제 1조는 「플레이어는 홀에서 한 클럽 이내의 장소에서 다음 티 위치를 정해야 한다.」라고 되어 있다.)

숫자 개념이 없던 창세기의 스코어를 따지지 않는 골프라 규칙이 필요치 않았다. 하느님은 다만 한 가지 규칙만을 아담에게 일러주었다. 일요일에는 절대 골프를 하지 말라는 것이었다. 일요일은 안식의 날이니 골프채를 놓고

하와와 함께 쉬는 날로 지켜야 한다고 했다. 아담이 너무 구멍 넣기를 좋아하여 최초로 골프 과부(Widow)가 되어버린 하와에 대한 배려일 수도 있었다.

한편, 천지가 창조되면서 빛과 그림자가 나뉠 때 지옥도 생겼다. 가장 오래된 종교적 문헌인 인도의 「리그베다(聖歌經典)」에서는 최초의 인간으로 죽음을 경험하고 그곳의 신이 된 야마천이 불교에 받아들여져 지옥의 왕이 되었다고 했다.

지옥의 왕이 된 야마천은 이름을 염라(閻羅)로 바꾸었다. 바라타족의 전쟁을 읊은 대사시(大史詩) 「마하바라타」에 따르면 염라는 피처럼 붉은 옷을 입고 왕관을 썼으며 물소를 타고 한 손에는 곤봉을, 다른 한 손에는 올가미를 잡고 있다. 올가미는 죽은 이의 영혼을 묶는 포승줄이고, 곤봉은 정의로운 판정을 하는 무기이다. 네 개의 눈이 달린 개 두 마리가 끄는 병(病)이라는 마차를 이용하며 저승사자를 시켜 죽은 생명의 영혼을 데려오는데, 저승사자는 검은 망토에 눈이 붉고, 머리털은 곤두섰으며 코는 까마귀 부리와 비슷하다고 했다.

플라톤은 그의 책 「향연」에서 태초에 남성과 여성 외에 제3의 성이 ― 양성이거나 혹은 반인반수 ― 있었다고 했다. 하느님이 아담을 만들기 전 자신의 형상 일부만을 응용한 반인반수(半人半獸)를 여러 종 만들었던 것을 가정(假定)하는 말로 보인다.

물고기와 새를 만드신 제5일에 하느님은 머리는 사람 모양인 날개 달린 동물(半人半鳥)과 인어(人魚)를 만들었고, 지상의 동물을 만드신 제6일 오전에 전갈 인간, 인마(人馬:그리스 신화에 나오는 머리에서 허리까지는 인간이고, 그 나머지는 말 모양인 켄타우로스), 그리고 황소의 머리를 한 미노타우로스(삼황오제의 한 분인 신농씨도 그 족보이다) 등을 만드셨는데 그중 가장 먼저 죽은 반인반수가 ― 그것도 암놈이 ― 염라로 지옥을 창설하고 시황(始皇)이 된 것이다. 염라가 지옥을 만든 것은 하느님이 자신들을 반쯤만 당신 형상대로 만든 데 불만하고 반항하는 행동이 아니었을까?

창세기 6장 1-2절을 보자.

— 사람이 땅 위에 번성하기 시작할 때 그들에게서 딸들이 나니 하느님의 아들들이 사람의 딸들의 아름다움을 보고 자기들의 좋아하는 모든 자로 아내를 삼는지라 —

하느님의 어떤 아들들이 어떤 사람의 딸들을 아내로 삼았는지는 의문이지만, 어쨌든 이렇게 지상에 사랑이 피어나고 향연(饗宴)이 무르익을 때 함께 그것을 누릴 수 없는 반인반수들 — 특히 암놈들의 삶은 시기 질투가 속에서 부글거리는 고통이요 분노였다. 그들은 하느님을 원망하고 사람을 무섭게 시기하며 복수심을 불태웠다.

마침내 염라는 이들의 대변자가 되어 (모든 정황으로 볼 때 염라는 분명 여자였다) 하느님과 담판을 벌인 결과, 죄를 지은 인간은 지옥에 데려가 마음껏 유린해도 좋다는 허락을 얻었다. 아울러 착하게 산 반인반수는 다음 생에서 인간으로 구제한다는데도 합의했다.

하느님이 지으신 인간은 처음에는 모두 착했다. 에덴에는 죽음도 없었다. 그러니 지옥은 서로 물고 뜯고 싸움질을 일삼는 반인반수들로만 가득했다. 염라는 어떻게 하면 인간들이 반인반수처럼 죄를 짓고 죽고 죽이게 만들어서 지옥으로 끌어들일 수 있을까 궁리에 궁리를 거듭하지 않을 수 없었다.

하느님과 인간 사이를 벌려놓으면서, 동시에 죄의 씨앗을 아담과 이브에게 심어놓아야만 하겠다는 계략을 세우고 비집고 들어갈 틈새를 열심히 살피던 염라는 이윽고 아담이 즐겁게 가지고 노는 자궁 크기와 같은 구멍을 발견했다. 하와와 뜨겁게 즐기는 것은 잠깐이요, 땅에 파인 구멍과 노는 것은 종일이었다.

'옳지. 저 구멍을 잘 활용하면 길이 있을 거 같군. 히히히…'
염라대왕은 회심의 미소를 흘리며 하느님 말씀을 살폈다. 창세기 3장 1절에

힌트가 있었다.

— 여호와 하느님께서 지으신 들짐승 중에 뱀이 가장 간교하더라 —

염라는 즉각 뱀을 지옥으로 초청해 융숭한 대접을 한 뒤 소원을 물었다. 뱀도 이때는 긴 꼬리와 다리를 가진 반인반수였다. (2000년, 레바논에서 발견된 뱀의 화석에는 두 개의 긴 뒷다리가 있었다. 아마도 창세기 3장, 몸통으로 다니도록 저주받기 이전의 뱀이 아니었을까?)

"너의 소원이 무엇이냐."
염라가 물으니 뱀은 말했다.
"모든 반인반수와 마찬가지로 제 소원은 인간처럼 되는 거지요."
"꿈도 야무지구나. 네가 어찌 인간처럼 될 수 있겠느냐?"
"아니, 제게도 머리와 몸통이 있고 손발이 있으니 꼬리를 짧게 자르고 성형을 잘하면 인간이 될 수 있지 않을까요."
"이놈. 택도 없는 소리는 말고 좀 가능한 소원을 말하거라."
"제가 도저히 인간이 될 수 없다면…"
뱀은 잠시 생각하고 나서 말했다. "인간이 되지 못한 한을 휘두를 수 있는 지옥의 제2인자는 어떻습니까? 대왕님을 보좌하며 죄지은 인간을 다스리는 자리 말입니다.…"
죄인을 다스리는 것으로 한을 풀겠다는 뜻이다. 어쩌면 자기도 어차피 지옥행일 텐데 미리 사후 자리를 튼튼히 하고 싶은 영악한 마음도 담겼을 것이다.
"오냐. 그건 너에게 맡길 수 있지."
염라는 흐뭇했다.
"그런데 그러면 인간이 죄를 짓도록 만들어야겠지? 지금 같아서는 잡아내릴 인간이 하나도 없으니까."
"그렇습니다. 인간은 착하니까요."

"인간이라고 영원히 착하란 것은 없지. 어떠냐. 내가 네 소원을 들어주는 대신 너는 나의 부탁을 들어다오. 아담과 하와에게 죄의 씨앗을 심도록 해라."
"아니 아담과 하와에게요?"
뱀은 난감한 표정을 지었다. 아니 그 착한 아담과 이브에게 어떻게 죄의 씨앗을…
"귀를 가까이 대 보거라!"
크게 말해도 들을 사람이 없었지만 은밀한 주문임을 강조하는 뜻에서 염라대왕은 뱀의 귀에 속삭였다.
"하느님이 한 가지 빌미를 주셨다. 짝도 없이 땅바닥에 자궁과 같은 크기의 구멍을 만들어 놓은 거지. 아담이 골프라고 이름 지은 건데 그걸 잘 이용하면 남녀 사이를 벌려놓음은 물론, 인간의 비루(鄙陋)함을 남김없이 보이도록 할 수 있을 것 같다. 시기하고 질투하며 참을성도 없애고, 노기는 충천시키고 거짓말로 속이기를 가르쳐 결국은 하늘이 용서하지 못할 인간으로 만들 수 있을 거 같아. 그러기 위해서는…"

뱀은 고개를 끄떡였다. 그러나 다짐이 필요했다.
"그러면 제 소원은 들어주시는 겁니까?"
"물론이지. 내가 확약하지. 여긴 지옥 아닌가. 자네 같은 간교하고 영악한 악질이 절실히 필요한 곳이야."
"알겠습니다."
뱀은 인간은 못 돼도 지옥의 2인 자는 될 수 있다는 희망에 들떠 지상으로 올라와 에덴에 숨어들었다.

3. 최초의 골프 코스 설계자는 뱀… 최고 걸작은 그린

일요일 오후. 아담은 하와와 함께 에덴동산의 연못가에 앉아 밝은 햇살을 즐기고 있었다. 에덴 CC 13홀 근처였다. 그는 에덴 클럽의 멤버가 좀 더 있으면

좋겠다고 생각하고 있었다.

아담은 거인들을 생각했다. 용사들이 에덴 클럽의 멤버가 되어주면 좋을 것 같다고 생각하는 것이다. 아담이 생각한 거인들 이야기는 창세기 6장 4절에 나온다.

— 당시에 땅에 네피림(거인)이 있었고 그 후에도 하느님의 아들들이 사람의 딸들을 취하여 자식을 낳았으니 그들이 용사라 고대에 유명한 사람이었더라. —

사람들과 뒤섞인 신의 아들들 이야기는 이후 도처에 등장한다. 동서양의 신화와 티아우아나코의 전설, 에스키모 서사시뿐 아니라 거의 모든 고서적에 두루 등장한다.

이 '거인들'이란 어떤 존재였을까? 거대한 건물을 세우고, 피라미드의 통짜 대리석을 장난하듯 가볍게 들고 날랐을 인간의 조상일까? 아니면 다른 별에서 온 고도의 기술을 가진 외계인이었을까? 확실한 것은 성서가 '하느님의 아들들'로 묘사한 거인들이 사람의 딸들과 결합하였다는 점이다. 그것은 거인들의 그것과 사람의 딸들의 자궁이 성적 결합에 문제가 안 될 정도로 사이즈가 맞았다는 이야기이고, 거인들 역시 구멍을 밝히는 남성들이었다는 것을 말해준다. 그렇다면 그들 역시 땅바닥의 구멍을 아담처럼 좋아할 것이 분명했다.

아담이 한참 거인들 생각에 젖어있는데 골프 코스에서 누군가 공을 치는 것이 보였다. 열세 번째 구멍으로 다가오는 그 플레이어는 긴 꼬리를 가진 덩치가 큰 뱀(the Serpent)이었다.

'이런, 일요일에 골프를 하다니…'
회원을 영입하자면 뱀이라고 안 될 건 없다. 다만 클럽의 멤버가 되려 한다면 일요일에 골프를 해서는 안 된다는 하느님의 규칙쯤은 알아야 했다. 아담은 뱀을 불러 하느님의 규칙을 이야기해 주었다.

뱀은 코웃음 쳤다.

"나의 규칙은 그 반대지요. 나는 주중에 플레이하지 않으니까 일요일밖에 없어요."

뱀은 자기가 주중에 골프를 안 하는 것은 비회원인 탓도 있지만, 그보다는 하느님과 아담의 플레이를 방해하지 않으려는 마음 때문이라고 했다.

순진한 아담은 뱀의 사려 깊은 덕성을 치하했다. 뱀은 라운드를 멈추지 않았다.

아담은 뱀이 골프 하는 것을 눈여겨보았다. 뱀은 살구나무 작대기를 사용했다. 힘차게 공을 쳐 구멍 가까이 보낸 뒤 살짝 건드려 구멍에 넣는 데 실수가 없었다. 물끄러미 바라보던 아담은 뱀과 라운드해 보고 싶다고 생각했다. 눈치 빠른 뱀은 아담이 무슨 생각을 하고 있는가를 재빨리 알아내고 이때가 용건을 꺼낼 찬스라고 생각했다.

"아담, 다음 일요일에 나와 플레이 할까요?"

뱀은 다정하게 말했다. 아담은 얼른 정신을 차리고 고개를 흔들어 거절했.

"안 돼. 나는 일요일에 골프를 해서는 안 된다는 하느님의 규칙을 따라야 해."

뱀은 순순히 물러서지 않았다.

"아담, 그건 하느님의 규칙이요, 생활입니다. 하느님은 6일 동안 열심히 일하셨으니 7일째는 쉬시는 게 당연하지요. 하지만 아담은 뭘 했습니까? 매일 낮에는 골프 하고 밤에는 하와하고 놀 뿐이잖아요. 하느님은 육손이라서 6일간 일하시고 7일째 쉬신 건데, 아담 손가락은 5개지요? 인간의 삶은 하느님의 생활과는 다른 거예요."

그리고 보니 하느님이나 하느님의 자손은 6손이라 모두 12진법을 쓰고 (1년은 12달, 낮과 밤 각 12시간 등이 모두 십이진법이다) 아담과 사람의 자손은 5손이라 10진법을 썼다. 뱀의 설득이 그럴듯하게 들렸다.

하지만 아무리 그래도 뱀에게 쉽게 동조할 수는 없었다. 일단 '다음 일요일까지 생각해 보겠다.'라고 했다. 뱀은 회심의 미소를 지으며 물러났다. 아담을 유혹하는 데 반쯤은 성공했다고 자신했다.

그런데, 뱀이 직접 코스를 돌아보니 보완 작업이 필요했다. 여자보다 더 아름답게 만들어 여자와 노는 것보다 훨씬 재미있게 만들면 좋을 것 같았다. 그래서 모든 여자를 과부로 만들어 지루하게 하고… 그러면 염라대왕이 기뻐할 일이 보다 빨리 이루어질 것 같았다.

구멍만 있는 것은 재미가 적다는 생각도 했다. 여성의 부드럽고 풍만한 유방이나 엉덩이를 연상하도록 페어웨이와 그린을 만들고 아슬아슬한 곳에 구멍이 있게 하면 더 스릴을 느끼고 좋아할 것 같았다. 구멍은 은밀한 곳에 두되, 구멍이 있음을 알려야 하니 깃대를 꽂는 게 나을 것 같았다.

라운드를 끝낸 뱀은 그 길로 염라대왕에게 달려가 진행 성과를 보고하고 골프 코스 수리와 그린 공사비 지원을 요청했다. 염라대왕은 쾌히 수용해 주었다.

일주일이 지났다. 일요일을 맞아 아담은 하와와 함께 연못가에서 쉬고 있었다. 하와는 무료함을 달래고자 아담의 손을 끌어 자기 가슴에 얹어주었다. 그리고 아담의 그것을 만지작거렸다.

아담은 사양(?)했다. 속으로는 하고 싶지만, 자꾸 쾌락을 위한 성행위에 빠져서는 안 될 것 같았다. 아담은 그것이 커지려고 꿈틀거리는 것을 애써 참으며 말했다.

"이봐요 하와. 하느님은 생육하고 번성하여 땅에 충만하라(창세기 1:28)고 하셨어. 이 말씀은 성교(Sex)는 오직 출산을 위한 행위로만 해야 한다는 말씀이라고 생각해. 우린 지켜야 해."

"……"

하와는 바로 말하지는 않았으나 속은 섭섭했다.

그때 소리 없이 뱀이 다가와 속삭였다.

아담은 무료해서 긴 의자에 드러누워 막 잠들려고 했었다. 그는 일요일에 골프 하자는 뱀의 제의를 깜빡 잊고 있었다.

"어때요. 나와 함께 플레이하는 게. 뱀은 속삭였다."

아담은 주위를 보며 망설였다. 한 번 돌아버릴까?

Sex는 안 되지만 골프야 어떨까. 그러고 보니 일요일에 하느님을 본 적이 없다. 일요일이면 하느님은 아담이 미치지 못하는 곳에서 푹 쉬시는 듯했다. 뱀은 또 말했다.

"염라대왕 덕분에 코스가 많이 달라졌어요. 내가 고쳤지요. 하와의 몸매보다 더 아름다운 페어웨이, 아담이 마냥 묻혀있고 싶은 엉덩이보다 더 부드러운 그린도 만들어 놨어요. 깃대가 보이지요? 저기가 홀이에요. 자나 깨나 아담이 좋아하는 홀…"

아담은 침을 흘렸다. 과연 아름다웠다. 보는 것만으로도 하고 싶어졌다. 아담은 벌떡 일어섰다. 그래. 하느님은 깊고 아늑한 곳에서 쉬시는 중이지. 내가 골프를 해도 모르실 거야. 아무렴. 날 의심하는 일도 없으시니, 감시도 안 하실 테고… 골프는 일하는 것도 아니니까 안 될 건 없겠지…

생각이 여기에 미친 아담은 작대기를 들고 일어났다.

하와가 말렸으나 아담은 '한 바퀴만 돌고 올게.' 하고 뱀을 따라갔다.

아담을 데리고 첫 홀 티그라운드로 걸어가는 뱀의 기분은 날아갈 듯 좋기만 했다.

4. 뱀의 꼬임에 넘어가 선악과 따 먹는 아담과 하와

아담은 하느님의 규칙을 무시하고 뱀과 일요일에 플레이했다. 뱀은 한 발 더 나가 내기를 하자고 아담을 자극했다.

"그냥 치는 건 심심하지요. 뭔가 내기를 하면 재미가 달라질 거예요."

아담은 난감했다. 대체 뭘 내기하지?

돈도 없는 때고, 먹을 것도 풍족한 창세기라 내기를 할 게 없었다. 뱀은 말했다.

"진 쪽이 이긴 쪽의 발을 씻겨주는 건 어떨까요? 골프를 하고 나면 발이 피곤하거든요."

"발 씻겨주기?…"

아담이 생각하니 그건 괜찮은 제안 같았다.

"좋아. 그렇게 하기로 하지."

아담과 뱀은 내기 골프를 했다. 실력은 막상막하였다. 내기라지만 도무지 욕심도 없고 침착하기만 하여 흔들림이 없었다. 홀마다 승패를 가르는 매치플레이에서도 서로 호각이었다.

이래서는 안 되겠다 싶은 뱀은 이길 방도를 연구했다. 아담을 보기 좋게 이겨야 작업이 속도를 낼 것 같았다. 그러나 이기기가 쉽지 않았다. 결국 첫날은 뱀이 지고 말았다.

아담의 발을 씻겨주며 뱀은 궁리를 거듭했다. 어떻게든 아담에게 욕심을 심어주고 뜻대로 안 되면 성질을 내게 만드는 등 심리를 뒤흔들어야만 했다. 아담을 근본적으로 바꿔버릴 묘책이 없을까?

13일의 금요일이었다. 여느 날처럼 아담이 하느님과 골프에 열중인 사이에 뱀은 하와를 찾아갔다. 혼자 남은 하와는 햇볕이 포근한 동산 한쪽 잔디 위에서 외로움에 떨다 깜박 잠이 든 때였다.

소리 없이 다가간 뱀은 하와의 몸을 부드럽게 어루만지며 존경과 헌신의 표시로 손과 발에 키스했다. (창세기 뱀은 차갑지 않았고, 스킨십의 명수였다.)

하와는 그것이 아담인 줄 알았다. 눈을 감은 채 '왜 이제 왔어요. 얼마나 심심했는데…' 하며 끌어안으니 뱀의 입술은 하와의 목과 귀로 옮겨갔다.

하와는 금세 뜨겁게 달아올랐다.

'이럴 생각까지는 없었는데…'

하면서 뱀은 하와가 뜨거워지는 바람에 그만 교미(Sex)를 하고 말았다.

기왕이면 자기의 자식이 하와에게서 사람으로 태어나 지옥에 오면 좋겠다는 생각까지 하면서.

(하와가 뱀과 교미했다는 이야기는 탈무드에 나온다. 이 상상은 이후 많은 예술가를 자극했다. 한편, 2008년 4월 10일 BBC News는 다리를 가진 뱀의 화석이 레바논에서 발견되었다고 보도했다. 이는 창세기 3장 14절, 뱀에 퍼붓는 하느님의 저주와 연관성을 갖는다. 성경은 에덴동산에 살았던 뱀의 해부학적 구조에 대해서는 말하고 있지 않다. 하느님의 저주와 동시에 뱀의 다리가 쓸모없게 짧아졌다는 상상을 할 수 있는데 이것이 모든 뱀에게 내려진 저주인지 당시의 그 뱀에게만 내려진 저주인지는 알 수 없다.)

정신을 차린 이브는 깜짝 놀랐다. 그러나 (선악과를 따먹기 전이어서) 자기의 행동이 얼마나 부끄럽고 잘못된 것인지는 느끼지 못했다.

그보다는 오히려 자기의 외로움을 달래준 것에 감사하는 묘한 마음이 일렁여 음료수를 한 잔 내밀며 방긋 웃음을 보였다.

"요즘 재미가 어떠세요?"

뱀도 진정하고 난 뒤 다정하게 인사했다.

이브는 뱀을 예쁘게 흘기며 무료한 처지를 감추지 않았다.

"보시다시피 그렇고 그렇지요. 아담이 매일 골프만 하니 심심해요."

뱀은 말했다.

"안 됐군요. 이봐요 하와. 당신은 제대로 대우를 받지 못하고 있어요. 이렇게 아름다운 여자를 아담이 너무도 안 돌보죠? 자기 욕심이 일 때나 잠깐 안아주고…"

"그렇기는 해요. 하지만 뭐 서로 자유인이고, 하느님도 출산을 위해서만 Sex를 하라고 하셨다니까… 출산을 위한 성교는 1년에 한 번이면 족하잖아요?. (견우와 직녀가 일 년에 한 번 만나는 것도 하느님의 말씀 때문이다. 하느님은 생육하고 번성하여 땅에 충만 하라고만 하셨지 결혼과 이혼, 혼외정사, 매춘이나 동성애 따위에 대해서는 일체 말씀이 없으셨다.)

하와는 불만족으로 상한 속을 그대로 드러냈다.
"그래도 골프 하기 이전에는 안 그랬잖아요."
뱀이 일깨워 주었다.
하와는 눈을 반짝였다.
"그런가요?… 맞아요. 분명해요. 골프를 하면서 달라졌어요."
하와는 아담이 골프에 열중하고 있을 에덴 CC 쪽을 보았다. 하와의 그 눈에 동산 한가운데 있는 나무가 들어왔다. 동시에 뱀도 그 나무를 보았다. 조그맣게 열린 빨간 열매가 골프공 같았다.
"골프 때문이라…"
뱀은 그 열매 있는 쪽으로 움직이며 말했다.
"저기 탐스럽게 열린 열매가 꼭 골프공 같네요."
뱀이 열매를 따려고 하자 이브는 용수철처럼 튀어 나가서 완강하게 말렸다.
"아, 안 돼요. 그 열매는 하느님이 절대 따서는 안 된다고 했어요."
"오, 그러셨어요? 만물을 지배하라 하시면서 왜 그러셨을까요?"
뱀도 알고 있었지만 모르는 척 시치미를 떼고 물었다.
하와는 말했다.
"하느님께서 말씀하시기를, 동산 안의 모든 나무 열매를 먹을 수 있지만, 한가운데 있는 나무의 열매만은 먹지도 말고 만지지도 말라고 하셨어요. (창세기 3장 3절) 그렇지 않으면 너희가 죽을까 하노라 하시면서…"
뱀은 만면에 희색을 보였다. 원하던 틈을 또 하나 발견한 것이다. 뱀은 어떻게든 이 열매를 아담과 하와가 먹게 해야겠다고 감언이설을 총동원하기로 했다.
"하느님의 뜻이 다른 데 있는 것 같군요. 아담과 이브가 왜 죽어요? 죽음이 뭔지나 알아요? 뭔지도 모르는 죽음을 걱정한다는 게 우습지 않아요?"
하와가 듣고 보니 그런 것도 같았다.
"하느님께 분명 다른 뜻이 있어요. 시험해 볼 필요가 있네요. 내 짐작에 저 탐스러운 나무 열매를 먹고 나면 하느님처럼 눈이 밝아지고, 하느님처럼 선과 악, 기쁨과 슬픔을 알게 될 것 같네요. 그러면 두 분이 하나님과 동격이 될까 봐 그런 것 아닐까요?"

"그럴까요?"

하와는 그 열매를 찬찬히 보았다. 볼수록 열매가 탐스럽고 먹음직스러웠다. 뱀의 말처럼 그 열매는 사람을 지혜롭게 해줄 것 같았다.

뱀은 말했다.

"내가 권하는 대로 저 열매를 몇 개 따서 부엌에 갖다 놓아요. 그러면 아담이 당신에게 사랑을 듬뿍 쏟게 하는 비방을 가르쳐 드릴게요."

하와는 고개를 저었다.

"나는 그렇게 할 수 없어요. 하느님이 따지도 먹지도 말라고 하셨다니까요."

"허허. 따 드시라는 게 아니라 따오기만 하라고요. 다음 행동은 그때 가르쳐 드린다니까요.

5. 사과를 먹은 아담과 하와… 이게 뭐야. 왜 우리만 벗고 있지?

하와가 사과 따기를 망설이자 뱀은 또 말했다.

"아담도 하느님 말을 안 듣고 있는 걸 모르나요? 당신을 잘 돌보라는 하느님의 명령을 어기고, 당신을 골프 과부로 만들었잖아요. 그러나 벌을 내리기는커녕 매일 데리고 노시잖아요. 죄를 따지면 땅바닥에 구멍을 만들어 아담을 그렇게 만든 하느님도 자유롭지 않다고요. 정황이 그러하니 당신이 저 열매를 따는 정도로 반항하는 건 애교로 받아들여질 거예요. 나를 믿고 그렇게 해 봐요. 모든 상황이 회복되고 좋아질 테니."

"정말 그럴까요?"

하와는 뱀의 말에도 일리가 있다는 생각이 들자, 마음을 고쳐먹고 정원에 가서 하나님이 따지 말라던 금단의 열매를 여러 개 따가지고 들어왔다. 뱀은 흐뭇했다.

뱀은 다음 행동으로 그녀에게 사과의 껍질을 벗겨 오븐에 넣어 파이로

구우라고 했다. 그러자 이브는 말했다.
"따오기는 했으나 먹지 말라 하셨으니, 요리하지는 않을래요."
그러자 뱀은 또 말을 이리저리 돌리며 이브를 설득했다.
"하나님이 먹지 말라고 한 것은 날것으로 먹지 말라는 것이겠지요. 날것으로 먹으면 안 되는 열매일 수도 있으니까. 익혀서 요리로 먹는 거까지 못 하게 하신 거는 아닐 거예요. 게다가 당신보고 먹으라는 게 아니에요. 아담을 주라는 거예요. 아담이 먹고 눈이 밝아지면 모든 걸 바로 볼 거예요. 당신이 얼마나 아름다운지도 알게 되겠죠. 당신은 정말 아름답다고요. 아담이 사과파이를 먹고 들켜도 설마 하느님이 그렇게 사랑하는 아담을 벌하시겠어요?"
뱀은 한쪽 눈을 찡긋했다.
하와는 자신의 아름다움을 예찬하는 말에는 동의했다. 설마 하느님이 아담을 벌주실까?… 역시 뱀의 말이 맞을 것 같았다. 뱀의 설득을 이해할 것 같았다.
뱀은 기회를 놓칠세라 보다 결정적인 말을 했다.
"내가 아는 하느님은 사랑도 많지만, 심술도 많은 분이지요. 사랑과 심술은 같은 말이에요. 아담과 하와를 만들어 놓았지만 서로 죽고 못 살게 만드는 일부일처 호르몬은 안 주셨어요. 일부일처가 되는 데 꼭 필요한 애착 유발 화합물(바소프레신)을 주지 않으셨다고요. 그런 건 원앙이나 들쥐 펭귄 같은 미물에게 주었지요. 아담이나 하와나 짝이 있음에도 불구하고 기회만 있으면 딴생각하고 끊임없이 간음하는 것은 그 때문이라고요. 내 말에 공감되는 거 없어요?"
"공감하고 말고요! 나도 그런걸요."
하와는 고개를 크게 주억거리며 맞장구쳤다.
그러나, 그래도 막상 사과 껍질을 벗기려니 망설여졌다. 뱀은 부드러운 말로 어서 깎으라고 속삭였다.
"어서 깎아요. 당신의 아담을 위하는 일이에요. 이 사과로 애플파이를 만들면 그는 무척 기뻐할 것이 틀림없어요. 우선 아담의 눈이 밝아진다니까요. 그리되면 제일 먼저 당신이 골프 코스보다 더 아름답다는 것을 발견하게 될 거예요.

그러면 당신을 종일 집에만 두지 않고 데리고 나가 외식도 할 것이요, 골프도 함께 하자고 하게 될걸. 문제가 술술 해결되는 상쾌한 기분을 느껴보세요."

간교한 뱀은 하와의 성감대가 귀에 있어 달콤한 소리에 가장 쉽게 자극된다는 약점을 활용했다.

하와는 상상만으로도 행복했다.

"정말 그리될까요?"

"그럼요. 이건 당신을 위해서이기도 하지만 아담을 제자리로 돌려놓는 일이기도 하다고요."

하와는 또 한 번 고개를 크게 주억거렸다.

아담과 나란히 페어웨이를 거닐며 골프 하는 자기 모습을 꿈꾸듯 상상했다. 그녀는 칼에 쥔 손에 힘을 주어 사과 껍질을 벗기기 시작함으로써 후일 디모데전서 2장 12절-14절의 주인공이 되었다.

— 오직 나는 여자가 가르치거나 남자에게 권위를 행사하는 것을 허락하지 아니하노니 다만 조용할지니라. 이는 아담이 먼저 지음을 받고 하와가 그 후며 아담이 꾀임을 보지 아니하고 여자가 꾀임을 보아 죄에 빠졌음이니라. —

그날 밤, 아담이 집에 왔을 때 진수성찬이 차려져 있었다. 테이블 중앙에는 오븐에서 갓 나온 맛있는 냄새 풍기는 큼직한 파이도 놓였다. 애플파이였다. 하와는 먼저 애플파이를 접시에 떠서 아담 앞에 놓았다. 착한 아담은 아무것도 묻지 않고 맛있게 먹으며 하와의 입에도 떠 넣어 주었다. 하와는 황홀했다. 아담이 이렇게 사랑스러운 손길로 입에 넣어 주기까지 하는 건 처음이었다. 다 먹고 난 아담은 말했다.

"나에게 어머니가 있어 파이를 만들었다 해도 이런 맛은 어림없겠지?"

아담은 하와의 요리 솜씨를 칭찬했다. 하와는 자랑스러웠고 뱀에게 고마움을 느꼈다.

한참 후 아담이 물었다.
"그런데 무슨 파이였지?"
하와가 사과로 만든 파이라고 말하자 아담은 눈을 크게 뜨며 화를 냈다.
"뭐라고? 금단의 열매였어? 그건 하느님이 먹지 말라고 하셨잖아!"
하지만 이미 먹어버렸으니 뱉을 수도 없는 일이었다. 하와는 아무렇지도 않은 듯 말했다.
"일요일에 골프 하지 말라는 걸 하는 거나 먹지 말라는 사과를 따 먹은 거나 뭐가 달라요? 날로 먹은 게 아니라 익혀서 먹었으니 탈은 없을 거예요."
하와는 뱀에게 들은 말을 그대로 써먹었다. 아담이 하느님 말씀대로 바르게 사는 길을 찾아주기 위해 사과를 따서 만든 것이라고 자초지종을 설명해 주기도 했다. 그제야 아담은 자기를 반성하는 듯 고개를 주억거리며 진정했다.
이렇게 하여 뱀은 일요일에 아담을 골프 코스에 끌어냈고, 아담과 하와에게 금단의 열매를 먹였다. 그리고 한편에서 염라대왕의 힘을 빌려 골프 코스를 여자보다 더 아름답게 고쳐버렸다. 만사 순조롭게 되어간 것이다.

다음날인 토요일. 아담은 이상한 변화를 느꼈다. 애플파이를 많이 먹은 탓인지 컨디션이 좋지 않았다. TV 채널이 바뀌는 순간 전파가 교란하며 흐려지는 것처럼 눈 초점이 자꾸 어지러웠다.
하느님이 골프를 하자고 불렀으나 눈이 아파 오늘도 곤란하겠다고 머리 조아리며 양해를 구했다. 하느님은
'너의 눈이 아플 리가 없는데…'
하고 고개를 갸웃했지만, 그 이상 의심하지 않았다. 다소 섭섭한 표정을 보이다 올라가셨다.
다음날은 일요일이었다. 뱀과 골프를 하려고 나서는데 토요일과는 달리 컨디션이 아주 좋아 날아갈 것 같았다. 그런데 이상하게 새 세상에 온 것 같았다. 전에는 보이지 않던 것이 총천연색으로 환하게 보이는 것이었다.
"잘 치고 오세요."

하고 배웅하는 하와의 모습도 전 같지 않게 섹시하고 매력적이어서 참을 수 없게 정욕이 치솟았다. 아담은 나가려다 다시 들어와 힘껏 안아주는 것으로 부족해 도장 한 번 더 찍고 집을 나섰다.

하와는 이것이 애플파이 효과라고 띌 듯이 기뻐하며 뱀에게 거듭 고마워했다. 아담의 눈에는 뱀의 모습도 전 같지 않았다. 긴 다리와 긴 팔, 긴 꼬리를 가진 푸르딩한 모습이 아주 남성스럽고 정력적이었다.

첫 홀 티에서 뱀은 아담에게 어너를 양보했다. 이때 또 해괴한 일이 벌어졌다. 아담이 뾰족하게 모래를 세워놓은 뒤 볼을 얹어놓고 일어나면서 보니 자신만 벌거벗은 모습이었다.

"아니, 나는 왜 벌거벗고 있는 거지?"

아담을 둘러싸고 있는 만물은 모두 제 나름의 옷을 입고 있었다. 나무엔 잎이 있고 동물에겐 털이 있고 갑각류나 파충류까지도 나름의 두께 있는 옷을 입고 있었다. 뱀도 훌륭한 껍질에 둘러싸여 있었다. 그러나 온몸이 희고 털도 없는 아담은 속살 같은 피부를 온통 그대로 드러낸 상태였다.

6. 세상은 원래 있던 것… 하느님이 발견하여 사랑으로 재구성한 것

아담은 뱀을 보며 물었다.

"왜 나만 벌거벗은 거지?"

뱀은 능글거리며 말했다.

"후후후. 내가 보기엔 전과 달라진 게 없는데요."

뱀은 이를 드러내고 웃었다.

"축하드려요. 아담의 눈이 하느님처럼 밝아진 거예요. 이제껏 보지 못하던 것들을 보게 되었을 뿐이지 달라진 건 없어요. 앞으로는 골프가 더욱 재미있어지겠네요."

그분만이 아니었다. 페어웨이를 내다본 아담은 더 놀랐다. 페어웨이의 크고 둥근 언덕들이, 여자의 가슴이 성적 부담을 주듯 클로즈업되어 남자의 성을

자극하는 가운데 큰 나무가 들어차 무성한 러프가 페어웨이 양쪽에 있고 왼쪽에는 워터 해저드, 그린 앞에는 넓은 벙커가 가로놓여 있는 것 아닌가.

전에는 느낄 수 없었던 (가슴을 울렁거리게 하는) 빼어난 아름다움이었다. 시간을 잊고 오래오래 파묻혀 놀고 싶은 충동이 가슴에 넘실거렸다.

"아니, 말씀도 없이 하느님이 코스 설계를 변경하셨나?"

아담이 중얼거리자 뱀은 사실을 말해 주었다.

"아, 코스만큼은 염라대왕님의 도움을 받아서 내가 고쳤어요. 기왕 시작한 운동이니 앞으로 회원을 늘리고, 좀 더 재미있게 즐기기 위해서지요. 이 정도 코스라면 하느님의 아들들은 물론이고, 많은 네피림(거인) 들도 회원 되기를 원할 거예요."

"그렇게 된다면야 나는 좋지… 나도 회원이 더 있으면 좋겠다고 생각했거든… 그런데 회원이 늘어날 것이라고 어떻게 장담하지?"

아담이 묻자 뱀은 말했다.

"하느님은 '우리의 형상을 따라 우리의 모양대로 사람을 만들기는 (창 1:26)' 하셨는데 남자와 여자를 만들고 '생육하고 번성하여 땅에 충만하라 (창1:28)'고만 하셨지 결혼이니 이혼, 정사, 매춘, 동성애에 대해서는 일체 말씀이 없으셨어요. 그러니 도덕적으로 받아들일 때 '성교는 출산을 위한 행위로만 유지되어야 한다.'라고 해석할 수밖에 없지요. 남자와 여자를 만들되 어쩌면 하느님이 모두에게 원한 것은 '천국을 위해' 기꺼이 독신생활을 하라는 것이었을 지도 몰라요. 독신생활이 결혼생활보다 더 바람직할 수 있다. (마태복음 19:10-12)는 해석은 한참 후에 나왔지만요."

— 제자들이 이르되 만일 사람이 아내에게 이같이 할진대 장가들지 않는 것이 좋겠나이다. 예수께서 이르시되 사람마다 이 말을 받지 못하고 오직 타고난 자라야 할지니라. 어머니의 태로부터 고자 된 자도 있고 사람이 만든 고자도 있고 천국을 위하여 스스로 된 고자도 있도. 이 말을 받을만한 자는 받을지어다. —

바울도 그랬다. 결혼을 죄악이라고 하지는 않았지만, 결혼을 단념할 수

있는 사람은 그렇게 하라고 했다. (고린도전서 7:1~3)
 뱀의 설득은 계속되었다.
 "애초에 하느님의 뜻이 그랬다면 일 년에 한 번이나 삼 년에 한 번 정도만 성적 충동이 일게 만드셨어야죠. 아니면 견우와 직녀처럼 아예 떨어뜨려 놓던가요. 아니잖아요. 아담만 해도 시도 때도 없이 벌떡벌떡 자극되잖아요. 아담이 자극되는 건 첫째 시각(視覺), 둘째 후각(嗅覺)이에요. 야한 걸 보기만 하면 아무 데서나 빳빳이 서게 만들어 놓고 마치 하느님처럼 참으라고 하시는 건 무리지요. 하느님의 아들들이나 네피림(거인들)도 마찬가지예요. 그 넘쳐나는 성욕을 어떻게 발산하나요. 결국 그 대용으로 발산할 곳은 골프장밖에 없어요. 나는 하느님이 땅바닥에 자궁과 같은 크기의 구멍을 파놓으신 큰 뜻은 거기에 있다고 봐요. 반성의 뜻을 담으셨는지도 모르죠. 두고 보세요. 결국은 다 골프장으로 몰려올 거예요."
 "하긴… 그건 나부터 이미 느끼는 일이지."
 아담은 고개를 주억거리며 수긍했다.
 "그러나 그건 그거고…"
 하고 아담은 걱정했다.
 "골프 코스를 이렇게 고친 것을 알면 하느님이 내 창조물에 누가 손댔냐고 노하시지 않을까?"
 뱀은 고개를 저었다.
 "모든 것을 포용하고 사랑하시는 하느님이 그러실 이유는 없지요. 제가 아는 하느님은 있는 그대로를 사랑하시는 분이에요. 안 고쳤을 땐 안 고친 것을, 고친 후엔 고쳐진 것을 다 사랑하시죠. 그게 발견자의 특성이기도 해요."
 아담은 그래, 그 말도 맞는 거 같다. 하고 맞장구치면서 '뱀도 하느님을 잘 알고 있구나.' 하며 경계를 풀었다.
 "그런데 잠깐, 방금 뭐라고 했지? 발견자의 특성이라니. 그게 무슨 소리지?"
 뱀은 또 웃으면서 말했다.
 "제 생각인데요.… 여러 가지 정황으로 보면 세상은 하느님이 만드시기 이전에 원래 있었어요."

"어라, 이놈이 무슨 망극한 소리를?"

아담은 육두문자를 쓰며 펄쩍 뛰었다.

"그렇게 펄쩍거리지 말아요. 제 생각이 맞을 거예요. 아담보다 먼저 태어난 염라도 그렇게 알고 있어요. 지구의 나이는 최소한 수십 수백억 년이에요. 그러니 세상은 원래 있었던 거지요. 하느님은 발견을 한 거예요. 제 짐작에 하느님이 하신 일이란, 원래 모습에는 약육강식밖에 없었는데 사랑이라는 감정을 삼라만상 모든 개체 속에 각각 불어넣으신 거 같아요. 사랑 —. 생명의 에너지가 재창조되는 감정이죠. 돌이켜 생각해 봐요. 세상 만물의 이름을 누가 지었지요? 모두 아담이 짓지 않았나요? (창세기 2:19) 그러면 아담은 그 모든 작명을 실제 했나요? 원래 있던 이름들을 정리한 거 아닌가요? 나를 뱀이라 한 게 아담인가요? 아니지요? 나는 원래 뱀이지 않았나요?…"

뱀의 계속된 설득에 아담은 눈을 껌뻑거렸다. 맞아. 사실을 말하면 내가 창씨 작명한 건 아니지. 뱀은 나 이전에 이미 뱀이었듯 세상 만물이 원래 이름을 갖고 있었어. 그걸 내가 찾아낸 거고, 그러자 하느님이 맞다, 하신 거였어.

"내 말이 맞죠? 지금의 세상은 하느님이 사랑으로 재구성하신 거라는 게 정답이라고요."

"그래. 그 말이 맞을 수도 있겠다."

그러면서 아담은 연습 삼아 드라이버를 휘둘렀는데 공이 섕크가 났다. '이크 이게 무슨 일이야. 잡담 때문에 골프를 망치다니…'

아담은 곧 그런 논란 따위는 그만하기로 했다. 의심나는 건 나중에 하느님을 만나 물어보기로 하고 오늘은 골프나 하자, 하고 궁금함을 털어버렸다.

공이 굴러간 쪽을 보던 아담은 눈을 돌려 코스 전체를 보았다. 러프 너머는 가시덤불이거나 정글 같은 숲이었다. 슬라이스나 훅이 나면 찾으러 갈 수 없을 것 같았다. 어떻게 하지? 볼이 하나밖에 없는데… 이런 식이라면 불안해서 어떻게 18홀을 돈단 말인가. 아니지. 그뿐이 아니지. 이렇게 부끄럽고 마음 졸이는 모습을 하느님이나 하와가 본다면 뭐라고 할까?

해저드 옆에는 OB 지역임을 알리는 흰 말뚝도 박혀 있었다. 그곳은 염라대왕과 반인반수들의 놀이공원이었다. 아담의 신경은 완전히 곤두섰다. 무엇보다 벌거벗은 초라한 모습이 부끄러워 오들오들 떨기까지 했다.

뱀이 말했다.

"이걸 마셔 봐요. 그럼 진정이 될 거예요."

뱀은 아담에게 족쇄를 채우듯 애플사이다가 담긴 컵을 건네주었다. 아담은 단숨에 마시고 잔을 돌려주며 '고맙다'라고 인사했다.

"자, 골프는 이제 한결 재미있어졌어요. 그럼 게임을 시작할까요? 내기 수위를 올리도록 하죠. 이제까지는 발만 씻겨주었으나 오늘은 전신의 때를 밀어주기로 말이죠. 피부를 문질러 보세요. 때가 많이 낀 것도 이젠 보이죠?"

뱀이 일깨워 주자 아담은 피부를 문질러 보았다. 과연 여기저기서 시커먼 때가 톱밥처럼 밀렸다. 아담은 정신이 바짝 들었다. 이렇게나 나 자신에게 무지했었다니…

"좋아. 전신 때를 밀어주기를 하자."

아담은 볼 앞에 어드레스하면서 워터해저드나 벙커, 그리고 러프에 빠뜨리지 않으려고 정신을 집중해 스윙했다. 그러나 그의 드라이브는 여지없는 슬라이스가 되어 그만 물에 빠지고 말았다. 처음 있는 일이었다. 뱀은 경중경중 뛰면서 좋아했다.

"아아, 하나뿐인 볼이 물에 들어갔으니 어떻게 계속하지?"

아담이 난색을 보이자 뱀은 여러 개의 공을 보여주었다.

"걱정하지 말아요. 이런 때를 대비해서, 볼을 여러 개 준비했으니까."

"이렇게 세심할 수가…"

아담은 뱀의 친절과 준비성에 감동했다.

"당신은 보기보다 준비성이 강하고 좋은 친구군."

아담은 뱀에게 감사하며 거듭 칭찬했다.

7. 골프의 까다로운 규칙, 에티켓, 매너는 결국 하나님의 요구

그날 아담의 샷은 형편없이 흔들렸다. 슬라이스에 톱 핑, 악성 훅에 스카이 볼 등이 마구 뒤섞였다. 3번 홀에서는 6타째에 볼을 깊은 벙커에 넣고 말았다. 드라이버로는 벙커에서 공이 꺼내지지 않았다. 난감해하고 있을 때 뱀이, 이번에는 샌드웨지를 내밀었다.

"이걸 사용하면 수월하게 벗어날 거에요."

과연 샌드웨지로 치니 가볍게 벙커 탈출이 되었다. 뱀은 코스 설계자답게 여러 개의 다양한 클럽을 갖고 있었다.

아담에게는 최악의 날이었다.

'골프가 이렇게 어려운 것이었던가?…'

18홀을 마친 결과 최악의 스코어가 나왔다.

화가 치민 아담은 '갓뎀(God demn)!' 하고, 이때 처음 하느님을 원망하는 욕설을 했다. 어제 눈이 아파 하루 하느님을 피했다고 벌을 내리신 것으로 생각했다.

아담은 화를 못 이겨 클럽으로 땅을 치기도 했다. 에덴 CC에서 절대 해서는 안 될 거칠고 나쁜 매너였다.

18홀 스코어는 아담 108타. 뱀 36타였다. 스트로크는 물론, 홀 매치로 해도 아담의 완패였다. 흥분한 아담은 거듭 하느님이 돌보지 않아서, 라고만 생각할 뿐 자기 잘못을 시인하지 않았다. 게임에 진 대가로 뱀의 전신을 씻겨주면서 다음에는 더 큰 내기를 해서 멋지게 복수를 하리라 마음을 다졌다.

다음 날 아침, 잠에서 깨어난 아담은 왠지 월요일이라는 게 싫었다. 하나님이 골프 하자고 아담을 찾았을 때, 아담은 아직 피곤이 풀리지 않은 상태였다. 어제 돌봐주지 않은 것에 대한 원망도 살아있었다.

그는 하나님과의 플레이를 피할 핑계를 찾았지만 쉽게 떠오르지 않았다.

할 수 없이 따라나섰다.

뱀이 말한 대로 하느님은 코스가 변경된 것에는 상관하지 않았다. 그리고 코스가 달라졌지만, 하느님의 골프는 완벽했다. 첫 홀 티샷 후 페어웨이를 걸으면서 아담은 하느님에게 투덜대고야 말았다.

코스가 달라져서 골프클럽이 더 있어야겠어요. 벙커에서 빠져나오거나 어프로치 때는 좀 더 가벼운 걸로 해야 할 거 같아요.

하느님은 말했다.

"네가 죄를 지은 모양이구나. 원하지 않던 것을 원하는 걸 보니!"

하느님은 아담을 뚫어지게 보았다.

"에덴 GC에서 드라이버 이외의 클럽을 필요로 하는 건 죄를 지은 자의 경우뿐이니라."

아담은 그 한마디에 그 자리에서 무릎을 꿇었다.

'오, 하느님…'

"네 고민이 무엇이냐. 금단의 과실을 먹었느냐?"

하느님은 냉엄하게 물었다. 순간 아담의 몸과 마음은 오들오들 떨렸다.

"그랬습니다. 뱀이 이브에게 애플파이를 만들게 했고, 이브가 만들어 주어서 양껏 먹었습니다."

아담이 기어드는 목소리로 실토할 때 OB 지역에서 합창 소리가 들려왔다. 지옥의 이인자 자리를 굳힌 뱀과 그 수하 반인반수들의 합창이었다.

최초에 땅바닥에다/ 구멍을 뚫어놓은 그분을/ 모두 찬양하자/ 지루하고 따분해서/ 죽을 것만 같은 인생들이/ 그분 덕분에 풍성해졌네/ 사랑은 한순간/ 결혼은 인내가 아니든가/ 하던 일도 언젠가 은퇴하지만/ 내 삶에 골프는 평생의 반려라네/ 찬양하고 또 찬양하자/ 최초에 땅바닥에다/ 구멍을 뚫어놓은 그분을/ 모두 모두 찬양하자.

그제야 하느님은 모든 것이 간교한 뱀의 계략임을 알았다. 격노한 하느님은 뱀을 끌어내 엎드리게 하고 저주를 내렸다.

"참으로 간교한 놈이로고, 오늘 이후 너의 손과 발을 퇴화시키리니, 골프는커녕 살아있는 동안 몸통으로 다니고 흙을 먹을지니라. (창 3:15) — 너희 종족은 누구와도 접촉할 수 없는 차가운 몸으로 골프 코스 러프에서 살아야 할 것인즉, 그러다 골퍼에게 들키면 골프채로 난도 당하여 죽임을 당할 것이로다."

이어 하나님은 아담에게 선언했다.

"나의 명령을 어긴 죄로 너의 에덴 GC 멤버십을 박탈한다. 사람의 아들은 그 누구도 에덴 GC 멤버가 되는 것을 허용하지 않을 것이다. 너와 네 후손이 골프를 하려면 내 흉내를 내서 너희들이 설계한 코스에서 해야 할 것이다. 나에게 죄지은 대가로 하늘을 바로 보지 못하게 반드시 챙이 있는 모자를 쓰고, 정장 차림으로 플레이해야 한다. 내가 너와 더불어 골프 하면서 느꼈던 기쁨은 약간으로 남고, 긴 슬픔과 분노, 거짓과 배반의 감정을 뼈저리게 느끼며 골프를 하되 결국 여자도 골프도 그 어느 쪽도 완전 정복이 안 되는 불완전한 갈등의 삶을 살아야 할 것이다. 그뿐이 아니다. 제 죄가 큼을 모르고 골프를 하면서 '하늘이 도와주지 않는다.'라고 허허실실 원망하는 자가 있다면 내 반드시 '입스(Yips)'라는 불치의 괴질로 고생하게 할 것이니라."

에덴 GC 멤버십 박탈은 곧 아담과 하와를 에덴동산에서 내쫓는 것이었다. 아담은 그렇게 골프를 하면서 저지른 불복종이란 죄로 에덴에서 쫓겨났다. 하느님이 만든 에덴 GC는 이렇게 해서 인간이 출입할 수 없는 실낙원(失樂園)으로 변했고 골프장에서의 인간적 갈등은 시작되었다.

에덴에서 쫓겨난 아담은 하느님의 아들들과 사람의 딸들이 결합해서 사는 소돔으로 거처를 옮겼다. 뱀과 염라대왕 수하 반인반수들이 대거 따라왔음은 물론이다. 뱀은 갖은 수사로 아담과 하와를 위로했다.

"에덴에서 쫓아내기까지 한 것은 너무하신 거예요. 하지만 걱정하지 말아요. 더 즐겁게 살 수 있어요. 골프장은 내가 더 아름답게 많이 만들게요. 하느님은 기득권을 즐기는 권위주의자요 사회주의자라 사람들이 각자 자유롭게 자기 삶을 선택하는 꼴을 가만히 두고 보지 못하시는 게 틀림없어요. 사랑하라, 사랑하라, 하시면서 정작 당신은 사랑이라는 걸 모르시는 분이라고요. 성(gender) 문제에는 더더구나 관심조차 없으시죠. 모두가 혼자 살기를 바라시는 것만 같아요. 왜 하와는 만들어 놓고 '오직 출산을 위해서만 그걸 해라' 하시는 거죠? 암튼 하나하나 보면 하느님처럼 간섭이 심하면서 심술궂고 극단적인 분도 없어요. 그러니까 사람들이 말하지요. 하느님 말씀을 듣는 건 좋지만 하느님을 따라 해서는 안 된다고요.… 차라리 잘 된 거예요. 이제는 마음껏 즐기세요. 스킨십은 여자들과, 하느님을 능멸하는 쾌락은 골프장에서 실컷 즐기자고요. 염라대왕의 이름으로 제가 적극적으로 도울게요."

뱀은 호언장담한 그대로 염라의 도움을 받아 소돔과 고모라에 많은 아름다운 골프장을 만들었다. 여자보다 더 아름답게 만들어 여자와 노는 것보다 더 재미있게 골프를 쾌락으로 즐기며 온갖 거짓의 죄를 잉태하게 유도했다.

시간이 흐르면서 소돔과 고모라의 많은 남자까지 골프에 열광하게 되자 두 도시의 모든 여자는 골프미망인이 되었다. 그러자 여자들이 뭉쳐, 도대체 골프가 뭐길래? 하고 골프장에 쳐들어갔지만, 골프장은 금녀의 지역이라며 여성을 출입하지 못하게 막아놓았다.

그러다 보니 온갖 상상이 난무하고, 질투와 간음과 동성애와 유사 섹스가 판을 치는 카오스(chaos) 상태가 되고 말았다. 낮의 러프는 인간 타락을 관람하는 뱀과 반인반수들의 관람석이 되고, 밤이면 매일 같이 지옥의 목적 달성을 자축하는 파티장이 되었다. 지옥은 골프장에서 죄지은 인간들만으로도 금세 만원이 되었다.

하느님은 웬만하면 에덴에서 쫓아낸 것만으로 용서하고 그냥 두려 했으나 성의 문란과 퇴폐 정도가 더 두고 볼 수 없게 되자 소돔과 고모라에 유황과 불을 비같이 내려 그 성들과 온 들과 성에 거하는 모든 백성과 땅에 난 것을 (골프장은 물론) 다 엎어 멸하셨다. (창 19:24~29)

그 후 수천 년 동안 하느님은 골프를 허락하지 않았다.

예수가 탄생해서 '서로 사랑하라'라고 설파하는 것을 보면서 기특하다고 여기긴 하셨지만 이에는 이, 눈에는 눈 같은 당신의 극단적 처방을 바꿀 생각은 안 했다.

그러다가, 그러다가…

서기 1600년대로 접어들어서야 ― 유럽에서 사상 최대의 종교전쟁인 구교와 신교의 치열한 30년 전쟁이 벌어지자 ― 심중에 무슨 변화가 생기셨는지 마음을 푸시고 골프를 다시 허락하되, 다시는 창세기와 같은 혼돈이 있어서는 안 된다는 전제하에 십계명처럼 절대적이고도 까다로운 규칙, 에티켓, 매너를 만들어 철저히 지키도록 하였다.

작가 주(註) : 에덴 GC가 어디 있었는지는 아무도 모른다. 영국인들이 주장하는 대로 스코틀랜드 세인트앤드루스가 그곳인지도 모른다. 거기 올드코스에 에덴 GC 흔적이 남아 있다는 이야기가 있기 때문이다. 그렇다면 태초에 골프가 스코틀랜드에서 시작되었다는 주장이 맞는 것일까. 올드코스의 규칙이 지금도 '일요일에는 플레이할 수 없다.'인데 에덴 GC 규칙과 같지 않은가. 세인트앤드루스에 톰 스튜어트라는 유명한 클럽 제조업자가 있었는데, 그는 자기의 클럽에 뱀의 모습을 문양으로 넣었었다.

중편

축령산 연가

1

열심히 원고를 읽던 혜림은 눈의 피로를 느끼자 잠시 자리에서 일어나 시선을 창밖으로 돌렸다. 혜림의 눈에 교수연구실 뒤뜰의 목련 나무가 들어온다. 어느새 봉오리가 맺혔는지 앙상한 가지 끝에 살포시 올라앉은 하얀 점들이 눈꽃처럼 화사하다. 햇볕을 잘 받는 쪽의 몇몇 봉오리는 조금 벌어져 있다.

아, 봄인가?…

춥고 가물었던 겨울의 끝을 보는 것 같아 혜림은 반가웠다. 지난여름은 지겹게도 매일 비가 오더니, 겨울은 가물대로 가물었다. 오늘이 며칠인가 달력을 보며 새삼 확인하니 3월 5일. 개구리가 잠에서 깨어난다는 경칩(驚蟄)이다. 우수가 엊그제였는데 벌써 경칩이라니… 봄이라 할 때가 되긴 된 것 같다.

구름이 많은 편이지만 사이사이 보이는 파란 하늘에도 차가운 기운이 한결 사라졌다. 하지만 춘래불사춘(春來不似春)이라는 말이 있듯 아직은 아침저녁 실내에 난방이 필요할 정도로 일교차가 크고 쌀쌀했다. 어서 봄비가 와야겠지. 그래서 푸근하게 대지를 적시고 나무뿌리들을 잠에서 깨어나게 해 줘야지.

비가 올 징조는 어디에도 없었다. 지난해는 여름은 물론 가을까지 정말 지긋지긋하게 매일 — 하루도 거르지 않고 — 비가 내렸는데 겨울로 접어들고 또 해가 바뀐 뒤는 반대로 가물었다. 1월 말에 한 번 큰 눈이 온 뒤로 아무것도 내리지 않았으니 건조하기가 말할 수 없다. 예년 같으면 우수(雨水)를 전후해서 봄비가 약간이라도 내렸는데 올해는 그것마저 건너뛰었다.

비?…

봄비를 생각하니 비라는 단어가 새삼스럽다. 마치 비가 오는 듯 환영이 어리며 저절로 미소가 그려지고 그녀가 떠오른다.

고개를 흔들어 정신을 차리고 찬찬히 하늘을 살핀다. 하늘빛이 온화하게 느껴진다.

혜림은 은근히 비를 기다리고 있는지도 몰랐다. 아침 8시부터 저녁 5시 사이에 하늘에서 한 방울이라도 비가 내리면 그날 저녁 7시, 종로 2가 갈릴리(음악다방)에 갈 생각에서이다. 그녀가 보고 싶었다. 그녀가 다방에 나타난다는 보장은 없어졌지만 새봄을 맞아 첫 비가 내리는 날엔 들릴 것도 같았다. 함께 지냈던 많은 시간 ― 그 시간 중 다만 한 조각이라도 소중한 추억으로 남아 있다면 와 줄 것으로 믿어졌다. 그러나 아직은 비가 올 조짐이 없었.

'따르릉' 전화벨이 울렸다. 혜림은 수화기를 들었다.

"예, 김재호 교수연구실입니다."

"혜림이니? 나다."

다짜고짜 나라고 밝힌 상대는 경영학과에 다니는 고등학교 동창 고대철이었다.

"시간이 어떠냐? 저녁에 스케줄 있어?"

"왜?"

"시간 있으면 소주나 마시자고."

"좋지. 너 지금 어디 있는데."

"도서관에 있어. 오늘 수업도 끝났고…"

"나도 수업은 끝났어. 하지만 교수님이 언제 오실지 모르겠는데… 보고해야 할 게 있거든. 다섯 시쯤이면 될 것도 같은데… 다른 약속은 없으니까."

"좋아. 그럼 다섯 시에 도서관 앞에서 보자."

혜림은 겨울방학 때부터 김재호 교수연구실에서 아르바이트하고 있었다. 원고를 교정하거나 컴퓨터에 입력하는 일이었다. 일본어를 번역하는 작업도 했다. 김재호는 일어일문학과 주임교수이고 혜림은 4학년 학생에 불과하지만 일본 소설을 여러 권 완독했을 정도로 일본어를 잘 알기 때문에 김 교수가 제안한 일이었다.

김 교수는 문단에 알려진 시인이자 문학평론가였다. 저명한 평론가의 원고 정리를 돕는다거나 그가 원하는 일본의 문학작품 ─ 간단한 것이지만 ─ 번역을 돕는 일은 작가를 지망하는 혜림으로선 마다할 일이 아니었다. 4개월 사이에 얇은 비평서 두 권을 번역해 드려 신뢰와 경력이 쌓인 처지였다.

번역을 해 드렸지만 김 교수는 그대로 출판에 넘기지는 않았다. 혜림이 딴에는 열심히 해 드렸으나 김 교수가 보기에는 부족한 면이 많은지, 문장 한 줄 한 줄을 다시 꼼꼼히 확인하고 자기 방식대로 수정한 다음에 넘겼다. 결국 혜림의 번역은 일차 작업이었다. 그러나 김 교수는 역자의 말에 혜림이 도왔다는 표시를 해주었고 혜림은 그것이면 고맙고 충분했다.

김 교수는 학교 강의 외에도 활동이 많았다. 관계하는 문학단체가 많았는데 주요 회의나 행사에 꼭 참석했고, 또 신문이나 문예지 등에 이달의 소설평, 시평을 고정 집필하는 등 맡은 지면도 많아, 근본인 대학교수로서의 강의나 연구 활동이 오히려 지장 받고 위축될 정도로 생활이 바빴다. 때론 신인상 심사위원으로 위촉되기도 하고 문학 세미나나 심포지엄에서 주제발표를 하거나 패널이 되기도 하고, 일본에서 화제작이 나오면 번역 청탁을 받는 일도 심심치 않아 혜림이 같은 조수가 절실하게 필요했다.

다른 교수들처럼 대학원생이나 박사과정에 있는 학생을 적당히 활용할 수도 있는 처지였으나 그는 그러지 않고 혜림을 택해, 일정 보수를 주며 책임감을 느끼게 일을 주었다. 어쩌면 그만큼 능력이 있으면서 겸손한 다른 학생을 찾지 못해서일 수도 있었다.

그런데 김 교수에게 어제 받은 일은 조금 난감했다. 번역 일이 아니었다.

중편 분량의 한글로 쓴 소설 원고인데 읽어보고 줄거리를 요약해줄 것과 작품성이 어떠한가, 혜림의 견해를 얘기해달라는 것이었다. 혜림은 처음에는 이해가 잘 안 돼 다시 물었다. 그러자 김 교수는 설명해 주었다.

"아, 지난겨울 한호 작가 세미나가 있어 시드니에 갔었던 거 알지? 그때 그곳에 사는 교포 문학도가 준 작품이야. 읽어봐 달라는 거지. 발표할 만하면 발표할 수 있게 도와달라는 얘기야. 그런데 언 듯 보기에 그런 수준의 원고는 아닌 것 같고, 시간도 없어서 그냥 갖고만 있었는데 그 사람이 서울에 왔다는군. 내일 저녁에 만나기로 했는데 소설 읽어본 소감을 이야기해 줘야잖아. 그런데 일정이 겹쳐서 도저히 읽어볼 시간이 없네. 그러니 자네에게 부탁하는 거야."

"읽지 않으시고 읽은 것처럼 하시려고요?"

혜림은 뜨악해하며 바로 물었다.

"맞아. 그거지, 바빠서 어쩔 수가 없어. 자네가 이해하고 도와줘."

김 교수는 화통하게 시인했다.

"요약문을 써야 할까요?"

"그럴 것까지는 없어. 그냥 말로 해주면 돼. 나도 말로 할 거니까."

"…알았습니다."

김 교수는 그렇게 말하고 뜯어보지도 않은 원고를 봉투째 혜림에게 건네주고 나갔었다.

김 교수가 호주 시드니에 갔던 것은 혜림이 아르바이트를 시작한 지 얼마 안 되는 작년 11월 말이었으니까 4개월 동안 그대로 서가 한구석에 처박혀 있었던 셈이었다. 원고를 맡긴 사람은 이제나저제나 하며 모종의 성의 있는 연락을 기대했을 것 같은 사연이었다.

내키지 않는 일이었다. 결과적으로 김 교수는 읽어보지도 않고 읽은 척하겠다는 것인데 그건 상대방에 대한 배신행위 아닐까?! 저명한 문학평론가로서 사기를 치려고 하다니! 문학을 한다면서…

하지만 혜림으로선 거절할 수 있는 처지가 못 되었다. 원고를 꺼내 보니

2백 자 원고지로 420매나 되었다. 곱게 묶음 처리한 것이며 글씨체를 보니 여성의 작품 같았다. 아니나 다를까 강 석란이라는 주부였다.

혜림은 원고를 읽었다. 두 가족 이민 생활의 애환을 그린 소설이었다. 한 가족은 처음부터 납작 엎드려 밑바닥 생활을 하며 현지 생활과 관습을 충분히 익힌 뒤 사업을 시작했고, 다른 한 가족은 한국에서의 사회적 지위와 체면을 그대로 유지하면서 현지 적응을 시도하다가 파산으로 몰리는데, 그 파산을 모면하고자 제3의 한국 이민자를 유혹하여, 그를 자기가 빠진 구덩이에 밀어 넣는 대신 자기는 도망치듯 벗어난다는 내용이었다. 말하자면 후자는 동포에게 사기를 치는 것인데, 재미있는 것은 그 모든 것을 주도자인 남자들이 아니라 동반자인 주부의 시각에서 그리고 있는 것이었다.

소설의 발단이나 앞부분의 전개는 그런대로 매끄럽고 흡입력도 있어 재미가 있었다. 그러나 중반에 접어들면서 지루해지고 끝은 흐지부지된 감이 있었다. 후반부에 가서는 잘 읽히지도 않아 억지로 읽어야 했다.

스토리도 스토리지만 앞부분에 비해 후반부는 무리하게 마무리 짓고자 한 곳도 많고 문장도 조잡했다.

전체적으로 신경을 거슬리는 부분도 있었다. 전편에 무수히 박혀 있는 조사와 접속사의 남용, 낱말의 중복 등이었다. 중반까지는 꽤 걷어낸 것 같은데 뒤로 갈수록 읽는 이를 피곤하게 만들 정도였다. 일본어에 능함으로써 한국어와 일본어의 차이를 아는 처지이기에 더 잘 눈에 띄는 것일 수도 있었다.

혜림은 나름대로 김 교수에게 보고할 내용을 메모해놓고 기다렸다. 네 시가 된 걸 확인하면서 다시 창밖을 보았다. 두 시에 보았던 꽃봉오리가 두 시간 사이에 절반쯤 피어 있었다.

참, 신기하기도 하지…

하며 물끄러미 바라보고 있는데 문이 열리고 김 교수가 들어왔다.

"이군."

김 교수는 혜림을 이군 이라고 불렀다.

"어때. 그 소설. 재미가 있어?"
"그런대로 열심히 쓴 것 같네요."
"괜찮았던 모양이군. 자네가 괜찮다고 하면…"
"아뇨, 그건 아니지만요. 제 소감을 말씀드리면…"
"그럼. 솔직하게 말해줘야지. 난 자네 안목을 높이 사네."

혜림은 먼저 이민 가족의 삶을 그린 소설의 줄거리를 말씀드렸다.

"줄거리는 괜찮군. 그래 읽어본 소감은 어떤가?"
"처음엔 재미있게 나갔습니다. 술술 읽힐 정도로 흡입력도 있었고, 구성도 탄탄하고 전개도 빨랐습니다."

혜림은 느낀 대로 말했다.

"처음엔 그랬습니다. 마치 기성 작가의 작품을 대하는 듯했죠. 그러나 중반 이후는 힘이 많이 들어가 있어 인내심을 가지고 읽어야 했습니다."
"……?"
"후반부는 뭐라고 말씀드릴 게 없네요. 마지막 부분 20여 매만 직접 읽어보시면 좋겠네요."
"말을 들으니 대충 짐작이 가네. 문학도의 습작이 다 그렇지 뭐. 처음엔 자전적 이야기인 데다 수도 없이 반복해서 다듬고 또 다듬으니 괜찮은 거고, 중반 이후는 소설을 만들어보려고 하니 힘이 들어가는 거야."

나는 눈에 거슬렸던 문장 문제도 말씀드렸다.

"조사나 접속부사를 너무 남용해서 읽는 사람을 피곤하게 만드는 것 같습니다. 특히 한 문장에 단어의 중복이 있는 것들은 다 골라 다듬어야 합니다. 비명소리라든가 나무수피, 많은 사람들, 관점에서 볼 때, 이번 차제에 하는 따위 중복이 너무나 많습니다."
"무슨 말인지 알겠네. 일본어를 아는 학생으로선 특히 눈에 거슬리는 것들이지. 그런 것에 분별력을 갖는 것이 일본어와 한국어의 차이니까. 조사나 접속사의 남발이 심한 건 나도 기회 있을 때마다 지적하는 문제야. 일본어는 띄어쓰기를 안 하는 대신 조사를 많이 쓰지만, 한국에선 그럴 필요 없거든. 옳은 지적이네."

"또 있습니다. 입장이라든가 역할 따위 일본식 한자 말도."

"그런 건 어쩔 수 없어. 이 시대 지식인 대다수가 습관이 돼서 쓰고 있으니… 그게 아직 거둬내지 못한 식민시대 잔재라는 걸 지식인들이 깨닫고 하루빨리 바로잡아야 하는데… 일본어 구사하듯 한국어를 쓰니까 말이야."

"문학에서부터 우리 것을 찾아야 한다고 봅니다."

"그러나 현실은 또 현실이라네, 자네 주장대로 입장이니, 차제에 따위까지 문제 삼으라치면 국어네 수학이니 철학 문학 과학 종교 따위 단어도 다 일본식 한자가 된다는 걸 알아야지. 일본에서 먼저 사용하기 시작한 현대 용어거든. 생각해 보게. 조선 시대에 국어다 수학이다. 문학이라는 단어를 썼나? 종교라는 단어도 없었네. 천주교를 서학이라고 하지 않았나. 그런 게 다 한꺼번에 현해탄을 건너온 거야. 한글 전용이라면서 우리가 쓰고 있는 근대 용어의 대부분이 일본에서 만들어진 일본식 낱말이라고 해도 과언이 아니야."

말하면서 김 교수는 혜림을 흘끔 보고 미소를 흘렸다.

"말씀을 듣고 보니 그렇게 볼 수도 있겠네요…"

혜림은 말꼬리를 내릴 수밖에 없었다.

"암튼 수고했네."

김재호 교수는 그렇게 자리를 마무리하고 연구실을 나갔다. 다섯 시 십 분이었다. 그때 또 전화가 울렸다. 고대철이었다.

"야. 다섯 시 넘었는데… 못 와?"

"아. 지금 막 끝났어. 곧 갈게"

2

도서관 앞에서 만난 고대철은 별로 좋은 안색이 아니었다. 혜림은 대뜸 물었다.

"왜 벌레 씹은 얼굴이냐? 무슨 일 있어?"

고대철은 픽 웃었다.

"아냐. 그냥 술 생각이 나서… 어디로 갈까?"

"이바구저바구지 뭐. 파전하고 낙지볶음 먹자."

'이바구저바구'는 학교 앞에 있는 낙지집이다. 상호에서 풍기는 이미지가 있듯 경상도 아줌마가 하는 시끄럽고 부담 없는 선술집이지만 분위기는 북 카페(book cafe) 같아 학생들에게 인기가 있었다. 둘은 이바구저바구를 향해 걸었다. 대철의 발걸음이 여느 날보다 무겁다.

"뭔가 안 좋은 일이 있구나?"

"그렇게 보이니? 글쎄… 어쩌면 좋은 일일지도 모르지."

"무슨 일인데? 말해 봐"

"나… 숙현이 그만 만나려고 해."

"뭐?" 나는 걸음을 멈추고 그를 보았다. "그게 무슨 소리냐. 너희 둘이 제일 잘 어울려 보였는데."

혜림은 반신반의하며 대철을 보았다. 숙현이는 고대철의 여자 친구로 혜림도 잘 아는 처지였다. 둘은 학교 정문을 빠져나와 빨간불이 켜진 건널목 앞에 잠시 섰다.

"우리가 뭘… 네가 제일 짱이지."

"난 작년 가을에 이미 헤어졌다고 했잖아."

"알아. 난 지금 헤어지려는 거고."

"그래서 소주가 생각난 거냐?"

건널목 신호등이 파란불로 바뀌었다. 둘은 횡단보도를 지나 왼쪽 두 번째 골목으로 꺾어져 서른 걸음쯤 되는 곳에 있는 선술집 '이바구저바구'로 들어갔다. 십여 개 되는 테이블 중 절반은 이미 차 있었다.

어서 오세요. 하는 소리를 들으면서 둘은 한쪽 식탁에 마주 앉았다. 종업원이 다가오자 대철이 주문했다. 여기 파전 하나 먼저 주고, 다음 낙지 철판볶음 그리고 소주.

종업원이 멀어지자 혜림은 말했다.

"나야 어쩔 수 없었고, 넌 왜?… 무슨 일 있었어?"

"그게 말이야,… 하 참, 말로 표현하기가 어렵네."
대철은 멋쩍은지 또 웃었다. 밑반찬하고 소주가 나왔다. 대철이 먼저 술병을 잡고 혜림의 잔에 따랐다. 혜림도 대철의 잔에 따라주고 둘은 'cheers!'하며 잔을 부딪었다.
"후후후… 지금 우리가 무엇을 위해서 치어스냐?"
"글쎄, 새 출발을 위해서?"
잔을 부딪치며 둘은 허전한 웃음을 나눴다. 혜림이 물었다.
"서로 헤어지자고 합의한 거냐?"
"합의한 건 아냐. 다툰 것도 아니고. 나 혼자 생각이지. 다시 만나지 말자. 숙현인 내 여자가 아니야. 하고 딴에 비장한 결심을 했어."
"자아식 - 일방적으로 그러는 게 어디 있어. 쓸데없는 소리 하지 마. 숙현이가 널 얼마나 좋아하는데."
"숙현이에겐 더 좋아하는 다른 남자가 있었어."
"그래? 그렇다면 문제가 달라지지… 그러나 네가 원한다면 그 경쟁에서 이겨야지. 혹시… 네가 원하지 않는 거니?"
"나야 원했지. 그래서 노력했지. 그러나 부질없는 짓이었어."
"아주 단정적이네. 왜? 현장이라도 봤어?"
대철은 핵심은 이야기하지 않고 빙빙 돌렸다. 시선도 바로 보지 않았다. 고개를 떨구고 술을 두 잔 연거푸 마셨다.
"말해 봐. 무슨 일이 있었던 거냐?"
"……"
대철이 자기의 잔에 소주를 따르려 할 때 혜림은 소리쳤다.
"야. 내 잔도 비었어. 내 잔에도 따라!"
대철은 미안하다는 듯 빙긋 웃으며 차례로 잔을 채웠다. 혜림이 말했다.
"네가 그렇게 풀죽은 모습으로 있으니까 술맛도 없다. 무슨 일이 있었는지 털어놓지 않으면 난 일어난다."
"……"

혜림은 정말 일어날 듯 가방을 챙겼다. 그제야 대철은 '왜 그래. 말할게' 하며 입을 열었다.

"며칠 전… 문득 보고 싶어서 약속도 없이 숙현이네 학교엘 갔었어… 5교시까지 수업이 있다는 말을 들었거든. 시간에 맞춰 정문에서 기다렸지. 그런데 안 나오는 거야."

"…그래서."

"문득 갔다니까… 약속 없이 만나면 더 반가울 거란 생각을 하면서. 시간 되면 함께 연극 보고 저녁을 먹으려고 했지."

대철은 엊그제 느낀 심정을 진지하게 털어놨다.

"정문에서 기다렸는데 나오지 않으니까 들어갔어. 학과로 찾아가는 데 잔디밭에 앉아 있는 숙현이를 발견한 거야."

"네 말대로 반가웠겠구나."

"그런데 혼자가 아니었어. 여자 둘 남자 둘… 네 명이 앉아 시시덕거리고 있었어. 근데 눈이 튀어나올 정도로 그 장면이 끈적하고 충격이었던 거야."

"대낮에 학교 한복판에서 두 커플이 포옹이나 키스라도 하는 걸 본 거냐?"

"바로 그런 걸 본 거야. 깊은 포옹과 입맞춤에 가까운 것들… 주변 학생들 아랑곳하지 않고 대담하게 입 맞추는 듯한 분위기가 장난이 아니었어. 나랑 있을 때와는 전연 다른 분위기…"

"직접 키스를 했어? 그렇게 충격적이었어?"

"키스하는 것까지 보진 못했어. 그러나 키스와 마찬가지 동작들… 보통 관계가 아닌 거로 보였어. 하도 놀라워서 조금 거리를 두고 잠시 지켜봤지. 말할 때의 표정도 아주 농염하달까 느낄할 수가 없었어. 얼굴은 완전 환희에 젖어있고… 갑자기 내가 이상해지더라. 지켜볼수록 가슴이 뛰고 얼굴이 화끈거리고, 질투심이 불같이 일어나 나 자신이 통제가 안 되는 거야. 나를 만났을 때는 한 번도 보여준 적이 없는 그런 요염한 모습, 뭐랄까 추파를 던지며 유혹하는 것과 같은 분위기도 느껴졌고… 그 광경을 보고 나니 숙현이 상대는 내가 아니었구나, 하는 생각이 들었던 거야."

"예라 소심하긴. 그래서?"

"질투가 나서 달려가 그 판을 깨버리고 싶은 정도였어. 그러나 용기가 나지 않더라. 생각과 달리 몸은 굳어버렸어. 끝내 내 존재를 알리지도 못하고 조용히 발길을 돌려 돌아왔어. 그러고 나니 갈등이 생기네."

"네 마음 상태가 원인은 아닐까? 사전 약속 없이 갔다며. 숙현이를 보고 싶은 마음이 보통 때보다 간절해서 더 그렇게 보였던 거."

"그건 아냐. 그때 그 자리는 정말이지 보통 느끼한 분위기가 아니었어. 야 야, 내가 그렇게 속 좁은 놈 아니라는 거 너는 알잖아."

"그거야 알지."

"그러고 사흘 뒤인 어제 만났어. 며칠 전 일은 모르는 체하고… 만나서 일부러 데이트족의 천국인 삼청공원엘 갔어. 며칠 전 훔쳐볼 때의 그 요염하고 사랑스러운 표정을 보려고 웃기기도 했고 분위기도 잡아봤어. 그런데 아냐. 나와 같이 있을 때의 숙현이는 정숙한 여자야. 마음을 열지 않는 게 분명했어."

"듣다 보니 좀 복잡하구나."

혜림은 그쯤에서 친구의 말을 끊었다. 그리고 화제를 돌렸.

"지금 우린 한창 공부해야 할 때야. 여자 문제로 그렇게 고민하는 건 바람직하지 않아."

대철은 피식 웃었다.

"네 말은 맞지만… 그게 마음대로 되냐."

"여자 때문에 공부가 안될 정도면 수단 방법 가리지 말고 점령해 버리고 다음을 봐야지. 그러면 다소 편해질 수 있어."

"……?"

"그건 내 방식이야. 너 아직 같이 안 잤지?"

"그러는 넌, 넌 옥상이랑 잤니?"

대철이 묻는 것은 지금은 헤어진 혜림의 여자 친구다.

"그럼. 그랬으니까 안 만나고 지내도 견딜 수 있지. 여자는 자고 나면 숨어있는 진심이 보여."

"그래?… 넌 그랬구나…"

순간 혜림은 아차, 싶었다. 말해서 안 될 것을 말한 기분이었다. 얼른 자물쇠를 달았다.

"너 이 얘긴 비밀이다. 절대 성배에게 얘기하면 안 돼."

혜림은, 비밀이란 비밀이라고 말하는 순간 비밀이 아니라는 어록을 떠올리면서도, 약속해 달라고 새끼손가락을 내밀었다. 대철은 순순히 약속했다.

"그거야 물론이지"

"너무 낙심하지 마라. 미리 속단하지도 말고. 너희 둘이 얼마나 잘 어울렸는데."

"……"

그 말에 대철은 대답 없이 술을 마셨다.

"성배와 승원이는 어떠냐?"

성배 역시 고등학교 동창으로 의과대학생이다. 혜림과 고대철, 그리고 김성배가 삼총사이다. 그 삼총사가 모처럼 모여 축령산 등반을 할 때, 마침 셋이 온 여대생이 있었고, 우여곡절을 겪으며 인연이 되어 세 쌍의 친구가 된 것이다.

"둘은 잘 지내는 거 같아."

"어떻게?"

"성배 요즘 교회를 열심히 다녀. 성가대에 들어갔대. 승원이가 그 교회 피아노 반주자거든. 승원이 가족이 모두 독실한 신자고 승원이 아버진 장로라지 아마."

"성배는 교회 안 다녔잖아. 제대로 사랑에 빠진 거네."

"적어도 우리보다 모양이 좋지…"

"그래. 우리보다 모양이 좋구나. 한 쌍이라도 그래야지. 축령산 인연이 보통 인연이 아닌데… 그나저나 성배 만난 지도 오랜 것 같은데 말 나온 김에 수일 내로 한 번 볼까? 넌 시간이 어떠냐?"

"요즘이야 뭐… 이젠 숙현이 안 만나면 시간 많지. 성배가 어떨지 모르겠네."

"내가 연락해 볼게. 약속되면 너에게 전화할게."

대철이와 혜림이는 그렇게 약속하고 헤어졌다.

3

다음날 오전 혜림은 김성배와 통화했다. 혜림이 전화를 하기 전에 성배가 먼저 밝은 목소리로 전화를 했다. 그는 대뜸 점심 약속이 있느냐고 물었다.
"없어."
"그럼 학생회관에서 같이 먹자."
"좋지. 근데 갑자기 무슨 일 있어?"
혜림은 묻지 않을 수 없었다.
"응. 부탁할 게 생겼어."
"뭔데?"
"만나서 말할게"
성배의 목소리는 여느 때보다 밝았다.
"자식. 좋은 일이 있구나. 좋아, 그럼 학생회관. 12시"
"알았어."
학생회관에서 만난 성배는 싱글벙글 웃었다. 각자 식판에 밥과 아욱국, 그리고 감자조림, 고사리무침, 무말랭이 등 음식을 담아와 자리에 앉은 뒤 성배는 말했다.
"나 장가가게 생겼다."
"장가? 결혼한단 말이야?"
혜림은 무슨 뜬금없는 소리라며 성배를 보았다.
"응. 여자 집에서 약혼식을 하재."
성배는 남 얘기하듯 자기 얘기를 했다.
"누구? 승원이네서?"
승원이는 김성배의 여자 친구다. 축령산 등반길에 만난 셋 중 하나다.
"응"

"……"

혜림은 얼른 할 말을 찾지 못하다가 말했다.

"의대생이 좋기는 좋구나… 그래도 너무 이른 거 아니냐? 이제 겨우 본과 2학년 아냐. 졸업도 멀었지, 군대도 안 갔는데…"

"그런데 괜찮다는 거야. 졸업하는 대로 결혼하라는 거지. 그리고 군에 가라는 거야. 군의관이면 군 복무 중에도 같이 살 수 있으니까."

"그래도 졸업까지 2, 3년 기다려야 하잖아. 승원이 부모가 그렇게 하자고 그래?"

"부모도 그러시고… 승원이도 희망해. 나를 사랑하니까. 놓치고 싶지 않대."

"일찌감치 올가미를 씌워놓겠다는 거로군."

"서로 좋아하는 사이에 뭘 의미 같은 걸 따지냐… 난 즐겁게 그 올가미를 받아들이기로 했어."

"승원이네가 돈이 좀 있지? 그래서 너 좀 도와주겠다는 거지"

혜림은 시기심이 일어 찔러봤다. 성배는 부인하지 않았다.

"…그런 점도 있는 게 현실이지."

성배네 집안은 넉넉하지 못했다.

"양가 부모까지 만났고 그 자리에서 약혼식 하기로 합의했어. 너에게 부탁은 약혼식 때 사회 좀 봐 달라는 거야."

"날짜도 잡았어?"

"응. 4월 5일, 식목일로…"

"한 달 후네?"

"빠르다…"

혜림은 말을 잃었다.

"아까 의논할 게 있다고 한 게 이거냐? 약혼 문제?"

"음. 약혼 자체를 의논하자는 건 아니야. 이미 정한 거니까… 그냥 약혼식 사회를 봐달라는 부탁이지."

"그거야 뭐… 네 약혼식 사회라면 당연히 맡아야지. 알았다. 4월 5일? 어디에서 몇 시에?"

"마포 가든호텔 2층 VIP룸에서 오후 4시."

"일단 축하한다. 김성배와 양승원의 약혼을… 그런데 그럼 맥주라도 마셔야 하는 거 아니냐?"

"그래, 수일 내로 하자."

"지금 알아야 할 건 아니지만 약혼식 참석자는 얼마나 될까? 예상에."

"가족이지 뭐. 가족에다가 아주 가까운 친척… 양가에서 각각 10명 정도로 하자 했으니 합 20명 내외가 될 거야. 그러나 혹시 몰라서 예약은 30명으로 했다."

"10명이나 더? 변수가 그렇게 많아?"

"우리 인연 상 너와 선옥 씨, 대철이와 숙현이는 참석해야지. 그러고 나면 예비좌석은 6석밖에 없어."

"우리 넷을?"

혜림은 망설였다. 혜림은 이미 헤어졌고, 어제 대철이도 그만 만나려고 한다는 것을 말해줘야 할 것만 같았다.

"밥 다 먹었으면 일단 나가자."

점심 식판이 깨끗해졌다. 혜림은 먼저 식판을 들고 일어났다. 성배도 따라 일어섰다. 식판을 반납하고 자판기에서 커피를 뽑아 밖으로 나왔다. 혜림이 말했다.

"성배야, 그런데… 우리 둘이야 좋지. 그러나 여자들이 올까는 모르겠네?"

"왜? 무슨 일들 있어?"

"선옥이는 안 올 거야. 우린 헤어졌어."

혜림은 고개를 저었다. 선옥의 모습이 눈앞에 그려진다.

"걱정하지 마. 승원이가 오라고 하면 오지 않겠니? 너와의 관계도 있지만 승원이하고의 관계도 있는 거 아니니? 이번 일은 내 잔치이기 이전에 승원이 잔치일 수 있어."

"약혼식이야 여자 쪽에서 주관하니까 그럴 수 있겠지… 그런데 쉽지 않을걸.

대철이도 숙현이랑 문제가 생긴 것 같더라."
 혜림은 더 참지 못하고 어제 대철이 만난 이야기를 해주었다.
 "왜들 그러냐? 조만간 너희 둘을 놓고 한바탕 강의라도 해야겠구나."
 "강의? 후후후 제목이 뭔데."
 "여자 다루는 법. 아니면 사랑하는 방법."
 "그런 게 있어?" 나는 씩 웃었다. "그런 거라면 빨리하자."
 "장담하는데, 내 강의 잘 들으면 너희가 뭘 잘못했고, 또 어떻게 하면 관계가 회복될 수 있는지 해결책이 보일 거야."
 "호오. 정말? 어떤 식으로 접근하는 건데?"
 "뇌 과학으로의 접근이지. 남자와 여자의 근본적인 차이 같은 것도 차제에 알아두고."
 "그럼 그거 빨리하자. 난 솔직히 말해서 선옥이가 무척 보고 싶어. 마주 보면서 사과도 해야 할 것 같고… 만날 수만 있으면 참 좋겠어. 요즘 아르바이트 수입도 짭짤하니까 저녁은 내가 살게. 참, 대철이도 우리 셋이 수일 내에 만났으면 좋겠다고 했어."
 "그렇담 시간을 맞춰보자."
 성배는 그러면서 시계를 보았다. 어느새 12시 45분이었다.
 "어. 나 빨리 가야 해. 1시 수업은 꼭 들어야 해."
 의과대학 건물까지 걸어가는 데 20분이 족히 필요했다.
 야, 이거 뛰어가야겠는걸. 하고 성배는 돌아섰다. 그러면서 큰 소리로 내뱉었다.

 "목요일 저녁에 뭉치는 걸로 하면 좋겠다. 대철이와 시간 맞춰봐. 너희에게 아주 좋은 시간이 될 거야."
 그리고 성배는 돌아서서 뛰기 시작했다.
 멀어지는 성배를 보면서 혜림은 선옥을 떠올렸다. 그녀를 다시 만나면 정말 잘해줄 텐데. 지난 일 사과도 하고… 어떻게 만난 사이인데… 그녀를 떠올리니 처음 만났을 때 상황이 생생하게 되살아났다.

 선옥을 만난 것은 작년 이맘때, 그러니까 대학 3학년 봄이었다. 3학년이 되어 두어 달 정신 없이 보낸 뒤인 5월의 첫 토요일, 고등학교 때는 단짝으로 매일 어울렸지만, 각각 다른 대학에 진학해 자주 볼 수 없게 된 혜림과 고대철, 김성배가 모처럼 혜림이 고향이라는 축령산 등반을 함께 갔을 때였다.

4

 "이야. 날씨 좋고 공기 좋고."
 축령산 종점에 멎은 버스에서 내린 성배가 탄성을 질렀다. 토요일이자 단옷날이었다. 축령산 버스 종점의 아침 날씨는 쾌청했다.
 "여기가 네 고향이라고?"
 대철이 혜림에게 물었다.
 "고향이라기보다 가문의 뿌리가 있는 곳이지. 쪼르륵 8대나 조상을 모신 선산도 있고."
 "척 보니 너 같은 인물이 나올만한 지세(地勢)네. 서울에서 그리 멀지도 않은데 아주 심산유곡에 온 것 같다."
 대철은 풍수사나 되는 듯 아랫마을을 유심히 보다가 고개를 돌려 앞산을 보았다. 축령산 종점이지만 앞에 우뚝 버티고 있는 것은 해발 832m의 서리산이다. 오른편에 나란히 있다는 축령산은 서리산보다 50m 정도 더 높다는데 버스 종점에서는 앞산에 가려 보이지 않았다.
 버스 종점은 서리산과 축령산 사이 계곡 아래 있었다. 두 산의 기슭이 가파르게 내려오다 브이(v) 자로 만나는 축령산 자락 쪽으로 완만한 둔덕을 이룬 지점, 해발 200미터쯤의 기슭이었다.
 서울 청량리에서 자동차로 한 시간 정도면 올 수 있는 가까운 거리인데, 그러나 마석에서 왼쪽 길로 꺾어 들어 삼십 리를 들어오다 보면 첩첩산중이랄까,

대철이 표현대로 심산유곡에 온 것 같은 기분이 느껴지는 외진 곳이었다. 차도는 버스 종점을 지나 축령산 자연휴양림까지 이어져 있다고 했다.

둘러볼수록 시간이 비껴간 지대였다. 타임머신을 타고 20년쯤 옛날로 돌아간 것 같았다.

버스 너덧 대가 주차할 수 있을 크기의 면적을 가진 종점 한쪽에는 서울의 달동네에서나 볼 수 있는 낡은 단층 가게가 하나 있었다. 가게 나무 기둥에 걸려있는, 종이에 매직으로 써서 비닐로 싸놓은 버스 시간표를 보니 하루 여덟 번밖에 버스가 안 다니는 곳이었다.

시외버스 종점 분위기는 그랬지만, 그러나 눈을 들어 조금 멀리 주변을 보면 그림 같은 전원주택이나 펜션, 별장 같은 현대의 낭만적 건물이 군데군데 심심치 않게 들어차 있기도 해서, 현대와 고전이 어울리는 듯도 했고 다소 이국적인 풍경을 보여주는 듯도 했다.

오전 10시에 도착한 아침 버스에서 내린 사람은 열다섯이었다. 두 사람은 그 마을 주민이었고, 김성배 고대철 이혜림, 이렇게 세 명이 있고 역시 친구로 보이는 젊은 여성 셋이 있었다. 그 외에 다섯 명이 일행인 듯한 중년 등산객, 또 부부로 보이는 등산객 한 팀이 있었다. 성배와 대철이, 그리고 혜림이는 누가 먼저라 할 것 없이 여자들을 흘끔거리며 떡 줄 사람은 생각도 안 하는데 김칫국부터 마시는 식으로 우연의 행운을 즐거워했다.

중년 등산객과 부부는 버스에서 내리자마자 바로 산을 오르기 시작했지만 세 명의 젊은 여성은 가게를 기웃거리더니 그중 중키에 가무잡잡한 여성이 나서서 가게 안을 향해 큰소리로 물었다.

"저기요, 여기 자연휴양림이 어디 있어요?"

"자연휴양림요?"

하고 방에 있던 가게주인 아주머니가 미닫이문을 열고 막 나오려는데 뒤에 있던 혜림이 먼저 말해 주었다.

"이 자동차 길 따라서 15분 정도 올라가시면 돼요."

"15분쯤요?"
또 한 여성이 고개를 돌려 물었다.
"아, 여자들이니까 조금 더 걸리겠네. 25분…"
혜림은 빙글거리면서 딴에는 유머로 답해주었다. 반응은 시큰둥했다. 이번에는 혜림이 물었다.
"휴양림에 오신 건가요?"
질문이 아니라 수작을 부린다는 느낌을 받았는지, 두 여자는 대꾸하지 않고 가르쳐 준 도로를 따라 발걸음을 옮겼다. 뒤처진 키 크고 모델처럼 늘씬한 여자가 답했다.
"휴양림이라기보다 철쭉제에 왔어요."
"아, 철쭉제요. 우리도 그런데…"
"그런데 사람이 별로 없네요."
버스 종점 분위기는 정말 한산했다. 혜림은 웃었다.
"올라가 보세요. 올라가면 전혀 다를 겁니다. 이 시간에도 백여 명은 족히 있을 겁니다."
"백여 명요? 버스도 한가한데요?"
"요즘 누가 버스 타고 옵니까. 다 자기 차로 오지."
그리고 보니 아스팔트 도로를 따라 자동차들이 꼬리를 물고 올라가고 있다. 그녀는 느낌이 예사롭지 않았는지 혜림에게 물었다.
"여기 사세요?"
"아, 살지는 않아요. 하지만 제 고향이죠."
혜림은 선선히 답해주었다.
"그러시군요. 반가웠어요."
하고 고개를 끄덕인 여자는 살짝 눈으로 인사한 뒤 몸을 돌려 친구들과 걸음을 같이했다. 몸을 돌리는 순간 가슴에 달고 있는 배지가 보였다. 교육대학 배지였다. 고대철은 그녀들의 뒤에 대고 소리쳤다.
"미래의 선생님들이시군요. 만나서 반갑습니다."

그 소리가 기분을 전환 시켰는지 세 명의 여자는 뒤를 돌아보며 미소를 던져주고 갔다.

"자. 우리도 움직이자."

김성배가 배낭을 고쳐지면서 말했다.

"그래. 우선 우리 시골집에 잠시 들리자. 숙소는 얻어 놔야지."

우리는 1박 2일 일정이었다. 혜림은 앞장서서 성큼성큼 걸었다. S자형으로 구부러진 길모퉁이를 돌아가니 왼쪽으로 계곡이 보이고 소규모 펜션단지가 나타났다. 거기서 이삼 분 더 돌아가니 '은행나무 집'이라고 간판이 붙은 현대식 2층 주택이 보였다. 누가 보아도 마을에서 가장 안정적인 포근한 자리였다.

들어가는 길 한편에 '민박'이란 배너 간판이 잘 보이게 세워져 있다. 혜림은 그 집으로 친구들을 데리고 들어갔다. 혜림에겐 현재 사촌 형이 사는 집이다.

"형수님 안녕하세요?"

"어머 도련님. 오셨군요."

형수는 반갑게 혜림을 맞았다. 형수라지만 이십 년 연상이어서 부모 같았다.

"형님은 어디 계세요?"

"저기 비닐하우스예요."

형수는 2단으로 되어 있는 마당 아래쪽을 가리켰다. 비닐하우스가 두 동 있고, 한쪽으로 민박용으로 보이는 임시 건물이 세 동 더 있었다. 중앙은 공터로 족구를 하거나 배드민턴을 즐길 만한 공간이었다.

본 건물은 30평짜리 콘도형 숙소가 4동 붙어 있는 2층 주택인데, 하나는 사촌 형의 살림집이고 나머지 셋은 민박으로 운영하고 있었다. 여름 성수기가 되면 그것만으로는 공급이 부족해 아래 마당에 임시 건물식의 컨테이너 객실을 추가로 만든 것이었다.

본 건물 옆에 오래된 은행나무가 두 그루 있었다. 수령이 이백 년을 넘어 남양주시가 보호하는 나무라고 푯말이 붙어 있었다. 그 밑에 벤치가 원을 그리며 놓여 있는데 둘러앉으면 이십 명은 넉넉히 앉아 워크숍이나 게임을 할 수 있는 공간이었다.

혜림은 친구들을 은행나무 밑 벤치에서 잠시 쉬게 하고 하우스로 뛰어가 사촌 형에게 인사했다. 늙어 허리가 굽은 사촌 형은 흙을 뒤집고 있었다.
"오. 왔구나."
사촌 형은 말수가 적다. 표정의 변화도 별로 없다.
"뭐를 심으려고 하세요?"
"오월이 됐으니 뭐라도 심어야지. 모든 식물과 채소는 5월에 심는 거니까. 상추씨도 뿌리고 깻잎, 쑥갓. 치커리. 고추. 여름 배추… 뭐든 심어야지."
무언가를 심기 위해 흙을 고른다는 말이다. 사촌 형은 말을 하면서도 일손을 멈추지 않는다.
"친구들과 철쭉제 왔어요. 축령산 등반도 하고요."
"철쭉제? 아직 꽃이 안 피었을 텐데… 오늘 갈 거니?"
"내일이 일요일이라서 하룻밤 묵었으면 하는데… 방이 있을까요?"
"있지. 여름 휴가철엔 만원이지 요즘은 텅텅 비어있어. 더구나 이젠 민박하는 데도 많아져서…"
"계곡 쪽으로 있는 천막 하나 주시면 돼요."
"형수에게 달라고 해라…"
사촌 형은 말하면서 일을 계속했다. 혜림은 잠시 사촌 형의 땅 고르는 모습을 지켜보다가 형수에게 가 천막 하나만 배정해 달라고 부탁하고, 친구들 곁으로 왔다. 그런데 친구들이 없었다. 나는 큰 소리로 불렀다.
"야. 어디들 있니?"
"여기―."
성배와 대철은 바위 사이로 물이 철철 넘쳐흐르는 계곡에 내려가 있었다. 은행나무가 있는 공터 바로 옆에 있는 계곡이었다.
"야―. 여기 너무 좋다."
둘은 널찍한 바위에 편안한 자세로 앉아 도시를 벗어난 쾌감을 만끽했다. 물소리에 새소리가 섞여 들렸다.

"산에 올라가지 말고 여기서 그냥 놀자!"
대철은 아예 큰대자로 누웠다.
"야야, 당장 올라와. 예정대로 움직여야지. 지금 여기서 퍼지면 안 돼. 일단 등산을 하고, 그리고 철쭉을 보고 내려오자. 여긴 갔다 와서 즐겨도 충분해."
"알았어. 그래도 조금 쉬고!"
둘은 계곡의 신선함에 도취 되어 있었다. 계곡 곳곳에 여럿이 앉아 회식을 할 수 있는 야외 반상이 만들어져 있었다. 지금은 한가하지만, 시즌이 되면 모두 대여가 될듯한 시설이었다. 한여름 휴가철 소득으로 일 년을 산다는 형수의 말이 실감하는 구조물들이었다.
"가자. 출발—"
혜림은 큰 소리로 재촉했다. 그제야 성배와 대철이 올라왔다. 배낭을 다시 걸머지는데 혜림의 형수가 다가왔다.
"도련님. 천막 달라고 하셨죠? 이걸 쓰세요."
형수는 혜림에게 집과 계곡의 중간쯤에 있는 천막 하나를 지정해 주었다. 은행나무 공터에서 가까운 천막이었다. 지붕과 사면을 천으로 둘렀다 뿐이지 방처럼 되어 있는 데다 잠금장치까지 달린 고정시설이었다. 계곡 물소리도 시원하게 들리고 마당도 보이는 좋은 위치였다.
"고맙습니다. 형수님."
혜림은 형수에게 인사하고 친구들을 채근했다.
"별로 중요하지 않은 짐은 여기 두고 올라가자. 여기 오면 축령산은 올라갔다 와야 해."
"알았어. 그런데 너 말이다." 대철이 빙글빙글 웃으며 느물거렸.
"솔직히 말해라. 축령산 등반이 급한 거냐. 아까 그 여자들이 궁금한 거냐?"
"맞아. 빨리 가자고 서두르는 이유가 거기 있는 거지?"
성배도 생각난 듯 거들었다.
"짜—아식들. 그러는 너희들은 은근히 궁금하지 않니?"
"물론 나도 궁금하지." 대철이가 느물거렸다. "그러나 너만큼은 아니지.

난 서두르지 않잖아."

"인상이 괜찮지 않았니? 걔들은 1학년 같더라. 두 살 차이라면 느낌이 좋고, 게다가 우리도 셋, 걔들도 셋… 운명 같지 않니?"

"후후후. 마치 무슨 이야기가 만들어지기라도 할 것 같다는 식이네."

"자자. 어쨌든 이제 올라가자."

준비를 마친 그들은 천막을 단속한 뒤 산을 오르기 시작했다.

5

은행나무 집 뒤 언덕은 혜림의 집안 어른을 모신 선산이었다. 축령산 올라가는 길가였다. 고조 증조 조부모 부모 모두 모셔져 있다고 했다. 혜림은 살짝 옆으로 빠져 선산에 합장하고 두 번 절한 뒤 허리 굽혀 인사를 올렸다.

"선산이구나."

두 친구가 옆에 와 있다.

"응. 여기가 아버지, 위는 할아버지. 그 위는 증조, 고조까지 4대가 계셔. 저 산 위로 올라가면 8대조도 계셔."

"집안이 여기서 오래 살았네."

"추정하면 한 2백5십 년? 아버지까지는 여기서 태어나 어린 시절을 보냈지. 아버지가 젊어서 서울에 올라와 공부하고 직장을 얻어 눌러살았기에 나는 서울에서 태어나 자란 거고."

"그럼 아버지 때에 집안 모두 서울로 옮긴 거니?"

"모두는 아니지. 아버지 형제가 네 분이었어. 첫째와 셋째는 여기 남았고 둘째와 넷째는 서울로 올라갔지. 우리 아버진 넷째였어."

"그랬구나."

"나 어릴 때만 해도 여기는 우리 집안 집성촌이었어. 30여 호 모두 일가친척이었지. 지금은 다 떠났어. 20%도 안 남았을걸. 아니지. 전원주택이다 펜션이다 들어서고 자연휴양림 때문에 늘어난 주택이며 주민 증가를 계산하면 이제

인척은 5%도 안 될 거야. 하지만 아직 이 동네에선 우리 집안 사람들이 터줏대감 행세를 하지."

선산에 예를 마친 혜림은 두 친구와 도로를 따라 올라갔다. 자동차들이 끊임없이 위를 향해 올라갔다. 오전이라서인지 내려오는 차는 별로 없었다. 대철은 궁금해하며 혜림에게 물었다.

"이 길 계속 가면 어디 넘어가는 데가 있니?"

"없어. 이 길은 휴양림까지가 끝이야."

"차들이 계속 올라가는데? 이 위에 그런 공간이 있어?"

"응. 여기선 안 보여도 올라가면 놀랄 정도로 넓은 주차공간이 있어. 삼백 대 이상 주차할 수 있을걸. 그 주차장이 꽉 차면 그때부터는 도로변에 세우는데 성수기엔 그 길이가 저 아래까지 칠팔 킬로미터나 뻗어. 자연휴양림을 찾는 사람들이 그렇게 많아졌어."

"그래?"

"여기 적정 수용인원은 1천2백 명 정도래. 그런데 시즌에는 매일 2, 3천 명이 모여드니까 아예 피서객으로 뒤덮이는 거지 뭐. 물 흐르는 계곡마다 꽉꽉 차고."

"굉장하구나."

대철은 놀라는 표정을 보였다.

한쪽으로 시원스레 하늘로 뻗은 잣나무와 노송나무가 거대한 군락을 이루고 있었다. 그 숲에서 건강에 좋다는 피톤치드 향이 모락모락 피어나 대기를 신선하게 채우는 것 같았다. 앞서거니 뒤서거니 걸어서 올라가는 사람들도 심심치 않았다. 세 명의 젊은이는 기운차게 산을 올라갔다.

버스에서 내릴 때는 쾌청한 날씨였는데 그새 하늘에 꽤 구름이 생겨났다. 습기를 머금은 바람도 불었다. 산을 오르는 사람들에게는 안성맞춤이었다. 삼림욕에도 아주 적절해 보였다.

"난 오월이 되어야 봄을 느껴."

혜림이 말하자 성배가 '나도 그래' 하고 맞장구쳤다.

"그러나 잠깐이지. 곧 무더워질걸." 대철이 말했다. "봄이 점점 짧아진다잖아. 없어질지도 모르지."

"봄이 왜 없어지니. 봄의 정의가 뭔지 알고 하는 소리냐?"

혜림이 말했다.

"봄의 정의?"

갑작스러운 물음에 성배와 대철은 얼굴을 마주 보고 나서 말을 우물거렸다.

"봄은… 따뜻한 거지. 꽃도 피고…"

"얼었던 땅도 풀리고… 새싹이 돋고."

"봄이라는 게 꼭 따뜻해야 한다는 정의는 없어."

혜림은 어른스럽게 말했다.

"절기로는 입춘인 2월 4일이 봄의 시작이고, 천문학적으로는 3월 20일의 춘분에 봄은 시작되는 거야. 시각적으로는 꽃이 피기 시작하면 봄이라 할 수 있고 기상학적으로는 5일 연속 하루 평균 기온이 5℃를 웃돌면 봄이라고 해. 물론 평범한 사람은 겨울옷을 벗어 던지면 봄이겠지. 사람마다 봄의 느낌이 다를 뿐이지 없어질 성격은 아니야."

"그럼 너의 봄은 언제냐?"

성배가 물었다.

"나의 봄은 철쭉이 피면 시작돼."

"철쭉? 그것도 5월이네. 그래서 철쭉제에 오자고 한 거냐?"

"하하하. 그래. 나의 봄맞이 행사에 친구 둘을 초청한 셈이지. 하지만 나도 철쭉제에 와 보는 건, 사실은 처음이야."

혜림은 솔직하게 털어놨다.

사람들은 매화가 지고 목련이 피는 3월을 봄이라고 하지만 혜림의 느낌에는 실제 철쭉이 필 때였다. 봄이 왔다고 섣불리 얇은 옷 입고 외출했다가 기온이 뚝 떨어지고 쌀쌀한 바람이 불어 감기에 걸린 일이 한두 번이 아니었다. 벚꽃이 흐드러지게 피어 진해나 여의도를 온통 하얗게 뒤덮는 4월도 비가 오락가락하고 일교차가 크게 벌어지는 등 믿지 못할 날이 많다.

그러나 철쭉이 피는 시기가 되면 언제 그랬냐는 듯 봄을 시샘하는 이변 현상이 깨끗이 사라지곤 했다. 비로소 완연한 봄이 되는 것이다.

철쭉이 피는 시기는 지역에 따라 차이가 있지만 대체로 진달래가 피었다 지고 난 후인 5월이다. 그래서 5월이 되면 철쭉 군락지가 있는 지리산 운봉 바래봉이나 문경의 국사봉, 보성 일림산, 광천읍 벽계리 한우산, 소백산 등 전국 곳곳에서 진짜 봄을 맞이하는 철쭉제가 벌어진다.

혜림의 고향 남양주시 수동면 외방2리에 있는 축령산에도 철쭉 군락지가 있어 매년 5월이면 철쭉제가 벌어진다. 정확히 말하면 축령산과 자매처럼 나란히 서 있는 서리산에 철쭉 군락지가 있는 것인데, 그러나 철쭉제가 열리는 기간이면 축령산 자연휴양림 아래 동네에 먹거리 장터가 펼쳐지는 등 축령산 일대가 축제 마당이 되는 만큼 사람들은 뭉뚱그려 축령산 철쭉제라고 불렀다. 철쭉제는 대략 2주일 정도 계속되는 게 보통이었다.

혜림은 늘 고향에서 벌어지는 철쭉제에 와보고 싶어 했다. 고향에서 벌어지는 축제인 만큼 뜻있는 이야기를 만들어 간직하면서 고향 향기에 한껏 취해볼 수 있을 것 같아서였다. 고향이라고 말은 하지만 서울에서 태어나 자란 혜림에겐 고향 땅에 배어있을 만큼의 이렇다 할 추억이 없기 때문일 수도 있었다. 그런데 철쭉이 피는 것은 5월이어서 현재와 같은 학제에서는 학생이 시간을 내기가 애매했다. 대학생이 되어서도 3학년쯤 되고 연휴가 만들어지니 겨우 시간을 낼 수 있게 되었다.

6

십여 분 걸어 올라가니 매표소가 나왔다. 입구에 이르니 제법 사람도 많고 소란스러웠다. 그러나 여기서도 축제 기운은 느낄 수 없었다.

"표는 내가 살게."

고대철이 표를 샀다. 표를 내고 안으로 들어서는데 관리소 직원이 혜림을 보고 인사를 한다.

"아저씨 아니세요? 저 강정이에요."

"강정이?… 혜원이 형님의 아들? 오랜만이네."

혜림은 기억을 더듬었다. 큰할아버지 손자의 아들, 즉 재종형의 아들이니 7촌 조카였다.

"표를 사기 전에 말씀하시지요. 마을 주민에겐 입장료 안 받거든요."

"아이코. 그걸 몰랐지… 물러 주면 안 되나?"

"에이, 물러 주는 건 없어요."

"하하하. 알았어. 다음에 올 때 참고할게"

하고 올라가려던 혜림은 철쭉이 궁금했다.

"참. 철쭉 잘 피었나?"

"아직 덜 피었죠. 몽우리만 생겼을걸요. 이번 주 지나야 펴요."

"그래? 오늘부터 철쭉제 아닌가?"

"이십 일간 계속되는 철쭉제의 첫날 아녜요. 시작은 늘 그래요."

"에이 그럼 괜히 일찍 왔네,"

잔뜩 기대했던 혜림은 여간 실망스러운 게 아니었다.

"먹거리 장터는 있겠지요?"

대철이가 물었다. 주차장에 있을 것으로 상상했는데 아무런 준비도 보이지 않기 때문이다.

"먹거리 장터는 저 아랫마을 부녀회관을 중심으로 펼쳐져요."

"얼마나 아래 있어?"

"2km쯤 내려가야 해요. 아랫마을 아시잖아요."

"버스 타고 오면서는 아무것도 못 봤는데?"

"왜요. 현수막은 다 걸렸죠. 먹거리 장터도 오늘 첫날이고 아직 이르니까 시작을 안 했나 보네요. 점심부터는 할걸요."

"그럼 이 위에는 아무것도 없나? 식당이나 허다 못 해 매점 같은 것도?"

"원래가 휴양림 안에는 아무것도 없어요. 말 그대로 여긴 자연휴양림이니까요."

"……"

더 물어볼 것이 없다. 혜림은 조카에게 인사하고 위로 올라갔다. 과연 제1주차장 제2주차장 하며 넓은 주차공간이 있고 자동차들이 제법 들어차 있다. 아름드리 잣나무 숲속에 통나무로 지어진 휴양시설들이 보였다. 숲속의 집, 혹은 산림휴양관이라 이름 붙인 가족 단위 휴게시설이 수십여 동 되는 듯했다. 단체를 위한 넓은 시설도 보인다. 하지만 토요일이고 오후 1시에 입실이라 그런지 비어있는 곳이 많아 보였다.

혜림은 혹시 그녀들이 숲속의 집이라도 하나 예약하고 온 것 아닐까, 관심을 가지고 둘러보았다. 그녀들의 모습은 보이지 않았다. 산에 올라갔을까? 여기 없다면 산 밖에 갈 곳이 없다.

"야, 이거 뭐냐? 기대했던 거와는 딴판이잖아. 꽃은 아직 안 피었다 하고, 먹거리 장터는 오 리나 내려가야 있고, 안에는 매점도 없고."

"게다가 날씨도 심상치 않아. 자꾸 축축한 바람이 부는 게 비가 올 거 같아."

성배와 대철이 투덜거리자 혜림은 말했다.

"뭐가 필요한데? 푸른 아름드리 잣나무 숲이 있고 신선한 공기가 있잖아. 산이 있고, 올라갔다 내려가면 맑은 물 철철 흐르는 계곡이 기다리고… 또 어디 있는지 모르지만, 그녀들이 있고?"

혜림의 유머에 둘은 싱긋 웃었다.

"모르긴 해도 오후가 되면 사람들이 많아질 거다. 그러니 우선 산이나 올라갔다 오자."

"올라갔다 내려오는 데 얼마나 걸릴까?"

"축령산 갔다가 서리산 정상까지 돌아오면 4시간 족히 걸릴걸."

"뻐근하겠구나. 어쨌든 가자. 그런데 정말 그녀들은 어디 있을까?"

"여기가 축령산이니까 산신께 빌어보자. 그녀들을 만나게 해달라고."

"축령산이 무슨 뜻인데?"

대철이 물었다.

"글자 그대로 빌 축(祝)자 신령 령(靈)자 축령산이야. 정성으로 소원을 빌면 산신이 들어준다는 거지. 이런 고사가 있어. 조선왕조를 개국한 태조 이성계가 고려 말 사냥을 왔다가 한 마리도 잡지 못했는데 한 몰이꾼이 '산신제를 지내면 된다.'고 하여 정성껏 제를 지냈더니 과연 멧돼지가 다섯 마리나 잡혔다는 거지."

"그러면 우리도 고사를 지내자. 우린 그녀들을 잡자."

대철이 말하자 성배가 맞장구쳤다.

"빙고. 그렇게 하자."

"음―, 그렇게 고사를 지내겠다면 말이야. 수리바위에서 지내는 게 좋겠다."

혜림은 말했다.

"수리 바위?" 성배가 축령산 산행 지도를 보며 물었다. "수리바위는 정상이 아니라 중간에 있는데?"

"응. 가장 높은 곳은 아니지만 어쨌든 가파른 기슭을 올라가 능선에 올라서서 만나는 하나의 중간 거점이지. 거기부터 정상까지는 같은 급이야. 능선을 타고 가면 되니까."

"야야, 그렇다고 정말 지내려고? 첨단과학 시대에 우리가 고사를?"

성배가 과학도답게 자세를 바꾸며 나섰다.

"고사가 어때서. 할아버지에게 들은 지식인데… 고사를 미신적인 것으로 치부하지 마라. 고사도 마음의 신비한 힘을 현실화하는 구체적인 방법의 하나야. 마음의 힘이 얼마나 큰지 아니? 기독교의 기도 원리와 한가지라고."

"부처님께 기도하는 것도 마찬가지겠네?"

"부처님께 기도는 이상하긴 하지. 불교는 마음을 닦아 성불하는 것이 목표지 기원 종교가 아니거든."

"무슨 소리야. 절에서도 만날 소원성취 빌잖아. 취직, 당선, 합격 등등…"

"잘못이야. 아마도 그건 불교가 우리나라에 들어와 토속신앙과 합쳐진 증표일 거야. 관음 도량에 삼성각이 있다든가 기도하고 하는 게 다 우리 토속신앙이니까."
 혜림은 할아버지에게 들은 것을 전하고 있었다. 한마디로 한국인은 일찍이 기도의 힘을 깨닫고 삶에 응용한 민족이라는 것. 현재 한국처럼 종교 환경이 복잡한 나라는 지구촌 어디에도 없다. 별처럼 많은 성당의 종탑과 교회의 십자가. 전국 구석구석 명승지란 명승지는 다 차지하다시피 들어찬 불교 사찰. 그런가 하면 유교의 전당이 있고, 힌두교, 도교, 동방교 등등 — 유일신을 모시는 종교까지도 타 종교를 존중하며 공존하는 이유가 다름 아닌 기도 행위를 공통분모로 삼기 때문이라고 말해 주었다. 다양하고 복잡하지만 결국 '기도하는 신앙'이란 측면에서 보면 하나라는 것. 기도 성이 약한 유교나 도교도 기도를 받아들이고 있고, 특히 불교는 성불(成佛)을 지향할 뿐 기도의 대상이 되는 신을 믿지 않는 것이 원칙임에도 부처님께 기도드리는 것은 우리 토속신앙에 불교가 귀화하였기 때문이라고 덧붙여 주었다.

"이야. 혜림이 너 이 방면에 박사구나. 그런데 너 교회 나가지 않니?"
 대철이 감탄했다.
"지식은 지식이고 신앙은 신앙이지." 혜림은 그렇게 말하고 "이제 그만하고 올라가자. 출발."하고 앞장서서 잣나무 숲 사이 축령산 등산로로 들어섰다.
"근데 핵심을 얘기 안 했잖아. 기도의 대상이 왜 바뀌냐 하는 거."
 성배가 따라 걸으면서 물었다. 그는 반격의 기회를 모색하는지도 몰랐다.
"토착 신앙에서 우리 기도의 대상이 바뀌니까. 이것도 할아버지가 들려주신 말인데, 우린 바위를 신령이라 믿었대. 실제로 영험 있는 전설적인 바위들이 많이 있고."
"영험하다는 것은 그 바위 앞에서 정화수 떠 놓고 기도하면 축원이 이루어진다는 거냐?"
"그렇지. 가장 영험하다는 기도처, 신령한 바위를 가르쳐 줄게 한번 시험해 볼래?"
"무슨 시험?"

대철도 열심히 대화에 끼어들었다. 잣나무 숲을 지나기까지는 오르막이 완만했다.

"잘 됐다. 성배는 의사 시험 봐야지? 대철이는 뭐 없냐? 너 3학년인데 공인회계사 시험 안 봐?"

"글쎄. 졸업하기 전에 따 두면 좋긴 하겠는데"

"그럼 3대 기도처를 가르쳐 줄게 순례하면서 소원하는 것을 빌어봐. 틀림없이 이루어질 거다."

"야야. 그런 방법이 있다면 안 할 사람이 어디 있니? 온 국민이 다 하겠다."

"가르쳐 줘도 안 하는 사람은 안 해. 게을러서도 못 하고."

"절박하지 않으니까 그렇겠지. 암튼 가르쳐줘 봐."

"남해 금산 보리암. 동해 낙산사 홍련암. 서해 강화 보문사 눈썹바위. 이 세 곳을 두고 3대 기도처라고 해."

"전부 절이잖아."

"절이 아니라 원래 바위라니까. 그렇게 영험 있는 바위가 있는 곳을 불교가 들어와 모두 차지해서 부처 옷을 입히거나 암자를 지어버린 거야. 마애불이란 것도 다 바위야. 우리에게는 태고부터 기도의 대상이었던 바위인데 불교가 들어와 부처님 머리를 조각해서 올려놓고 바위에는 옷자락을 선각한 뒤 미륵불이네 마애불이네 하고 현혹하는 거지."

"스님들이 네 얘기 들으면 가만 안 있겠다."

"할아버지에게 들어서 내가 알고 있는 것은 그렇다는 거지. 실제로 경주 삼화령 같은데 현장 답사도 해 봤어. 할아버지 말씀이 맞아."

"3대 기도처 말고는 없니?"

"그 외에도 많지. 내가 외고 있는 걸 나열하면 청도 운문사 사리암. 경북 팔공산 갓바위. 전북 고창 선운사 도솔암, 충남 서산 간월암, 서울 관악산 연주암 등등… 이름만 들어도 알겠지만 원래 모두 바위야. 뒤에 암자를 지어놓고 초가집 암(庵)자로 고쳐 쓰는 곳이 생겼지만 그건 사기야."

"그러니까 뭐냐. 결론은 축령산 수리바위도 영험 있는 기도처의 하나다.

이 말이지?"

대철의 말에 혜림은 환하게 웃었다.

"그렇지. 너 결론 잘 냈다. 아주 순수하게 남아 있는 영험한 바위지. 여긴 절이 없거든."

"좋다." 성배가 목소리를 높였다.

"난 축령산 등산길에서 만난 묘령의 아가씨들과 연분을 맺게 해 달라고 기도할 거다."

"오케이. 나도 오늘의 소원은 그거다."

성배의 말에 대철이 맞장구쳤다. 혜림이 말했다.

"이건 장난이 아니야. 그렇게 해서 연분이 생기면 최선을 다해야 하는 거다. 기도를 들어주셨는데 딴짓하면 재앙이 내릴 수도 있어. 축령산에서의 기도를 가볍게 생각하면 안 돼."

"그런 응보도 있냐?… 무섭네."

대철은 잠시 생각하고 나서 혜림에게 물었다.

"네 생각은 어떤데?"

"하긴 나도 너희들과 같아."

혜림은 싱긋 웃었다.

"좋다. 세 여학생과 우리 셋, 세 쌍 연분이 생기면 우리 셋 다 최선을 다해 사랑하는 거다."

"그거 괜찮은 기도네."

"기도다운 기도지."

"그럼 3총사가 6총사 되는 거냐?"

"그렇지. 그러면 우리 셋은 더 영원하고."

모두 맞장구쳤다. 그들은 그렇게 약속하고 축령산을 올라갔다.

축령산 등반은 휴양림을 가로질러 올라가야만 했다. 아름드리 잣나무가 빼곡한 휴양림을 벗어나니 왼쪽으로 잡목이 우거진 가파른 비탈길이 나타났다. 그늘지는 쪽이라 그런지 개나리 금란초 양지꽃 깽깽이풀 제비꽃 은난초 머위 백작약 진달래 등등 3월에 피는 봄꽃들이 아직 눈에 띄었다. 진달래가 남아 있는 것을 보니 철쭉은 아직 안 피었다는 게 이해되었다.

등산로가 있는 산길은 제법 울창한 원시림을 헤쳐가는 샛길이었다. 우거진 잡목 여기저기서 뿜어져 나오는 산뜻한 기운이 그들의 몸과 마음을 씻어내 주는 듯했다. 그러나 황토에다 습기가 많은 길이었다. 햇볕이 따사로운 양지쪽은 얼었던 땅이 풀리면서 죽죽 미끄러지는 진흙 기슭이었다.

"야, 이거 우습게 볼 길이 아니네."

대철이가 힘들어하며 말했다. 휴양림을 벗어나 10분도 오르지 않아 숨이 찬 것이다.

"나도 벌써 땀이 나."

성배도 손수건을 꺼내 이마의 땀을 닦았다. 오르막길 곳곳에 산행을 돕기 위한 밧줄이 꽤 많이 설치되어 있었다. 밧줄을 잡고 올라가야 할 만큼 가파른 비탈이 많은 것이다.

"이거 몇 미터나 되는 산인데 이리 힘드냐?"

성배가 힘겨워하며 또 묻는다.

"엄살 좀 그만해라. 운동 부족이라서 그래. 축령산 정상이라야 890m인가 그래. 천 미터도 안 되는 걸 가지고…"

혜림은 핀잔을 주었다.

"높고 낮은 걸 떠나 경사가 심하잖니. 곧장 올라가기 때문이냐? 경사가 오륙십도 되는 것 같은데?"

"가파르긴 하지만 축령산으로 바로 올라가는 건 아냐. 이리 한참 올라가면 정상에서 정상으로 이어지는 능선이 나와. 능선을 타고 옆으로 3백 미터쯤 가면 수리바위가 있어. 그러니까 능선에만 오르면 힘든 건 끝나."

과연 힘들여 경사를 오르고 나니 능선이 나타났다. 능선에 올라서니 막

싹을 낸 잣나무가 반겨주었다. 반가워서 그 어린 종자를 쓰다듬으려는 순간 무엇인가 전광석화처럼 앞을 지나가는 게 있었다.

"뭐냐? 지금 뭐였어?"

등산하던 사람들 너도나도 걸음을 멈추고 두리번거렸다. 한사람이 손가락으로 산 중턱을 가리키며 '노루다.'하고 소리쳤다. 정말 노루가 건너 기슭에 한 마리 서 있었다. 노루가 그리도 빠르게 산을 타다니. 또 축령산에 노루가 있다니. 노루를 보는 사람마다 신기해했다.

떡 본 김에 제사 지낸다는 말처럼, 일행은 노루를 본 김에 10분쯤 쉰 뒤 다시 산길을 걸었다. 능선에서 만난 나무의 껍질에 코르크층이 발달해 있었다. 굴참나무 상수리나무 황벽나무 개살구나무 따위다. 혜림은 그중 황벽나무를 골라 손가락으로 나무껍질을 눌러보며 말했다.

"너희들, 이 나무가 뭔지 아니?"

"난 나무에 대해서는 일자무식이야."

"나도 같아. 나무 이름 정확히 아는 거 하나도 없어."

"이거 껍질 눌러봐라. 쑥, 부드럽게 들어가지?"

"그렇네."

"이게 바로 코르크 만드는 나무야. 우리나라에선 이 나무가 제일이래."

"코르크나무는 포르투갈인가에 많다고 들었는데."

"포르투갈에만 있는 게 어디 있냐. 우리나라에도 있지."

"넌 아는 것도 많구나… 그나저나 능선에 올라왔는데 수리바위는 아직 멀었니?"

"후후후. 300m는 가면 돼. 축령산의 재미는 이제부터 시작이야."

"야야, 무슨 소리야. 30분 넘게 비지땀 흘리며 가파른 길 올라왔는데 이제 시작이라니?"

대철은 펄쩍 뛰었지만, 혜림은 빙글거렸다. 그리고 손을 들어 오른쪽을 가리켰다.

"이제부턴 능선을 따라 정상을 향하는데 축령산까지 2km 길이야. 왼쪽은 우리가 올라온 가파른 경사지만 오른쪽은 수십 길 되는 까마득한 낭떠러지지. 칼날 위를 걸어가는 기분을 맛보는 거야."

과연 오른쪽은 수직에 가까운 낭떠러지였다. 높은 산이 아니라서인지 능선에 나무는 많았다. 나무 사이로는 멀리 천마산까지 한눈에 들어왔다. 크고 작은 바위가 많은 능선 길은 아슬아슬하지는 않았다. 그러나 한 줄로 걸어가야지. 둘이 나란히 걸어갈 만한 폭이 되는 곳은 드물었다.

등산객이 점점 늘어나 끊김 없이 줄이 이어졌다. 반대쪽에서 오는 사람도 있어 서로 기다려 주며 교차해야 하는 길목도 많았다. 삼백 미터쯤 걸으니 문득 시야가 훤하게 트이면서 큼직하고 다소 평평한 넓은 바위가 나타났다. 가지가 크게 둘로 갈라진 오래된 소나무 한 그루가 바위 한끝에 낭떠러지 쪽으로 벋어 있었다.

"봐라. 이게 수리바위다."

혜림은 반가워하며 성큼성큼 수리바위 위에 올라가 배낭을 내려놓았다. 위에서는 넓은 바위일 뿐이었다.

성배도 대철도 배낭을 내려놓고 가져온 물과 오이 등 먹을거리를 꺼내 나누었다. 수리바위 위에는 휴식을 취하는 팀이 여럿 있었는데 예외 없이 기념사진을 찍어댔다.

"수리바위에 전설이나 스토리는 없니?"

대철이 물었다. 혜림이 고향이라 한 만큼 모든 질문은 혜림을 향했다.

"이 바위가 위에 있으면 평평해 보이지만 낭떠러지 쪽으로 삐죽 튀어나온 게 멀리서 보면 꼭 독수리 부리처럼 생겼어. 그래서 수리바위야."

"그것뿐이니?"

"난 그것밖에 몰라."

"다른 이야기도 있지…"

옆에 있던 중년 남자가 헛기침하며 끼어들었다. 그는 말했다.

"여기 실제로 옛날에는 독수리들이 많이 살았대요."
"그래요? 지금은요?"
성배가 호기심을 보이며 중년 남자에게 물었다.
"지금은 다 사라졌지. 지금 같은 독수리 부리 모양의 바위는 없었고 보통의 바위들만 있었던 때 그랬다는 거지. 그때 특별히 금실 좋은 한 쌍의 독수리가 소나무 아래 바위틈에 둥지를 틀고 살았는데 어느 날 사냥꾼의 총에 암놈이 그만 맞아 죽은 거야. 사냥개가 쫓아오니까 수놈 독수리가 나타나 사냥개와 엄청난 혈전을 벌였다는구먼. 결과는 사냥개가 죽었대요. 수놈은 사냥개를 죽인 데 그치지 않고 복수를 하겠다는 듯 사냥꾼을 쫓아왔대요. 사냥꾼은 필사적으로 도망갈 수밖에. 그렇게 도망간다는 것이 이 아래 — 수리바위 아래에 있는 바위 틈새로 들어가 숨었대요. 그러자 독수리가 그 위에 자리를 잡더니 꼼짝도 안 하고 사냥꾼이 나오기를 기다렸대요. 그렇게 기다리다 세월이 흐르니 그대로 굳어 돌이 되었다는구먼. 수리바위는 그런 전설에서 생겨났대요."
"사냥꾼은 어떻게 됐고요?"
"모르지. 그 사냥꾼을 다시 본 사람도 없다니까."
하하하. 혜림은 웃었다.
"누군지 그럴듯하게 이야기를 만들었네요."
"……?"
중년 남자는 웃으며 혜림을 보았다. 혜림은 말했다.
"재미는 있네요."
"어떻게 지어냈다고 단정하나? 전설을."
"하하하. 여긴 제 고향이에요. 우리 할아버지 시절에도 그런 전설은 없었어요. 누군가 근래 만든 거예요."
"그런가? 하하하… 그럼 자네가 알고 있는 이야기는 없나?"
"제가 아는 건… 여기서 기도하면 원하는 게 신통하게 잘 이루어진다는 거죠."

"그럼 영험이 있는 바위로군."
중년 남자는 그러면서 말에 꼬리를 붙였다.
"지어냈으면 어떤가. 그런 식의 스토리가 감동적인 내용으로 전해지면 좋지 않을까?"
"하지만 없는 이야기를 만든다는 건 날조… 라고 하는 거 아닌가요?"
혜림은 고지식한 젊은이답게 말했다. 중년 남자는 웃으며 손을 저었다.
"이봐요, 학생. 불순한 의도로 꾸밀 때나 날조라고 하는 거야. 좋은 이야기는 창작이고 문화가 되는 거라네. 세계적 명작이라는 것도 알고 보면 다 만들어지고 다듬어진 거 아닌가. 소설도 사실을 바탕으로 한다지만 하나 같이 허구고."
"옳으신 말씀입니다."
"역사도 사실이 바탕이긴 하지만 누가 쓰느냐, 어느 시기에 쓰였느냐에 따라 많은 허구가 낀다네."
중년 남자는 그렇게 훈계(?)하며 일어섰다. 그가 일어서니 옆에서 쉬던 모녀도 일어선다. 가족이었다. 혜림은 가족이 들으라는 듯 중년 남자의 뒷모습에 대고 큰소리로 인사했다.
"좋은 말씀 잘 들었습니다. 선생님."

사람들은 계속해서 움직였다. 간식을 먹든가 사진을 찍으면서 잠시 휴식을 취한 뒤 올라가면 새로운 사람들이 금세 그 자리를 채웠다. 그녀들의 모습은 아직 보이지 않았다. 십여 분 쉰 우리 일행도 배낭을 챙겨 일어섰다. 그러다가 선배가 생각난 듯 말했다.
"참. 우리 이 수리바위에서 기도하기로 했지. 그 여자들 만나게 해달라고?"
"그래 그랬지. 지금 하자. 물 어디 있니? 정화수는 놓고 빌어야지."
"여기 생수 있어."
그들은 수리바위 위에 생수를 한 대접 올려놓은 뒤 자세를 바로 하고 빌었다.
― 수리바위 신령님. 그녀들을 만나게 해주시고, 나아가 좋은 인연, 인생의 보디가드가 되어줄 수 있도록 도와주십시오. 저희 세 사람 모두 진실하게

사귈 것을 약속드리며 이에 기도드리옵니다. — 하고.

8

어제 뉴스에도, 아니 아침 뉴스에도 비가 온다는 예보는 없었다. 그러나 열한 시쯤부터 구름이 끼고 축축한 바람이 불면서 비가 올 것 같더니 수리바위를 지나 좁은 능선을 탈 때 빗방울이 하나둘 떨어졌다. 쾌청하던 하늘에 언제 그렇게 구름이 끼었는지 제법 많았다. 그래도 비구름은 일부여서 지나갈 것도 같았다.

예상치 못한 날씨이기 때문일까, 비옷이나 우산을 준비한 사람은 별로 없었다. 너도나도 방수되는 등산복으로 버틸 뿐이었다. 드물게 한둘, 비옷을 걸친 사람이 보이기는 했다.

나무가 우거진 능선을 따라 30여 분, 거리로 1km쯤 더 올라가니 다시 시야가 훤해지는 트인 바위 지대가 나타났다.

남이 바위였다. 조선 세조 때 명장이었던 남이장군이 유비무환의 정신으로 국난에 대비하기 위하여 자주 올라와 지형지물을 익혔다는 고사가 있는 곳이었다. 너른 바위 한가운데 가장 전망 좋은 위치에 마치 팔걸이가 있는 안락의자 모양 파인 데가 있었다. 혼자 앉아서 쉬기도 좋고 전략을 짜기에도 그만으로 보였다.

축령산을 오르는 사람은 거의 예외 없이 이 바위에 앉아 탁 트인 경관을 만끽하고 증명사진을 찍는다고 했다. 비는 부슬부슬 계속 내렸다. 비가 오는데도 불구하고 바위 의자 주변에 차례를 기다리는 사람이 많았다.

"야 야, 우리 기도가 먹혔어. 쟤들 저기 있다."

대철이 대 발견이나 한 듯 손가락으로 성배의 옆구리를 쿡 찔렀다. 혜림이와 성배는 대철이 가리키는 쪽을 보았다. 남이장군 바위에서 사진을 찍기 위해 차례를 기다리는 그녀들이 시야에 들어왔다.

"빙고. 만났구나! 역시 수리바위는 영험해."

"정말이네. 수리바위… 다시 생각해야겠는걸"
혜림은 친구들과 눈을 맞추며 신기해했다. 마침 그녀들이 사진 찍을 차례였다. 한 명씩 의자에 앉아 사진을 찍기 시작했다. 그러고 나서 셋이 함께 찍으려면 누군가 셔터를 눌러줄 사람이 필요할 것이다. 혜림은 얼른 그 옆으로 가서 기회를 보다가 나섰다.
"세 분이 함께 찍으셔야죠? 제가 셔터를 눌러 드리지요."
"어머, 안녕하세요."
셋 중 얼굴이 가무잡잡한 여자가 혜림을 알아보며 카메라를 내주었다.
"고마워요. 부탁해요." 하며.
"자, 함께 앉으세요. 위험하니까 조심하시고, 한 분은 가운데, 한 분은 팔걸이에 걸터앉으시고 한 분은 비스듬히 서세요."
그들은 그렇게 사진을 찍었다. 위치와 포즈를 바꾸며 석 장이나 찍었다. 찍고 나니 가무잡잡한 여자가 나섰다.
"일행 어디 있어요. 이번엔 우리가 찍어드릴게요."
"됐습니다. 우린 나중에 찍죠. 아직 우리 순서가 아닌걸요."
"우리와 일행인데 어때요?"
여자들은 줄 서서 기다리는 사람들을 보며 천연덕스럽게 말했다. 그러나 혜림은 사양하면서 말꼬리를 물었다.
"일행이라 하셨으면 진짜 일행인 것처럼 먼저 보여줘야겠죠?"
"……?"
여자는 말꼬리를 잡혔음을 시인하는 듯 싱긋 웃으며 서로를 보았다. 혜림이 이끌었다.
"잠시 오세요. 별로 가지고 온 건 없지만 음료수에 김밥이라도 한 점씩 나눕시다."
"저희에게 따뜻한 커피가 있어요. 드릴게요."
키가 큰 여자가 말했다. 등산길의 언로는 터진 셈이었다.
다행히 비가 멎어 너른 바위 한 편 평평한 곳에 모여 앉을 수 있었다. 방수되는 옷은 툭툭 터는 것으로 말끔해졌지만 보통 옷은 축축하게 젖은 상태였다.
"예보에 없는 비가 와서… 모두 많이 젖었죠?"
혜림이 말했다.
"아까 비가 제법 올 때, 우린 마침 피할 수 있는 나무가 옆에 있어서 다행이었어요. 그 비 다 맞은 사람들은 많이 젖었을걸요."
"우리 일기예보는 만날 왜 그 모양인지 모르겠어요."
"동감이에요. 우리나라 기상예보처럼 엉터리가 어디 또 있겠습니까. 예보는 꽝이에요. 생중계나 할 줄 알지."
대철의 말에 일행은 '맞아요' 하며 함께 웃음을 터뜨렸다. 혜림이 말했다.
"어쩌면 신이 제일 싫어하는 짓을 인간들이 자꾸 하니까 심술부리시는 것일 수도 있겠죠."
"무슨 말이에요?"
"인간은 한 치 앞일도 몰라야 하는데 건방지게 예보하잖아요. 신의 영역을 건드리는 거죠."
"어머, 그렇게도 얘기가 되네요."
통통하니 귀엽게 살진 여자가 말했다.
"하지만 오늘 비는 지나가는 걸 거예요."
"아니래요. 올라오면서 어떤 분한테 들었는데 비가 계속 올 날씨래요. 오후엔 더 많이 올 거랬어요."
이번엔 가무잡잡한 여자가 말했다.
"그랬어요?"
"네. 그래서 우린 여기서 그만 하산하려고 해요. 정상은 다음에 가죠. 서리산 철쭉도 아직 덜 피었다 하니까…"
그녀들도 꽃이 덜 피었다는 이야기를 들은 모양이다.
"그래도 봉오리는 맺혔다니까, 핀 것도 있을 겁니다. 여기까지 올라와서 그냥 간다는 건 섭섭하지요. 저희랑 같이 갑시다. 저희가 확실한 보디가드가 되어드릴게요."

성배와 대철이가 합세해서 같이 가자고 했다. 여자들은 한참을 망설이며 의논하더니 가무잡잡한 여자가 대표로 나서서 혜림에게 다짐했다.

"그럼 확실한 보디가드… 약속하시는 거예요."
"선서라도 할까요?"
"하이 파이브로 하지요."
그들은 세 명씩 나란히 서서 하이 파이브로 주먹을 맞대고 약속을 확인했다.
"좋아요. 그럼 같이 가요."
여자들이 따라나서니 대철이 제일 좋아했다.
"일어나기 전에 인사부터 합시다. 몇 학년이에요?"
"학교는 안 물어보고요?"
"배지를 봤어요. 교대 배지"
"아~ 1학년이에요. 그쪽은요?"
"우린 3학년이에요."
"같은 학교에요?"
"아, 우린 고등학교 동창이에요. 대학은 달라요."
그러면서 대철은 하나하나 친구를 소개했다.
"여기는 김성배, 장래 의사 선생님이고요. 이쪽은 이혜림, 장래 작가. 저는 장래 경영인이죠."
그러자 중키에 통통하니 귀엽게 살진 여학생이 나섰다.
"의사 선생님은 의대일 테고… 경영자는 뭐죠?"
"경영학과"
"작가라면 문과? 아니면 문창과?"
그녀들은 자세히도 물었다.
"문창은 예대 쪽이죠. 나는 문과에요. 게다가 일문학이에요."
"우리도 소개할게요"
얼굴이 가무잡잡한 여자가 나섰다.
중키에 통통하게 살진 여학생은 양승원, 늘씬한 키에 다부져 보이는 여학생은 박숙현이라고 했다. 가무잡잡한 여학생 — 자신은 장선옥이라고 소개했다. 선옥은 수수했고, 승원은 부잣집 딸 같았고 늘씬하고 육감적인 숙현은 모델이나 연예인을 연상케 했다. 선옥은 마저 소개했다.

"우린 대학에서 만났어요. 음악교육과죠. 하지만 꿈은 각각이에요. 나는 작곡 쪽이고, 승원이는 피아노, 숙현이는 성악이에요. 노래하는 연기자, 뮤지컬 가수가 꿈인 애죠."

"호오 범상치 않은 분들이군요."

"만나서 정말 반갑습니다."

그들은 그렇게 만남의 예를 나눈 뒤 함께하는 산행을 시작했다.

9

남학생 셋과 여학생 셋은 그렇게 만났다. 우연히 만난, 어쩌면 지나가는 만남일 수 있었다. 그런데 그렇게 되지 않은 것은 수리바위 신령님의 영험 덕분일까? 엄청난 사건이 생긴 때문이었다.

둘 이상의 남자와 여자가 만났을 때 남자와 여자가 다른 것은, 여자는 여자끼리 움직이려 하고 남자는 어떻게든 따로따로 떼어놓은 뒤 짝짓기를 해서 움직이려 한다는 것이다. 말하자면 남자는 함께 다니되 쌍이 되어 즐기려는 쪽이었다.

그녀들도 처음에는 그랬다. 그러나 혜림은 가무잡잡한 여자와 계속 이야기를 했고, 양승원은 김성배에게 호감이 가는 듯 말을 걸었다. 그러다 보니 고대철과 박숙현은 저절로 짝이 되었다.

일본어를 잘 아는 혜림은 장난이 치고 싶었다. 장선옥의 옥자를 따서 '옥상'이라 부르고 싶다고 했더니 그녀도 좋다고 했다. 그녀는 아마 '옥상'을 선옥 씨 하는 것과 같은 의미로 알았을 것이다.

혜림은 속으로 쿡쿡 웃었다. 일본어에서 옥상(奥さん)은 부인을 일컫는 말이기 때문이다.

"나는 뭐라고 부르면 좋을까요? 혜림 씨? 아니면 선배? 오빠?"

"우린 학생이니까… 선배, 하는 게 좋을 것 같네요. 앞에 이름을 붙여서."
"그게 좋겠네요. 혜림 선배. 대철 선배. 또 한 분 성함이… 음 성배 씨라고 했죠? 성배 선배."

우리는 곧 서로에게 전달해서 호칭을 ○○ 선배, 여자에게는 끝 자에다 '상'을 붙여 '옥상' '현상' '원상' 하고 부르기로 했다. 만나자마자 우리만의 암호 같은 호칭을 만든 것이다.

혜림과 선옥 사이엔 그녀들의 전공인 음악 이야기가 꽃이 되었다.
"사람을 만나다 보면 첫인상을 무시할 수 없어요."
"어떤 면에서요?"
"친구분요, 숙현 씨… 처음 보면서 뮤지컬 가수를 연상했는데."
"맞아요. 걔 꿈이 뮤지컬 가수에요. 노래하는 연기자."
"노래하는 연기자? 무슨 뜻이에요?"
"숙현이가 말하는 뮤지컬 가수에요. 연기하는 가수라는 거죠."
"그렇죠. 뮤지컬 가수는 배우이기도 하죠. 하하하… 옥상은?"
"전 아까 소개했듯이 작곡가를 꿈꾸죠. 그런데 작곡으로 우뚝해지기가 쉬운가요? 주위에서들 그래요. 먼저 음악 교사가 되어 생활을 안정시킨 뒤 꿈을 이루도록 하는 게 무난할 거라고. 그래서 교대를 선택한 거예요."

선옥은 다분히 현실적인 여성으로 보였다.
"나와 생각이 같군요. 소설가가 꿈인 나도 전업으로 소설만 쓰기보다 어문학 교사가 되어 가르치면서 꿈을 이루도록 하는 것이 무난하다는 주위의 권유가 있어 작년에 교사 과정을 등록했으니까."
"어머 잘하셨네요. 그런데 문단도 그래요?"
"문단이 더 배고프죠. 우리나라에 시인이나 수필가 중 굶는 사람 봤어요? 사회구조가 시나 수필만으로는 살아갈 수 없으니까 직업을 가진 뒤 여기(餘技)로 하는 문학이 되었잖아요. 그러나 소설은 다르죠. 소설은 매달리지 않으면 못 쓰니까… 소설가 중에는 가난한 사람이 태반이고, 심지어 끼니 걱정하는 사람도 많대요. 그러면서도 한 번 소설 병에 걸리면 헤어나지 못한다고들 해요…"

"어머, 정말요?"

"예… 암튼 그건 그렇고, 생각할수록 노래하는 연주자란 꿈이 재미있네요. 외모와도 어울리고. 노래를 잘하나 보죠?"

혜림은 박숙현을 슬쩍 보았다. 선옥은 자기와 얘기하면서 자꾸 숙현을 이야기하고 흘끔거리는게 마땅치 않았지만 참았다.

"잘해요. 같이 어울리다 보면 노래를 들을 수 있을 거예요. 시키면 빼지 않고 잘하니까요."

"원상은 피아노 잘 쳐요?"

혜림은 숙현이 얘기한 게 걸려 승원이도 거론했다.

"잘 쳐요. 아주 어려서부터 쳤다니까요. 교회 반주도 맡고 있어요."

"작곡하는 사람에게도 악기가 필요하죠? 옥상이 다루는 악기는 뭐에요?"

비로소 자기에게 돌아온 내 질문에 선옥은 살짝 얼굴을 붉혔다. 그러나 자기 이야기로 돌아온 것을 좋아하는 모습이었다.

"피아노죠 뭐. 피아노가 음악 하는 사람에겐 기본이니까."

"악기 다룰 줄 아는 분들이 부럽네요. 나도 악기 하나는 다루고 싶은데."

"젊은 분이 뭘 그런 걸 부러워하세요. 지금부터라도 하면 되죠. 쉬운 통기타라도?"

"훗후후"

혜림은 웃었다. 기타를 배운다고 반년 이상 노력하다 손끝이 다 부르트고 너무 아파 포기한 일이 있는 것이다.

"기타가 쉽다고요? 난 어렵던데."

둘은 그렇게 음악 이야기에 빠져 산길을 걷고 있었다. 남이 바위를 떠나 이십 분쯤 걸었을까, 좁은 등선 길은 여전했다. 오른쪽은 낭떠러지요 왼쪽은 가파른 경사가 계속인 것도 마찬가지였다.

"기타를 만져봤군요?"

"몇 개월 요. 손가락 끝에 모두 피멍이 들어서…"

후후후… 선옥은 재미있다는 듯 웃으며 혜림을 보려고 돌아섰다. 그 순간이었다. 갤 것 같던 날씨가 다시 구름으로 덮이더니 갑자기 굵은 비가 확 쏟아졌다.

"앗. 또 비가 쏟아져요."

하고 몸을 웅크리는 순간 엄청난 일이 벌어졌다. 선옥이 발을 헛디딘 것이다. 바위도 흙도 비에 젖어 일반 운동화는 미끄러지기 쉬운 상태였다. 선옥은 조금 튀어나온 바위에서 미끄러졌다. 불행하게도 오른쪽, 낭떠러지 쪽이었다.

미끄러진 선옥은 필사적으로 무엇인가 걸리는 것을 잡았다. 다행히 나무뿌리를 잡아 당장 추락하는 것은 면했다. 혜림은 놀라서 그녀의 손을 잡아주려고 얼른 엎드렸다. 그러나 이미 손을 잡을 수 없는 거리였다. 비는 쏟아졌다.

"옥상. 괜찮아요?"

혜림은 바위에 엎드려 선옥의 손을 잡으려 했지만 닿지 않았다. 내릴 수 있는 데까지 몸을 내려 수건으로 어떻게 연결해보려고 했지만 역시 모자랐다.

"선배. 무서워요. 떨어질 것 같아요. 나 좀 살려줘요."

선옥의 얼굴은 공포로 일그러졌다. 내려갈 방법은 없어 보였다. 선옥은 더 미끄러지지 않으려고 힘들게 나무뿌리를 움켜쥐었지만 오래 버틸 것 같지 않았다. 만약 그 뿌리를 놓는다면 수십 미터… 어디까지 추락할지 모르는 절벽이었다.

혜림은 소리쳤다. 대철아, 성배야, 하고 고함쳐 부르고 등산객 모두에게 큰소리로 도움을 청했다.

"도와주세요. 사람이 미끄러졌습니다. 빨리 돕지 않으면 떨어져 버릴 겁니다. 성배야 대철아! 밧줄 좀 구해봐, 아니면 허리띠 풀어줘 봐. 누구 급히 구조대에 연락 좀 해주세요!"

1969년의 일이었다. 특별한 통신수단이 없는 때였다. 비상 전화도 없는 곳이었다. 마침 하산하던 사람이 빨리 내려가 구조대를 찾아 보내겠다며 뛰어 내려갔다. 공포에 휩싸인 선옥의 얼굴은 그렇지 않아도 가무잡잡한 얼굴이 완전 흙빛이었다.

"살려주세요. 선배… 더 버틸 힘이 없어요…"

선옥은 안간힘으로 간신히 뿌리를 잡고 있었다.

허리띠로 어떻게 해보려던 혜림은 이것 가지고는 안 되겠다 싶자 한쪽에 던지고 주위 사람들에게 소리쳤다.

"힘 있는 분들 몇이 줄다리기하듯 서서 제 다리 좀 잡아주세요. 양쪽에서 잡아주시면 제가 거꾸로 매달려 그녀를 잡아 끌어올리겠습니다. 부탁합니다. 아무나 힘 있는 분 잡아주세요."

그새 구경꾼은 수십 명으로 불어나 있었다.

"내가 잡아주지."

"나도…"

건장해 보이는 사람 예닐곱이 앞에 나섰고 또 몇 명이 그 뒤를 따랐다. 네 사람이 혜림의 다리를 둘로 나눠 잡았다. 안전시설이 없는 수직에 가까운 상태인 만큼 다리 잡은 사람을 그 뒷사람이 잡아주고, 그 사람을 또 뒤에서 잡아주었다.

혜림은 거꾸로 매달리다시피 하며 절벽 아래로 내려갔다. 쏟아지는 비가 바위 위를 흘러 나무뿌리도 흠뻑 물기를 먹었다. 선옥은 안간힘을 다해 나무뿌리를 잡고 있었지만 조금씩 더 미끄러졌다. 거꾸로 매달린 혜림은 팔을 최대한 길게 뻗어서야 간신히 선옥의 손을 잡을 수 있었다. 그러나 선옥의 손이나 혜림의 손이나 빗물 때문에 미끄러워서 단단히 잡히지 않았다.

"꼭 잡아요. 놓치면 떨어져요. 떨어지면 끝입니다. 아래는 보지 말아요."

그리고는 뒤에다 소리쳤다.

"조금 더 내려주세요. 조금 더."

"더는 어려워."

뒤에서 말했다.

혜림은 우선 그녀의 한쪽 손을 잡았다. 이어서 남은 한쪽 손도 가까스로 잡고 소리쳤다. 안전하게 손목을 잡으려고 노력했지만, 그 조금이 더 내려가지지 않았다. 혜림은 소리쳤다.

"손을 잡았습니다. 끌어 올려 주세요."

그러자 뒤에서 잡아 올리기 시작했다.

"천천히요, 천천히…"

혜림은 소리쳤지만, 손과 손이 비에 젖은 데다 허술한 연결이었다. 게다가 선옥의 몸이 바위에 착 달라붙어 있어 생각만큼 끌어올려지지 않았다. 선옥은 다리를 버둥거렸지만, 발에 걸리는 게 없었다. 생명의 위험을 느낀 탓인지 움켜쥔 그녀의 손에서 놀라울 만큼 강한 힘이 느껴지기는 했다. 그러나 잠깐의 힘이었다. 얼마 지나지 않아 선옥은 급격히 손힘을 잃어갔다.

"선배… 더 잡고 있을 힘이 없어요…"

"조금만 더 힘을 써 봐요. 발 디딜만한 것을 찾아봐요."

"없어요. 아무것도 디딜 것이 없어요."

다시 발끝을 버둥거려보았지만 걸리는 것이 없었다. 흙빛이던 선옥의 얼굴이 벌겋게 변하며 일그러졌다. 저절로 쏟아지는 눈물이 빗물에 섞여 얼굴을 덮는 게 보였다. 이대로 위에서 무리하게 잡아 올린다면 그나마 잡은 선옥의 손이 내 손을 빠져나갈 것 같았다. 뒤에서는 끌어당기기 시작했다. 혜림은 급하게 소리쳤다.

"스톱, 스톱! 잠깐만요. 잡아당기지 마세요. 여자 손에 힘이 없어 놓칠 것 같아요."

"손목을 잡아. 손목. 여자 손목을 단단히 잡으라고."

"안 돼요. 잡을 수가 없어요."

뒤에서 소리쳤다. 손목을 잡으려면 15cm는 더 내려가야 했다. 혜림의 다리를 잡은 사람들이 최대한 밑으로 내려주었지만 안타깝게도 손목을 잡을 수 없었다. 더 내려주다가는 뒤에서 잡은 사람들마저 중심을 잃을 정도였다.

혜림은 그녀 밑을 보았다. 아래는 나무보다 바위가 많았다. 20m는 실히 될 절벽이었다. 기슭에 붙어 미끄러질 수 있는 경사가 아니라 떨어지면 추락하는 절벽이었다. 중간에 나무들이 있기는 하지만 그 나무들이 도움을 줄 것 같지 않았다. 절벽 아래는 사람의 발길이 쉽게 닿지 않는 거친 지대로 보였다.

"어떻게 해. 다시 올려."

뒤에서 소리쳐 물었다. 대철이도 성배도 뒤에 붙어 발을 동동 굴렀다. 선옥의 친구들도 악을 쓰며 도움을 청했다. 구경꾼은 수십 명으로 불어나 있었다.

"아녜요. 아직 안 돼요."

혜림은 가쁘게 말했다. 선옥만 손힘을 잃어가는 게 아니라 혜림도 손에 힘이 빠지고 있었다. 평소 운동을 하는 젊은이들이 아니었다. 계속 붙잡고 있을 수가 없었다. 자세에 조금만 변화를 주려고 하면 두 손은 금세 떨어져 나갈 것이 분명했다.

차선책을 찾아야 하는 절박한 순간이었다. 손을 놓을 수 없다면 혼자 떨어뜨리거나 함께 떨어져야 했다. 아무리 보아도 대책이 있을 수 없는 바위투성이 낭떠러지였다. 군데군데 크고 작은 나무가 자꾸 혜림의 눈에 띄었다. 비는 계속 쏟아지고 있었다. 용케 죽지 않는다고 해도 팔다리가 부러지거나 여기저기 살이 찢어지는 상해를 피하지 못할 것 같았다. 5월이 되어 잎이 돋아난 나뭇가지들이 보였지만 안전에 도움이 될 것 같지 않았다. 아아, 어떻게 하나…

"더는 힘이 없네요."

선옥의 손이 스르르 혜림의 손을 빠져나가려고 했다. 포기하는 것이었다.

"안 돼. 포기하면 안 돼요."

순간 혜림은 비장한 각오를 하고 위를 향해 소리쳤다.

"제 다리를 놓아주세요. 다리 그만 잡아요. 놓으라니까요!"

순간적인 혜림의 생각은 제 몸으로 선옥을 감싸 안고 절벽을 굴러떨어지자는 생각이었다. 뒤에서 야단치는 소리가 들렸다.

"이걸 어떻게 놔. 같이 죽으라고!"

"괜찮아요. 할 수 없어요. 놓으세요. 지금 빨리요. 제발 놔 주세요."
나는 다급하게 소리쳤다. 선옥의 손이 빠져나가는 게 느껴졌다. 혜림은 놓치지 않으려고 손가락 끝에 힘을 주었다.

"놓아달라니까요. 빨리요."

어떻게 그 소리가 나갔을까. 어쨌든 혜림은 무섭게 소리쳤다. 괜찮아요.

수리바위 신령님이 도와주실 거예요, 놓아줘요, 급해요, 하는 소리에 매달린 두 사람의 상황을 알 리 없는 사람들은 판단력을 잃고 혜림의 다리를 놓아주었다. 둘은 순식간에 밑으로 사라지고 말았다. 둘이 사라진 곳을 쏟아지는 빗줄기가 금세 덮어버렸다. 사라질 때 약간의 비명이 들린 것도 같았다. 그러나 곧 조용해졌다. 아무 소리도 들리지 않았다. 비는 그들을 미끄러뜨리려고 쏟아졌던 것인지, 그들이 사라진 후엔 약해졌다.

다리를 잡았던 사람이나 사태를 지켜보던 사람들 모두 망연자실한 표정이 되어 웅성거렸다. 황당한 일이었다. 아무리 바위 끝까지 가서 고개를 내빼어도 사라진 사람들을 볼 수 없는 절벽이니 더 이상의 표정을 지을 수도 없었다. 수직에 가까운 절벽 아래로 사라진 데다 크고 작은 바윗덩이들이 울퉁불퉁 박혀 있기 때문이었다. 아무리 용기를 낸다 한들 장비 없이는 내려갈 수 없는 곳이었다.
　혜림아, 혜림―
　선옥아, 장선옥―.
　대철과 성배는 혜림을 부르고 승원과 숙현은 선옥을 부르며 울부짖으면서 어쩔 줄 몰라 했다. 구조대가 빨리 와 주기를 기다리는 방법 외엔 아무것도 할 수 없었다.
　그들이 떨어지는 순간을 지켜본 수십 명 등산객… 얼어붙은 듯 말을 잃은 사람들은 기다려도 절벽 밑에서 아무런 소리가 들려오지 않자 꾸짖는 소리를 퍼붓기 시작했다.
　"정신 나간 사람들 같으니… 그 상황에서 다리 놔 달랜다고 놔 주는 사람들이 어디 있나."
"무책임한 사람들!"
"에이그. 붙잡고 있었으면 하나는 살릴 수 있었을걸!…"

10

선옥과 혜림은 흙과 바위와 나무가 뒤섞인 비탈길을 몇 바퀴 구르고 미끄러진 끝에 나무에 걸려 멈췄다. 혜림이 먼저 걸렸고 선옥은 삼사 미터 더 구른 뒤 멈췄다. 쏟아지던 비는 보슬비로 약해져 있었다.
　"옥상 괜찮아요? 살아있어요?"
잠시 진정한 뒤 혜림은 아래를 보며 물었다. 선옥도 차차 정신이 드는 듯했다.
　"예… 여기저기 긁히긴 한 것 같은데… 죽진 않았네요."
　"어디 아픈 데는?"
　"심하게 고통스러운 데는 없어요."
　"다행이네요."
　몸을 살펴보진 않았지만 느낌에 뼈를 다치거나 부러진 데는 없어 보였다. 크게 아프거나 불편한 곳이 없기 때문이었다. 혜림도 그랬다. 여기저기 긁히고 찢긴 데서 피가 흘렀지만 당장 움직이기 불편한 부분은 없었다.
　정말 수리바위 신령님이 도와주셨나?…
　얼마나 몇 바퀴나 내리굴렀는지는 알 수 없었다. 온통 산야가 비에 젖은 것이 화근도 되었지만 탈 없이 미끄러지는 데도 도움이 된 것 같았다. 얼마나 아래로 떨어졌는지 울퉁불퉁한 바위에 가려 위는 보이지 않았다. 혜림은 위를 향해 소리를 질러보았다.
　"야 대철아, 고대철. 김성배―"
　몇 번을 악을 쓰다시피 외쳐 불렀지만, 응답이 없었다. 틀림없이 사람이 많이 모여 걱정하고 있을 법한데 아무 응답도 들리지 않았다. 혜림은 포기하고 나뭇가지 사이를 뚫고 조심조심 비탈을 내려가 선옥에게 다가갔다.
　선옥은 지친 모습으로 나무에 걸쳐져 있었지만, 아까처럼 공포에 질린 모습은 아니었다. 어쨌든 현재 걸쳐져 있는 자리는 안전하다고 느끼는 것 같았다. 엉금엉금 다가간 혜림은 아무 말 없이 선옥을 보았다.
　"고마워요."
　선옥은 마음에서 우러나오는 인사를 했다.

"덕분에… 산 것 같아요."

선옥은 그 와중에 안정을 찾았는지, 미소 띤 얼굴로 거듭 고마움을 표했다. 그 미소를 보는 순간 혜림의 눈에는 물기가 고였다. 혜림은 얼굴을 두 손으로 감쌌다가 그녀 가슴에 묻으면서 왈칵 눈물을 쏟아냈다. 왜인지 모르는 눈물이었다. 저도 모르게 절로 터져 나온 울음이었다. 죽음의 터널을 빠져나온 희열에서였을까?

"그래요… 크게 다치지도 않고… 우리가 살았네요. …고맙습니다. 수리바위 신령님 고맙습니다."

혜림은 가슴으로 흐느끼며 수리바위 신령에게 감사드렸다. 자기 가슴에 얼굴을 묻고 흐느끼는 혜림을 선옥은 자연스럽게 두 손으로 감싸 안았다. 선옥의 눈에서도 눈물이 흘렀다. 만감이 교차하는 순간이었다. 현재 처한 상황이 어떤지는 알 수 없으나 어쨌든 크게 다치지 않고, 죽음의 공포, 위기에서는 벗어났다는 걸 실감할 수는 있었다.

누가 보아도 떨어지면 살아날 길 없는 천 길 낭떠러지였다. 그런데 막상 미끄러져 기슭에 놓이고 보니, 몹시 가파르기는 하지만 조심해서 내려갈 수 있는 정도는 돼 보였다.

한바탕 눈물을 쏟고 난 두 사람은 진정하고 서로를 마주 보았다. 서로에게 감사하는 시선이었다. 아침에 버스에서 처음 봤으니 만난 지 한나절밖에 안 되는 사이였다. 그러나 어느새 삶과 죽음의 경계를 함께 넘나든 친구가 되어 있었다.

비는 계속 부슬부슬 내렸다. 지나갈 것처럼 시작된 비구름이 슬금슬금 하늘 전체를 덮어 이젠 쉬 그칠 것 같지도 않았다. 혜림은 선옥의 얼굴과 손 등 여기저기를 만지며 찬찬히 살폈다. 멍들었다 싶은 곳은 눌러도 보았는데 괜찮다고 하여 안심하곤 했다. 정말 하늘이 도왔다고 할 수밖에 없을 정도로 뼈를 다치거나 부러진 데는 없어 보였다. 선옥의 얼굴 이마와 뺨 팔 등에 서너 곳 상처가 있었는데 그건 나뭇가지에 할퀴거나 쓸린 것 같았다. 그것도 다행스러운 것이 흉터로 남을 만큼은 아닌 것으로 보였다. 왼쪽 팔에 한 곳, 조금 깊이 생긴 상처가 자국으로 남을까 염려되는 정도였다.

선옥은 그랬지만 혜림은 괜찮지 않았다. 조금씩 몸을 움직여보니 상체 오른쪽이 아프고 거북했다. 모르긴 해도 오른쪽 늑골이 심한 타박상을 입은 것 같았다. 얼굴도 심하게 긁혔고 이마엔 피부가 벗겨져 피가 비친다고 했다. 손등이며 팔이 덤불과 나뭇가지에 긁혀 보기 흉한 것은 선옥이나 마찬가지였다. 그러나 그래도 험한 절벽에서 떨어진걸 감안하면 구사일생이요 천만다행이었다.

상처투성이의 둘은 손을 맞잡고 서로를 보다가, 서로에게 감사하고 신령님께 감사드리며 포옹을 했다. 꼬옥 안고 서로의 체온을 나누다 보니 숨결이 느껴졌다. 누가 먼저랄 것 없이 둘은 눈을 감고 입술을 포갰다. 그야말로 감사의 키스였다. 신에게. 또 서로에게 진심으로 감사하는 마음의 인사였다.

긴 키스가 끝난 후 혜림은 어떻게 할까를 의논했다.

"구조 팀이 내려오지 않을까요?"

선옥이 말했다.

"구조팀이 올까요? 오려면 오래 기다려야 할걸요. 그보다는 조심해서 살살 내려가는 게 좋을 것 같은데…."

떨어졌다 하나 그들이 있는 곳은 육칠십 미터 벼랑의 4부쯤이었다. 안전지대까지 이르려면 가파른 비탈을 한참 조심해서 내려가야 했다.

"길을 잃으면요?"

"에이. 이런 정도 산에서 무슨 길을 잃어요. 내려가서 아무 방향으로나 조금 가면 도로도 만나고 동네도 만날 거예요. 지리산이나 설악산 같지는 않죠."

"어떻게 해요?… 내려가요?"

"글쎄. 난 그러고 싶은데…"

비탈이 험해 선옥은 망설였지만, 혜림이 이끌었다. 구조를 기다리기보다 손을 잡고 비탈을 벗어나기로 했다. 무조건 아래로 내려가기만 하면 길이 있고 마을을 만날 것 같았다.

잡목과 덤불과 바위로 덮여있는 험한 비탈길을 내려가는 일이 쉽지는 않아 보였다. 안전 장비가 있을 리 없었다. 긴급구조를 청할 통신수단도 없었다.

그래도 둘은 조심조심 내려가기로 했다, 내려가기 시작하는데 또 갑자기 바람이 남동풍으로 바뀌고 안개가 끼어 하늘이 노랗게 보였다. 다시 세찬 비가 내렸다. 튀어나온 바위에 가려 바람을 직접 맞지는 않았으나 한여름 소나기처럼 비는 세찼고 바람도 요란했다. 좌우에서 금세 물줄기가 만들어져 소리를 내며 떨어지기 시작했다. 골짜기에 흘러 쌓인 돌무더기는 이곳에 수해가 있었음을 말해 주고 있었다.

우르릉 쾅!

천둥도 울렸다. 천둥소리에 산이 흔들리는 듯했다. 옆 둔덕이 움직이는 것 같았다. 혜림은 선옥을 꼭 끌어안고 머리를 숙이고 나뭇가지를 붙잡았다. 그렇게 하여 쏠려 내려가는 흙더미를 피할 수 있었다.

비구름 탓에 대낮이 음산해지니 산 귀신의 으스스한 웃음소리가 들리는 듯도 했다. 바람 소리가 골짜기에서 메아리치자, 죽은 사람의 혼령이 탄식하고 신음하는 듯했다. 빗소리에 섞여 짐승들의 울음소리도 들리는 듯했다.

혜림과 선옥은 추위와 공포를 다시 느꼈다. 오도 가도 못할 것 같은 비탈 모서리를 만나 쩔쩔매기도 했다. 하지만 한 발 한 발 조심조심 잡아주고 끌어주며 쉼 없이 내려갔다.

바위 위에 있던 흙이 비에 모두 씻겨 내려간 것이 등산화를 신은 혜림에게는 도움이 되었다. 그러나 일반 운동화를 신은 선옥에겐 미끄럽고 힘들었다. 혜림은 그녀 위주로 잡아주고 부축하고, 때론 안고, 때론 업은 상태로 내려가고 또 내려갔다.

"고마워요. 내 생명의 은인이 되셨네요."

그 와중에도 조금 안전한 곳에 놓이면 선옥은 유머 아닌 유머를 구사하며 혜림에게 인사했다. 이윽고 경사가 완만한 곳에 이르러 긴장이 풀렸을 때 혜림은 픽 웃으며 중얼거렸다.

"말이 씨가 된다더니…"

선옥이 그 말을 듣고 물었다.
"무슨 말이에요?"
"내가 그랬죠? 확실한 보디가드가 되어주겠다고."
"아 정말…"
그 말에 선옥은 그 와중에도 이를 드러내며 싱긋 웃었다. 사고를 당한 후 이를 드러내고 웃는 건 처음이었다. 극심한 불안과 공포에서 이젠 벗어났다는 안도의 표정이기도 했다. 마음이 안정을 찾은 것이다.
"고마워요. 선배…"
선옥은 거듭 고마워하며 혜림에게 안겼다. 진심이었다. 절벽에서 떨어질 때 혜림의 외치던 말이 선옥의 귀에는 생생했다. 제 다리를 놓아주세요. 다리 그만 잡아요. 놓으라니까요! 지금 빨리요. 제발 놔 주세요.
만약 혼자 떨어졌다면? 그건 상상할 수도 없는 두려운 일이었다.
나를 걱정하여 몸을 던진 남자. 어떻게 그 상황에서 같이 떨어질 생각을 했을까. 만난 지 몇 시간 안 된 여자를 위해… 쉽게 이해가 안 되는 행동이었다.
선옥을 위해서가 아니라 천성이 위기에 처한 사람을 놔두고 보지 못하는 의협심 같은 거였을까?… 순간적인 사건이었으니까? 나를 위해 그렇게 할 만큼의 스토리가 없는데… 얼마나 고마운 일인가. 선옥은 혜림을 생명의 은인으로 가슴에 각인했다.
"아니에요. 내가 더 고마워요. 이렇게 무사해서… 수리바위 신령님이 지켜주신 거죠."
혜림은 혜림대로 수리바위 신령에게, 그리고 선옥에게 감사했다. 미신을 가진 것은 아니지만 적어도 그 순간은 마음 깊은 곳에서 감사드렸다.

그만 와도 좋으련만 다시 강해진 빗줄기가 산허리를 휘감듯 몰아쳤다. 천둥소리가 또 들렸다. 잔뜩 비에 젖은 채 선옥은 혜림의 손을 잡고 따라 걸었다. 좀체 마을은 나타나지 않았다.
"왜 이렇게 마을이 안 보이죠? 여기가 대체 어디쯤일까요?"

혜림은 문득 우리가 무사한 게 아니라 죽어서 저승을 헤매는 게 아닌가 하는 무서운 상상을 하기도 했다.

"옥상, 무서워요?"

"아뇨. 괜찮아요. 이제 무섭지 않아요. 이렇게 든든한 보디가드가 있는걸요."

선옥은 진실로 그랬다. 불안하지 않았다. 가팔라서 위험한 기슭을 벗어나 완만한 경사에 수목이 빼곡한 곳까지 이미 내려왔기 때문이기도 했다. 어둡지만 시간상으로는 아직 해가 남아 있을 이른 오후였다. 아무리 길도 없고 인적 드문 심산유곡이라 해도 지형상 이대로 내리 걷다 보면 곧 사람 사는 마을을 만날 수는 있을 것이었다.

11

한편,

산 위에는 구조대원 3명이 도착하여 활동을 시작했다. 누군가 산을 내려가 관리사무소에 알리자 구조대가 무전기, 밧줄 사다리, 이동 침대, 응급의약품 등을 들고 올라왔다. 백여 명 이상이던 구경꾼은 다 가고 이십 명 내외가 남아 보이지 않는 낭떠러지 밑을 보고 또 보고 있었다. 대철과 성배, 승원과 현숙은 안절부절 발을 동동 구르며 울다 소리쳐 부르다 지쳐 있었다.

구조대원들은 선옥과 혜림이 미끄러졌다는 지점에 30미터짜리 밧줄 사다리를 내렸다. 대원 한 명이 무전기를 차고 사다리를 타고 내려갔다. 잠시 후 들려온 소리는 아무리 찾아도 없다는 보고였다.

"신발이나 모자 따위 흔적도 없나?"

"예. 아무것도 없습니다. 오버"

"핏자국 같은 거라도 찾아봐."

"비가 많이 와서… 어디쯤 떨어졌는지 위치도 모르겠고요."

"비가 왔어도 핏자국은 남아. 오르내리면서 세밀하게 살펴봐요. 어디서 신음 같은 거 안 들리나 귀도 열고…"

"알았습니다."

"안 되겠네요. 저도 내려가 보죠."

위에 있던 구조대원 두 사람 중 한 명이 더 내려갔다. 두 사람이 30m 길이의 낭떠러지 경사를 나누어 살피고 또 살폈다. 그러나 아무 흔적도 발견할 수 없었다. 맑은 날이라면 발자국이나 부러진 나무라도 있을 것이었다. 비가 쏟아지는 와중이라 그런 흔적도 없었다.

"더 아래로 내려가 봐야겠습니다."

위험한 비탈의 높이는 육칠십 미터 이상으로 보였다. 그러나 7, 80도 이상 수직과 같은 비탈은 40m 정도였고 그 아래 30여 미터는 조금 완만한 비탈이었다. 구조대원들은 외줄을 더 내려달라 하여 붙잡고 한참 아래까지 내려가 찾아보았다. 역시 아무 흔적도 없었다. 한 시간쯤 수색한 끝에 구조대는 비탈에서 찾기를 포기했다. 모여 선 등산객들은 쑤군거렸다.

"여기서 떨어졌는데 왜 없는 걸까?"

"그럼 어떻게 되었다는 말인가요. 더 아래로 굴러떨어진 거 아닐까요?"

"죽었거나 중상을 입었을 텐데."

구조대장은 무전기에 대고 소리쳤다.

"다들 올라와라. 오버."

"알았습니다. 오버"

내려갔던 구조대원 둘이 올라오니 등산객들은 외쳤다.

"아니, 사람을 찾아야지, 포기하는 겁니까?"

구조대장은 고개를 저었다.

"흔적이 없으니 알 수가 없습니다. 하지만 걱정하지 마십시오. 수색을 포기하는 게 아닙니다. 산을 내려가 밑에서 올라오며 다시 찾아야죠."

"여기서 떨어지면 어떻게 됩니까? 죽은 사례가 있습니까?"

대철은 불길한 생각에 휩싸여 물었다. 주변 사람 모두 구조대장의 답변을 기다렸다.

"여기서 등산객이 실족한 사례는 기억에 없군요. 가끔, 아주 가끔 수리바위나 남이 바위에서 자살을 시도한 사람은 있었어요. 보시다시피 여긴 떨어지면 돌이킬 수 없는 데에요. 그건 우리로서 어쩔 수 없는 일이죠. 그런 일 외에 축령산은 사고가 거의 없는 산이에요."

"밑에서라면 우리도 함께 찾으면 안 되나요?"

대철이와 성배가 나섰다.

"얼마든지 좋죠. 하지만 저 아래는 보시다시피 길도 없는 곳이에요. 보통 힘든 일이 아닙니다."

"그래도 함께 가겠습니다."

"저희도 갈게요."

승원이와 현숙이도 나섰다. 구조대장은 그녀들의 차림새를 대충 훑어보고 고개를 저었다.

"아가씨들은 안 되겠네요. 그런 차림으로는 수색작업에 부담만 될 뿐이니까. 휴양림에서 방을 빌리든가 아니면 민박을 하나 빌려서 기다리는 게 좋을 것 같군요."

구조대는 밧줄을 걷어 올리고 가져온 짐을 다 챙겼다. 대장이 아래에 내려갔던 대원 중 한 명에게 물었다.

"김 대원. 저 아래 눈에 띄게 위치표시는 해 뒀지?"

"예. 했습니다."

"두 사람이 떨어진 건 확실한데 흔적이 없으니… 어떻게 됐을까?"

"이상하네요. 아무래도 무사하진 않을 텐데."

"이상하군… 좋아요. 아무것도 가정하지 맙시다. 갑시다. 아래서부터 올라오며 찾으면 있겠지."

구조대원들은 곧 내려갔다. 성배와 대철, 승원과 현숙도 따라 내려왔다. 그들이 내려가는 것을 신호로 그때까지 남아 있던 등산객 구경꾼들도 하나둘 흩어졌다.

12

오전 열 시 반에 산행을 시작해서 수리바위에 도착한 것은 열한 시 반이었다. 이때부터 비가 오락가락하기 시작했다. 남이 바위에 닿은 것은 열두 시. 사고는 그 십 분 후에 일어났다. 구조대가 올라온 것은 오후 한 시, 수색에 실패하고 내려간 것은 두 시, 밑에서 수색을 다시 개시한 것은 두 시 사십 분, 그러나 세 시간을 수색해도 아무 흔적도 발견하지 못하고 날이 어두워지기 시작하자 철수한 것은 다섯 시 반이었다. 첩첩산중이라 일찍 어둠이 왔다.

선옥이와 혜림이가 길도 없는 산속 숲길을 헤매다 겨우 마을을 찾고, 탈진한 상태에서 택시에 실려져 은행나무 집에 도착한 것은 여섯 시가 넘어서였다. 나침반 같은 걸 준비했을 리 없고 방향 감각도 없는 상태에서 이쪽이겠거니 한 것이 반대편 기슭인 재피골에서 헤맨 결과였다. 엉뚱하게 아침고요수목원 쪽으로 가버린 것이었다.

은행나무 집은 남양주시 수동면인데 그들이 겨우 찾은 마을은 가평군 상면 행현리였다. 쓰러질 듯한 몸을 간신히 가누며 마을 사람에게 택시를 불러 달라고 부탁해 은행나무 집에 도착한 시간은 여섯 시였다.

날은 저물었고 비는 그친 상태였다. 하늘을 덮었던 구름이 찢어지며 간간 별이 나타나기 시작하는 시간이었다. 은행나무 집엔 혜림의 친구들, 선옥의 친구들, 구조대원들, 혜림의 사촌 형 내외에 마을 사람들이 십여 명 모여 사라진 두 사람을 찾을 대책을 의논하고 있었다. 혜림의 집이나 선옥의 가족에게 연락해야 하지 않느냐는 고민도 시작된 때였다.

택시에서 비틀거리며 내리는 혜림과 선옥을 제일 먼저 본 것은 혜림의 사촌 형수였다. 찌개를 끓이려고 아래 마당 비닐하우스에서 대파를 뽑아 들어가던 형수는 택시가 마당에 멎고 선옥이 내릴 때만 해도 누군가? 의아해했다. 뒤이어 혜림이 몹시 아픈 듯 오른쪽 가슴을 양손으로 감싸며 택시에서 내리는데 형수가 다가와 확인을 했다.

워낙 탈진하고 초췌한 모습이었다. 옷도 여기저기 찢어져 너덜거렸다.

"아니 도련님 아니에요? 맞죠?"

"예, 형수님… 저 축령산에서 죽을 뻔했어요."

"아이고, 그러잖아도 지금 거실에 모두 모여 걱정하며 회의를 하고 있는데…"

혜림을 확인한 형수는 한걸음에 집 안으로 들어가 잔뜩 상기된 목소리로 그들의 귀환을 알렸다.

"왔어요. 도련님하고 그 색시가 지금 왔어요."

"뭐라고요?"

누구의 입에서 튀어나왔는지 모른다. 아니 최소한 예닐곱 명의 입에서 동시에 튀어나온 소리였다.

"선옥이가 왔다고요?"

승원이가 먼저 총알처럼 튀어 나갔다. 이어 숙현이도 쫓아 나왔다.

"많이 다쳤지요?"

"몰라요. 크게 다치지 않은 것 같던 데요."

형수의 대답을 듣는 둥 마는 둥 대철이와 성배도 벌떡 일어나 쫓아갔다. 구조대원이나 동네 사람들은 멍한 얼굴로 서로를 바라볼 뿐 말이 나오지 않았다. 그들도 뒤따라 밖으로 나왔다. 구조대장이 혜림의 형수에게 물었다.

"정말 괜찮은 거 같아요?"

"네. 우리 도련님은 조금 다친 것 같은데… 색시는 혼자 걸어요."

"어떻게요?"

"이렇게 양팔로 가슴을 감싸고 있던 데요..."

"어휴, 그런 정도라면 천만다행이군요. 기적입니다. 축령산 산신령님이 도왔군요."

"선옥아. 선옥아!"

승원이와 숙현이는 울면서 달려가 선옥이를 끌어안았다. 셋이 한 덩어리가 되어 동동거리면서 눈물을 터뜨렸다.

"다행이다. 정말 다행이야. 우린 너 죽은 줄 알았어… 얼마나 불안했다고"
대철이와 성배도 혜림을 끌어안았다. 터져 나오는 외침은 마찬가지였다.
"괜찮니? 다친 데 없어?"
"여기가 아파. 가슴이… 타박상 같아."
"늑골이 부러지거나 금 간 것 같아."
"그런 건 괜찮아. 그래도 다행이다. 하늘이 도왔다… 어서 들어가자."
우르르 나왔던 일행은 우르르 다시 들어갔다. 모두 선옥과 혜림에게 가운데 자리를 비켜주었다. 구조대원들이 둘러싸고 앉았다. 실종된 두 사람이 걱정되어서 모였던 동네 사람도 모두 둘러앉았다. 구조대장이 물었다.
"정말 어디 심하게 다치거나 불편한 데 없어요?"
"저만 가슴을 다친 것 같아요."
"가슴을?"
그러자 의대생인 성배가 나섰다.
"제가 의학을 공부하고 있습니다. 제가 한번 보겠습니다."
성배는 혜림의 팔을 잡고 위로 올려보기도 하고 뒤로 젖히고 또 굽혀도 보았다. 약한 비명이 나올 때도 있었지만 그런대로 움직임에 큰 무리는 없었다. 성배는 이어 가슴과 여기저기를 만지고 두드려본 뒤 말했다.
"갈비뼈에 금이 가는 정도 손상이 있는 것 같군요. 사진을 찍어봐야겠지만 부러지진 않았습니다. 움직이지 않고 가만히 있으면 될 것 같습니다."
구조대장은 다가와 혜림의 웃옷을 제치고 어깨를 보았다. 피부는 멀쩡했다.
"가슴을 심하게 부딪었군. 아마도 바위겠지. 그러나 움직일 수 있는 것으로 보아 내 생각에도 뼈를 다친 것 같지는 않으니까 다행이네."
성배가 또 말했다.
"예. 이런 정도 타박상은 2주 정도 안정 취하면 나을 겁니다."
여기저기서 다행이네, 이건 기적이야. 하늘이 도왔어, 하는 소리가 들렸다. 구조대장은 선옥을 보았다. 얼굴이며 손등에 긁힌 자국이 선명했다.
"학생은? 학생도 정말 다친 데 없어요? 피부가 많이 긁히긴 했구먼."

"전 괜찮아요. 특별히 아픈 데 없어요."
선옥은 신음하듯 지친 목소리로 말했다.
"정말 기적이 따로 없네, 거기서 떨어져서 이렇게 둘 다 무사하다니."
구조대장 만의 말이 아니었다. 그 자리에 모인 모든 사람이 이구동성 그랬다. 혜림이 말했다.
"심려를 끼쳐 죄송합니다."
"이런 학생… 이렇게 큰 탈 없이 돌아와 줘서 우리가 오히려 고맙지. 정말 다행이에요. 산신령이 도운 거예요."
"저도 수리바위 신령님이 도와주셨다고 생각합니다."
"수리바위 신령님? 하하하. 축령산 산신령이나 수리바위 신령님이나 같은 분이지 뭘."
모두의 걱정, 한숨이 안도의 숨으로 바뀌는 순간이었다.
혜림의 사촌 형 내외가 나섰다.
"자 이제 수습이 된 것 같으니 그만들 가시죠. 다친 아이들도 쉬어야죠."
"그래요. 이제 좀 쉬게 해야죠. 씻고 새 옷 드릴 게 갈아입어요. 추워하는 것 같은데."
형수가 선옥을 보며 안쓰러워했다. 혜림이 말했다.
"예. 따뜻한 물에 샤워부터 하고 싶네요."
"저도요."
선옥도 말했다. 형수가 배려해 주었다.
"그러면 색시는 2층 샤워실을 쓰세요. 도련님은 1층 샤워실 이용하시고. 다 비어있으니까. 더운물은 잘 나와요."
"고맙습니다."
형수의 말이 끝나자 승원이와 현숙이는 선옥을 데리고 2층으로 올라갔다.
"자자, 여러분."
구조대장이 큰 소리로 상황을 정리했다.
"모두 잠시 두 손 모으고 고개 숙여 축령산을 향해 산신령께 감사드립시다.

자아— 감사의 묵념 시작 —"

그렇게 묵념을 하고 나서 구조대장은 그 자리에 모인 모든 사람과 일일이 악수를 하며 젊은 남녀의 무사 귀환을 반기고 대원들과 함께 그 자리를 떠났다.

언제 그런 일이 있었냐는 듯 조용해진 것은 밤 8시 경이었다. 서울의 밤 8시는 한창 밝고 활동하는 시간대이지만 시골의 밤 8시는 인적도 없고 칠흑 같은 밤이었다. 집엘 가자면 얼마든지 갈 수 있는 시간이기도 했다. 청량리까지 가는 버스도 아직 막차가 남아 있었다.

혜림과 친구들은 진작 1박 할 요량으로 천막을 빌려놓았으니까 상관없었다. 여학생들 쪽이 갈까 말까 망설이는 것 같았다. 선옥이가 기운을 차릴 수 있으면 일어설 것 같았다. 그러나 선옥이 지쳐 누워 있었다.

사촌 형이 나서서 방이 3개인 30평형 콘도를 하나 내주며 큰일 견뎠으니 얼마나 놀랐겠느냐며, 웬만하면 하룻밤 쉬고 내일 가라고 했다. 승원과 현숙은 선옥이 눈치만 살폈다. 샤워하고 나니 꽤 심한 것 같던 얼굴의 얼룩이 지워지고 긁힌 상처들이 별것 아닌 것으로 보여 다행이었다. 그러나 쓰리고 아픈 것은 여전해 물약을 바르고 연고도 얻어 바른 뒤 면장갑을 꼈다. 이윽고 선옥이 누운 채 말했다.

"십 년 감수했어. 아니 정말 죽는구나 했어. 아직 내 정신이 아니야. 괜찮으면 여기서 자고 갔으면 좋겠다. 집에 전화하고… 우리 집에는 숙현이가 전화해 줄래?"

"정히 네 기분이 그렇다면…"

승원이도 숙현이도 집에 전화해서 허락을 구했다. 그리고 났는데 혜림의 형수가 큰소리로 모두를 불렀다.

"전부 거실로 와요. 저녁 먹어야죠."

그런 와중에도 형수가 저녁을 준비한 것이다. 두부찌개에 조기구이까지 있는 저녁상이었다. 형수는 대학생들이니까 술 한 잔씩 해도 되죠? 하면서 소주까지 내주었다. 혜림은 형수가 새삼 다정하고 고마웠다. 형수의 정성을 외면할 수 없어 선옥이도 일어나 일행과 함께 저녁을 먹으면서 술도 한 잔씩 했다.

세 명의 남학생과 세 명의 여학생은 그렇게 처음 만난 날 밤을 혜림의 사촌 형이 사는 은행나무 집에서 지냈다. 많은 것을 생각하게 한 날이었다.

13

이튿날 —

푹 자고 일어난 선옥은 염려했던 거와는 달리 몸이 상쾌함을 느꼈다. 다친 곳이 정말 없다는 확인이어서 더 그랬는지 모른다. 성배와 대철은 일찍 일어나 혜림의 사촌 형을 도와 마당도 쓸고 계곡에 내려가 세수도 했다. 혜림은 어제보다 더 가슴이 아파 두 팔로 가슴을 감싸 안고 마당 한 편에 앉아 지켜보기만 했다.

계곡을 흐르는 시원한 물소리가 산간 마을 아침을 신성하게 해주었다. 여학생들이 일어난 것을 확인한 형수는 아침상을 또 차려 주었다. 여섯 명의 학생은 미안해하면서 고마워했다.

"원래 우리가 해 먹으려고 재료도 다 가지고 왔는데…"

성배가 뒷머리를 긁적이며 인사했다. 고맙다는 말도 제대로 안 나왔다. 형수가 말했다.

"걱정하지 말고 많이 들어요. 사실 나도 고마워요. 어제 얼마나 놀랐는지… 도련님이 거기서 떨어졌다는 소리 들었을 땐 최소한 중상이라고 생각했어요. 거기가 얼마나 험한 덴데… 그런데 이렇게 멀쩡하니 얼마나 고마워요."

일행은 아침을 먹고 바로 나가기로 했다. 빨리 사촌 형 집에서 나가주는 것이 형수를 편하게 해주는 일이라는데 의견이 모였다. 나가서 어디로 갈 것인가, 그냥 버스를 타고 서울로 갈 것인가, 아니면 산엘 다시 올라갔다 갈 것인가, 아니면 근처에 있는 몽골촌이라든가 다른 관광지를 들렀다 갈 것인가, 하는 의논이 식탁에서 나왔다.

모두가 아침이면 집에서 나오는 것이 습관이 되어 있기에, 거꾸로 집을 향해 간다는 것이 어색했던 때문이기도 했다. 남학생 측은 축령산 철쭉을 보러 와서 아직 못 봤고, 축령산 정상도 밟지 못했으니 다시 올라갔다가 집에 가자고 했다. 여학생 측은 당일 산행을 왔다가 하룻밤 묵었으니 부모님이 걱정하실 것 같아 일찍 갔으면 좋겠다고 했다. 설왕설래가 계속되는 사이 점차 키가 선옥이와 혜림에게 주어지는 자리가 되어 갔다. 식사가 끝나갈 무렵 선옥은 혜림에게 물었다.

"선배는 어때요? 저는 어제 사고 현장을 다시 가보고 싶어요…"

"갈 수 있겠어요? 정말 어디 이상한 데 없어요?"

"하늘이 도왔는지 보디가드 덕분인지 전 정말 괜찮아요."

선옥은 웃으면서 말했다.

"야. 그 끔찍한 데를 다시 가자고?"

승원이가 이견을 보였는데 혜림이 말했다.

"나는 사실 가슴이 아파요. 아침에 일어날 땐 몸을 옆으로 돌리기도 힘들었는데 일어나 움직이고 걸으니 조금 괜찮네요. 조심해서 따라가도록 하죠. 어제 사고가 일어난 데까지 간다면 축령산 정상이 지척이니까 정상도 밟아보죠. 하룻밤 새 철쭉도 피었을지 모르겠네… 어쨌든 여러분 가는 데까지 가봅시다."

혜림이 선옥의 말에 동조하자 일행은 따르기로 했다.

아침 식사를 마친 일행은 형수에게 정중히 감사를 표하고 나왔다. 다시 산을 오른다는 말에 형수는 말을 아꼈다.

"그런 일을 당하고 다시 올라간다고요? 요즘 학생들은 참 알 수가 없어. 하긴 이 상태로 그냥 가면 다신 여기 안 오게 되지. 그럼 조심해서들 갔다 와요."

"아니요, 형수님." 혜림이 말했다. "갔다 오지 않고요. 바로 서울로 올라갈 겁니다."

"어디 다른 길로 내려오시게? 그럼 그렇게들 하세요."
"형수님 정말 고마웠습니다."
그들 모두는 혜림의 형수에게 90도 각도로 인사하고 다시 등산길에 올랐다.

어제처럼 휴양림을 가로질러 비탈을 올랐다. 하늘은 구름이 많아 꾸물꾸물했다. 어제처럼 축축하게 습기 찬 바람이 부는 것도 같아 또 비가 올지 모른다는 우려를 품게 했다.

수리바위를 지나 남이 바위에서 잠시 쉬고, 사고가 났던 지점을 향하는 걸음은 긴장으로 무거웠다.

이윽고 어제의 사고 현장에 닿았다. 보는 것만으로도 다리가 저리는 아찔한 절벽이었다. 끝에까지 발을 내디디고 목을 빼도 바로 아래 절벽이나 기슭은 보이지 않았다. 수십 길 되는 산 저 아랫자락만 보일 뿐이었다.

우와 ― 여기서 떨어져 이렇게 무사히 살았다니…

한 사람도 아니요 두 사람씩이나…

보고 또 보아도 기적 같은 일이었다.

어쩌다 그런 용기를 내었을까, 혜림에겐 어제의 일이 생생했다. 만약 그런 일이 다시 벌어진다면 같이 떨어질 수 없을 것 같았다.

선옥도 어제 일을 떠올리는 것 같았다. 혜림을 바라보는 선옥의 눈망울에 복잡한 그림이 그려지는 것 같았다. 위기를 넘기고 다시 태어난 감동일까. 구사일생의 행운 같은 것이 교차 되어 떠올랐다. 혹시 그가 나의 소울메이트(soulmate)인 것일까?…

혜림도 초롱초롱해지는 눈빛으로 선옥을 보았다. 누군가를 위해 자신의 생명을 던지기까지 하며 나선 것은 처음이었다. 결과는 얼마나 기분 좋은가.

이토록 험한 절벽에서 다치지 않았다는 것은 정말 기적 같은 행운이었다. 자칫 큰일을 당할 하나의 생명을 건진 것일 수 있었다.

"선배. 다시 한번 감사드려요. 아니 죽을 때까지 이 일은 잊지 않을 거예요."

선옥은 혜림에게 다가와 안기며 속삭였다.

축령산 연가

"앗! 또 비다."

대철이 소리쳤다. 빗방울이 또 하나둘 떨어지기 시작한 것이다.

"어떻게 하지? 또 비가 오는데?"

"이 지점이 비를 부르는 지점인가 봐."

승원이가 걱정하며 선옥을 보았다. 마치 선옥에게서 인제 그만 내려가자는 말이 나와 주기를 바라는 표정이었다. 선옥은 혜림을 보았다.

"어떻게 할까요? 선배가 정해요."

"어떻게 하긴, 시련을 이겨내야지."

혜림은 순간 수리바위의 기도를 떠올리면서 말했다.

"우리 수리바위로 다시 가자. 조금 아까 지나오면서 고맙습니다 하고 절을 했어야 되는 데 그냥 지나쳤지. 나는 우리가 무사한 게 수리바위 신령님 덕분이라고 생각해. 가서 감사 인사를 드리고 오자. 그래야만 될 것 같아."

"좋은 생각이네. 그렇게 하자."

"그래. 그러자."

아무도 반대가 없자 그들은 발길을 돌려 수리바위에 가서 정화수를 놓고 큰절을 세 번씩 했다. 여자들도 했다.

"저희를 지켜주셔서 고맙습니다. 저희의 기도를 들어주셔서 고맙습니다."

혜림이 큰 소리로 말하자 성배도 대철이도 따라 했다. 순간 약한 천둥이 울리고 가늘었던 빗줄기가 일시 굵어지는 것 같더니 이내 그쳤다. 혜림에겐 그것이 응답처럼 느껴졌다.

"자 이제 정상 정복하러 갑시다."

하며 혜림은 손을 내밀어 선옥의 손을 잡고 앞장섰다.

"이제 믿을 수 있죠? 내 손만 꼭 잡으면 아무 일 없어요."

선옥은 친구들에게 윙크를 보냈다.

성배는 승원의 손을 잡았고, 대철은 숙현의 손을 잡았다. 비가 그쳤다. 아니 오는 둥 마는 둥 산행에 지장을 주지 않을 만큼 아주 약하게 부슬거렸다.

"먼저 뭐라고 기도했던 거예요?"

선옥이 물었다.
"무슨 기도?"
"아까 수리바위 신령님께 그랬잖아요. 저희의 기도를 들어주셔서 고맙습니다. 하고."
"아, 그랬죠. 근데 기도 내용은 비밀이죠."
나는 웃으면서 말했다. 선옥은 알고 싶어 했다. 나는 두세 차례 빼다가 말해 주었다.
"어릴 때부터 들은 얘긴데 여기 수리바위에서 기도하면 들어주신다는 전설이 있어요. 우리 셋이 어제 올라가면서 기도했어요. 아침에 버스에서 만난 세 여학생을 만나게 해 달라고, 만나게 해주시면 그녀들을 지켜주는 사람이 되겠다고 했지요. 기도를 마치고 조금 올라갔을 때 남이 바위에서 만난 거예요. 수리바위 신령님이 우리 기도를 들어주신 거죠."
"그래서 보디가드를 제안하셨고요?…"
"예. 결국 그 약속을 지키느라 같이 절벽에서 떨어지기까지 했고."
"그랬던 거군요. 스토리가 되네요. 친구들에게 얘기해줘야지."
선옥은 즐거워했다.

그들은 돌탑이 있는 축령산 정상에 올라 멀리 둘러싸고 있는 운악산, 청우산, 천마산, 철마산, 은두봉, 깃대봉 등 산 들을 배경으로 사진도 찍었다. 비가 부슬거려 시야가 약간 흐렸지만 가까운 산들은 어느 정도 보였다.
서로 끌어주고 밀어주고 사진을 찍어주고 같이 찍고, 먹고 마실 것을 나누는 사이 자연스럽게 짝이 굳어졌다. 성배는 승원이와, 숙현이는 대철이와 사귄지 오래된 사이처럼 보였다. 사건의 주인공인 나와 장선옥보다 현장을 지켜본 그들의 모습이 더 로맨틱하게 보였다.
여자들의 전공은 모두 음악이요, 남학생은 따로따로이다 보니 그들의 화제는 자연히 음악과 공연, 영화음악 등으로 이어졌다.
뮤지컬 가수를 꿈꾸는 박숙현은 확실히 몸매도 좋고 목소리도 특별했다.

축령산 정상에서 대철이가 노래를 주문했다. 한 곡 들려달라고 간청했다. 숙현이는 말했다.

"선배. 나는 빼지는 않아요. 그러나 이렇게 비가 부슬거리는 때 산 정상에서 노래하면 얼마나 처량해 보이겠어요. 이미지 관리 차원에서도 지금은 안 돼요."

"그럼 어디서…"

"우선 비가 그치고 맑아져야지요. 이제 서리산으로 갈 거죠? 서리산 정상에 갔을 때 비가 그치고 맑아지면 한 곡 들려드리죠."

"비가 그쳐도 해는 안 나올걸?"

"화창한 걸 바라는 게 아니라 맑은 거요. 구름이 많아도 맑은 날씨를 말하는 거예요."

"허허허."

"내 노래 듣고 싶으면 또 기도해 보세요."

혜림이 선옥이에게 들려준 기도 내용이 이미 모두에게 전파되었다. 대철은 수긍했다. 좋아요. 하고 대철은 숙현이가 들을 수 있게 소리를 내 기도했.

'수리바위 신령님. 여기 축령산 정상에서 기도드립니다. 나의 귀여운 친구 노래를 들을 수 있게 서리산 정상에 올랐을 때는 맑은 공기로 가득가득 채워주십시오. 감사하며 기도드립니다.'

축령산 정상에서 휴식을 취한 그들은 서리산으로 향했다. 절 고개를 지나고 억새밭을 거쳐 가는 데 비가 뚝 그쳤다.

이윽고 서리산 정상에 올라섰을 때는 신기하게도 날씨가 맑아졌다. 대철은 신령스러운 전율을 느끼며 소리쳤다.

"수리바위 신령님 정말 신령하심을 제가 믿겠나이다. 감사합니다."

일행이 모두 대철이를 보았다. 선옥이와 승원이는 왜 저러나 하는 눈길로 보았다.

숙현이가 나서서 웃으며 연유를 설명하니 그제야 미소들을 지었다.

대철이와 약속한 게 있는 숙현은 노래를 불러도 괜찮을까 주변을 둘러보았다.

그들 여섯 명 외에 20여 명의 등산객이 쉬고 있어 폐가 될 것 같았다. 숙현은 일행이 앉은 자리 한쪽에 앉았다.

대철이 숙현에게 말했다.

"날씨 맑아졌어요. 약속한 노래 안 해요?"

"사람이 많잖아요. 민폐가 될 거예요."

"뮤지컬 가수가 되면 청중 앞에서 노래해야 하는 거 아닌가요."

"다르죠. 청중은 들으러 온 사람들, 여기는 세상 소음을 피해 쉬러 온 사람들. 그런 것도 몰라요?"

"아, 그래요? 어디 봅시다."

하고 일어선 대철은 큰소리로 정상에 있는 사람들에게 양해를 구했다.

"여기 장래 뮤지컬 가수가 있습니다. 양해해 주시면 노래 한 곡 들려드리겠습니다. 괜찮겠습니까?"

그랬더니 여기저기서 좋아요. 소리가 나왔다.

"그럼 박수로 환영해 주십시오."

하니 정상에 있는 모든 사람이 손뼉을 쳤다.

숙현은 더 사양할 명분이 없어졌다. 일어서서 자리를 잡은 그녀는 '산에 왔으니 산 노래를 부르겠습니다.' 하고 한상억 작사 최영섭 작곡의 그리운 금강산을 열창했다. 정말 프로의 솜씨였다.

노래가 끝나자 혜림 일행은 물론 그 자리에 있던 많은 등산객이 박수를 보내며 앙코르를 청했다.

숙현이 '감사합니다'하고 대철이 옆에 앉으려는데 몇몇 팀이 더 강력하게 앙코르를 원했다.

"기왕이면 뮤지컬 가수로 성공할 분인가 보게 오페라 아리아를 한 곡 들려주세요."

"그래요. 부탁합니다."

앙코르, 앙코르, 앙코르, 앙코르! 장단 박수까지 치며 합창을 해댔다. 혜림도 성배도 그 성화에 가담했다.

숙현은 부끄러운 듯 얼굴을 붉히고 잠시 대철이 뒤에 숨었다가 호흡을 다듬으며 다시 앞으로 나왔다. 그녀는 무대에나 선 듯 정중하게 인사했다.

"그럼 부족하지만… 레 미제라블의 주제곡 나는 꿈을 꾸었어요 (I Dreamed a Dream)를 부르겠습니다."

일순 서리산 정상은 쥐 죽은 듯 고요해졌다. 숙현은 노래했다.

지나가 버린 옛날 나는 꿈을 꾸었어요.
그때는 희망이 가득하고 삶은 살만한 가치가 있었죠.
사랑은 절대로 죽지 않으리라 꿈꾸었고
신은 자비로울 거라고 꿈꾸었어요.
그때 난 젊고 겁이 없었죠.
꿈을 만들고 써버리고 낭비했어요… ~ ~

열정이 담긴 숙현의 노래를 들으면서 성배는 승원의 손을, 혜림은 선옥의 손을 꼭 잡았다. 정말 숙현은 프로인 것 같았다. 대철이의 황홀해하는 시선은 숙현의 입 모양을 따라 움직였다. 주위를 에워싼 등산객 모두 숨을 죽이고 노래를 들었다. 그리고 노래가 끝나자 박수가 터져 나왔다.

등산객 중 한 사람이 소리쳤다.

"서리산 정상에서 이런 노래를 듣다니. 이런 걸 공짜로 들으면 벌 받지. 남자친구 어디 있나? 모자 벗어서 돌려."

"아이고 어르신 그건 아닙니다."

혜림이 얼른 나서서 손을 저으며 말했다. 그런데 대철은 재빨리 모자를 벗어들고 그 어르신에게 먼저 갔다.

"각본에 없던 산상 음악회입니다. 한 곡 더 청하는 의미에서 모자를 돌리겠습니다."

"좋아, 그렇게 하는 거야."

공짜로 들으면 안 된다고 외친 등산객은 퍼런 지폐를 세 장이나 모자에 넣었다. 대철은 말했다.
"마음에 없는 분은 내지 마십시오. 괜찮습니다."
그런데 여기저기서 돈을 모자에 넣었다.
"야 대철아. 그만해, 제발"
혜림은 버럭 소리를 질렀다. 그러자 대철은 모자 돌리기를 그만두고 돌아와 그 모자를 숙현이에게 내밀었다.
"한 곡 더 신청합니다." 하면서.
숙현은 아주 즐거운 표정이었다. 그녀는 일어서서 인사했다. '제 노래를 칭찬해 주셔서 고맙습니다.'하고 공손히 인사한 뒤 무슨 노래를 부를까 잠시 생각하는 듯했다. 산 정상에 다시 침묵이 왔다.
"그럼 이번에는 오페라 라 트라비아타에서 축배의 노래를 해보겠습니다."
그러자 등산객 중 한 사람이 나섰다.
"그건 듀엣으로 불러야 제맛이에요. 마침 내 십팔 번이 그건데 함께 맞춰볼까요?"
그러자 여기저기서 박수가 터졌다. 야, 이거 제대로 된 산상 음악회네. 하며 흥미진진해 하는 분위기였다. 등산객은 자기 앉았던 자리에서 일어나 숙현이와 사인을 맞춘 뒤 알프레도의 노래를 시작했다.

리비아모, 리비아모 넬리에티 칼리치 켈라 벨레짜 인피오라
엘 라 - 푸제볼 푸제폴 오라 시네브리 아 볼루타...

등산객의 목소리도 성악 하는 사람 못지않았다. 숙현이도 더 흥이 나는 표정이었다. 두 사람의 듀엣은 서리산 정상에서 피어나 널리 퍼지며 산 전체를 덮는 것 같았다.
숙현이가 먼저 등산객을 칭찬했다.
"어쩌면 그렇게 잘하세요. 성악 하세요?"
등산객은 그 찬사를 숙현에게 되돌려 주었다.

"나야. 아마추어죠. 학생이야말로 장래가 기대되네요. 라 트라비아타는 연습 안 하면 못 부르는 곡인데."
"저야 연습을 하죠. 마침 학과에서 내년 봄 축제 때 라 트라비아타 공연을 하기로 했어요. 제가 비올레타 역을 맡았죠."
"오, 그렇다면 나 같은 아마추어에겐 오늘이 영광스러운 날이 됐네요."
"아니에요. 정말 잘하셨어요."

그들은 각자 일행이 있는 자리로 돌아갔다.

라 트라비아타를 끝으로 그들은 하산을 시작했다.
"이야, 이거 얼마야. 꽤 많은데. 오늘 저녁 회식 제대로 할 수 있겠다."
내려오면서 모자 속의 돈을 정리한 대철은 손에 쥐고 흔들면서 즐거워했다.

서리산에서 화채봉 삼거리 쪽으로 조금 내려오니 예의 철쭉동산이 있었다. 이슬비에 젖은 철쭉이 꽃봉오리를 맺고 있는 것이 활짝 핀 것보다 더 청초하고 보기 좋았다.
그들은 여기서도 여러 컷 사진을 찍었다. 단체로도 찍고 쌍쌍도 찍고 독사진도 찍었다. 혜림은 선옥의 독사진을 신경 써서 찍어주었.
산행을 마치고 내려오니 오후 2시였다. 잠시 맑아졌던 하늘은 다시 이슬비를 뿌렸다. 배가 고팠다.
그들은 잊었던 철쭉제를 생각해 내었다. 비가 오는 통에 축제를 생각할 분위기가 안 났던 것이었다. 관리사무소를 통과하면서 혜림은 조카를 찾아 "먹거리 장터 어디서 하지?"하고 물었다.
"2km 정도 내려가면 부녀회관이 있어요. 지금 한창일걸요."
"2km나? 참, 어제도 그 정도 거리라고 했지."
어휴 소리가 나오는 거리였다. 그러나 조카는 뭘 그 정도 가지고 그러냐며 "한참 가면 금세에요." 하고 조크를 던졌다.

모두 그 소리에 웃었다. 한참 가면 금세라니…

일행은 부지런히 걸어 내려갔다. 과연 장터가 벌어져 있었다. 비가 와서 천막을 둘러친 데가 많은 것이 흠이었다.

그들은 한 천막에 들어가 두부 요리와 빈대떡 도토리묵 등을 시키고 막걸리를 주문해 마셨다. 어느덧 그들은 어제 만난 사람들이 아니라 오랜 친구요, 커플 만남이 되어 있었다.

술이 두어 잔 돌아가 얼굴에 홍조가 나타났을 때 숙현이가 말했다.

"소설이나 영화에서만 보던 남자를 나는 어제 보았어요."

"무슨 소리야? 어디서?"

"어제요. 여자를 위해 목숨을 던진 남자를요."

혜림이 이야기를 하는 것이었다.

"너무나 감동적이었어요."

승원이도 나섰다.

"정말이에요. 저도 감동했어요. 그런 남자를 만나다니… 내가 선옥이라면 죽어도 여한이 없을 거예요."

"뭘 죽어도 까지."

혜림이 대수로운 일 아니었다는 듯 말했다. 그러나 주인공인 선옥은 그런 얘기가 반복되는 게 부담스러운 것 같았다.

"그 얘긴 그만하자."

"어떻게 그 얘기를 안 할 수 있니? 그런 감동을 라이브로 느낄 수 있는 기회는 일생에 한 번 있을까 말까인데."

"일생에 한 번이라는 게 맞는 거야? 아니면 십만 명 중. 아니 백만 명 중 한 명이라는 표현이 더 맞는 거 아냐?"

"됐어. 그래도 오늘은 그만하자. 내 생각도 해줘야지. 너희들이 그러면 내가 어떻게 처신해야 하니?"

선옥은 몸 둘 바를 몰라했다. 그러나 술기운이 부추기는 것이었다.

"그런 엄청난 감동을 혼자 음미하며 만끽할 시간을 달라고? 안 돼. 난 그 얘기를 더 하고 싶어."

숙현은 그러더니 대철을 보고 말했다.

"대철 선배. 내가 위기에 처하면 선배도 그럴 수 있을까?"

순간, 승원이와 성배는 대철이가 어떻게 대답할까, 궁금해하며 손을 잡고 지켜보았다. 대철은 당당하게 말했다.

"우리 셋은 같은 부류야. 유유상종이라는 말 알지요? 성격이나 행동, 정신이 같으니까 삼총사로 어울리죠. 나도 당연히 같아요."

"어머나 정말요?"

"그럼, 한번 절벽에서 미끄러져 볼래요. 다시 올라갈까요?"

대철의 말에 숙현은 '아뇨, 됐어요. 믿을게요.' 하고 대철의 잔에 술을 따랐다. 혜림이 말했다.

"그런 일은 미리 마음먹는다고 할 수 있는 행동이 아니에요. 예기치 못한 상황에서의 반사적인 행동이니까. 거의 무의식적인…"

"더 멋지잖아요. 순수한 충동이니까…"

숙현은 예쁘게 웃으며 탐나는 듯 혜림을 보았다.

"그건 그래요… 순간에 내려지는 신의 명령과 같은 거죠."

성배가 말했다.

"좋아요. 그럼 신은 왜 그 순간 그런 명령을 내렸을까요?"

승원이가 나섰다.

"그건… 우리가 기도하며 뱉은 약속이 있었거든. 말의 씨라 할까?"

혜림이 말했다.

"무슨 말요?"

"내가 그랬죠. 세 분을 만나게 해주면 확실한 보디가드가 되겠다고 영험한 수리바위에 기도했어요."

"어머, 들었어요. 그랬다지요? 축령산 산행의 보디가드…"

"축령산만이 아니라… 인생의 보디가드에요."

"어머머. 인생이라면…"
혜림의 말에 여학생들은 말을 잃고 웃으며 서로를 보았다.
대철이가 나서서 막걸리를 더 시키며 안주가 더 필요하지 않을까 물었다.
"돈이 아직 많이 남았어요. 맛있는 거 더 시켜요."

그들은 그렇게 먹거리 장터에서 두어 시간 즐기다가 버스를 타고 서울에 왔다. 네온사인이 하나둘 켜지기 시작하는 저녁이었다.
1박 2일을 함께 보낸 데다 배도 부르고 술도 취해 청량리에서 내리자 서로 쌍쌍이 헤어지기로 했다. 따로따로 확실하게 맺어진 새로운 인연과 따로 커피라도 나눌 시간을 갖자는데 합의한 것이다.

14

혜림은 선옥을 데리고 종로 2가로 갔다. YMCA 빌딩 맞은편 건물 지하 1층에 있는 '갈릴리'라는, 디스크자키가 있는 음악다방이었다.
초저녁인데도 홀 안은 젊은이들 열기로 가득했다. 종업원이 혜림을 알아보고 고개를 까딱하며 반겼다. 단골인 것이다.
"어서 오세요. 마침 좋아하시는 자리가 비어있네요."
혜림이 좋아하는 자리가 있었다. 디스크자키가 잘 보이면서도 드러나지는 않는 코너였다. 조명이 다소 어두운 쪽이기도 했다. 혜림은 그 자리에 선옥과 마주 앉아 커피를 시켰다. 엽차를 한 모금 마신 혜림은 말했다.
"내가 단골로 드나드는 다방이에요. 좋아하는 노래 있으면 말해요. 내가 신청하면 디스크자키가 우선으로 틀어줘요."
"어머, 그 정도로 단골이세요?"
"하하하. 고등학교 선배가 디스크자키예요."
"좋은 학교 다녔나 보군요. 그럼 먼저 선배 좋아하는 노래부터 신청해 보세요."

그때 글렌 캠벨의 <타임>이 공간에 울려 퍼졌다.
"아. 내가 좋아하는 노래가 이미 나오네요. 이러면 난 이미 신청한 거예요. 이 곡은 내가 온 줄 알고 디스크자키가 틀어주는 곡이거든요."
혜림은 디스크자키 실을 향해 손을 흔들었다. 과연 자키도 손을 흔들더니 손가락으로 레코드플레이어를 가리켰다.
"정말 친한 사이시군요."
"그럼요."
후렴이 나올 때 혜림은 흥을 내어 따라 불렀다.
타임 오 굿, 굿 타임 / 웨어 디드 유 고? / 타임 어 굿 굿 타임 웨어 디드 유 고~.
노래가 끝났을 때 혜림은 말했다.
"난 노래 가사의 시적 분위기에 빠지기를 좋아하는 편이죠."
"문학을 하셔서 그런가요?"
"그럴 수 있죠. 암튼 나는 언젠가는 노벨문학상이 시인이 아니라 작사자에게도 주어질 거라고 생각하니까요. 이 노래도 그렇잖아요 오 시간은 이렇게 좋은데, 당신은 어디에 있나요, 바람에게 물어봐요~ 아주 시적이잖아요."
하면서 혜림은 디스크자키에게 한 번 더 틀어달라고 리피트 신호를 보냈다. 알았어. 조금 후에. 하는 수신호 답변이 왔다. 세 곡 지나서 노래가 다시 나오자 혜림은 아예 (선옥이에게만 들리도록) 따라 불렀다.
"노래도 잘하시네요."
선옥이 보기 좋게 웃으며 말했다.
"옥상 좋아하는 노래는 뭐지요? 한 곡 신청한다면."
"렛 잇 비 미… 한 번 들을게요"
"렛 잇 비 미… 그것도 내가 좋아하는 노랜데… 친구들과 듀엣으로 잘 불러요."
"어머. 그럼 언제 생음악으로 듣고 싶네요."
"함께 산행했던 대철이 있지요. 경영대 다니는 놈. 그놈 목소리가 나하고 잘 어울려요. 언제 그놈하고 같이 불러줄게요."
　노래가 나오기 시작했다. 노래가 나오자 나는 작은 소리로 흥얼흥얼 따라 부르며 선옥에게 함께 부르자는 눈짓을 했다. 선옥은 사양하고 듣기만 했다.
　"전 부르는 건 잘 못 해요."
　혜림은 흥얼거림을 멈추고 말했다.
　"나는 사람들이 노래를 선택할 때 보면, 지금 무엇을 생각하는지 은연중 속마음을 드러낸다고 생각해요. 갈망하는 게 무언지 드러내는 거죠."
　"그렇게 생각할 수도 있겠죠."
　"오늘 옥상이 선택한 렛 잇 비 미도 그런 의미에서 깊은 인상을 주네요. 당신과 만난 그날이 축복입니다. 당신 곁에 있고 싶습니다. 당신에게 빕니다. 곁에 있게 해주오~ 하는 내용이잖아요. 나도 신청하고 싶은 곡이었어요."
　"어머, 팝송 가사를 다 그렇게 외우고 해석하세요?"
　"다는 아니지만… 해석이 쉬운 건 영어 공부 삼아 그래요."
　"……"
　"옥상…"
　커피를 다 마시고 나서, 노래가 끝났을 때 혜림은 말했다.
　"술 한 잔 더 할까요?"
　"아뇨. 오늘은 피곤하기도 하고… 늦었잖아요. 집에서도 기다릴 테고."
　"……"
　"며칠 내로 제가 자리를 만들게요. 생명의 은인이시니까…"
　"그런 소리는 그만 해요. 덕분에 나도 엄청난 경험을 했어요. 절벽에서 떨어지고도 다치지 않은 건 엄청난 행운이죠. 그건 거꾸로 옥상 덕분일 수 있어요. 세상이 나를 아직 필요로 하는구나 하는 느낌도 있었고요… 그러니 술은 내가 살게요. 언제 보지요?"
　"전화 드릴게요."
　"옥상… 그보다… 우리 이런 약속은 어떨까요?"
　혜림은 문득 떠오르는 게 있어 제안했다.

"아주 문학적인 약속…"
"문학도라 툭하면 문학 문학 하시네요. 문학적인 약속이란 것도 있어요?"
선옥은 흥미로워했다.
"우리가 만나는 동안 내내 일기예보에 없었던 비가 왔잖아요."
"그랬죠."
"그러니까 우리 만남은 비와 인연이 있는 거니까…"
"……?"
"이렇게 약속하는 거예요. 아침 여덟 시부터 저녁 다섯 시 사이에 하늘에서 비가 한 방울이라도 내리면… 그날 저녁 7시에 여기, 갈릴리(다방)에서 만나기로. 어때요?"
"어머. 멋있는 제안이네요. 정말 문학적이에요."
선옥은 황홀해했다.
"그런데 그 약속 지킬 수 있을까요?"
"나는 약속을 중히 여기는 사람이니까 지킬 수 있어요. 특히 생과 사를 같이 한 옥상과의 약속이라면."
"좋아요. 저도 지킬 수 있어요. 그럼 우리 그렇게 하기로 해요."
"그래요. 그럼 약속!"
혜림과 선옥은 새끼손가락을 단단히 엮고 엄지를 맞대 도장까지 찍었다.
"그럼 오늘은 이만 일어납시다. 많이 피곤하지요?"
"네. 그래요."
"옥상은 어디 살아요? 바래다줄까요?"
"아뇨. 오늘은 됐어요. 선배도 피곤할 테니까. 다음에 부탁하죠."
"집은요?"
"신당동이에요. 선배는?"
"나는 효창동… 축구장 있는 데에요."
"……"
"자, 그럼 오늘은 이만 헤어집시다."

둘은 다방을 나와 종로2가 버스정류장을 향했다. 선옥은 혜림의 팔을 감싸 안고 꼭 붙어 걸으면서 말했다.

"선배. 아무래도 선배가 어제 만난 사람 같지 않아요."

"어제가 아니면… 얼마나 된 것 같아요?"

"아주 오래전… 전생에서요."

"후후후… 소울메이트(soulmate) 같은 생각이 들어요? 사실 나도 어제 그렇게 느꼈었는데."

혜림은 웃으며 선옥을 보았다. 선옥은 정말요? 하면서 귀엽게 웃으며 혜림을 보았다. 순간 혜림은 잽싸게 주위를 살폈다. 사람이 없으면 입술을 맞추고 싶은 충동이 일어서였다. 그러나 밤 아홉 시의 종로 2가는 인파가 넘실거렸다. 혜림은 선옥의 손을 잡아 꼭 쥐는 것으로 뜨거워지는 가슴을 진정시켰다.

신당동 가는 버스가 왔다. 선옥은 팔짱을 풀고 버스에 오르며 노래하듯 말했다.

"선배. 나 기도할 거예요. 매일매일 비를 내려달라고."

"그래요. 기도해요! 매일 매일 예보에 있으나 없으나 비를 뿌려달라고."

혜림은 이가 드러나게 활짝 웃으며 움직이는 버스를 향해 잘 가라고 손을 흔들었다.

15

혜림은 선옥을 그렇게 만났다. 김성배와 양승원, 고대철과 박숙현, 세 쌍이 그렇게 만났다. 수리바위 신령에게 기도했다 해도 그날 선옥이 산에서 미끄러지지 않았다면 스쳐 가는 남녀일 수 있었다.

세 쌍의 만남에 불씨가 된 것은 만나자마자 죽을 고비를 손잡고 함께 넘은 혜림과 선옥의 스토리가 있었기 때문이었다.

당사자인 혜림과 선옥은 그 이야기를 둘만의 비밀로 간직하고 싶어 했다. 그러나 목격자였던 두 쌍은 어디서나 만나기만 하면 마치 자신들이 목표하는 사랑의 귀감(龜鑑) 인양 그 이야기를 퍼뜨렸다. 그러다 보니 혜림의 학교와 선옥의 학교에서 유명한 이야기가 되어버렸고, 덕분에 혜림이와 선옥이는 유명(?) 학생이 되어버렸고, 성배와 승원, 대철과 숙현의 관계도 덩달아 유명해졌다.

이야기를 들은 여학생들은 유행처럼 남자친구에게 확인하는 풍습이 생기기도 했다.
"선배. 내가 그런 상황이었다면 선배도 같이 떨어져 줄까? 목숨이 걸린 일인데? 솔직히 말해 봐요."
여자들 질문은 같았지만, 남자들 대답은 사람마다 달랐다고 들렸다.
"그때 가 봐야지." 하는 남자도 있고,
"너를 좀 더 사랑하게 되면…" 하는 남자도 있고
"네가 내게 어떻게 하느냐에 달렸지." 하는 남자도 있고
"물론 나도 그러지. 너라면!" 하는 시원한 남자도 있다고 했다.
그런 와중에서 혜림과 선옥의 '문학적인 약속'만은 한동안 둘만의 비밀로 잘 간직했다.
그런데 그해 여름은 선옥의 주문을 하늘이 받아들였는지, 매일 오락가락 비가 왔다. 5월 초 선옥을 만난 이후 여름방학이 시작되는 6월 하순까지 하루도 비가 안 내리는 날이 없었다. 토요일도 일요일도 조금이라도 비가 왔다. 어떤 날은 해가 쨍쨍히 떠 있는 하늘에서도 비를 뿌렸다.
덕분에 둘은 매일 만났다. 매일 만나 음악을 듣고 커피를 마시고 저녁을 먹고 연극을 보기도 하고 술잔을 나누기도 했다.
둘이 매일 만나는 것을 승원이가 알고 숙현이가 알게 되는 것은 당연했다. 승원이나 숙현이나 대철이나 성배나, 때론 그들 커플이 만나자고 하면 같이 만났고, 그러다 보니 매일 만나는 것을 들키게 되었다. 매일 만나는 것은 들켰지만 둘만의 '문학적인 약속'만은 비밀로 간직했다.
시간이 흐르면서 혜림이나 선옥이를 만나고 싶은 다른 친구들까지 일곱

시에 맞춰 갈릴리로 왔다.

하루는 갈릴리에서 선옥을 기다리며 메모지에 글을 썼다. 이런 것도 노래가 될까 싶었지만 어쨌든 옥상이 작곡을 한다 하니 노랫말을 염두에 두고 써보았다.

만약 네가 실족하여 / 절벽에 매달렸다면,
나는 손을 뻗어 당연히 끌어올리겠지.
끌어 올릴 수 없어 떨어져야 한다면
나도 같이 떨어질 거야 / 나도 같이 떨어질 거야
너를 사랑하니까 / 너를 사랑하니까.
오 사랑해 / 죽음도 두렵지 않아
우린 영원한 연인 / 소울메이트
어딜 가도 너만 있으면 돼 / 저세상도 너만 있으면 돼.

만일 네가 어려워져 / 절망에 매달렸다면
나는 손을 뻗어 당연히 끌어올리겠지.
끌어올릴 수 없어 떨어져야 한다면
나도 같이 떨어질 거야 / 나도 같이 떨어질 거야
너를 사랑하니까 / 너를 사랑하니까.
오 사랑해 / 죽음도 두렵지 않아
우린 영원한 연인 / 소울메이트
어딜 가도 너만 있으면 돼 / 저세상도 너만 있으면 돼.

너를 사랑하니까 / 너를 사랑하니까.
오 사랑해 / 죽음도 두렵지 않아
우린 영원한 연인 / 소울메이트
어딜 가도 너만 있으면 돼 / 저세상도 너만 있으면 돼.

그날 선옥은 숙현이와 함께 왔다. 옥상에게 메모를 보여주니 그렇게 좋아할 수가 없었다. 숙현이는 뮤지컬의 한 장면을 연상케 하는 가사라며 옥상에게 '너 이거 작곡해 볼 거니?' 하고 물었다. 옥상은 만면에 웃음을 띠고
"한번 해볼 거야." 했다.
 "네가 작곡하면 내가 부를게."
 그러는데 대철이가 왔다.
 세 사람의 이야기를 듣고 난 대철은 제안했다.
 "야, 이거 노래가 완성되는 날 우리 집에서 여섯이 모여 파티를 하자. 내가 준비하고 진행을 맡을게. 초연은 물론 숙현 씨가 불러야지."
 대철이는 부잣집 아들로 평창동 저택에 살고 있었다.
 "그거 괜찮은 제안이네."
 "그래요. 대철 선배 집에서 파티하면 좋겠네요."
 숙현이 동의했다.
 "아니 숙현 씨, 대철 씨 집에 벌써 가본 거야?"
 혜림이가 물었다. 숙현이는 살짝 얼굴을 붉혔다.
 "아뇨. 얘기만 들었어요. 한번 가보고 싶어서 하는 소리예요."
 "그럼 약속은 됐네. 키는 선옥 씨가 쥐었고," 대철이가 말했다. "언제까지 작곡하겠다고 얘기할 수 있나요?"
 "글쎄요. 한 달?"
 "야 그렇게 오래 걸려?" 숙현이가 재촉했다. "데이트 좀 삼가고 작곡에 매달려 봐." 숙현이는 은근히 우리가 매일 만나는 걸 질투했다.
 그 말에 선옥은 잠시 숙현을 보았다. 넌 모르지? 매일 비가 와서 만나는 거야. 비 오면 만나기로 했거든. 하고 말하고 싶은 듯한 눈길이었다. 그러나 참는다.
 "알았어. 이제 방학이니까… 빨리해 볼게."
 대철이가 나섰다.

"우리 집 정원에서 멋진 음악회가 열리겠네. 작사는 이혜림, 작곡과 피아노는 장선옥, 노래는 박숙현… 찬조 공연도 있어야지. 그래 나와 혜림이 듀엣으로 렛잇비 미, 그리고 숙현 씨가 앵콜송 두어 곡 더 하시고…"
"피아노는 승원이가 나아요."
"아 승원 씨가 있지. 승원 씨는 따로 독주를 하도록 하죠. 이 노래는 작곡자가 반주하는 게 낫지 않을까요."
"성배 씨는 안 해요?"
숙현이가 물었다.
"성배는 우리들의 음악회 사회를 보라 하면 훌륭하겠죠. 잘 준비할게요."
"좋아요. 그렇게 준비하는 걸로 박수칩시다."
모두 살짝살짝 소리 안 나게 박수를 쳤다. 동의와 기대의 박수였다. 대철이 나섰다.
"자, 그럼, 우리들의 음악회 공연을 기획한 기념으로 나가서 한 잔씩 하자. 내가 낼게."
고마워요. 땡큐, 하면서 그들은 갈릴리를 나와 무교동 낙지 골목으로 향했다.

16

유월 하순부터 팔월 말까지 학교가 방학하는 사이에도 비는 하루도 빠짐없이 조금이라도 뿌렸다. 혜림은 방학에 아무 데도 갈 계획을 세우지 못했고 매일 선옥을 만났다. 그들은 꿈속에서 지내는 기분이었다.
매일 비가 내려 매일 만나는 데도 어쩌다 비가 안 올 것 같으면 하늘을 보고 기도했다. 어떤 날은 비 내리는 걸 직접 못 봤는데 친구가 알려주었다. 혜림이 비를 기다리고 좋아하는 게 친구들에게 알려진 것이다.
"너 왜 그렇게 갑자기 비를 좋아하게 된 거냐?"
친구들이 물었다. 혜림은 씩 웃고 말하지 않았다.
그러나 시간이 지나니 비만 오면 약속도 깨고 사라진다는 소문이 파다하게 퍼졌다. 갈릴리에서 선옥과 함께 있는 것을 들키기도 했다. 친구들은 궁금해했다. 이윽고 구체적인 질문이 오기 시작했다.

"비하고 그 여자 친구하고 어떤 함수관계가 있는 것 같은데 뭐냐?"

"여자 친구가 비를 좋아하나 봐. 그렇지?"

"빗속의 여자라. 비와 함께 다니는 여자… 아니면 비와 함께 나타나는 선녀… 그거 신비감이 풍기는데"

혜림의 친구들은 온갖 상상을 하며 알고 싶어 했다.

선옥도 시달렸다. 하지만 둘은 둘만의 약속을 지킬 수 있을 때까지 지키기로 이중 삼중 천막을 치고 둘만의 만남을 즐겼다. 일주일이 언제 가고 한 달이 어느새 가버렸는지 모를 만큼 둘에게는 꿈같은 나날이었다.

한 달 정도에 곡을 만들어 보겠다던 선옥의 작곡 작업은 ― 욕심을 내는 탓인지 ― 쉽게 이루어지지 않았다. 가사를 주고 나서 2주쯤 지난 뒤부터 혜림을 만날 때면 '이렇게 곡을 붙여보면 어때요?' 하고 악보를 보여주며 부분을 육성으로 들려주기도 했는데 돋보이는 곳도 있지만, 전체적인 조화는 잘 이루어지지 않는 느낌이었다. 그런데 돋보이는 대목은 어디선가 들어본 듯한 곡이었다.

"그 부분 참 좋은데 어디선가 들은 것 같아요. 표절 아녜요?"

하고 혜림이 눈을 찡긋하며 물으면 선옥은 정색하고 말했다.

"현대에 100% 창작이란 건 있을 수 없어요. 비슷하다고 여기면 다 낯익은 곡일걸요."

"하긴 수천 개의 노래가 있고 멜로디가 있는데 어떻게 그걸 피해서 100% 새로운 곡을 만들겠어요. 이 노래에서 조금, 저 노래에서 조금씩 가져다가 퍼즐 맞추기처럼 하지 않을까 싶기도 하네요. 그렇죠?"

"굳이 그렇게 비하해서 말하자면 그렇다고도 할 수 있죠."

선옥은 자존심이 상한 듯 얼굴을 붉히며 말했다. 혜림은 물었다.

"어쨌거나 음악 ― 아니 작곡에도 표절 시비가 많죠? 기준은 뭐에요?"

"표절에 대한 기준은 요… 내가 배우기론 작곡에선 8마디가 같거나 유사하면 표절로 판단해요. 그런데요, 같은 거야 명백한 표절이지만 유사하다는 건 판단 기준이 모호해서 따로 시비를 가려야 할 때가 많아요. 원작자가 소송을 제기하면 법원에서 표절 시비를 가리는 거죠. 음악계에서 예측하기로는 지금은 마디 수를 기준으로 하지만 앞으로는 마디 수보다 멜로디를 중심으로 화음과 리듬 형식을 종합적으로 판단해 가려지게 될 거래요. 선진국들이 그렇게 하고 있거든요."

"하여튼 작곡이란 게 대단한 도전 같아요. 그 많은 멜로디를 피해서 표절 냄새 안 나게 새 곡을 만든다는 게…"

"문학은 뭐 자유롭겠어요? 마찬가지 약점을 갖고 있지 않나요?"

선옥은 예쁘게 눈을 흘기며 말했다. 하긴 문학도 일상적이거나 종교 철학적으로 흔히 쓰이는 대사나 서술 문장은 얼마든지 같을 수 있었다.

"맞아요. 옥상이 그렇게 말하니까 이해가 되네요. 내가 괜한 걸 물어 옥상을 불편하게 만들었네요. 미안해요. 하하하."

혜림은 유쾌하게 웃으면서 표절이니 뭐니, 음울한 여운을 남기는 대화를 날려 버렸다.

"사과하는 의미에서 맛있는 집에 가서 저녁 먹읍시다."

선옥과 혜림의 만남은 늘 이런 식이었다.

그들은 그렇게 세상에 없는 사랑을 하고 있었다. 언제나 갈릴리에서 만났지만 차를 마신 후 영화나 연극을 보러 가기도 했고, 다방에만 앉아 음악 들으며 세 시간 이상 지내다 헤어지기도 했다. 어쨌든 그들은 비가 한 방울이라도 떨어진 날이면 어김없이 갈릴리다방에서 만났고 통행금지가 가까워져야 헤어졌다.

혜림은 밤을 같이 보내고 싶을 때가 많았다. 그들은 이미 생사고락을 같이했고 또 사랑하는 사이이니 함께 잠을 잔다는 것이 무리한 요구일 리 없었다.

그러나 혜림은 참았다. 남자 적 욕구를 억눌렀다. 가끔은 선옥이가 혜림의 그런 심정을 눈치채고 원하면 응할 듯한 몸짓을 보이기도 했다. 그러나 그녀 역시 참고 갔고 집에 가서는 참 잘했다고 스스로를 칭찬하곤 했다.

온통 마음이 상대에게 가 있는 것만도 그들의 형편에는 벅찬데 몸까지 섞여버리면 학생 신분에서 견뎌내지 못할 것 같은 불안함이 둘 모두에게 있었다.

17

혜림에게 문제가 나타나기 시작했다. 5월의 중간시험은 그런대로 넘어갔는데 방학을 앞둔 6월의 기말시험 성적은 형편없었다. 선옥이와 노는 데 바빠 공부를 게을리한 탓이었다. 전공과목은 그런대로 진작에 익혀둔 일본어 실력이 있어 넘어갔지만, 필수 교양과목은 망쳐버린 것이다. 그리고 방학을 맞았다.

칠월에도 비는 계속 내렸다. 정말 지긋지긋하게도 매일, 조금이라도 비가 왔다. 팔월로 접어들어서도 마찬가지였다. 결국 방학 중에도 둘은 매일 만났다. 매일 만나는 데도 이야기는 샘에서 물이 솟아나듯 끝없이 만들어졌다. 그 즐거움에 도취 되어 방학 과제도 소홀히 하고 말았다.

혜림에겐 또 하나의 고민이 있었다. 데이트 비용이었다. 집에서 주는 용돈은 일주일 경비도 안 되었다. 나름대로 모아 갖고 있던 예비금도 바닥난 지 오래되었다. 방법이 없어 대철이에게 빌렸는데 이 핑계 저 핑계 대며 세 번이나 빌리고 나니 더는 손을 벌릴 수가 없었다.

급기야 집에서 빤한 거짓말을 하면서 평소보다 세 배나 되는 돈을 갖다 썼다. 어머닌 눈치가 이상하다는 걸 알면서도 '용돈 가불 해주는 거야,' 하며 눈감아주었다. 아르바이트를 하기 전이어서 수입이 전연 없던 때였다.

집에서 주는 용돈이 전부인 처지에서 하루도 거르지 않고 여자 친구를 만나 커피다, 술이다. 음식이다, 영화다, 연극이다 하고 돌아다녔으니 남아날 게 없었다.

연애 비용은 남자가 써야 한다는 게 혜림의 생각이었다. 선옥이가 사겠다고 하는 날도 많았다. 혜림이 술을 사면 커피값은 자기가 내겠다고 했고, 어떤 날은 아는 사람 결혼식장에 가서 피아노 반주를 해주고 봉투를 받았다며 한턱내겠다고도 했다. 물론 그래서 선옥이가 쓰는 날이 간혹 있기는 했다. 그러나 대개는 혜림이 썼다. 혜림의 사고방식에서는 그게 원칙이고 당연했다.

그러나 더는 데이트 비용을 조달할 능력이 없어지자 고민이 깊어졌다. 뒤늦게 아르바이트 자리를 알아보았지만 쉽지 않다 보니, 매일 같이 비를 뿌리는 하늘이 원망스러워지기도 했다. 학교 성적도 위기였다. 그렇게 날이 갈수록 쌓이는 불안하고 당황이 되고 혼란스러운 마음이 어느 선을 넘으니 감춰지지도 않았다.

하루는 갈릴리에서 선옥이 물었다. 가을 학기 개강을 며칠 앞둔 시기였다.
"무슨 일 있어요? 요즘 힘들어하는 것 같아요."
선옥은 혜림의 기분을 고려했음인지 생글거리면서 말했다. 혜림은 우물쭈물했다. 도저히 사실을 말할 수 없었다.
"말해 봐요. 내가 도울 수 있으면 도울게요."
"고민이 있긴 해. 그러나 말할 수 없어요."
"왜요. 나 때문에 그래요?"
"……"
나 때문에 그래요? 하고 선옥이 눈을 반짝였을 때 혜림은 감추고 있던 비밀을 들킨 사람처럼 놀란 표정을 보였다. 말은 나오지 않았다. 빤히 선옥을 보기만 했다. 선옥은 그날따라 무슨 맘을 먹었는지 계속 생글거리며 혜림을 어지럽혔다. 한참 뒤에 혜림은 말했다.
"맞아요. 옥상을 사랑하기 때문에…"
"……"
선옥은 입을 다물고 혜림을 보았다. 생글거리던 화기(和氣)가 점차 사라지며 깊이 생각하는 표정이 되어갔다. 볼이 약간 붉어지는 것 같기도 하고 뭔가 비장한 결심을 하는 것 같았다.

"선배… 오늘은 허락해요… 술 내가 살게요."

"……?"

혜림은 선옥의 말에 진정성이 있음을 느끼고 고개를 끄덕였다. 어차피 주머니에 커피값밖에 없던 날이었다. 자존심이 무너지는 것 같은 순간이었다. 혜림은 속으로 다짐했다.

그래, 오늘 자존심 죽이고 술 얻어먹는 김에 사실을 고백하자, 이젠 돈도 없고, 학교 성적도 개판이라 가을 학기에서 권총을 찰지 모르는 처지가 되었다고 고백하자. 우리 아직 이렇게 정신없이 사랑할 때가 아닌 것 같아. 하고 말하자.

"가요, 선배."

선옥은 뭔가 큰 결심을 한 것처럼 보였다. 아니면 혜림이 큰 결심을 했기에 그렇게 보이는 것일 수도 있었다. 혜림은 선옥이 먼저 일어나 내미는 손을 잡고 술집으로 자리를 옮겼다.

선옥은 평소 같지 않게 술을 많이 마셨다. 그러면서 음악이나 뮤지컬이 아닌 그들 만남을 이야기했다.

"선배는 정말 좋은 사람이에요. 전 솔직히 선배를 만나게 해준 축령산에 늘 감사하면서 지내요."

"축령산… 그래요 정확히 말하면 축령산 수리바위 신령님이 만나게 해주셨지. 나도 감사해요."

"나를 사랑해요?"

"그럼요. 세상 누구보다 사랑하게 됐죠… 평생 보디가드를 약속했잖아요."

"결혼하지 않아도요?"

"왜 그런 소리를. 결혼할 사람 따로 있었어요?"

"그건 아니지만요."

"내가 결혼 상대로는 아니네요?"

"후후후. 그것도 아니고요."

"그럼 왜 그런 소리를…"

"너무 사랑하니까요. 너무 사랑하니까 사랑이 길게 이어지지 않을 것 같아 두려워요. 소설이나 영화에서도 그러잖아요. 뜨거운 사랑의 끝이…"

혜림은 선옥의 심정을 알 것 같았다.

"우린 다르지요. 우린 불장난 하는 게 아니니까."

"그럴까요? 우린 영원할 수 있을까요?"

"수리바위 신령님께 약속했잖아요. 그건 맹세나 같은 거예요."

혜림은 최대한 선옥의 마음을 편하게 해준 뒤 기회를 잡아 고백으로 들어가려 했다.

그러나 그날 선옥이 마음먹은 방향은 전혀 그 반대였다.

"나 책임질 수 있지요?"

"지금에서 더… 어떤 말로 책임질까요."

"너무 부드럽고, 상처 날까 아껴주고… 예의 바르고, 진심으로 사랑해 주는 거 같고, 믿음직스럽고, 완벽해 보여서 그게 오히려 불만이에요."

"재미있는 표현이네요, 그럼 어떻게 했으면 좋겠는데요?"

사실을 고백하려던 내 기분은 바뀌어 가고 있었다. 선옥은 이미 취한 모습이었다.

"글쎄요. 사람이 바글거리는 명동 네거리에서 나를 거칠게 끌어안고 키스하려고 덤빈다든가… 그런 동물적인 모습도 보여주었으면 좋겠어서 요, 선배는 그럴 수 없죠?"

그 말을 하면서 선옥은 혜림을 빤히 보았다.

"왜 안 하던 소리를… 무슨 일 있었어요?"

"아뇨, 선배가 너무 힘들어하는 것 같으니까…"

선옥은 갈릴리에서처럼 하얀 이를 살짝 드러내며 생긋 웃었다. 또 볼이 붉어졌다. 그러더니 가까이 대고 속삭였다.

"나도 알아요. 참으니까 힘든 거."

선옥은 또 살짝 웃었다. 그 웃음은 갈릴리에서와는 달랐다. 갈릴리에서의 생글거림이 순박했다면, 지금 취한 상태에서의 웃음은 농염했다. 영락없는 유혹이었다. 수청을 자청하는 몸짓이었다. 혜림은 성욕이 진하게 이는 것을 느꼈다.

혜림은 고백은 다음에 하자고 마음을 접었다. 그동안의 접촉은 축령산에서 사고를 당했을 때, 그때 엉겁결에 키스한 일이 전부였다. 버드키스나 눈 키스 정도는 있었지만, 그 이상을 시도해 본 적이 없었다. 그런데 지금 선옥의 의도는 무엇인가?

"옥상. 술 남은 거 마저 마시고 이만 일어납시다. 많이 취한 것 같으니까. 오늘은 내가 집에까지 데려다줄게."

혜림은 그래도 그건 안 된다고 뜨거워지는 가슴을 애써 누르며 어서 마시고 일어나 집에 가자는 식으로 병에 남아 있는 술을 다 따랐다.

"싫어요, 더 마실래요."

"우리 정량을 많이 초과했어."

"한 번쯤 어디까지 가나 초과해 보죠. 한 번도 초과해 보지 않았잖아요. 완벽주의자 선배…"

"……"

"나 오늘 안 데려다줘도 돼요. 그냥 마음껏 마셔 보자고요."

"무슨 일 있었군…"

"없었다니깐요… 그냥 오늘 선배와 같이 있고 싶어서 그래요."

그러면서 선옥은 또 웃었다. 이번에는 그렇게도 여자의 마음을 읽지 못하느냐고 혜림을 비웃는 것 같았.

18

그날 밤 둘은 모텔에 가서 뜨거운 밤을 보냈다. 서로가 알몸이 되어 온몸 구석구석을 샅샅이 애무하고 거칠게 비벼댔다. 혜림에게는 첫 경험이었다. 가려졌던 여자의 모든 곳을 보고 만지고 애무했다. 선옥은 불을 끄자고 했으나 혜림은 보고 싶다고 고집했다.

그들은 밝은 불빛 아래 밤이 새도록 서로를 탐하며 사랑을 나눴다. 그런 진한 밤은 선옥에게도 처음이었다. 한 번 사정하고 나서 선옥의 가슴을 애무하며 잠시 얘기하다 보면 또 성욕이 일어 뜨겁게 포갰다.

남자의 성기를 밝은 불빛 아래 선명하게 보는 것이 처음인 선옥은 선옥대로 신기하고 재미있는 듯 손에 쥐고 놀다가 빳빳해지면 스스로 충동이 일어 입 안에 넣고 혀로 애무도 하고 빨아주기도 했다. 처음 느끼는 오럴 섹스의 쾌감 역시 혜림에겐 말이나 글로 표현할 수 없는 자극이었다.

이성 간에 흡족할 만큼, 오르가슴에 도달할 정도로 깊은 교감을 나누면, 그 순간 영혼적으로 어떤 신호가 연결되는 것 아닐까.

혜림과 선옥은 그날 이후 큰 변화를 보였다. 둘은 이제 남이 아니었다. 말을 안 해도 상대의 기분을 알 수 있는 상태가 되었다. 서로 자기 사람이면서 동시에 자기가 책임져야 하는 동반자라는 의식을 갖게 되었다. 신비감은 사라지고 남매처럼 편하게 대하는 사이가 되어버렸다.

그날 이후 혜림의 말투도 변했다. 무의식적으로 말을 놓게 되었는데 선옥도 그게 편하다고 했다.

섹스 자체가 준 쾌감도 강했다. 뜨거운 밤을 진하게 경험한 이후 만날 때마다 생각을 안 하려 해도 그 쾌감이 둘의 주변을 감쌌다. 술을 마신 뒤 그런 시간을 가진 탓인지, 만나서 술을 마시면 그게 또 하고 싶어졌다. 좀체 자제가 안 되는 유혹이요 욕구가 되어갔다. 선옥이 고치 안주나 아이스바 따위를 먹을 때면 혜림은 오럴 섹스를 연상했다.

치미는 욕정을 참을 수 없어 혜림이 제안하면 선옥은 망설이는 듯하다가 따라왔다. 긴 밤을 함께 보내는 것이 아니라 두어 시간 섹스를 즐기고 난 뒤 몸단장을 새롭게 하고 각자 집에 가는 것이었다. 가을 학기가 시작된 후에도 그들은 몇 번 모텔을 옮겨가며 욕구를 발산했다. 혜림은 그 즐거움에 빠져 결국 실제 고민은 털어놓지 못하고 9월 중순을 맞았다.

19

 9월 중순이 되자 매일 오던 비가 뜸해지기 시작했다. 이삼일에 한 번씩 내렸다. 자연스럽게 그들도 이삼일 만에 만나곤 했다. 그러나 가을 학기가 시작되고 보니 이삼일에 한 번 만나는 것도 혜림에겐 부담이었다.
 일본문화와 전통문학, 또 현대문학 따위 과목은 대충 넘어갔지만 일어학 이해나 실용 회화는 아직 혜림에게 많은 시간을 요구했었다. 그 위에 교육철학, 교육사, 교육론 같은 교직 과목이 또 문제였다. 1학기 때 소홀히 했던 교재연구 및 지도법이나 교육과정 및 평가는 재수강이라도 해야 쫓아갈 수 있는 정도로 뒤처졌다.

 대학 생활에서 3학년은 전공에 본격적으로 발을 담그는 시기였다. 전공을 기반으로 학점을 쌓아가면서 복수전공이나 관련 자격증 취득으로 스펙을 쌓아야 하는 중요한 시기임을 익히 알고 있는 혜림이었다. 한눈을 팔아서 안 되는 시기였다.
 더욱 절박하게 만든 것은 연애하는데 온통 시간을 빼앗긴 1학기 성적이 엉망이어서 졸업학점 이수 자체에 빨간불이 켜진 것이다. 130학점을 따야 하는데 한 학기를 거의 펑크 내다시피 한 결과 82학점에 불과한 데다 상상도 하지 않았던 D도 섞였다. 전공 심화에서 자칫 F가 나올 뻔한 것을 그나마 교수가 봐준 것이었다.
 평균 학점도 창피할 정도인 3.1로 턱걸이였다. 남은 세 학기를 학기당 18점 이상 얻으려면 혜림은 그야말로, 이제부터라도 공부에만 매진해야 했다. JLPT N1 자격증 (일본어 능력 시험)도 학년 초에 목표했던 대로 올해 취득하려면 더더욱 집중해야 했다.
 학점에 여유 있는 동급생들은 이미 취업반이라며 동분서주 정보를 모으고 스펙 쌓기에 여념이 없는데, 혜림은 취업 준비는커녕 유급을 걱정해야 하는 꼴이 되었으니 스스로 생각해도 보통 한심한 게 아니었다.

9월 하순에 혜림은 손가락을 깨물며 비장한 결심을 했다. 서로가 믿고 모든 것을 아낌없이 나누었고, 사랑에 변함이 있을 리 없는 만큼 비가 와도 당분간 만나지 말고 밀린 공부를 하자 하기로 각오를 굳혔다.
선옥을 만나 솔직하게 자신의 처지를 이야기하고 당분간 보고 싶어도 참자고 진지하게 제안하면 이해하고 받아들여 줄 것으로 믿어졌다.
혜림은 문득, 선옥의 처지도 마찬가지 아닐까. 하는 생각을 했다. 선옥은 1학년이니까 좀 나을지 모르지만 그래도 어쩌면 비슷한 고민을 하고 있을지 모른다는 생각을 거듭하자 그럴 것도 같았다. 그렇다면 그런 제안을 하는 자기를 이해하겠지 싶어졌다.

'그래. 말을 돌릴 필요도 없다. 있는 그대로 어려운 상황을 이야기하자. 오늘 이후 졸업까지는 소위 <문학적인 약속>을 보류하고 서로 공부에 매진하자고 하자. 그것이 우리의 미래를 위해서도 바람직한 일이다. 옥상은 영리하니까 흔쾌히 동의해줄 것이다.'

9월 24일이었다. 그날도 비가 잠시 지나갔으므로 저녁에 갈릴리에서 만났을 때 혜림은 드디어 말을 꺼냈다.
"옥상. 우리가 이렇게 자주 만나는 게… 축복일까?"
"내겐 축복이에요. 자랑이고. 선배는 안 그래요?"
선옥은 밝게 웃으며 혜림을 보았다.
"우리 사랑은 이제 굳어졌지?"
"그럼요. 세상에 우리 같은 커플은 없을 거예요. 저는 제 생애 최고의 해를 보내고 있어요."
선옥은 행복해했다. 혜림이 무슨 말을 하려는지 짐작도 하지 않는 것 같았다. 그러다 이상한 느낌이 들었는가?

"그런데 왜 그런 말을 하세요?…새삼스럽게." 하고 물었다.
"그냥… 한번 짚어보고 싶어서."
"하고 싶은 얘기가 있는 것 같은데요."
"있긴 있어…"
혜림은 우물거렸다.
"해요. 무슨 얘기인데요?"
"음 그건… 옥상. 내 얘기를 절대 오해하지는 마…"
"알았어요."
오해하지 말라고 전제를 붙이자 선옥의 표정이 약간 굳어졌다. 혜림은 더듬더듬 입을 열었다.
"저기… 우리 말이야… 우린 아직… 학생이잖아. 매일 만나다시피 하니까 공부에 지장이 있지 않아?"
"왜 안 하던 얘기를 해요? 권총이라도 하나 생길 것 같으세요?"
선옥은 순식간에 반신반의, 경계하는 표정으로 변했다.
"아직은 아니야. 아직은 아닌데… 나 진짜… 계속 이러다간 권총이 아니라 쌍권총 찰 것 같아."
"그래요?"
선옥의 입가에 알 수 없는 그늘이 스친다.
"그럼 어때요. 내가 있으면 되죠. 선배. 드디어 나 노래 작곡 마쳤어요. 언제 들려드릴까요. 그 노래에서 선배가 그랬잖아요, 이젠 정해졌어. 어딜 가도 너만 있으면 돼~ 이젠 정해졌어. 저세상에 가도 너만 있으면 돼~ 했잖아요. 내가 있으면 되는 거 아녜요?"
선옥은 노래를 완성한 기쁨을 얹어 후렴 부분을 귀엽게 노래했다.
"그 멜로디 정말 듣기 좋네. 대철이한테 날짜 잡으라고 해야겠네,"
기다리던 작곡이 완성되었다는 선옥의 말에도 당장 들어보자는 반응 없이 혜림의 대답은 시큰둥했다. 혜림은 지금 그게 문제가 아니기 때문이다. 선옥의 표정은 시큰둥해졌다.

"선배, 하려고 하던 얘기가 그거에요?"

"그거지 뭐…"

혜림은 고개를 주억거리며 시선을 내리깔았다가 고개를 들어 선옥을 보았다. 노래 때문에 오늘 얘기 못 하면 언제 기회가 올지 모른다. 노래는 노래고 당면한 문제는 문제다. 혜림은 용기를 내서 말했다.

"우리에게 지금 그보다 심각하고 급한 게 뭐 있겠어. 나… 고백하는데… 점점… 매일 비가 오는 게 원망스럽기도 해. 꼭 해야 할 일을 못 하는 날이 많거든."

"그래요?…"

노래를 완성한 즐거움은커녕 선옥의 얼굴빛은 굳어지기 시작했다.

"내게 거리를 느끼게 된 모양이군요."

그 말에 혜림은 아차, 하며 얼른 말을 돌렸다. 그건 아니야. 오해하지 말라고 했잖아. 하고 황급히 말을 돌렸으나 선옥의 얼굴빛은 그럴수록 더 어두워졌다. 혜림은 잠시 망설였지만 내친김에 자르기로 했다.

"우리 졸업할 때까지 만남을 억제해야겠어…"

"졸업할 때까지요? 그렇게나 요?…"

중얼거리며 커피잔을 만지작거리는 선옥의 눈에 눈물이 비쳤다. 선옥은 커피잔을 보며 말했다.

"미안해. 어쩔 수가 없어."

혜림은 기어이 할 말을 해버리고 말았다. 선옥은 한참을 말없이 커피잔만 만지작거렸다. 커피잔에 눈물이 뚝 뚝 떨어졌다. 선옥은 혜림을 보지도 않고 말했다.

"그동안 꿈을 꾸다가 깨어난… 그런 기분인 거예요?"

"어쩌면…"

"……"

"그러나 내 사랑하는 마음은 변하지 않을 거야."

"그래요?…"

선옥의 눈에서 계속 눈물이 떨어졌다. 그녀는 울먹이면서 말했다.
"선배는 공부하고… 그럼 나는… 비가 오는 날 나는… 무얼 하지요?"
"옥상도 공부해야지. 우린 학생이잖아."
혜림은 선옥을 달랬다. 달랜다는 것이 또 추억을 망가뜨리고 말았다.
"옥상, 5월부터 오늘까지 5개월 동안 비가 안 온 날 ― 그러니까 우리가 만나지 않은 날이 며칠인지 알아?"
"몰라요, 그게 며칠인데요?"
선옥은 젖은 눈으로 혜림을 보며 반문했다.
"5개월 동안 겨우 7일이었어. 한 달 30날 중 28일 이상을 매일 만나 같이 지낸 거야."
"그런 것까지 계산해 봤어요? …후회라도 하는 건가요?"
선옥의 얼굴은 차츰 배신감으로 싸늘하게 변해갔다.
"계산이 아니라 그냥 돌아본 거지."
혜림은 달랜다고 한 얘기지만 선옥에겐 그렇게 받아들여지지 않았다. 침묵이 십여 분 흘렀다. 그 십여 분 사이 선옥의 얼굴은 더욱 슬픔에 잠겨 어둡고 싸늘해졌다.
혜림은 천정을 보았다. 일시적으로 서운함이 있더라도 내친김에 합의를 보는 게 낫겠다고 생각했다. 그녀 말대로 이제 꿈에서 깨어나 공부를 해야 한다는 마음이 더 절실했다.
한동안 침묵이 흐른 뒤 선옥이 일어섰다.
"알았어요."
"갈려고? 내가 바래다줄게."
혜림이 따라 일어서려고 하자 선옥은 낮은 목소리로 말렸다.
"아녜요, 선배. 오늘은 나 혼자 가게 해줘요. 어차피 오늘 이후 홀로서기를 해야 하니까."
"그럴래?…"
혜림은 발이 얼어붙는 걸 느꼈다. 핸드백을 들고 일어선 선옥은 이별을 선고하듯 말했다.
"선배, 고마웠어요. 생명의 은인이고, 첫사랑이고… 빗속의 남자…"
혜림도 일어서서 말했다.
"다른 생각 하지 말고 조금만 참자고. 시간은 금세 지나가… 지나고 보면 잠시일 거야. 우선은 공부하고, 졸업 후에 실컷 즐기자."
"……"
선옥은 혜림의 말에 아무 반응을 안 했다. 입술을 깨무는 게 보였다. 한동안 그림처럼 서 있던 선옥은 말했다.
"선배는 늘 말을 잘했는데… 오늘은 아니네요."
"……?"
"갈게요."
하고 돌아서는 선옥의 눈에서 또 눈물이 떨어지는 게 보였다.
"울지 마. 울 일이 아니잖아. 오해할 게 없잖아."
"선배 제안대로 해요. 졸업 때까지 안보는 걸로…"
"그래… 금세 지나갈 거야."
선옥은 천천히 걸음을 옮겨 쓸쓸하게 다방을 나갔다.

그날 이후 혜림은 선옥을 만날 수 없었다. 그래도 가끔은 비가 온 날 갈릴리에 나타나는 일이 있겠지 하고, 비가 올 때마다 다방에 가 기다렸으나 선옥은 나타나지 않았다. 졸업할 때까지 보고 싶어도 참자고 제안한 건 혜림이었는데, 점점 참지 못하는 혜림이 되어갔다.
전화도 받지 않았다.
얼마 지나지 않아 혜림은 후회하게 되었고, 보고 싶어 안달이 나서 더 공부가 안되었다. 대철이와 숙현이, 성배와 승원이를 통하는 등 백방으로 연락을 시도했지만, 응답을 들을 수 없었다.
10월 하순으로 접어들어 가을이 깊어지면서 비가 오는 날은 한결 드물어졌다.
혜림은 마음을 추슬렀다. 흔들리지 말고 애초에 마음먹은 대로 공부에 전념하

자. 그것이 선옥을 진실로 사랑하는 행동이고, 선옥이도 그런 모습을 원하고 있을 거로 생각하니 보고 싶은 마음이 진정되는 듯했다.

그렇게 가을은 갔고 겨울이 오면서 김재호 교수연구실에서 아르바이트하게 되었다. 그리고 이듬해 4학년이 되면서 봄을 맞았다.

20

김성배가 만나자고 했던 목요일, 고대철도 시간이 괜찮다고 하여 셋은 오후 다섯 시, 도서관 앞 잔디에 둘러앉았다. 캔 커피와 과자는 혜림이 준비했다.
성배가 약혼한다는 소식을 들은 대철은 눈이 휘둥그레졌다.
"그게 정말이냐? 약관 스물둘에 약혼?"
"응. 그렇게 됐어."
성배는 환하게 웃고 고개를 끄덕이며 말했다.
"그렇게 된 건 수리바위 신령님 덕분이라는 거 부인할 사람 없지? 그렇다면 내 약혼식에 너희들 넷은 당연히 와서 축하해 줘야지?"
"……?"
혜림과 대철은, 성배의 말에 얼른 답을 못했다. 우물거리다가 겨우 혜림이 '형편대로 해야지,' 하고 말하려는데 성배가 답을 기다리지 않고 또 말했다.
"알아. 혜림이와 선옥이가 안 만나고 있고, 대철이와 현숙이 상태도 삐걱거린다는 거 알아. 내 생각엔 둘 다 남자 쪽에 문제가 있는 걸로 보여. 내가 바로잡아주려고 오늘 만나자고 한 거야."
성배는 자신감을 보였다. 대철이가 말했다.
"아무리 친구라도 남녀 관계를 어떻게 3자가 조절하니? 둘이 맞추면 맞추고 깨지면 깨지는 거지."
혜림은 캔 뚜껑을 따고 커피를 마셨다. 하늘을 보니 또 선옥이 생각났다. 혜림은 속으로 염원했다. 이제 곧 봄비가 오겠지. 첫 비가 오는 날은 갈릴리에 올지 몰라.

"무슨 묘안이 있니? 한 번 들어나 보자."

고대철은 자세를 바로잡고 귀를 쫑긋했다. 혜림은 한 귀로 듣고 한 귀로 흘리려는 무덤덤한 자세였다. 혜림과 선옥이 관계를 되돌리는 건 성배 말처럼 쉬울 것 같지 않았다. 혜림이 제안한 대로 졸업 후에는 순순히 만나질까?… 성배가 말을 시작했다.

"내 이야기를 먼저 하지. 나 요즘 뇌 과학에 빠졌어. 그러다 보니 남녀의 근본적인 차이를 알게 된 거야. 큐피터의 화살도 그냥 지어낸 얘기가 아냐. 근거가 있어. 아주 설득력이 있어. 상황에 따라 시시각각 뇌가 변화 반응하는 현상을 알고 나면 너희도 생각나는 게 많을 거야."

성배는 자못 진지하게 말했다.

"오늘은 나를 연애 상담사로 여기고 솔직하게 너희들 상황을 상담해라. 너희가 옥상이나 숙현이를 안 만나고 싶다면 모르겠는데, 그렇지 않다면 도움이 될 거니까."

"너 혹시… 우리를 풋내기 의학도의 실험 대상으로 삼으려는 거 아니니?"

혜림이 거꾸로 찔렀다. 성배는 웃었다.

"후후후… 뭔 소리냐? 실험이라니."

그 소리에 대철이도 웃었다. 호기심을 자극하는 말이었다. 성배는 말했다.

"연구 측면은 있지. 나는 연구대상이 필요한 학도니까."

"그럼 잔디에 앉아 이럴 게 아니라 술 한 잔 사야지. 사리가 그렇지 않니?"

혜림이 말하자 성배는 흔쾌히 일어섰다.

"맞다. 오늘은 내가 사지. 가자. 어디로 갈까?"

"우리야 이바구저바구지."

"오늘 같은 날 거긴 시끄럽지 않을까?…"

"그럼 그 옆에 만취동산이 있어. 거긴 조용하지."

"좋아 그럼 그리로 가자."

셋은 가운데 풀어놓은 과자며 음료 캔을 가방에 주워 담고 일어났다. 반취 동산은 이바구저바구 옆집으로 등심, 불고기, 차돌박이, 소 곱창 등을 파는 한식점이었다.

셋은 반취 동산의 작은 방을 차지하고 앉아 차돌박이를 주문했다. 밑반찬이 나오자 소주부터 달라고 하여 cheers! 하고 잔을 부딪었다.
 십여 가지 반찬이 상을 채우고 상추며 소스도 나왔다. 이윽고 불판에 차돌박이를 올리니 김이 피어나며 분위기가 갖춰졌다. 우선은 두어 배 먹고 마셨다. 어느 정도 시간이 지난 뒤 성배가 입을 열었다.
 "내가 요즘… 뇌 과학 강의를 열심히 듣고 있다고 했지. 사랑을 완성하는 마법의 화학물질들 이야기야. 사랑이라는 감정을 조절하는 호르몬들… 엄청 흥미가 있는데 너희 둘 생각을 많이 하면서 듣는다."
 "뇌 과학과 우리가 무슨 상관인데?"
 "너와 옥상의 경우는 어떤 케이스일까, 또 대철이와 숙현이 관계는 어떤 케이스일까? 하는 거지."
 성배는 혜림이와 대철이를 번갈아 보면서 제법 진지하게 말했다.
 "그래?… 너와 승원이는 어떻고?"
 "우리 둘 사이? 물론 나에겐 우리 둘이 우선 대상이었지. 우린 답을 얻었어. 사랑의 방법을 안 거지."
 하고 성배는 말을 시작했다.
 "사랑에 세 단계가 있는데 단계마다 다른 호르몬이 분비되면서 사랑의 감정을 조절하더라. 호감을 느끼며 이끌리는 게 첫 단계야, 정신없이 빠져드는 게 둘째 단계, 셋째는 시들해지는 열정에 대항하는 애착이야."
 "허허허. 재미가 있어지려고 그러네."
 대철이가 술을 마시며 흥미 있어 했다. 이야기가 시작되니 술을 권하고 따르고 할 분위기가 아니었다. 각자 편한 대로 고기도 굽고 술도 따라 마시면서 성배의 이야기에 귀를 기울였다.
 "만남에 호감을 느끼는 1단계에선 도파민이라는 호르몬이 분비돼. 쾌감이나 즐거움을 상상하게 하지. 첫눈에 반해서 보는 것만으로도 행복을 느낀다면 뇌에서 이 도파민이 만들어지는 때야."

"도파민? 많이 들었는데… 맞다, 그거 마약 아니냐? 올림픽 같은 때 도파민 검사 운운하지 않니?"

혜림이 물었다.

"인공으로 주입하면 마약이지. 생리적으로 뇌에서 분비되는 건 마약이랄 수 없지. 두 번째 단계로 사랑에 빠져들면, 중추신경을 자극하는 천연각성제인 페닐에틸아민이 만들어져. 이성으로 제어하기 힘든 열정이 분출되어 정신없이 빠져드는 거지. 이른바 큐피드의 화살 같은 사랑의 묘약인 거야. 페닐에틸아민 수치가 올라가면 상대의 결점도 다 이뻐 보여. 쾌감 중추는 크게 활성화되지만 인지 능력은 퇴보하기 때문이야. 사랑에 눈이 멀고 노예가 되는 것이 이 단계다."

"괜찮은데… 다음 세 번째는?"

"세 번째는 엔도르핀이야. 한껏 달아올랐던 흥분과 긴장, 유쾌함 따위를 진정시켜주는 호르몬. 사랑을 유지하면서 일상으로 돌아오게 만드는 거지. 뜨거운 상태가 지속될 수는 없잖아. 불꽃은 스러지고 불 끼만 남는 거지. 그동안 물불 가리지 못하게 눈에 씌었던 콩깍지가 사라지고 자신을 돌아보는 감각도 돌아오는 거야. 알고 보니 사랑이란 게 가슴이 아니라 뇌에서 하는 일이야."

"재미있네… 좋아. 사랑의 구조가 그렇다 치자. 그럼, 거기서 우리가 대상이 되는 부분은 뭐냐? 아까 연구 대상 운운하지 않았니?"

혜림은 성배의 말 사이를 뚫고 물었다. 성배는 말했다.

"핵심은 1단계에서 2단계야. 그걸 열애라고 정의하면 기간이 있지 않겠니? 뜨거운 사랑이 지속되는 기간…"

"있겠지. 평균치가 얼마다 하는 연구보고도 있을 테고."

"불장난 같은 걸 얘기하는 거냐? 우린 아니잖아."

"쉽게 뜨거워진 사랑은 쉽게 식을 수 있다.… 그런 얘기를 하려는 거냐?"

"실제로 주변에서 그런 사례를 많이 보지 않니?"

"그렇긴 하지…"

"그렇긴 하지? 얘들이 마치 남의 일처럼 얘기하네. 이게 바로 너희 둘 경우니까 내 관심사 아니냐?"

성배는 혜림과 대철을 번갈아 보았다.

"그래? 나와 옥상이 그런 거야? 잘못 짚었어. 우린 그런 차원이 아냐."

혜림이 웃음을 보이자 대철도 덩달아 싱겁게 웃으며 말했다.

"나도 아냐. 숙현이에겐 다른 남자가 있었어."

"얼마나 얘기해야 수긍하겠니. 내가 들은 바에 의하면 걔들은 변한 게 없어. 너희 둘 눈에 씌었던 콩깍지가 사라진 거야. 열정이 시든 거…"

혜림과 대철은 마주 보았다.

"우리가 그렇다고?…"

"생각해 봐라. 혜림인 만날 때부터 큰 사건이 있었고 유난히 뜨거웠지?"

"뜨거웠지. 사실 난 지금도 — 비록 안 만나고 있지만 — 뜨거워. 그런데 우리가 안 만나기로 한 건 잠시야. 이유를 말해 줄까? 너무 뜨거운 나머지 공부를 게을리했잖구. 나 사실 권총 찰 뻔했다고. 위기를 느끼자 내가 제안한 거야. 우린 아직 공부해야 하니 졸업 때까지만 참자고. 우린 그랬던 거야. 나는 진심이었는데 옥상은 그 말에 배신감을 느꼈나 봐. 연락을 아주 끊어버린 걸 보니."

"바로 그거야. 네가 물불 안 가리고 좋아하다가 문득 너를 돌아보게 되는 거. 그게 2단계가 끝나고 3단계로 접어든 거라고."

"그런 거야?"

하는데 대철이가 끼어들었다.

"그런데 누구 졸업. 네 졸업? 아니면 옥상 졸업?"

대철의 지적에 혜림은 흠칫했다. 그렇구나. 누가 졸업할 때까지지?… 물론 혜림은 자기 졸업을 염두에 둔 말이었다. 지금 와서 보니 그건 상대를 무시한 이기적인 발상이었다. 성배가 말했다.

"정신없이 좋아하다가 어느 순간 너를 돌아보게 된 거잖아."

혜림은 속으로 '그렇긴 하지만 내 경우는 달라. 인마. 성적도 성적이지만 데이트 자금을 더는 마련할 수 없는 지경이었어,' 하고 반박하고 싶었다. 하지만 자존심이 있어 친구들 앞에 돈 얘기는 꺼내지 못했다.

"그럼 네가 말하는 뜨거운 사랑의 유효기간은 얼마냐."

"실망스러운 정도로 짧아. 개인차가 있지만 길어야 1년 안팎이야. 6개월인 사람도 있고 1년 반까지 가는 사람도 있다. 3단계 엔도르핀 덕분에 사랑의 감정은 지속된다 해도 열정은 시들해지는 거지. 사랑을 붙들려면 열정이 살아있는 기간에 어떻게든 끈으로 묶어야 해."

"끈?… 그게 뭔데?"

"인연을 묶는 끈이지. 도덕으로 묶든가 법적으로 묶든가 아니면 영혼으로 묶든가…"

"어렵다. 쉽게 말해 줘."

하하하. 성배는 멋쩍은 듯 웃고 나서 말했다.

"증인이 지켜보는 가운데 약혼이나 결혼을 한다든가 Sex를 한다든가…"

"네가 약혼하는 게 끈으로 묶는 거냐?"

"난 그보다 먼저 승원이가 인도하는 대로 세례를 받았어. 신앙으로 묶은 거지. 약혼은 그다음에 나온 이야기야."

"……?"

"둘이서만 영원히 사랑하겠다고 굳은 약속을 하는 건 안 되니?"

"물론 그것도 가능하지. 그러나 어떤 굴레가 없는 상태에서 둘의 마음이란 건 변함없이 지속되기가 쉽지 않다고 봐야지. 사는데 변수가 너무 많잖니."

"그렇게 사랑의 기간이 짧은 게 인간이 가진 보편적인 성향이라는 거지?"

"그렇지. 엄밀하게 인체의 화학작용인 거지. 슬프게도 인간에게는 일부일처 호르몬이 없어. 그게 오늘 얘기의 요지야. 남녀가 사랑한다는 건 엄청난 의지와 인내와 노력이 필요하다는 이야기도 되고."

"엔도르핀이 나오는 기간도 사랑의 지속이면 그대로 살면 되는 거 아닐까?"

"그 3단계까지 전부를 합쳐도 남녀의 사랑 수명은 3년이 한계야.… 도파민 페닐에틸아민 엔도르핀, 이런 물질을 합친 사랑 유지 물질이 바소프레신 (vasopressin)인데 사람에겐 이게 없어요. 들쥐나 잉꼬 새 펭귄 따위에는 있는데. 그러니까 아무리 죽고 못 살 것 같은 상대를 만나도 3년이면 시들해지는 거지"

"그럼 어떻게 부부가 백년해로하니. 가정은 어떻게 되고."

"그게 재미있어. 남녀가 좋아하는 사랑의 수명을 3년이라 치자. 결혼하면 법적으로 도덕적으로 묶이는 게 되니 3년 연장되지. 그러다 아이를 낳아요. 그럼 그 아이 덕분에 또 도파민 페닐에틸아민 엔도르핀이 생겨 3년 연장돼, 둘을 낳으면 6년, 셋이면 9년… 우리 아버지 때는 보통 다섯은 낳았으니까 15년이지, 그러면 그럭저럭 20년 되는 거 아니니. 잠시 권태기가 올 수도 있겠지. 그러나 혈육으로 뭉친 가족이니까 열정이 없어도 잔잔한 사랑은 유지돼. 그러다가 이제 손자들이 탄생하지. 그러면 손자로 인해 뜨거운 사랑이 넘치는 가정이 계속 이어지는 거야. 그래서 가문이 유지되고."

"거참 그럴듯하기는 하다. 그럼 애 없는 가정은."

"자연의 법칙상 유지가 힘들지. 사는 재미도 없고…"

"요즘처럼 하나 낳아서 기르면."

"산술적으로는 하나 낳아 기르면 아무리 뜨거운 관계라도 6년에서 9년이 사랑의 수명이야. 사랑 없이 계속 살든가 이혼하든가 해야지. 이혼율 50% 사회가 된 게 결국은 아이 안 낳고 하는 데서 생겨나는 자연현상이야."

"그 참…"

"인체에서 벌어지는 이런 화학작용을 알고 나면 그동안 막연하게 갖고 있던 남녀 관계의 상념이 모두 이해가 돼. 첫사랑이란 게 대개 잊히진 않지만 이루어지지도 않는 거. 그게 끈으로 묶기에는 이른 때라서, 못 묶어서 그렇게 되는 거야."

"수긍이 간다. 히야. 막연히 상식으로 알고 있던 것들이 오늘 과학으로 뒷받침되네."

대철이 말했다. 혜림도 수긍했다. 혜림은 중얼거렸다.

"나 역시 내 눈에 콩깍지가 씌어 물불 안 가리다가, 콩깍지가 사라지니 내 모습을 돌아보게 되었고, 그러다 보니 성적 문제 현실 문제가 부담되면서 선옥이와 관계가 그렇게 되었다?…"

그렇게 해석할 수도 있었다. 그 이전에 선옥이를 만날 때는 그런 것을 생각할 여지가 전연 없었다. 무조건적이었으니까.

경우는 다르지만 대철이도 비슷했다. 차츰 주변이 보였다.

성배의 이야기를 듣는 대철이와 혜림은 왠지 씁쓸했다.

21

혜림은 말했다.

"네 말 수긍하고 인정한다. 솔직하게 돌이키면 처음 같은 열정은 지금 없어졌어. 한동안은 온통 옥상만 보였는데 지금은 그렇지 않거든. 하지만 굳게 약속은 했는데…. 알고 보니 그게 뇌 현상이구나."

"너무 속단하고 절망하진 마. 완전히 헤어진 건 아니라며? 사람에 따라서는 그런 상태로 결혼도 할 수 있어. 평범하게 가정 만들어 소속감이나 느끼며 사는 거지…"

"야 인마, 그건 나이 든 사람들 얘기지!"

"같은 대상과 다시 뜨거워지는 방법은 없니?"

"아까 얘기했잖아. 새로운 동력이 마련되면 돼. 자식이 태어난다는가…. 하하하. 아마 내 약혼식에 참석하는 것도 괜찮은 동기가 될 수 있을걸. 다만 내가 알기로 너희 둘은 너무 열정적인 사랑을 했기에 그때로 돌아가기는 쉽지 않을 거야. 이제까지보다 더 재미있는 스토리를 만들어지겠니?"

"표현을 바꿔보자. 청춘남녀가 만나 열정이라는 불로 사랑이라는 빵을 구웠어. 맞니?"

혜림이 분위기를 바꾸는 노력을 보였다. 대철의 눈이 빛난다. 성배가 맞장구 놓았다.

"맞아."

"열정이 뜨거우면 금세 익겠지. 반대로 미지근하면 시간이 오래 걸릴 거고 그러나 그게 전부가 아니잖아. 모양, 색깔, 맛 같은 게 있겠지. 그런 다양한 변수들이 있는 거 아니냐?"

"역시 문학도가 다르구나. 맞아. 너를 만나니까 내 논문 방향도 술술 정리되는구나. 술을 더 마셔야겠는데."

술이 네 병이나 바닥난 걸 본 성배는, 일 인당 두 병씩 하자, 하고 두 병 더 주문했다.

"익은 빵을 그대로 둘 수도 없지. 식고 마르면 맛도 없어지니까. 알맞게 구워지면 따끈따끈할 때 둘이 먹어야겠지? 그게 네가 말하는 끈으로 엮는 거지?"

"히야. 그것도 멋진 비유다."

성배는 혜림의 표현력에 감탄을 연발했다.

"역시 수사는 문학이야. 과학도들에게선 그런 표현이 안 나와. 술맛 나는데… 고기 조금 더 시키자. 아니면 국물이 있는 전골을 시킬까?"

"전골이 낫겠다."

성배는 메뉴판을 본 뒤 쇠고기 전골 작은 것을 추가로 시켰다. 혜림은 하던 말을 계속했다.

"따끈따끈할 때 먹어야 하는 것은 물론, 먹고 나선 더 맛있는 빵을 구울 생각을 해야 하겠지. 답이 찾아질 것 같구나. 그래. 계속해서 먹고 나선 더 맛있는 빵을 굽는 노력을 하면 되는 거야. 그러면 백년해로하겠지. 아니면…"

"아니면?"

"애초부터 아주 천천히 굽는 거지. 늘그막에나 익을 정도로. 너처럼"

"나처럼?" 성배는 웃었다.

"나와 승원이가 그렇게 빵을 천천히 굽는 것처럼 보여?"

"그래… 내 눈에는"

"그것도 기막힌 비유다."

"너와 승원이는 우리처럼 요란하지 않잖아?"

그러자 대철이가 끼어들었다.

"야. 혜림이, 너만 요란했지, 나도 요란한 거 없었어."

쇠고기 전골이 나오고 소주 여섯 병이 바닥을 드러내자 대철이에서 먼저 취기가 나타났다. 성배도 혜림도 취해갔다.

"성배 얘기부터 듣자, 넌 승원이하고 어떻게 지내는 거니?"

"네 말대로 우린 아주 천천히 사랑의 빵을 굽는 커플이야. 알고 보니 승원이 가족은 독실한 기독교 가정이야. 감리교 쪽이지. 승원이 아버지도 의사야. 교회 장로이기도 하고. 승원이가 교회 예배 때면 반주를 해. 나보고 교회 같이 다니자고 해서 나도 다니게 됐지. 세례도 받았다고 했잖아. 승원이 아버지가 나를 성가대에 넣어 주셨어. 그러니까 일요일마다 교회에서 만나 자연스럽게 데이트하게 됐고, 승원이 가족과도 가끔 식사도 하고 친해진 거야. 그게 전부야. 어찌 보면 덤덤한 거지. 어느 날 승원이 부모가 우리 둘을 불러놓고 의사를 물었어. 서로 좋아하냐, 결혼까지 생각하냐고. 그렇다고 하니까 약혼식을 준비하시겠다고 한 거야."

"그렇구나. 너희는 정말 사랑의 빵을 천천히 굽고 있구나."

성배와 승원의 스토리를 들은 그들은 잠시 생각하는 시간을 가졌다. 그 잠시가 지나자 성배가 대철이에게 물었다.

"너는 숙현이 왜 안 만나니? 사실대로 말해 봐. 승원이에게 듣기론 숙현이가 연락해도 네가 피하는 거 같다던데."

"음, 그건," 내가 대신 답을 해 줬다. "숙현이에게 다른 남자친구가 있대."

"승원이 얘기론 숙현이가 널 얼마나 좋아하는지 모른다던데⋯ 늘 네 이야기만 하고."

"아냐. 내가 두 눈으로 본 것만 두 번이야."

대철이는 불쑥 학교로 찾아갔을 때 본 장면을 이야기해 줬다. 그 뒤에 그런 일이 또 있었다고 했다. 확인 사살을 당한 기분이었다고 했다.

"그래? 뭔가 오해가 있는 것만 같네⋯"

성배는 고개를 갸웃하더니 "내가 사실을 알아볼게" 했다.
대철이는 손을 저었다.
"에이, 그런 수고 필요 없어. 나 마음 정리했으니까?"
"일방적으로 그래선 안 되지. 숙현이도 내숭 떠는 아이 아니잖아. 다른 남자 있으면 있다고 얘기할 아이라고."
듣고만 있던 혜림이 나섰다.
"그 말은 맞는 것 같다. 숙현이를 한 번 만나봐라."
성배가 혜림의 말에 힘을 실어줬다.
"그래. 만나서 직접 확인해. 내 약혼식 날 우리 여섯 다 만나야지. 알았어?"
둘이 그렇게 말하자 대철이는 기어드는 소리로 '알았어' 했다.
"다시 아까 얘기로 돌아가자."
혜림이 말했다.
"사랑의 빵이 그렇게 구워진다 치자. 그렇게 구워진 빵에… 설마 유통기한이 생기는 건 아니겠지?"
"유통기한?… 히야. 혜림이. 하하하. 너 정말 천재구나! 천재."
성배는 신이 나는 듯 한편에선 메모하고 한편에선 술잔을 비우고 혜림에게 건넸다.
"유통기한 맞아. 유통기한이 생기지. 그 기간이 지나면 변질하는 거고. 연구과제 하나 더 생겼네…"
성배는 유통기한, 네 글자를 메모하고 자신의 말을 이었다.
"꿈같은 시절도 시간이 흐르고 몸이 호르몬 변화에 적응하다 보면 한편에서 새로운 스트레스가 생겨나고, 그 스트레스를 이겨내기 위한 내성이 길러진다고 했어. 그러면 슬슬 상대의 단점이 눈에 들어오고, 둘이 있는 것만으로는 부족해지는 거지. 맞아. 그걸 유통기한이라고 하면 되겠다."
성배는 잊어버리지 않으려는 듯 반복해서 중얼거렸다. 눈에 콩깍지라고 조건 없이 좋았던 사랑의 봄날은 가고… 페닐에틸아민 작용으로 일어났던 설렘과 흥분의 꽃도 시들고… 성배는 혜림에게 오히려 고마움을 표했다.

"네 덕분에 오늘 내 연구가 엄청난 진전을 본다."
"뭔 소리… 어쨌든 그 유통기간은 얼마나 되니? 그게 3년이냐?"
"그래. 2년에서 3년. 인간의 사랑 유통기간이 슬프게도 그렇게 짧아."
"정말 슬프구나…"
혜림은 그 논리를 자기 경우에 대입해 보았다. 혜림과 옥상이 굽는 사랑의 빵 유효기간은 어떻게 될까를 생각하면서.
"하나 더 물어보자." 혜림이 말했다. "청춘남녀가 서로 좋아하는 열정으로 빵을 구웠어. 그 빵을 알맞았을 때, 그러니까 따끈따끈할 때 먹는 것을 끈이 아니라 섹스로 비유할 수도 있을까?"
"사랑을 계속할 수 있는 동기를 만들어 주는 거니까 섹스도 해당하겠지. 사랑의 빵이 익으면 같이 먹고, 또 구워서 같이 먹고… 그러면서 더 맛있는 빵을 만드는 노력을 하는 거지."
"그렇겠다. 그 비유도 맞는 거 같다."
혜림은 혜림대로 생각이 일어 고개를 끄떡였다.
혜림은 선옥을 떠올렸다. 마지막이 된 날의 상황이 떠올랐다. 아직 친구들에게도 털어놓지 못하는 나만의 고민…
혜림은 취한 김에, 자기에게 있었던 둘만의 상황을 대충 이야기했다. 돈 이야기만 빼고. 성배는 잠시 생각하더니
"순서가 바뀐 감이 있긴 한데, 성감대 이야기를 마저 해줘야 할 것 같구나. 근데 취하지들 않았니?"
"아직은 괜찮아."
혜림과 대철이 그렇게 대답하자 성배의 말은 이어졌다.

21

"성감대라는 게 있지. 이성에 관심을 두게 되면 제일 궁금해지는 거. 남자는 여자의 감정이나 신체 어느 부위를 자극했을 때 성적 흥분을 느끼는지. 또

여자는 남자의 어느 부분을 건드릴 때 성적 흥분을 느끼는지. 목적은 뻔해. 상대의 성적 욕망을 불러일으켜 자기 성적 쾌감을 채우려는 거니까.

성교육에서는 이 성감대 이야기가 가장 중요한데 우리 사회는 안타깝게도 간과하고 있어. 여자에게 가장 성적으로 민감한 부위는 과연 어디일까? 신체일까, 감각일까? 남녀가 같이 있는 자리에서 누구 아는 사람 손들어 봐. 하면 여자는 침묵하는 가운데 남자들의 확신에 찬 목소리가 여기저기서 들려와. 허벅지 안쪽 요, 입술 요, 귓불이요, 가슴 아닐까요? 유두와 그 주변, 음핵이죠, 클리토리스. 아녜요. 목덜미요!…

반대로 남자의 가장 민감한 성감대는 어디일까? 이때도 남자들은 합창해. 성기요! 귀두요! 하고.

그건 말초적인 접근이야. 성감대라는 용어를 말초신경 작용으로 여기는 건 천박하지. 원초적 본능이랄까, 근원적 작용은 따로 있으니까 그걸 잘 숙지하고 활용해야 진실하고 깊은 사랑을 할 수가 있어.

남자의 성감대는 첫째가 시각(視覺)이야. 남자는 눈으로 보는 것으로 강한 자극을 받지. 야한 동영상을 보면 너희나 나나 남자들은 엄청나게 흥분해. 미니스커트랄까 하체 노출이 심한 여자를 보는 것으로도 충분히 자극되고. 가볍게는 여자의 가슴과 가슴 사이 움푹 파인 곳을 곁눈으로 보는 것만으로도 남자는 눈부셔하며 성적 흥분을 느끼니까. 잘생긴 여자의 귀엽게 웃는 모습, 남자가 궁금해하는 홀(hole)을 감추고 있는 예쁜 엉덩이 ― 남자는 이런 대상을 보고 상상하는 것만으로 얼마든지 얼굴이 벌게져. 그다음 남자의 성감대는 후각(嗅覺)이야. 여자의 살냄새, 머리 냄새 따위에 남자는 강하게 이끌리지. 여자들이 어떻게 하든 예쁘게 보이려 하고 암내라든가 향수를 사용하는 이유가 이런 본능에서 비롯되는 거야. 물론 지나친 화장보다는 타고난 것을 잘 가꾼 아름다움, 자연적인 내음이 더 좋겠지. 남자에게 여자는 결코 인물이 위주가 아니야. 타고난 모습을 정성으로 가꾼 위에 매너와 언행(言行)이 없어지면 얼마든지 남자의 사랑을 받을 수 있어.

반면 여자의 첫째 성감대는 청각(聽覺)이라는 걸 알아야 해. 고개가 갸웃해지니? 아니면 '아, 맞다!' 하는 울림이 일어나니? 여자는 자기를 칭찬하는 소리, 또는 안심하게 하는 소리, 나아가 '나에겐 이 세상에 당신밖에 없어. 진심이야.' 하는 따위 자기를 진정으로 사랑한다는 믿음직한 소리에 자극되고 흥분도 느껴. 남자들이 야한 동영상 틀어놓고 싱글싱글 상기된 목소리로 같이 보자고 하지만, 여자들은 그런 거 안 봐. 감정이 없어서가 아니라 다르기 때문이지. 여자는 옷을 벗을수록 시선을 받고, 남자는 잘 입을수록 시선을 받는 것과 같은 차이가 느껴지지 않니? 여자가 짝사랑할 땐 보고도 못 본 척하면서 관심 끄는 몸짓을 보이지만, 남자가 짝사랑할 땐 목소리가 커져. 누가 가르쳐줘서 그렇게 하는 게 아니야. 타고나는 거지. 여자는 그렇게 귀가 예민한 만큼 상대의 말에 신경을 많이 써. 말을 많이 듣다 보면 이런 말 저런 말이 섞여서 이미 증명이 된 사랑임에도 불구하고 불안해하며 끊임없이 확인하고 더 믿음직한 말을 해주기를 원해. 여자들이 툭하면 정말? 정말요? 하고 계속 확인해대는 거 자주 경험하잖니.

상대를 선택할 때도 여자는 남자 자체보다 평판에 이끌리고, 남자는 여자 평판보다 외모에 이끌리는 이유라든가, 여자는 자기보다 예쁜 여자와 같이 다니지 않으려 하고, 남자는 자기보다 돈 많은 남자와 같이 다니지 않으려는 것 따위, 또 여자는 사랑하는 사람을 독점하기 위해 노력하고 남자는 사랑하는 사람의 수를 늘리기 위해 눈을 번득이는 근성도 본능이야. 그래. 그러다 보니 여자는 남자의 허풍에 속고, 남자는 여자의 외모에 속는다는 농담도 만들어지는 거지.

어쨌든 여자는 먼저 청각을 충족시켜주고 나서 부드럽게 손을 잡아준다든가 애무에 들어가면 거부하지 않아. 첫째 성감대가 청각이요, 둘째 성감대는 촉각 — 즉 스킨십인 거지.

남녀의 사랑에는 그렇게 순서와 절차가 있는 법인데 이를 무시하고 뛰어넘거나 앞서가면 불쾌하지 않겠니? 좋은 말로 충분히 믿음을 주고 분위기를 잡은 뒤 입맞춤을 하거나 애무를 해야지 다짜고짜 입맞춤부터 하려고 들면 되겠니? 언제 어디서나 여자는 사랑받기를 원하고 남자는 사랑을 주려고 하지. 여자는 받는 게 주는 거고, 남자는 주는 게 받는 거라는 근원적 차이가 있으니까 여자의 은근한 유혹은 남자의 점잖은 프러포즈와 같은 거야.

다시 정리하면 남자의 성감대는 시각에서 후각으로 이어지고, 여자의 성감대는 청각, 촉각 순이야. 그렇게 해서 가운데서 만나 사랑이요 섹스가 이루어지는 게 이상적이야.

그럼 자명해지는 게 있지? 어떤 남자가 있어 여자의 청각을 먼저 충족시켜야 하는 절차를 생략하고 손을 갖다 댄다면 어떻게 될까. 그게 성희롱이야. 청각 촉각 다 무시하고 '노 섹스 노 러브'라며 섹스를 시도한다면 그게 성폭력이 되는 거야. 반대로 남자도 시각이나 후각이 자극되지 않은 상태에서 섹스하는 건 거칠고 성의도 없고 일회적으로 되기 쉽겠지?

남자들이 크게 착각하는 게 있어. 여자는 방법이 어떻든 덮쳐서 흥분되면 절차 무시한 게 용서될 거라고 여기는 거지. 천만의 말씀이야. 절대로 용서되지 않아. 용서는커녕 평생 증오의 대상이 되기 일쑤란다.

여자들은 여자들대로 조신해야 해. 흔히 외국 필름을 보면서 서양 여자들 노출이 더 아슬아슬하지 않으냐고 항변하는데 우린 선진국을 모델로 비교해야겠지? 영국이나 미국 유럽 여자들, 결코 아무 데서나 아무 때나 자극적으로 자기를 노출하지 않아. 그렇게 할 수 있는 곳. 초대받은 연회장이나 고급 호텔 만찬장, 아니면 피서지처럼 지성과 상식이 살아있는 곳에서만 남자의 눈길을 끌도록 자기를 노출해. 그건 이벤트의 분위기를 살리는 데 일조하는 순기능도 있어. 파티가 끝나봐라. 예외 없이 겉옷을 정숙하게 챙겨 입고, 언제 그랬냐는 듯 조신한 모습이 되어 돌아가지.

자. 그만하자. 오늘 강의는 여기까지다.

22

"야. 우리 성배 공부 많이 했네."

"정말. 감동이다 감동… 맞아. 듣고 보니 모두 이해가 된다. 성추행이 뭐고 성폭력이 뭔지도 확실히 알게 됐다."

대철이는 손뼉까지 치며 환호했다. 성배는 흡족해하며 마무리했다.

"재미있었니? 인간이 과학적으로 그렇게까지 분석되고 있어."

"나도 많은 걸 알게 됐다. 나를 이해할 수 있고 나아가 여자도 깊이 있게 이해할 것 같다."

혜림이 말했다. 진실로 몰랐던 것을 많이 알게 된 자리였다. 그 말끝에 성배가 물었다.

"그러면 네가 옥상에게 무엇을 잘못했는지도 알겠니?"

"대충 감이 오네. 네 말을 듣고 보니 말을 잘못했어… 내가 그랬거든. 만나고 싶은 걸 참자. 우선은 공부하고 졸업 후에 실컷 즐기자, 하고."

"옥상이 큰 상처를 받았겠구나."

"나로선 정말 어려운 상황이었거든. 비가 오면 날이면 그날 저녁 만나기로 했는데 작년 여름 매일 비가 왔잖아. 근 6개월을 매일 만나는데 무슨 공부가 되겠니. 권총이 눈앞에 어른거리는 상황이 되었던 거지. 그것도 필수전공에서 두 과목이나… 가문의 역사도 있는데 내가 제때 졸업을 못 한다는 건 있을 수 없는 일이었어."

"그렇더라도 말을 신중하게 했어야지. 네 편의대로 졸업 후에 실컷 즐기자는 말 같은 건 모욕에 가까운 거 아니니."

나는 가슴이 무너져 왔다. 어떻게든 옥상을 만나 사과를 해야 할 것 같았다.

"옥상이 정말 큰 상처를 받았을까?"

"받았겠지. 여자는 듣는 것으로 씻을 수 없는 상처를 받는다니까."

"……"

"참. 너 옥상한테 노랫말 준 거 있지. 그거 들어보니까 곡을 잘 붙였던데. 들어봤니?"

"그날이었어. 작심하고 당분간 만나지 말자고 말하려는 자리에, 하필이면 작곡이 완성됐다고 했어. 이것 때문에 흔들려 다음으로 미루면 안 되겠다 싶어서 강심장으로 밀고 나간 거야. 작곡을 완성했다고 하는데 내가 관심을 보이지도 않았어."

"그래서 못 들었구나."

"옥상이 두 배로 상처를 받았겠네… 에이, 어떻게 그렇게 됐지… 그거 숙현이 노래로 녹음도 했는데…"

"그랬으면 승원이에게 테프 하나 복사해 달라고 해라. 부탁하자."

"내가 갖고 있어."

모든 걸 얘기한 자리 같지만, 혜림은 데이트 비용이 없었던 것도 적지 않은 이유임을 알면서 돈 이야기는 털어놓지 않았다. 그 얘기까지 하면 더 비참해질 것 같았다. 대철에게 빌린 돈도 있었다. 한 달 후에 준다고 하고 갚기는커녕 한 달 후에 더 빌렸다. 다음 달도 그랬다. 혜림은 그걸 아직도 못 갚았다.

데이트 비용은 남자가 감당해야 한다는 자세는 지금도 변함이 없는 혜림이었다. 그는 돈이 없으면 여자를 만나지 말아야 한다고 생각하는 남자였다. 그러나 오늘 성배의 얘기를 듣고, 그것 역시 사랑의 열정이 식은 결과에 포함되는 것일 수 있을까? 생각했다. 돈 이야기는 안 꺼낸 게 잘한 것 같았다.

"관계를 회복할 방법을 찾자."

"글쎄다… 명분인데, 그 상처를 딛고 다시 너를 만날 수 있을 만한 숨긴 이야기나 명분을 만들어 주면 되겠지. 그걸 찾아봐."

"명분? 숨기고 있는 이야기?…"

혜림은 고개를 끄덕이며 성배를 향해 말했다.

"넌 친구지만 내 존경의 대상이야. 오늘 같은 이야기를 어디 가서 술 얻어먹으면서 듣겠니? 네 충고 잘 받아서 앞으로의 삶에 피가 되고 살이 되도록 활용할게."

농을 섞어 말했지만 진심이었다. 대철이가 이제는 제 차례라는 양 물었다.

"내 경우도 얘기 좀 하자."

"문제가 뭔데?"

"아까 말했잖아. 다른 남자가 있는 걸 두 번이나 봤다고, 얼굴이 화끈거리고 질투심이 치솟아 쩔쩔맸다고."

성배는 웃었다.

"내 이야기 듣고 짚이는 거 없니?"

"……?"

"네 경우는 너 혼자만의 문제야. 남자의 성감대는 첫째가 시각이라고 했지. 흥분을 느끼기도 하지만 상처도 받아. 너는 네가 눈으로 본 것에 스스로 상처를 받은 거야. 숙현이에게 변명할 기회를 줘 봐."

"나 스스로 상처를 받았다고?"

"물론 너 스스로라고만 할 수는 없지. 그녀가 보여준 것에서 상처를 받은 거니까. 남자가 여자에게 말 한마디 잘못하는 것으로 평생 증오의 대상이 될 수 있듯, 여자는 남자에게 좋지 않은 모습 보여주면 평생 기피의 대상이 될 수가 있어. 남녀가 만나 죽을 때까지 서로 노력해야 하는 부분이 바로 이런 점들이야. 그런 실수는 말하지 않아도 서로 자기 느낌으로 알아. 만약 숙현이가 그런 모습을 보여줬다면 ― 그걸 네가 봤을 거로 생각한다면 본인이 느낀다고! 그런데 너에게 전화를 한다며. 너에게 전화할 정도면 숙현이는 떳떳한 거야."

"그럴까?…"

"그러니까 만나서 풀어. 아무것도 아닐 수 있어."

"그럴까?…"

"너의 문제야. 경험이 부족하니 아량이 좁을 수도 있지. 잘 생각해 봐. 네가 숙현이를 얼마나 원하는지. 진정 원하는지. 그녀의 자유로운 대인 활동을 모두 사랑할 수 있는지…"

"……"

"너 혹시 남자는 너밖에 모르고 살 조선 시대 여자를 꿈꾸는 거냐?"

성배는 대철의 마음을 떠보았다. 대철은 펄쩍 뛰었다.

"야, 내가 그럴 리가 있냐."

"그럼 됐어. 더 말하지 않는다. 둘 다 오늘 내가 한 말에 붙여서 자기를 돌아봐. 과연 상대를 얼마나 원하는지를. 그게 결론일 것 같구나."
성배는 일어섰다.
"그래. 적절한 결론이다."
혜림도 일어섰다. "과연 내가 상대를 얼마나 원하는지. 그것이 핵심인 거지."
"나도 그 결론에 동의한다."
대철이도 일어서면 동의했다. 성배가 말했다.
"오늘 참 오래 앉아 있었다. 내 약혼식 때 모두 원상회복해서 다정한 모습 보여주면 좋겠다."
"노력해 볼게."
혜림도 대철도 그렇게 말하고 반취 동산을 나오는데 성배가 혼자 노래를 흥얼거렸다.
오 사랑해 / 죽음도 두렵지 않아 / 우린 영원한 연인 / 소울메이트
어딜 가도 너만 있으면 돼 / 저세상도 너만 있으면 돼.
너를 사랑하니까 / 너를 사랑하니까. ~
혜림은 깜짝 놀랐다.
"야. 너 그 노래 어떻게 알아?"
"승원이가 녹음해서 줬다니까. 숙현이가 노래했는데 장난으로 가사도 바꿨더라."
"어떻게?"
성배가 또 들려줬다.
"오 사랑해 / 쌍권총도 두렵지 않아 / 우린 영원한 연인 / 소울메이트~"
"뭐얏?"
그건 영락없이 혜림을 놀리는 패러디였다. 성배가 장난기를 얹어 덧붙였다.
"넌 그랬어야 했어.…"
둘의 이야기는 이미 비밀도 심각한 것도 아니었다. 웃지 않을 수 없었다.

"아까 말했잖아. 다른 남자가 있는 걸 두 번이나 봤다고, 얼굴이 화끈거리고 질투심이 치솟아 쩔쩔맸다고."

성배는 웃었다.

"내 이야기 듣고 짚이는 거 없니?"

"……?"

"네 경우는 너 혼자만의 문제야. 남자의 성감대는 첫째가 시각이라고 했지. 흥분을 느끼기도 하지만 상처도 받아. 너는 네가 눈으로 본 것에 스스로 상처를 받은 거야. 숙현이에게 변명할 기회를 줘 봐."

"나 스스로 상처를 받았다고?"

"물론 너 스스로라고만 할 수는 없지. 그녀가 보여준 것에서 상처를 받은 거니까. 남자가 여자에게 말 한마디 잘못하는 것으로 평생 증오의 대상이 될 수 있듯, 여자는 남자에게 좋지 않은 모습 보여주면 평생 기피의 대상이 될 수가 있어. 남녀가 만나 죽을 때까지 서로 노력해야 하는 부분이 바로 이런 점들이야. 그런 실수는 말하지 않아도 서로 자기 느낌으로 알아. 만약 숙현이가 그런 모습을 보여줬다면 ― 그걸 네가 봤을 거로 생각한다면 본인이 느낀다고! 그런데 너에게 전화를 한다며. 너에게 전화할 정도면 숙현이는 떳떳한 거야."

"그럴까?…"

"그러니까 만나서 풀어. 아무것도 아닐 수 있어."

"그럴까?…"

"너의 문제야. 경험이 부족하니 아량이 좁을 수도 있지. 잘 생각해 봐. 네가 숙현이를 얼마나 원하는지. 진정 원하는지. 그녀의 자유로운 대인 활동을 모두 사랑할 수 있는지…"

"……"

"너 혹시 남자는 너밖에 모르고 살 조선 시대 여자를 꿈꾸는 거냐?"

성배는 대철의 마음을 떠보았다. 대철은 펄쩍 뛰었다.

"야, 내가 그럴 리가 있냐."

"그럼 됐어. 더 말하지 않는다. 둘 다 오늘 내가 한 말에 붙여서 자기를 돌아봐. 과연 상대를 얼마나 원하는지를. 그게 결론일 것 같구나."
성배는 일어섰다.
"그래. 적절한 결론이다."
혜림도 일어섰다. "과연 내가 상대를 얼마나 원하는지. 그것이 핵심인 거지."
"나도 그 결론에 동의한다."
대철이도 일어서면 동의했다. 성배가 말했다.
"오늘 참 오래 앉아 있었다. 내 약혼식 때 모두 원상회복해서 다정한 모습 보여주면 좋겠다."
"노력해 볼게."
혜림도 대철도 그렇게 말하고 반취 동산을 나오는데 성배가 혼자 노래를 흥얼거렸다.

오 사랑해 / 죽음도 두렵지 않아 / 우린 영원한 연인 / 소울메이트
어딜 가도 너만 있으면 돼 / 저세상도 너만 있으면 돼.
너를 사랑하니까 / 너를 사랑하니까. ~

혜림은 깜짝 놀랐다.
"야. 너 그 노래 어떻게 알아?"
"승원이가 녹음해서 줬다니까. 숙현이가 노래했는데 장난으로 가사도 바꿨더라."
"어떻게?"
성배가 또 들려줬다.
"오 사랑해 / 쌍권총도 두렵지 않아 / 우린 영원한 연인 / 소울메이트~"
"뭐얏?"
그건 영락없이 혜림을 놀리는 패러디였다. 성배가 장난기를 얹어 덧붙였다.
"넌 그랬어야 했어.…"
둘의 이야기는 이미 비밀도 심각한 것도 아니었다. 웃지 않을 수 없었다.

성배의 집이 상계동으로 제일 먼 만큼 먼저 갔다. 혜림은 효창동 살고 대철은 평창동이기에 아직 서둘지 않아도 되는 시간이었다. 신촌에서 서강대 앞, 그리고 공덕동을 지나 효창동까지는 버스로 다섯 정거장 거리여서 부지런히 걷는다면 20분, 천천히 걸어도 30분이면 갈 수 있었다. 혜림은 술이 기분 좋게 올랐고 음미해볼 만한 이야기도 들은 터라 대철이를 택시에 태워 보내고 걸어가기로 마음먹었다.

23

신촌 로터리를 출발하여 서강대 앞을 지나는데 택시가 옆에 와서 섰다. 대철이가 가다가 돌아온 것이다.
"둘이 생맥주 한 잔 더 하자."
대철은 큰 소리로 말하며 택시에서 내렸다.
"그럴까?"
혜림의 마음도 동했다. 성배를 먼저 보낸 게 잘된 듯했다.
성배의 이야기를 듣고 난 후 옥상에게 상처를 주었다는 걸 깨달은 혜림의 기분은 엉망이었다. 대철은 대철이 대로 속 좁은 자신을 위로받고 싶은 마음이 있는 것 같았다.
둘은 어두운 조명 속에 흘러간 팝송이 시끄럽게 울리는 생맥주 가게로 들어갔다. 어둡고 시끄러운 게 지금은 알맞았다. 밤 10시는 생맥주 가게로선 한창 분주한 시간이었다.
자리에 앉으면서 생맥주 500cc 둘에 마른오징어와 땅콩을 시켰다. 대철이가 먼저 비감을 토했다.
"난 오늘 성배 얘기 들으면서 비감을 느꼈다. 내가 그렇게 독단이 심한 줄 몰랐거든…"
"네 속 좁다는 얘기 아니었어. 남자의 속성이 그렇다는 거였지. 넌 속 좁은 놈 아니야. 내가 보증하지."

그 말에 대철은 위안이 되는지 씩 웃으며 맥주를 들이켰다. 혜림도 마셨다. 소주를 두 병이나 마신 뒤에 맥주를 들이켜서인지 시원한 것 같으면서도 확 — 취기가 올라왔다. 대철이도 마찬가지 같았다. 음악이 시끄러워 둘은 큰 소리로 떠들어야 했다.

"네가 볼 때 숙현이 어떠냐?"

"그런 여자 만나기 쉽지 않을걸. 노래도 잘하고. 서글서글하고 늘씬하고, 특히 너와 잘 어울리는 여자야."

"정말?"

"계집애처럼 정말, 정말, 하고 확인하긴."

"그런데 말이야…"

대철은 여전히 자기가 본 장면이 걸리는 것 같았다. 혜림은 물었다.

"도대체 뭘, 어떤 장면을 봤다는 거냐? 끌어안고 키스한 것도 아니라며, 모텔에 손잡고 들어간 것도 아니고."

"……?"

대철은 말을 할 듯 말 듯 잠시 머뭇거렸다. 맥주잔이 비자 둘은 500cc 두 잔을 더 시켰다. 새 잔을 받아 한 모금 마신 대철은 말했다.

"얘기할게. 뭐랄까, 창녀처럼 교태를 부리며 남자를 유혹하는 것 같았어. 남자는 거기 빨려드는 것 같았고."

"대학 교정에서였다며, 또 둘만이 아니고 두 쌍이 있었다며."

"그랬지…"

"두 번째는?"

"두 번째도 두 커플이었어. 비슷했지."

"그럼 은밀한 건 아니지. 상식적으로 생각해 봐라. 대낮에 교정에서 단둘도 아니고."

나는 말도 안 되는 오해를 하고 있다고 나무랐다. 그제야 대철은 갸우뚱한다.

"그런가?"

"혼자 오만가지 상상하며 궁상떨지 말고 만나서 시원하게 얘길 들어 봐.

돌려서 떠볼 수도 있잖니. 얼굴이 밝은 걸 보니 요즘 재미있는 거 같아, 하고."

"그래 볼까?…"

대철은 취기 오른 눈을 껌벅였다. 혜림이 불현듯 뭔가를 기억해 냈다.

"아 참, 숙현이가 혹시 뮤지컬 공연 준비하는 거 아니니? 축령산에서 그랬잖아. 라 트라비아타 공연 있다고 했던 거 같은데?"

그러자 대철의 표정이 달라졌다. 뒤통수를 망치로 얻어맞은 것 같았다.

"맞아. 그런 얘기 했었지. 그럼 그게 연습이었나?"

대철은 어서 숙현을 만나봐야겠다고 생각하며 말했다.

"그래, 만나서 확인해 볼게. 나는 그렇게 만나보기로 하고, 너는 어떻게 관계를 회복할 생각이니? 성배 조언대로 한 방에 오해가 풀릴 수 있는 숨겨놓은 이야기 같은 거 없어?"

"생각나는 거 없어. 옥상은 그렇게 가볍게 돌아설 여자가 아냐. 아침 일곱 시부터 저녁 다섯 시 사이에 하늘에서 한 방울이라도 비가 내리면 그날 저녁 일곱 시 갈릴리에서 만나는 게 우리만의 문학적인 약속이었지. 뜨겁고 아름다운 이야기를 내가 망친 거야."

"끝낸 건 아니라면서. 어차피 졸업 후에는 만나겠지."

"그건 내 생각이지. 선옥이가 만나줄 것 같지 않아. 기다려 줄 것 같지 않다고."

잔에 맥주가 줄어드는 만큼 취기는 올라오는 게 완연했다. 공교롭게도 캠벨의 타임(Time)이 여기서도 시끄럽게 흘러나오자 더욱 갈릴리가 생각나고 선옥의 모습 또한 선명하게 나타났다. 혜림은 취해서 목소리를 높였다.

"난 괜찮아. 저 노래 너도 알지? 다 바람 같은 거야. 고민 안 해. 만남의 기쁨이건 이별의 슬픔이건 한순간의 바람이야."

혜림은 자꾸 생각나는 선옥의 모습을 지우려고 소리쳤다. 음악 소리가 시끄러워 혜림의 소리가 널리 가지는 못했다.

"사랑이 아무리 깊어도 산들바람이고, 오해가 아무리 커도 비바람이겠지. 외로움이 아무리 지독해도 눈보라요, 태풍이 아무리 세도 지난 뒤엔 고요하듯 아무리 지극한 사연도 지난 뒤엔 쓸쓸한 바람만 맴돌지. 솔직히 말해 겨우내 쓸쓸하게 지냈어. 저 노래 들리지? 이 세상에 온 것도 바람처럼 왔다고 아마 나중에도 바람처럼 사라질 거야. 가을바람 불어 곱게 물든 잎들을 떨어뜨리듯, 덧없는 바람 불어 모든 사연을 공허하게 하지. 어차피 바람일 뿐인 걸 무얼 아파하며 번민하겠니. 잡히지 않는 거에 집착할 필요 없어. 다 바람인 거야. 그래도 바람 자체는 늘 신선하지. 옥상과 나를 만나게 한 바람도 신선했고… 난 다짐했다. 상큼 새큼한 새벽바람 맞으며 가벼운 걸음으로 살다 가자. 옥상이 내 형편 나아질 때까지 기다려 주면 좋겠지만, 안 그래도 괜찮다고. 난 그냥 바람처럼 살다 가자고."

"……"

대철은 길게 주절대는 혜림을 취한 눈으로, 뚫어지게 보았다.

"다 읊었니?"

"그래. 난 정말 그렇게 사랑하며 바람 같이 살 거야."

"너 정말 옥상을 무척 사랑하는구나."

"이제 가자, 취하는구나."

한참 주절대고 난 혜림은 머쓱해서 일어나자고 했다. 대철은 아직 아니라고 손을 흔들었다.

"잔은 비우고 가야지. 잔도 비우고 네 문제도 돌파구를 찾아보고… 그래. 좋은 생각이 있다. 숙현이와 화해하면 네 마음 전해주라고 할게? 말 잘 못한 거 때문에 완전 죄인처럼 주눅이 들어 생활하고 있다고."

대철의 말에 혜림은 안 하려던 말을 하고 말았다.

"야야, 그것뿐이 아니야. 말 못 할 사정이 또 있어."

"말 못 할 사정? 나에게도 말하지 못할 사정이냐?"

"인마 너에게는 말 못 할 사정이 아니라 말하지 않을 사정이다. 그런데 얘기해 줄까?"

혜림은 취해서 털어놓고 말았다.

"내 형편 나아질 때까지 나 스스로 안 만나겠다고 하는 거야. 내 용돈으로는 그렇게 반년을 매일 같이 데이트할 수가 없었어. 사방에 빚도 졌고, 너에게 빌리고 못 갚는 돈도 그래선 거야. 돈 없는 남자가 무슨 데이트냐? 난 여자가 돈 쓰는 건 싫거든. 어쩌면 그게 더 큰 이유일 수도 있었어."
"커피값이 없어서였다고? 야, 그건 말도 안 된다."
"여자 만나는 데 커피값만 들어가냐?
"너 혼자만 쓰냐? 옥상은 안 써?"
대철은 알 것 같으면서 이해를 못 했다.
"얘기했잖아. 내 사전에는 데이트 때 여자가 돈 쓰는 거 없다고. 우리 가문의 역사에도 그런 거 없어."
혜림은 단호하게 말하고 남은 생맥주를 쭈욱 다 마시고 일어났다.
"쓸데없는 얘기 했다. 지금 한 말은 자존심에 관한 거니까 너만 알기로 하자. 그리고 이제 정말 가자. 열한 시가 다 됐어. 술도 취했고."
순간 대철은 머리를 쳤다.
"찾았다. 성배가 말한 이게 명분이야. 관계를 복원할 묘수! 이걸 사실대로 털어놓는 거야."
"뭘 털어놔. 그러면 내가 창피해서 더 깊이 쥐구멍으로 들어갈 거니까 너만 알고 있어."
"알았어. 나는 그 말에 술이 확 깬다. 허허 참. 우리 친구가… 용돈이 없어서 좋아하면서 더 만날 수가 없었다. 커피값이 없어서!"
"야, 매일 만나는데 어찌 커피값뿐이냐. 밥도 먹고 술도 마시고 택시비도 들고 연극도 보고… 부잣집 아들에겐 아무것도 아니겠지만. 나처럼 가난한 학생에겐 그렇지 않아."
"그래. 이제야 알겠다. 장미여관에도 가야지.…"
"그래 이 자식아. 너 내 술주정 더 들을래? 빨리 마시고 일어나."
혜림은 일어서서 대철을 내려다보며 일어나기를 재촉했다. 대철은 남은 맥주를 마시면서 계속 중얼거렸다.
"불쌍한 친구. 진작 내게 SOS를 치지. 내가 네 형편 나아질 때까지 데이트 자금 밀어줄게. 그거야말로 졸업 후에 갚는 걸로 하자. 내게 그 정도는 여유가 있어."

"됐어. 그렇게까지 비참한 꼴로 여자 만나고 싶지 않아. 일어나자니까. 바로 일어나지 않으면 나 먼저 간다."

"알았어. 가자."

대철은 마지못해 일어서면서 비틀거렸다.

대철은 다시 택시로 가고 혜림은 걸었다. 3월의 밤기운은 아직 차가웠다. 점퍼의 목덜미를 최대한 올려 감싸고 두 손은 바지 주머니에 넣고 어깨는 움츠리고 걸었다. 걷는데 선옥의 모습이 자꾸 생각났다. 동그랗고 예쁜 얼굴. 가무잡잡해서 웃을 때 보이는 이가 유난히 하얗게 느껴지는 그녀— 피아노를 예쁘게 치는 친구… 마지막 말도 생각났다. 그날 그녀는 말했지.

선배는 늘 말을 잘했었는데 오늘은 아니네요… 하고.

양승원과 김성배, 박숙현과 고대철… 어쨌든 두 쌍은 서서히 사랑이라는 빵을 굽는 진행형이다. 혜림과 선옥은 아니다. 빨랐다. 의도적으로 서두른 것은 아니다. 우연이지만 죽음 문턱까지 가는 극한 상황을 거친 덕분에 더 뜨겁게 사랑했다. 혜림은 하늘을 향해 소리쳤다.

"내 죄가 아니야. 나는 최선을 다했어." 하고

못 견디게 선옥이가 보고 싶어졌다. 그는 전화번호를 중얼거렸다. 너무나 잘 기억하고 있는 전화번호였다. 그러나 전화 걸 용기는 생겨나지 않았다. 혜림은 생각했다.

…이런 느낌이 고독일까? 이렇게 스스로 빠져드는 고독이 나의 성숙에 필요한 과정이 되어줄까? 선옥이를 만나지 않으면서 혜림은 처음으로 지난 일상을 돌아보고 삶의 방향을 다시 생각해 보기도 했다. 이것도 성숙의 과정일까?…

지난해 가을밤. 갈릴리에서 쓸쓸히 가던 날, 선옥이 작별 인사처럼 뱉은 한 마디가 계속 귓전을 맴돌았다.

"선배는 늘 말을 잘했었는데…"

그리고 그녀는 말했지.

"선배와의 만남은 소중한 추억으로 남을 거예요… 생명의 은인이고, 첫사랑이고… 고마웠어요. 빗속의 남자."

그건 일시 헤어지는 인사가 아니었다.

그녀는 돌아선 것이다.

혜림의 가슴을 터질 것 같았다.

24

3월의 마지막 날 날씨는 포근했다. 5교시 수업을 끝내고 김재호 교수연구실로 가는데 구름이 끼고 잔뜩 습도가 높아지더니 거대한 폭포가 가까이 있기라도 한 듯 가는 물방울이 날아다녔다. 손으로 잡아보았다. 솜털이 날아다니는 것 같았지만 비는 비였다.

비?

오랜만에 만나는 비였다. 혜림은 걸음을 멈추고 주위를 보았다. 교정을 수놓았던 목련꽃은 시들어 떨어지고 처처에 노란 개나리와 붉은 진달래가 봄을 마중하고 있었다.

솜털처럼 날아다니던 습기는 곧 이슬비가 되었다.

'저녁에 갈릴리 가서 커피나 마실까?'

비를 만나니 선옥이 생각이 또 간절했다. 그녀는 올 것 같지는 않았다. 그러나 그곳에 가면 더 선명하게 그녀 모습을 떠올릴 수 있지 않을까. 마치 체온을 나누며 같이 있었을 때처럼… 그녀와 함께 듣던 음악도 듣고…

뜨거워지는 감정을 애써 누르며 혜림은 김재호 교수연구실로 갔다. 어제 김 교수가 지시한 번역 일이 있기 때문이었다. 일본에서 발행되는 월간지

문예춘추 3월호에 실려 있는 서평을 번역하는 일이었다. 분량이 제법이어서 삼사일은 잡아야 하는 일이었다. 김 교수는 외출하고 없었다.

한창 작업하고 있는데 대철이가 불쑥 찾아왔다. 문을 삐죽 열고 김 교수가 없음을 확인하자 들어와 말했다.

"뭘 그렇게 열심히 하니?"

"문예춘추 번역. 이달의 작품 문학 평이야."

"한국?"

"아니 일본."

"그걸 뭐에 쓰게?"

"교수님도 평론가니까 외국 평론을 참고하시겠지."

"참고할 거면 일본어 교수님이 그냥 읽어보시면 되지 왜 번역까지 시키냐? 어디 슬쩍 표절해서 써먹으려는 것 아닐까?"

일하면서 아직 그렇게 생각해 본 일은 없었는데 대철이 지적을 듣고 보니 번역해서 입력까지 하라는 것은 좀 야릇했다.

"뭐 적당히 활용하시겠지. 컴퓨터에 서투시니까 입력해 달라는 걸 거야."

혜림은 쓸데없는 상상 하지 말자고 자신을 추슬렀다.

"근데 너 여기 웬일이야. 사전에 연락도 없이."

"으응~" 대철은 뒷머리를 긁적였다. "아까 보니까 비가 오더라. 봄비…"

"나도 봤어. 솜털처럼 날리는 이슬비"

"꽤 왔어. 아스팔트가 젖을 만큼."

"그랬어?…"

혜림은 생각을 발전시키고 싶지 않았다. 애써 옥상 생각을 머릿속에서 억누르고 있는데…

"너 요즘은 아르바이트 수입도 짭짤한 것 같던데? 이젠 데이트 비용 걱정 없잖아."

"야, 고대철. 너 친구 약점 건드리는 취미 생겼냐? 그 얘길 왜 여기서 해! 이제 겨우 빚 다 갚았어. 참 네 돈도 줘야지."

떡 본 김에 제사 지낸다고 혜림은 주머니에서 돈을 꺼내 내밀었다.
"네 빚 마지막이야. 4개월 아르바이트로 벌어서 이제 겨우 다 갚았다."
"어허. 내가 빚 받으러 온 꼴이 됐네."
"그건 아니지. 어차피 줄 건 줘야 하는 거지. 요긴할 때 잘 썼어. 근데 참. 너 숙현이하고는 어떻게 됐냐? 회복했어?"
"응. 네 말이 맞았어. 내가 오해했어."
"그 남자가 누구였대?"
"K 음대와 합동으로 뮤지컬 라트라비아탄가 연습 중이었대. 숙현이가 비올레타 역이래."
"잘됐구나."
"난 그런 생각 못 했지. 근데 틈나는 대로 그거 연습한 거였대. 강당에서 합동으로 연습하고 나와서는 풀밭에 앉아 어색했던 장면 맞춰보고 했던 거래. 내가 본 남자가 알프레도 역을 맡은 K 음대생이라나. 둘이 등장하는 느끼한 장면들 있지, 그런 게 잘 안 돼서 맞춰봤던 거래."
"하하하."
혜림은 웃음이 터져 크게 웃었다.
"정말 드문 코미디구나. 네 얼굴이 붉게 타오르고 질투를 느끼다 못해 상처까지 받았을 정도라면 숙현이의 그 연기 안 봐도 얼마나 대단한지 알겠다. 그래서 다 풀어진 거지?"
"너도 알잖니. 나 혼자만의 문제였던 거. 왜 전화 안 받았느냐고 따져서 혼났다. 바빴다고만 했어."
"잘 됐다. 너는 성배 약혼식에 둘이 같이 갈 수 있겠구나."
나는 진심으로 축하해 주었다.
"무슨 소리야 너도 같이 가야지. 야. 올해 들어 오늘 처음 비가 왔는데 갈릴리 갈 생각 없어?"
대철은 끝내 혜림의 민감한 부분을 건드렸다. 혜림은 버럭 소리를 지르고 싶은 것을 간신히 참았다. 그러다 보니 얼른 답을 못했다. 그렇지 않아도 일곱 시에 맞춰 혼자 갈릴리 가서 커피나 마실까 망설였는데 이 녀석이 함께 가자면… 글쎄… 혜림은 말했다.

"혼자라면 갈까 했는데 네가 같이 가면 안 갈래."

"야. 그건 무슨 심술이냐. 잊고 있었던 돈도 생겼겠다. 커피 마신 뒤 저녁, 술, 내가 다 살게."

"정말?" 혜림은 표정을 바꿨다.

"그런 갸륵한 마음이라면…" 하고 혜림은 마음을 바꿨다.

"좋아, 둘이 갈릴리 가자."

그런데 한편에선 눈치가 이상했다.

"너 혹시 의도적인 거 아니냐. 갈릴리 운운하는 게? 뭐 공작한 거 있지?"

"무슨 공작. 쓸데없는 추리소설 쓰지 말고 정리됐으면 나가자."

대철과 혜림은 학교를 벗어나 종로 2가 가는 버스를 탔다. 시간을 가늠해보니 6시 40분쯤이면 갈릴리다방에 도착할 것 같았다.

"좀 이른데… 갈릴리에서 보면 나는 늘 7시 정각에 나타나는 사람이었는데."

"네가 좀 그런 면이 있지." 대철은 이죽거렸다. "쓸데없는 데는 긴장해서 약속을 칼처럼 지키고, 정작 중요한 일엔 코리안 타임 소리 듣고…"

"내가 그랬니?"

"그래. 그런 면에서 봐도 네가 옥상을 얼마나 사랑했는지 나타나는 거야."

"그런가?"

혜림은 받아들였다. 실제로 혜림은 약속에 철저하지도 못했고 완벽주의자도 아니었다. 그러나 선옥이와의 만남만큼은 늘 완벽한 남자가 되도록 노력했었다. 선옥은 혜림을 인도 독립의 영웅 간디처럼 시간을 정확히 지키는 사람이라고 말하기도 했었다.

예상대로 버스는 6시 40분에 종로 2가에 닿았다. 춘분을 지나서인지 해가 많이 길어져 아직 그렇게 어둡지 않았으나 상점가의 네온사인은 전부 켜져 있었다. 갈릴리다방은 버스정류장에서 1분도 안 걸리는 곳이었다.

대철은 바로 다방으로 들어가자고 했다. 혜림은 그런 대철의 옷자락을 잡았다. 늘 하던 대로 하고 싶었다.

"야. 조금 서성거리다가 7시 되면 들어가자."

"그냥 들어가. 이젠 네 본래 모습으로 돌아가라고, 조금 일찍 오기도 하고 늦기도 하고 그러는 게 사람다운 맛이 나는 거지 기계처럼 정확하게 움직이는 건 어떤 의도를 갖고 꾸미는 거야. 공연히 서성거리면 뭐 하니?"

대철은 노골적으로 면박을 주었다. 다른 날 같으면 가만히 있을 혜림이 아니었다. 그러나 오늘은 참고 따랐다.

"알았다. 들어가자."

갈릴리다방에 들어서니 마담은 물론 레지들이 반긴다.
'어머. 이게 누구세요? 참 오랜만이네요.'
'몇 달만이죠?'
'아유, 안 보는 사이에 핸섬해 지셨네.'

자리에 앉기 전에 디스크자키 실을 보니 선배가 없고 어떤 여자가 앉자 진행하고 있다. 쟁반에 엽차를 받쳐 들고 혜림이 자리에 앉기를 기다리는 레지에게 물었다.

"디스크자키가 다른 사람이네. 먼저 분 그만뒀어요?"

"예. 라디오 음악프로 진행을 맡게 됐다고 가셨어요."

"와아, 그래요? 스카우트 된 거네요? 엄청나게 영전했네."

혜림은 선배가 옆에 있기라도 한 듯 큰 소리로 그 소식을 반가워하며 대철이와 함께 자리에 앉았다. 레지가 미소 띠며 말한다.

"오늘 친구분도 오시겠네요? 비가 와서…"

선옥을 일컫는 말이었다. 비만 오면 만나는 커플임을 이제는 모두 알고 있는 것이다. 혜림은 빙긋 웃으며 대답하지 않았다.

그런데 레지가 엽차만 놓고 갔다. 보통은 엽차를 놓고 주문을 받아 가는데 그냥 간 것이다. 이상하다 하면서 카운터 쪽을 보며 손을 들었다. 마담이 조금 있으라는 식의 수신호를 보낸다. 기다릴 수밖에 없다.

음악이 나왔다. 글렌 캠벨의 타임, 다방에 오면 선배 디스크쟈키가 틀어주던 곡이었다. 나는 대철을 보며 중얼거렸다.

"신청도 안 했는데 내가 좋아하는 음악을 틀어주네. 저 여자 디스크쟈키도 날 아나?"

"네 인상착의를 알려주고 너 오면 틀어주라고 했는지 모르지."

대철은 느물거리는 투로 말했다. 어쨌든 오랜만에 들으니 반가웠다. 마치 고향에 온 기분이 들어 속으로 따라 부르는데 디스크쟈키의 멘트가 나왔. 타임을 백 뮤직으로 삼아 시를 낭송하는 것이었다.

… 바람에 흔들리는 한 송이 꽃으로 머물고 싶습니다. 하루가 가고 일 년, 아니 그 이상이 갈지라도 이 자리에 한 송이의 꽃이 되어 당신 곁에 머물고 싶습니다. 운명이 아니어도 좋습니다. 엇갈린 운명이라도 좋습니다. 그대만을 사랑합니다. 한 송이 꽃이 되어 그대 곁에 머물다 가고 싶습니다.…

다시 음악이 커졌다.

"이게 타임 가사냐? 방금 디스크쟈키가 낭송한 게?"

대철이 물었다.

"아냐 가사가 그게 아냐."

그럼 무슨 메시지지? 하는데 노래가 끝나고 멘트가 나왔다.

'방금 들려드린 글렌 캠벨의 노래 '타임'은 장선옥 씨의 신청 곡이었습니다.'

뭐야?

혜림은 화들짝 놀라 자리에서 일어나 다방 안을 살펴보았다. 어디에도 선옥은 없었다. 혜림은 디스크쟈키실 두드렸다. 여성쟈키가 문을 빼죽 연다. 무슨 일이죠? 방금 노래요. 신청한 사람 어디 있어요? 아 그거요… 카운터에서 쪽지 받았어요.

그래요? 혜림은 다시 카운터로 가 마담을 보았다. 마담은 물론 혜림을 잘 알고 있었다.

"어서 와요. 매일 오던 학생이 오랜만이네요."

"겨울엔 비가 안 오니까요. 그런데 방금 신청 곡 어떻게 된 거죠?"
"여자 친구분이 부탁했어요. 오시면 틀어주고 시도 낭송해 달라고."
"언제요?"
"한 시간 전쯤 다녀갔나? 암튼 조금 전에 다녀갔어요. 오 참, 내 정신 좀 봐 크림커피도 갖다 드리라고 하면서 돈도 주고 갔는데…"

하더니 마담은 레지를 불러 오서 크림커피 갖다 드리라고 시켰다. 혜림은 멍청해졌다. 한 시간 전에 다녀갔다고? 커피값도 내고 갔다고? 그럼 내가 올 줄 알았다는 건데… 어떻게 알았지?

뒤를 돌아보니 대철의 뒤통수가 보였다. 그렇지. 저놈이 꾸몄어. 계략에 말려든 거야… 당했다고 생각하니 혈압이 오르고 화가 났다. 혜림은 숨을 크게 몰아쉬는 것으로 호흡을 진정시켰다. 그리고 자리로 돌아와 대철과 마주앉았다.

일곱 시 십 분 전이었다. 타임에 이어지는 노래로 로드 스튜어드의 세일링이 흘러나왔다. 이번에도 디스크자키의 목소리가 섞였다.

… 마음의 고향을 향하여 항해합니다. 바다를 건너 폭풍우를 헤치며 당신에게 다가갑니다. 하늘을 납니다. 새처럼 하늘을 납니다. 높이 가로막힌 구름을 뚫고 하늘을 납니다. 당신과 함께하기 위하여 …

역시 혜림이 좋아하는 노래였다.
다방 안은 빈자리가 없을 정도로 만원이었다. 혜림은 치미는 화를 참을 수 없었지만 애써 침착하게 물었다.
"너 내게 할 말 없냐? 아까 학교에서 여기 오자고 할 때부터 수상했는데."
"무슨… 난 수상한 짓 한 거 없어."
말은 그렇게 하지만 낄낄거리며 웃음을 참는 게 역력했다.
"아냐. 뭔가 꾸몄어, 솔직하게 털어놔."
그제야 대철은 "그래, 사실은…"하고 털어놨다.

"숙현 씨와 선옥 씨 일곱 시 반에 오기로 했어. 우리 둘이 너희 둘을 자리 마련한 거야."

"뭐야?" 혜림은 벌떡 일어나 "인마. 그럼 진작 말했어야지. 친구를 이렇게 당황하게 만들어야 하니!" 하고 언성을 높이며 난 갈래, 하고 일어섰다. 대철이 급히 일어나 혜림의 팔을 잡았다.

"야. 야. 이십 분만 있으면 올 텐데 가면 어떻게 하니?"

"난 약속한 일 없거든."

"그러지 말고 앉아서 내 말 들어. 숙현이에게 들어보니 선옥 씨 너에게 배신당했다며 많이 울었다고 하더라. 네가 선옥 씨를 울려서야 되겠니?"

"내가 무슨 배신을 해… 울기는 또 왜…"

혜림은 그 말에 약해져 돌아서지 않을 수 없었다.

"그러니까 얘길 들어보라고."

대철은 힘으로 혜림을 다시 의자에 앉게 했다. 그리고 말을 쏟아부었.

"따질 거 없어. 잘했다고 우길 것도 없고, 자존심 내세울 것은 더욱 없고. 성배 충고를 받아들이자. 우리가 아끼는 친구 의학도의 임상 실험에 능동적으로 동참해 주자. 우리 관계를 실험해 보는 거야. 도움이 되겠지. 야, 살아가는 데 남녀 관계처럼 중요한 게 어디 있니? 진지함과 재미가 함께 있어야 하는 일 아니니? 남자는 여자에게 말을 잘해야 한다고 했지. 지난 실수 솔직하게 다 반성하고 우리 앞으로 말 잘하는 남자들이 되자. 즉흥적으로 잘 안 되면 책을 보고 좋은 대사 외웠다가 써먹자. 지난 일에 대해 선옥 씨가 어떤 생각을 할지는 모르겠다. 일단 숙현이에게는 너의 문제가 70%는 데이트 자금이 달리는 데 있었다고 했어. 그게 이해하기 쉬울 것 같아서 그랬어. 실제로 돈이 없는데, 그렇다고 남자가 돈이 없어서 못 만나겠다는 소리를 할 수는 없으니까 심각하지도 않은 권총이니 성적이니 둘러댄 거라고 그랬지. 그랬더니 깜짝 놀라더라고."

"뭐야? 그런 이야기까지 했어?"

"옥상은 옥상대로 너 혼자 늘 데이트 비용 쓰는 걸 부담스러워했다더라.

불만도 많았대. 자기가 낸다고 해도 막무가내로 못 내게 했다고. 데이트 비용을 남자가 써야 한다는 건 낡은 사고야. 시대는 변했어. 지금은 힘이 아니라 부드러움이 좌우하는 시대가 됐어. 여성들의 시대. 여자가 더 넉넉할 수 있는 시대로 변하고 있다고. 경제적이든 사회적이든 여자의 조건이 더 좋을 수 있는 세상으로."

대철은 속사포처럼 말을 쏟아냈다.

"세상이 변해도 나에게는 변치 않을 것이 있어."

"그게 뭔데? 알량한 남자의 자존심? 그건 네 소설에서나 구현해 봐. 그래서 독자 심판을 받아 봐. 한 권도 안 팔릴 거다. 현실은 빠르게 변하고 있어."

"너는 어떻게 너 하고 싶은 대로만 말을 하냐…"

하는데 대철이 검지를 입술에 갖다 대며 쉿! 신호를 보낸다. 숙현이와 선옥이 다방에 들어온 것이다. 레지가 그녀들을 혜림과 대철이 있는 자리로 안내했다. 선옥의 표정은 의외로 밝았다.

"안녕하세요? 오랜만이네요."

박현숙이 대철과 눈인사를 나눈 뒤 옆에 앉으며 혜림에게 인사했다. 혜림은 어정쩡하게 일어나서 선옥을 맞았다.

"오랜만이네요."

"그러네요."

선옥은 싱긋 웃으며 앉았다.

"어떻게 지냈어요?"

혜림은 물었다. 인사로 물었지만, 반응이 궁금하기도 했다.

"잘 지냈어요. 선배는요?"

문득 선옥의 표정이 밝은 것은 의문이 풀린 때문으로 보였다. 대철이 직선적으로 돈 이야기를 터뜨린 덕분으로 보였다. 그전에는 혜림이 왜 갑자기 변했을까를 생각하며 몹시 고민했던 것으로 보였다. 그렇다면 정말 대철이 잘 터뜨린 것인가?

혜림에겐 성배의 말도 떠올랐다. 이것이 문제를 한방에 풀어줄 수 있는 숨겼던 이야기, 즉 명분이 되는 셈인가?

　혜림은 그림을 보듯 옥상을 바라보다 말했다.

　"나… 옥상 많이 보고 싶어 하며 지냈어요."

　하고 말하는 혜림의 눈에 갑자기 눈물이 핑 돌고 목소리가 떨렸다. 선옥은 그것을 놓치지 않고 보았다.

　"정말요?"

　"그럼. 정말이고말고."

　혜림은 눈가를 훔치며 말했다. 선옥이 흐뭇해하는 것이 보였다. 더는 말이 필요 없어지는 순간이었다.

　"넷이 이렇게 만난 것도 오랜만이네요."

　숙현이가 말했다.

　"우리 넷 같이 있는 모습이 오늘따라 유난히 좋은데요."

　"그래. 이렇게 넷이 있으니까 성배도 불러내고 싶구나. 그러나 약혼식이 며칠 안 남았으니 마음이 바쁘겠지. 차 마시고 나가자. 오늘은 내가 쏠게."

　대철이 말하고 나서 먼저 찻잔을 비웠다. 선옥이 나섰다.

　"아니에요. 대철 선배. 오늘은 내가 쏠게요. 저에게 양보해 주세요."

　선옥으로선 의미 있는 말을 하는 것 같았다. 혜림이 받아들일 것인가를 떠보는 것 같았다. 혜림이 말했다.

　"대철이가 아까 학교에서부터 사겠다고 했어요. 공돈 아닌 공돈이 생겼거든요. 오늘은 대철이가 쏘게 두죠."

　선옥은 양보하기 싫어했다.

　"싫어요. 오늘은 제가 쏘고, 다음에 대철 선배가 쏘세요."

　짧은 시간, 모두 조용했다. 숙현이가 중재에 나섰다.

　"대철 선배가 양보해요. 선옥이가 오늘 쏘겠다는 건 ― 뭐 우리끼리 있는데 돌려 말할 필요도 없죠 ― 두 사람 관계가 한 단계 발전하는 의미도 있잖아요?"

　그러면서 숙현은 혜림을 보았다.

　"돈이 없어 쩔쩔매면서 그동안 선옥이는 돈을 못 쓰게 했다면서요?"

나는 얼굴을 붉힐 뿐 답을 못했다. 창피하기도 부끄럽기도 했다. 자존심이 상하는 감도 없지 않았지만 전처럼 혈압이 오르지는 않았다. 숙현은 결론을 내렸다.

"선옥이 피아노 개인 레스으로 돈 잘 벌어요. 오늘은 선옥이가 쏘게 두자고요. 그게 한동안 소원했던 두 사람 관계를 회복하는 길이 되어줄 것 같아요."

그건 혜림 보고 항복하라는 소리였다. 대철이도 상황을 받아들이라고 눈을 깜짝거렸다. 혜림은 대항할 힘을 잃어버리는 상태가 되었다. 자존심, 반발심 따위가 적어도 오늘의 분위기에서는 쓸데없는 것으로 보였다.

"좋아요. 항복. 옥상이 맛있는 거 사 주세요."

항복할 거면 시원하게 하자. 하고 혜림은 선옥을 보면서 항복을 인정했다. 순간, 선옥의 얼굴에는 표현할 수 없는 기쁨이 넘실거렸다. 마치 빛이 나는 것 같았다. 선옥은 일어나며 말했다.

"가요. 선배 돼지갈비 좋아하잖아요? 인사동으로 가요. 돼지갈비 먹으러 가요."

"그러지. 돼지갈비 싫어하는 사람 있나? 숙현 씨는?"

"저도 좋아해요."

모두 일어나 갈릴리다방을 나왔다. 일행은 인사동에 있는 돼지갈빗집으로 갔다. 가는 길에서 대철은 말했다.

"나 잘했지? 모든 관계는 회복되어야 해."

혜림도 말했다.

"좀 어색하기는 하다. 그러나 네 말대로 관계가 회복되는 건 기분이 좋구나."

"우리가 어떤 인연이냐. 축령산 수리바위 신령님이 맺어준 인연 아니냐. 노력할 가치가 있지 않니?"

"그래. 내가 옹졸했어." 혜림은 시인했다. 그리고 감사했다. "너와 숙현 씨가 고맙다. 오늘은 네가 형처럼 느껴지는구나."

그동안 지니고 있던 고집을 내려놓으니 사실 그렇게 편할 수가 없었다. 그건 스스로 만들어 쓰고 있는 자기도취의 굴레일 수 있었다.

남자에게 있는 보호본능이 원죄요 구속일 수는 있었다. 그러나 그 원죄, 그 구속은 인생의 아름다움에 함께 봉헌하자는 취지에서 나오는 것 아니겠는가. 그게 맞다면 남자는 이래야 하고 여자는 저래야 한다는 관념에서 벗어나야 하는 게 옳아 보였다. 처음에는 마지못해 고집을 내려놓는 듯했던 혜림이지만 차츰 내려놓은 게 잘했다고 — 앞으로는 다 내려놓자고 — 긍정적으로 생각을 바꾸면서 마음은 더 편해졌다.
　두세 발자국 뒤에 오는 선옥은 나란히 걷는 숙현에게 말했다.
　"고맙다, 숙현아. 너와 대철 선배 아니었으면 우린 영영 서로를 오해하고 다시 안 보는 사이가 되었을지 몰라."
　"그럴 리야 없지. 둘이 어떤 인연인데. 시간이 걸릴지는 모르지. 내가 도운 건 재회를 당겨준 것뿐일 거야."
　"아냐. 난 정말 혜림 선배에게 농락당한 느낌이었어. 돈이 없어 그렇게 쩔쩔맸다는 건 상상도 못 했어. 빌렸건 거짓말했건 내 앞에선 언제나 태연하고 넉넉한 체했거든."
　"근데 아마 요즘은 그리 궁색하지 않을걸. 너 안 만나면서 아르바이트 시작했다더라. 학과 주임교수실에서 번역 일을 돕고 있대."
　"그래?"
　"응. 그래서 그동안 주변에 빚졌던 거 다 갚았대. 오늘 대철 선배 돈도 갚았다더라."
　"어머, 대철 선배는 너에게 그런 것까지 다 얘기하니?"
　"우린 다 이야기해. 대철 선배가 말하길, 돌려받을 생각 안 하고 빌려준 돈을 돌려받으니 공돈 생긴 것 같아 한 잔 사겠다고 하면서 오늘 자리를 마련한 거랬으니까. 마침 비도 왔고."
　"그랬구나. 그래서 대철 선배가 쏘겠다고 한 거였네."
　선옥은 모든 의문이 풀린 기분이었다.
　인사동 돼지갈빗집까지 걸어서 십 분 정도 걸렸다. 혜림과 선옥이, 대철이와 숙현이, 이렇게 넷은 오랜만에 돼지갈비에서 소주를 곁들이며 화기애애한 시간을 보냈다.

25

 4월 5일이 되었다. 김성배와 양승원의 약혼식은 12시에 시작인데 혜림은 사회자로서 준비하고 점검할 것이 있어 40분 전에 식장인 서울 마포 가든호텔 VIP룸에 갔다.
 호텔 측에서는 기다렸다는 듯 혜림에게 식순을 어떻게 할 거냐고 물으며 표준 식순을 보여주었다. 사회자의 개회선언이 있고 난 뒤 먼저 신랑 신부 인사, 양가 가족 및 친지 소개, 양가 대표 인사, 사주와 결혼 택일단자 교환, 예물교환, 케이크 절단, 축하 건배, 식사 기념 촬영이여 등이었다.
 혜림은 표준대로 하되 양가 부모와 예비 신랑, 예비 신부 기념사진은 식이 시작되기 전, 그러니까 옷매무새가 살아있을 때 찍자고 했고, 가족사진은 나중에 찍는 것으로 하자 했다. 그리고 축배와 식사 사이에 숙현이가 부르는 특송, 나와 대철이가 불러주는 축가를 넣어서 식순을 몇 장 프린트해 달라고 했다.
 식순 점검을 마칠 때쯤 성배가 왔다. 말끔한 감색 새 양복이 잘 어울렸다. 분홍의 포켓치프가 그 차림을 돋보이게 해주었다. 혜림은 말했다.
 "옷이 날개라더니, 그렇게 입으니까 멋있구나. 그런데 감색 양복에는 노란 포켓치프가 더 낫지 않니?"
 "약혼을 상징하는 색깔은 분홍색이야. 아직 완숙하지 않은 사랑이란 뜻이지. 그래서…"
 그래? 그럼 완숙은 빨간색인가? 하는데 빨간 재킷을 입은 예비 신부 양승원이 배시시 웃으며 나타났다.
 "안녕하세요? 오늘 수고하시겠네요."
 아름답게 화장하고 곱게 차려입은 승원의 모습은 선녀와 같아 혜림은 눈을 의심하며 다시 보고 또다시 보았다. 평소의 승원이가 아니었다.

"이렇게 성장하니 정말 아름답네요."

혜림은 침이 흐를 듯한 소리로 감탄했다.

사십 분이 되니 대철과 숙현이, 선옥이가 함께 왔다. 일찍 왔구나. 하고 반기니 11시에 와서 아래층 커피숍에 있었다며 웃는다. 승원이만 아름답게 화장하고 꾸몄을 거로 생각했는데 숙현이도 선옥이도 화장을 했다. 둘 다 늘 보아오던 대학생 복장이 아니라 투피스에 봄 외투를 걸친 정장 차림이어서 성숙해 보였다. 혜림은 연신 감탄하며 중얼거리듯 말했다.

"정장한 모습들을 보니 다 아름답고 훌륭한 여성들이네…"

대철이 말했다.

"가족분들도 진작 다 오셨어. 아래층에 계신 데 곧 올라오실 거야."

대철의 말대로 십 분 전쯤 되니 모두 함께 올라왔다. 성배의 부모님, 아버지의 형님인 백부 내외, 아버지의 누이인 고모 내외, 어머니의 언니인 이모 내외, 그리고 누나 둘 해서 꼭 열 명이었다. 승원네 집에서도 부모님, 고모 내외, 큰외삼촌 내외, 작은외삼촌 내외, 여동생과 남동생 등 열 명이었다. 거기에 오늘의 주인공인 김성배와 양승원, 주인공의 친구인 숙현과 선옥, 대철과 혜림까지 하니 참석자는 모두 스물여섯이었다.

서로 인사를 나누고 준비된 자리에 앉으니 열두 시였다. 혜림은 개회를 선언하기 위해 한쪽에 마련된 마이크 앞에 섰다.

"화창한 봄날의 선택된 날에 아름답고 신성한 행사를 시작하겠습니다. 양승원 양과 김성배 군의 약혼식입니다. 사회를 맡은 저는 예비 신랑과 고등학교 때 단짝이었던 이혜림입니다."

하고 정중히 허리 굽혀 내빈께 인사하자 박수가 나왔다.

"먼저 오늘의 주인공 예비 신랑, 예비 신부의 인사입니다. 신랑 신부 앞으로 나오세요."

혜림이 호명하자 성배와 승원이 중앙에 나란히 서서 내빈께 인사를 드렸다. 또 박수가 나왔다. 혜림은 무선마이크를 성배에게 주었다. 성배는 부끄럼 타는 표정으로 - 그러나 유머를 섞어서 말했다.

"이런 자리에서 어떻게 말해야 하는지, 경험이 없어서 잘 모르겠네요…"
그렇게 서두를 떼자 사회자 혜림이 베이스를 넣었다.
"그런 게 경험이 있으면 어떡합니까."
그 소리에 모두 웃었다. 식장은 긴장감이 사라지고 부드러워졌다. 성배의 인사가 이어졌다.
"약혼식은 보통 결혼을 6개월, 길어야 1년 정도 남겨놓고 한다고 하는데 우린… 무려 2년 이상 남겨놓고 하는 거라서 모든 걸 더욱 잘해야 할 거라는 생각만 가득합니다. 한 가지만 약속드리겠습니다. 시간이 흐를수록 믿음이 두터워지는 사위가, 아들이, 그리고 양승원의 남자가 되도록 힘쓰겠습니다. 지켜봐 주십시오."
성배는 그렇게 짧지만 굵게 인사하고 마이크를 승원에게 주었다. 승원은 '뭘 나까지' 하고 사양하다 마이크를 받았다.
"성배 선배와 같은 마음입니다. 시간이 흐를수록 믿음이 두터워지는 며느리가, 딸이, 그리고 김성배의 여자가 되도록 힘쓰겠습니다. 지켜봐 주세요."
약혼식은 그렇게 시작되었다. 신랑 신부 인사 뒤에 신랑이 나서서 식에 참석한 집안 친척을 한 분 한 분 소개했고, 이어 승원이가 집안 친척 어른을 한 분 한 분 소개했다. 그런 뒤 신랑 집안을 대표해서 백부가 인사말을 했고, 신부 집안을 대표해서는 신부의 아버지가 인사말을 했다. 이어 식순대로 사주와 결혼 택일단자 교환, 예물교환, 케이크 절단이 진행된 뒤 축가 차례가 왔다. 혜림이 말했다.
"오늘 특별하게 축가를 두 곡 준비했습니다. 먼저 들려드릴 곡은 우리 만남을 기념해서 제가 노랫말을 짓고 장선옥 씨가 곡을 만든 우리의 노래입니다. 우리란 예비 신랑을 포함한 남자 삼총사, 예비 신부를 포함한 여자 삼총사 — 합해서 육 총사를 일컫는 말입니다. 간략하게 저희 스토리를 말씀드리면 우린 경기도 남양주시에 있는 축령산을 등반하면서 만났습니다.
축령산 가는 길에 수리바위라는 영험한 기도처가 있는데, 거기서 소원을 기도했습니다. 저희가 세 여자의 영원한 보디가드가 되게 하여 주십시오.

하고 말입니다. 수리바위 신령님이 그 소원을 들어주어 우리 세 쌍은 만났습니다. 그중 한 쌍이 오늘 약혼을 하는 것입니다. 남은 두 쌍은 약혼은 아니지만 어쩌면 더 잘 지내고 있는지 모릅니다. (웃음)

만남에 의해 인생이 바뀌는 것을 우리 세 쌍은 실감하고 있습니다. 세 쌍 모두 새로운 인생을 만들어가고 있습니다. 서로 끌어주고 밀어주며 사는 모범적인 트리플 가족이 될 것입니다. 그런 염원과 믿음이 담긴 축가입니다.

첫 곡은 말씀드린 대로 저희가 만든 노래입니다. 장래의 뮤지컬 가수 박숙현의 목소리로 들으시겠습니다. 이어 듀엣으로 렛 잇 비 미, 즉 '내 곁에 있어 주오'를 저와 고대철 군이 함께 부르겠습니다."

숙현이 스테이지에 올라 피아노 앞에 앉은 선옥에게 신호를 주었다. 전주가 울리고 숙현의 노래가 시작되었다.

만약 네가 실족하여 / 절벽에 매달렸다면,
나는 손을 뻗어 당연히 끌어올리겠지.
끌어 올릴 수 없어 떨어져야 한다면
나도 같이 떨어질 거야 / 나도 같이 떨어질 거야
너를 사랑하니까 / 너를 사랑하니까.
오 사랑해 / 죽음도 두렵지 않아
우린 영원한 연인 / 소울메이트
어딜 가도 너만 있으면 돼 / 저세상도 너만 있으면 돼.

만일 네가 어려워져 / 절망에 매달렸다면
나는 손을 뻗어 당연히 끌어올리겠지.
끌어올릴 수 없어 떨어져야 한다면
나도 같이 떨어질 거야 / 나도 같이 떨어질 거야
너를 사랑하니까 / 너를 사랑하니까.
오 사랑해 / 죽음도 두렵지 않아

우린 영원한 연인 / 소울메이트
어딜 가도 너만 있으면 돼 / 저세상도 너만 있으면 돼.

너를 사랑하니까 / 너를 사랑하니까.
오 사랑해 / 죽음도 두렵지 않아
우린 영원한 연인 / 소울메이트
어딜 가도 너만 있으면 돼 / 저세상도 너만 있으면 돼.

노래가 끝나자 많은 박수가 나왔다. 신부 아버지가 일어나 말했다.
"잘 들었어요. 오페라의 한 장면을 연상케 하는 노래네요. 아까 설명이 있었지만, 그것으로 부족한 것 같네요. 노래 배경이 따로 더 있는 것으로 아는데 얘기해 줄 수 있나요?"
그러자 예비 신부 양승원이 나와 무선마이크를 잡고 말했다.
"그건 제가 설명해 드리죠. 그날 비가 왔어요. 한쪽은 낭떠러지고 한쪽은 비탈이 심한 산의 능선을 따라 걷다가 제 친구 — 지금 피아노 치는 친구가 미끄러져 낭떠러지에 매달렸어요. 노래 가사 그대로 여러 사람이 사슬이 되어 친구를 끌어올리려고 노력했는데 끌어올려지지 않았어요. 맨 끝에서 친구를 구하려고 애쓴 사람이 오늘 사회자였죠. 제 친구가 팔에 힘이 빠져 낭떠러지에서 떨어지게 되니까 사회자가 같이 떨어지며 제 친구를 몸으로 감싸주었어요. 덕분에 아주 험한 낭떠러지였는데 친구는 다치지 않았어요. 남자는 많이 다쳤고요. 그 사건이 우리 세 쌍의 커플을 단단히 엮게 해주었어요. 방금 들으신 노래에는 그런 사실 배경이 있습니다."
승원의 설명을 들은 참석자들은 정말? 그렇다면 우연이 아닌 만남이로군. 하면서 또 손뼉을 쳤다.
이어 혜림과 대철이가 스테이지에 나란히 섰다.
"두 번째 축송으로 저 이혜림과 고대철이 듀엣으로 들려드리겠습니다."
선옥은 피아노로 전주를 쳤다. 혜림과 성배의 중창이 식장 안을 채웠다.

… I bless the day I found you I want to stay around you And so I beg you Let it be me ~

(당신과 만난 그날을 축복합니다 / 당신 곁에 있고 싶습니다 / 그래서 당신에게 빌고 있습니다 / 곁에 있게 해 주세요 / 누군가에게 꼭 가야할지라도 / 이 천국 같은 행복을 거두지 마오 / 지금이나 언제까지나 / 곁에 있게 해 주세요)

노래가 끝나자 박수가 터져 나오는 가운데 신부 아버지가 일어나 다가왔다. 그는 좌중을 향해 "아주 오늘 분위기에 꼭 맞는 노래를 잘 불러주었죠? 여러분 그렇죠?"하고 동의를 구하면서. "오늘의 축가 팀에게 금일봉을 하사하겠습니다."하고 숙현이에게 봉투를 주었다.
혜림은 마무리했다.
"이것으로 약혼식 행사를 마치겠습니다. 식사하시면서, 환담하시면서 기념사진도 찍으시고, 즐거운 시간 의미 있게 보내시기 바랍니다."

혜림은 마이크를 끄고 선옥을 보았다. 피아노 반주를 마친 선옥도 혜림을 보았다. 혜림은 엄지손가락을 세워 수고했다고 치하하고 눈에 힘을 주어 사랑한다는 마음을 전했다. 선옥의 눈빛도 그렇게 말하는 것 같았다.⊙

서평 / 이수화 (시인 / 문학평론가)
중편 <축령산 연가>의 감각적 레토릭

뛰어난 중편 <대수 대명>이, 작가 이기윤의 인문 정신 서사 공간을 샤머니즘으로 대체했다면, 또 하나의 중편 역작 <축령산 연가>는 이제는 그 환경에서 떠날 채비를 하는 것으로 보인다. 서술자의 고향 축령산에 소설 공간의 중심축을 두면서 도시로 돌아왔기 때문이다.

소설은 축령산을 등산하는 혜림(서술자)과 두 친구 고대철과 김성배가 축령산 중턱의 수리바위에서 음악을 전공하는 선옥, 승원, 현숙 등 세 여대생을 만나게 되어 각각 한 쌍씩 연애 행각을 전개하는 이야기 서사이다.
<축령산 연가>라는 제목만 대했을 때는 소설의 주제와 서사 목표에 관한 관심이 도시적 삶의 부조리나 자유 욕망에 쏠리게 되지만 축령산이란 존재는 별다른 상징물도 아니고 소설 속 현실 공간도 아니다.

축령산 등반길에 비가 쏟아졌고, 그 때문에 미끄러워진 탓에 이 산 능선에 있는 수리바위 근처 벼랑길에서 주인공 혜림과 작곡 전공의 장선옥이 실종 추락했다가 (마치 신령님이 도운 듯) 둘 다 무탈하게 목숨을 건지는 엄청난 사건을 겪은 이후, 무대가 서울 종로에 있는 음악다방으로 옮겨지는 것이다.

주인공 혜림과 선옥은 축령산의 비를 기념하며, 아침 7시부터 저녁 5시까지 사이에 하늘에서 한 방울이라도 비가 오는 날이면 그날 저녁 7시 갈릴라라는 음악다방에서 만나기로 하는 문학적 약속을 지상명령인 양 간직하고 청춘을 즐긴다. 그런데 비가 너무 자주, 아니 여름을 지나 가을이 되기까지 조금이라도 매일 내리는 탓에 주인공들은 — 매일 데이트해야 하는 부담이 생기면서 기쁨과 갈등을 겪는다. 공부를 게을리하게 된 나머지 학점 미달, 매일 만나는 데 따른 데이트 비용의 부족으로 파경을 겪기도 한다. 대철과 숙현 등 친구들도 유형은 다르지만 젊음의 갈등을 겪으면서 그러나 관계를 회복한다는 서사가 중핵을 이루고 있다.

 소설 중반에 혜림과 선옥이 벌이는 오럴 섹스의 진풍경이나 뇌 과학을 연구하는 의학도 성배가 친구들에게 열변을 토하는 성교육(성감대 이야기) 강의 따위는 이 중편소설에서 젊음에 대한 예찬 적 서사 의도를 보인다.
— 중요한 것은 남자의 성을 자극하는 감대는 첫째가 시각(視覺)이라는 거야. 남자는 눈으로 보는 것으로 강한 자극을 받아. 미니스커트랄까 하체 노출이 심한 여자를 보는 것으로도 충분히 자극되고, 가볍게는 여자의 가슴과 가슴 사이 움푹 파인 곳을 살짝 보는 것만으로도 남자는 눈부셔하며 성적 흥분을 느끼니까. —

 고립된 개인의 자유 욕망이 꿈틀대는 내면에 대한 이 같은 섬세한, 감각적인 응시와 존재를 탐구하는 인문 정신을 구현하는 이기윤 소설의 주제 탐구는 고향과 가족 (친인척/ 친구) 이야기를 중심으로 하여 관계와 소통의 질문에 대한 해답으로서, 또 시원한 축령산(고향) 원시의 바람으로서, 때로는 파도처럼 가슴을 파고드는 이야기로 이 소설집에 점철된다.
 운명적인 혈연 원시공동체(프로토)의 테두리, 고향의 순수한 인간 정서는 인간의 실존적 자유 욕망을 순화 고양해 주는 인문 정신의 소설 공간이다.
 고희를 넘어 40년 전업 작가의 외길을 묵묵히 걸어온 노익장의 날카로운 붓 칼 — 이기윤의 창조 정신, 프로토 인문 정신의 서사 구현은 여기 제3 창작집에서도 불퇴전의 서사 보검으로 광휘롭게 빛을 발한다.⊙

에필로그 / 이기윤
세 번째 소설집에 붙여…

나이 칠십 줄에 들어 세 번째 소설집을 상재한다. 다섯 편의 단편과 한 편의 패러디, 한 편의 중편으로 엮었다. 칠십 줄을 내세운 데서 예감할 수 있듯 일곱 편 모두 내 삶의 편린들로 남기고 싶은 이야기인 동시에 지워지지 않는 발자국일 수 있다.

●…<인장의 빛>은 꾸밈없는 실화이다. 커튼 뒤에서 살았지만, 주인공인 다우 선생은 오랫동안 추사체(秋史體)를 계승하는 PK 지역 단체의 수장을 맡아 이끌어 온 서예가이자 전각의 달인으로 특히 인장학에 해박했다. 그를 만난 것은 내게 행운이라기보다 충격이었다. 그는 사람에게 세 가지 운이 있다고 했다.
첫째는 선천운 ─ 즉 하늘이 주는 사주의 운세로 생로병사를 정하는 것이요, 둘째는 부모나 조상에게 받는 이름으로 기본적인 의식주에 관련하고, 셋째는 본인이 선택하는 인장으로 부귀(富貴)를 좌우한다는 것이다. 따라서 좋은 인장은 성명에 사용한 문자음의 오행을 감정하여 사주와 음양이 일치하도록 하고 수리를 맞게 정하여 팔 방위에 일치하는 선에 맞게 서체를 선정하면 사주와 이름의 기운이 조화하고 양기(養氣)로 채워져 재산 건강 사업 행운을 유도하고 보호 발전시켜 준다는 것이다.
물론 이러한 논리는 ─ 서명이 일반화된 서양에는 있을 수 없는 ─ 인장을 사용하는 동양인 이야기이지만, 다우 선생을 통해 나 자신이 그 놀라운 효험(效驗)을 생생하게 체험했다.
나는 다우 선생과의 이 일화(逸話)를 수필로 써 1990년 이후 세 곳 이상의 사보에 소개했고 개인 홈페이지에도 올렸다. 그러자 부산시 기장까지 다우 선생을 찾아가는 사람들이 많았는데, 다소 은둔적인 삶을 선택했던 다우 선생이었지만 방문객이 많아진 것을 싫어하지는 않았다.
이것을 소설화하게 된 것은 평론가이자 아동문학가인 김종희 선생 덕분이다. 덕화만발 카페에서 이 일화를 접한 선생은 왜 이런 훌륭한 소재를 소설화하지 않느냐고 나를 채근하는 바람에 2016년 계간 「문학의 뜰」과 연간 「마포 문학」 등에 발표했다.

●…<오해>는 비탄에 잠겨 아내를 그리워하는 마음을 담은 단편으로 2018년 「마포 문학」에 발표했다. 아내를 먼저 보낸 내게 가득한 것은 후회와 반성뿐이다. 서른에 결혼하여 칠십이 되기까지 사십 년을 나름대로 열심히 함께 살았다. 그러나 살다 보니 사십 년 추억의 군데군데 흠집도 많이 만들었고 어떤 부분은 조각이 잘려 나가 구멍이 뚫려 있는 것을 알면서 그대로 놔두었었다. 아직 시간이 있다고 믿었기에 남은 삶에서 그 흠집을 손보고 구멍을 메꿀 수 있다고 자신한 것이 사실인데, 서두르지 않고 여유를 부린 것이 돌이킬 수 없게 되어버렸다. 스스로 평가하기에 다소 기복 있는 삶을 살았지만, 어떠한 시련에도 아내와 두 딸로 집약되는 가정의 소중함을 지켜내고 발전시키는 게 내가 존재하는 이유요 가치요 자부였는데 아내가 그야말로 어느 날 갑자기 돌아오지 못할 저세상으로 가버리니 내 삶이 온통 허망에 빠졌다. 아내의 영전에 모정(慕情)이란 시를 지어 바쳤다.

보내고 남은 게 부끄럽다/ 나 무엇을 더 찾고 있나/ 아내를 사랑했다/ 아내도 사랑했다/ 나는 그것을 본다/ 나는 그것을 본다.
한순간에 멈춘 심장/ 내 눈물은 혼란스럽다/ 당신이 살고/ 내가 죽은 것은 아닐까/ 더 묻지 않는다/ 더 묻지 않는다
우릴 가를 곳은 없다/ 사랑을 가를 곳은 없다/ 너 죽을 수 있다./ 나도 죽을 수 있다./ 사랑은 죽지 않는다/ 사랑은 죽지 않는다.

아내가 죽음으로 사실상 나도 죽었다, 있을 때 잘해주지 못한 게 미안해서 참 많이 울었다.

●…<연말 수난>과 <보신탕집에 핀 꽃>도 꾸밈없는 실화이다. 다만 <연말 수난>에서 커튼 뒤의 주인공이 실제는 다른 지방에서 도자기 하는 사람인 것을 하동 사람이라 연막을 쳤다. 1990년대 병원에 근무하던 때 있었던 일인데 처음에는 콩트로 써서 여기저기 사보에 발표했던 것을 소설로 다듬어 2019년 「마포 문학」에 발표했다.

●…<변신>은 나의 첫 장편소설이자 대표작 <군인의 딸>에 얽힌 이야기로 「월간문학」과 「마포 문학」 등에 발표했다.
사실을 말하면 <군인의 딸>은 1980년에 처음 출판되었는데 첫 딸 지연이가 80년 5월 15일에 태어났다. 아내가 산후조리를 하고 있을 때 5·18이 일어나 큰 충격을 받고 <변신>을 꿈꾸게 된 일이었다.
그러나 이 첫 소설은 그때 서슬 퍼렇던 전두환 정권의 보안사 검열에 불온한 서적으로 찍혔다. 경복궁 후문 밖에 있었던 문공부 간행물 심의실에서 오라고 하여 갔더니 보안사 군인들이 기다리고 있었다. 간행물 심의관은 나를 보안사 군인들에게 넘겨주면서 귓속말로 '평범하지 않은 소설을 쓴 것은 맞다. 그러나 우리가 다 읽었는데 문제 될 것 없으니 당당하게 응하라고 힘을 실어주었다. 보안사 지프에 태워져 사간동 보안사 사령부로 가 조사를 받았는데 의외로 놀라운 경험을 했다. 나를 조사하는 보안과장 중령이 내 소설을 달달 외고 있는 것이었다. 심지어 ― 책을 덮어둔 채로 ― 몇 페이지 몇째 줄에 "갑종 출신 장교의 푸념을 빌어 이까짓 놈의 군대 사관학교 나온 놈들에게나 좋은 군대지…" 라고 했는데 무슨 의도냐 하는 식으로까지 추궁했다. 더욱 당황한 것은 작가인 내가 "역사적 사실은 30% 정도만 바탕에 깔려있고 70%는 허구"라고 극구 진술하는데도 불구하고 보안과장은 "거짓말하지 말라. 우리가 안다. 이건 실화다. 작품 속에 한경림 장군은 우경림 장군(실제 인물) 아니냐!" 하는 식으로 윽박지르며 심문을 계속했다. 불안한 가운데도 나는 속으로 '처녀작이지만 내가 제법 괜찮은 소설을 썼구나.'싶은 희열도 느끼는 묘한 시간이었다. 일곱 시간 정도 조사를 받았고 결과는 시국이 시국이니만큼 판매금지가 마땅하나 진정한 군인정신을 강조한 부분도 있어 묵인할 테니 작가도 출판사도 자중하겠다는 각서를 쓰면 풀어주겠다고 했다. 이미 서점에 뿌려진 건 어쩔 수 없지만, 창고에 있는 건 폐기하고, 광고 따위 홍보활동 하지 말고 중판을 해서도 안 된다는 조치였다.

소설가로의 변신을 시도했던 나는 이 일로 실망이 커 창작을 뒤로 미루게 되었고 주간신문 편집장 자리로 갔다가 월간지로 옮겨 편집국장을 거쳐 발행인이 되는 등 저널리스트로 변신했는데 민주화운동이 거세게 몰아치던 1987년, 도서 출판 한국 양서의 편집국장 조근이 찾아와 세상이 바뀌었으니 당신 소설 다시 출판하자 하여 <잔인한 여름>이라는 제목으로 다시 빛을 보게 되었다. 일단 세상에 나온 소설은 하나의 생명이어서 쉽게 죽지 않는다는 깨달음을, 나는 소설가로의 변신 과정에서 얻었었다.

후일 전두환 대통령과 골프도 치고, 연희동 자택도 방문하게 되었을 때 혹시 이런 일이 아니냐고 직접 질문을 던졌었다. 전 대통령은 전연 알지 못하는 일이라며 소설을 읽어보고 싶다고 해 선물한 일이 있었는데, 그것은 한국문인협회가 주관하는 민족문학상 제 3회 수상작으로 선정된 이후였다.

●…<창세기 골프>는 성경과 골프를 접목한 패러디(Parody) 소설이다. 물류신문에 골프 칼럼을 ― 유머와 상식으로 정복하는 골프 ― 4년간 연재할 때 삽입했던 글인데 반향도 좋았던 데다 따로 떼어놓으면 소설적인 가치도 있어 이번 소설집에 넣었다. 한국소설가협회 사무국장 시절 '소골회'라는 소설가골프 모임을 시도한 적이 있는데 겨우 두 번 행사하고 말았다. 소설가 중에 골프하는 사람이 드물어서였다. 따라서 문학지에 이 소설을 발표할 생각을 하지 않았었다. 세 번째 소설집에 얹어 드리는 작가의 선물로 여겨주면 좋겠다.

●…<축령산 연가>는 2014년 월간 「한 올 문학」에 두 번에 나눠 발표한 중편소설이다. 이 소설 바탕에는 내 삶이 30% 정도 깔려있다. 1968년 친구들과 셋이 고향에 있는 축령산에 갔었고, 그때 세 명의 여성을 만나 실제로 생겨났던 인연이므로 실화가 바탕이지만 70% 정도 가상으로 꾸민 소설인데 어떤 부분을 어떻게 꾸몄는지는 독자가 살펴볼 일이다. 소설 속의 옥상과 나(혜림)는 실제로 아침 여덟 시부터 오후 다섯 시 사이에 하늘에서 비가 한 방울이라도 내리면 그날 저녁 일곱 시 종로2가에 있는 음악다방 갈릴리에서 만나는, 낭만적이고도 감미로운 시절을 보냈었다. 안타깝게도 그녀와의 관계는 그 해를 넘기지 못했지만, 그해에 만들어진 추억은 내 가슴 한편에 따뜻하게 살아있기에 소설로 남긴다.

●…장편이든 소설집이든, 나는 열심히 쓰고 또 꼼꼼하게 여러 번에 걸쳐 검토하고 마음에 들 때까지 수정하는 편이지만, 이젠 됐다 하고 탈고를 선언하고 출판사에 원고를 넘기면 깨끗하게 잊어버리는 경향이 있다. 출판사에 넘기는 것으로 나의 역할은 끝이라는 생각에 진인사대천명(盡人事待天命) 하는 것이다.

책이 태어나는 것도 생명이 태어나는 것과 같다면 출판사는 산파역이다. 태어나 얼마나 사랑받고 어떤 삶을 살게 되는가는 책 자체가 지니는 운명이다. 다만 어떠한 예술작품도 작가의 노력만으로 완성할 수 없다는 생각은 분명하다. 송구한 마음에서 발표되는 불완전한 작품을 훌륭하게 완성품으로 만들어 주는 것은 독자이다. 영화는 관객에 의해, 그림은 애호가에 의해, 음악은 청중에 의해 완성된다는 것이 나의 생각이요, 믿음이다.

세 번째 소설집에도 독자의 많은 사랑이 있기를 바라는 마음 크다. 그러나 점점 책을 멀리하는 사람이 늘어나는 세상이라 어느 때보다 많은 걱정을 하며 떠나보낸다.

저자 / 반취 이기윤

반취 이기윤 세 번째 소설집
축령산 연가 외

1판 1쇄 인쇄 / 2021년 3월 1일
1판 1쇄 발행 / 2021년 3월 5일
지은 이 / 이기윤
펴낸 이 / 이승연
펴낸 곳 / 위드스토리
출판사신고 / 제313-2010-129 (2010년 5월 4일)
사업자등록 / 525-90-00631
주소 / 서울 마포구 마포대로14가길 18 (공덕동)
전화 / 02) 3273-1011
휴대폰 / 010-3715-5111

값 15,000원
ISBN 979-11-86630-03-7 03810
잘못된 책은 바꿔드립니다.

통신판매 안내
책값을 아래 구좌로 보내신 후 연락주시면 송료 본사 부담으로 보내드립니다.
국민은행 657802-92-108688